대 산 세 계 문 학 총 서 **0 3 7**

시 집

Poésies

Stéphane Mallarmé

시 집

스테판 말라르메 지음
황현산 옮김

문학과지성사

2005

대산세계문학총서 037_시

시집

지은이 스테판 말라르메
옮긴이 황현산
펴낸이 이광호
펴낸곳 **㈜문학과지성사**
등록번호 제1993-000098호
주소 04034 서울 마포구 잔다리로7길 18(서교동 377-20)
전화 02) 338-7224
팩스 02) 323-4180(편집) 02) 338-7221(영업)
전자우편 moonji@moonji.com
홈페이지 www.moonji.com

제1판 제1쇄 2005년 2월 3일
제1판 제7쇄 2022년 8월 8일

ISBN 89-320-1576-7
ISBN 89-320-1246-6(세트)

이 책은 대산문화재단의 외국문학 번역지원사업을 통해 발간되었습니다.
대산문화재단은 大山 愼鏞虎 선생의 뜻에 따라 교보생명의 출연으로 창립되어
우리 문학의 창달과 세계화를 위해 다양한 공익문화사업을 펼치고 있습니다.

시 집

시 집 | 차례

말라르메의 언어와 시[*]
——해설을 대신하여 옮긴이가 아들에게 보내는 네 통의 편지

첫번째 편지: 말라르메의 자리

일우야, 네가 전역하여 학교생활로 돌아간 지도 벌써 한 학기가 다되어가는구나. 이 글은 너에게 보내는 편지이지만 한 번역 시집에 붙일 해설이기도 하다. 어느 정도 엄숙한 어조를 빌려 쓰는 것이 마땅할 이 해설을 네게 보내는 편지로 대신하려는 데는 나름대로 이유가 있다. 네가 진중에 있는 몸으로 휴가나 외박 허가를 얻어 쉽지 않게 집에 들렀을 때 부자간의 대화도 변변히 나누지 못한 채 아버지가 책상 앞으로 돌아가 붙들고 있어야 했던 작업이 무엇이었는지 이 편지로 너에게 알려주겠다는 생각도 없지 않지만 그것이 이유의 전부는 아니다. 말라르메의 문학 전체를 조감할 수 있는 연구서나 해설서가 아직 마련되지 않은 우리의 실정에서, 프랑스 시의 역사에서 가장 난해하고 형식적으로 가장 완벽한 시를 쓴 것으로 평가되는 이 시인의 유일한 운문 시집인 『시집』을 통괄하여 해설하고 그 시법과 미학적 의의를 상당한 수준에서 논의할 수 있는 글을 쓴다는 것은 사실 쉬운 일이 아니다. 어떤 특수한 주제에 매달리지 않고 시 전체의 이해에 필요한 기초적인 개념들을 설명하면서 그 개념들이 말라르메의 시쓰기에서 어떤 과정을 거쳐 성립되고 어떤 양상으로 적용되어 어떻게 실천되었는가를 살펴보고, 게다가 말라

---

[*] 이 해설에서 작품이나 논저 등의 인용을 위해서는 '주석'에서 사용하는 체계와 동일한 체계를 사용한다. 이 책 p. 198 참조.

르메에 관해 이미 유명해진 담론들을 염두에 두면서도 바로 우리가 이해하게 된 말라르메를 바로 우리말로 말하려면, 수업 중에 학생들과 얼굴을 마주 보며 강독을 할 때의 그것처럼 친근하고 자상한 어조가 필요한데, 그러기 위해서는 역시 그 말을 들어줄 구체적인 대상이 필요할 것 같구나. 그러니 내가 너를 그 대상으로 삼는다는 것은 엄숙하게 까다롭게 해야 할 이야기를 무람없이 하기 위해 너에게서 그 구실을 얻어내겠다는 뜻이 되기도 하겠다.

말라르메의 생애에 관해서는 여기서 길게 이야기할 필요가 없을 것 같다. 그는 한 인간으로서 이룰 수 없는 목표를 설정하고 험난한 시쓰기의 길을 밟아갔지만 그의 삶은 오히려 평탄했다고 해야 할 것이다. 보들레르 같은 선배 시인이나 로트레아몽, 베를렌, 랭보처럼 그와 동시대에 활약한 시인들이 자기 시대의 현실을 시로 바꾸고 시로써 세상을 바꾸려고 노력하는 가운데 불행하고 곡절 많은 삶을 살았던 것과는 달리 그의 생애에는 특별히 주목해야 할 사건이 없다. 말하자면 그의 생애를 주제로 삼아 「토털 이클립스」 같은 영화를 만들기는 어렵다. 그가 1840년대 초에 파리에서 관리의 아들로 태어났다는 것, 청년기 이후 생애의 대부분을 지방 중소 도시에서 별로 인기 없는 영어 교사로 보냈다는 것, 이미 문학적 명성을 누리기 시작한 생애의 완숙기에는 파리 롬 가(街)의 아파트에 젊은 시인·작가들을 맞아들여 그 유명한 화요 야회를 지도하며 19세기의 '상징파'나 '데카당파'의 문인들뿐만 아니라 20세기의 거장들이라 불러야 할 앙드레 지드, 폴 클로델, 폴 발레리 같은 사람들의 스승으로 존경받았다는 것 정도는 이 책에 실려 있는 연보를 통해서도 알 수 있을 것이다. 그의 시를 끝내 이해하지 못한 일곱 살 연상의 아내와 함께 영위한 가정생활도 아들 아나톨의 죽음이 가져온 고통을 제외하면 비교적 평탄했다. 몇 차례에 걸쳐 힘겹게 극복한 정신적 위기

와 등불 아래 백지를 놓고 밤을 새우며 수도자처럼 보냈던 삶이 제2제
정과 보불전쟁과 파리 코뮌과 제3공화국의 나날에 그가 감행하지 않았
던 다른 모험들을 대신했다고 말해도 무방하겠다.

　시는 말라르메의 절대적인 목표였고 생애의 사건 전체이기도 했지
만, 그가 남긴 시는 결코 많다고 할 수 없다. 게다가 그 가운데 가장 중
요한 시들은 생전에 그와 가장 가까운 사람들에게서조차도 깊은 이해를
얻지 못했다. 네가 이 책에서 읽을 수 있는 「소곡 II」라는 시에서, 시인이
생전에 아무런 메아리도 얻지 못한 채 허공에 치솟으며 오열했던 새와
자기 자신의 처지를 비교하고, 그 새가 "찢겨져서도 〔……〕 고스란히/
어느 오솔길에 남을 것인가!"라고 묻는 것을 보면, 그는 현실에서 이해
되지 않은 만큼 미래 세대의 이해에도 별다른 기대를 걸지 않았던 것 같
다. "그는 시간 밖에서 시를 썼다"(시트롱, 13)는 표현은 과장된 측면이
없지 않지만, 현재의 인간이건 미래의 인간이건 인간의 이해를 염두에
두지 않고 작품 그 자체의 논리에만 의지하여 그것을 완결된 것으로 만
들기 위해 편집적으로 몰두했던 그의 노력을 훌륭하게 요약하고 있다고
본다. 열일곱 살과 열여덟 살의 습작기에 15개월에 걸쳐 60편의 시를
썼던 그가 시인으로 등단한 1862년부터 세상을 버리게 된 1898년까지
36년 동안 완성한 시 작품이 70편을 넘지 못한다는 점도 그 편집적인
열정을 말해준다. 한 해에 평균 두 편꼴인데, 이 평균도 실상을 제대로
전해주는 것이 아니다. 예를 들어, 1867년부터 1884년까지 17년 동안
그는 7편의 시를 정서했을 뿐인데, 이 기간에도 1869년부터 1875년 사
이에는 고티에를 추모하는 시 「장송의 건배」 한 편에 그치며, 1878년부
터 1887년 사이에는 단 한 편의 시도 완성되지 않았다. 가장 풍요로웠
던 시기는 1885년부터 1887년까지 시인이 완숙기에 들어섰던 3년간이
다. 이 기간에 13편의 시가 완성되었고 그 가운데는 "순결하고, 강인하

고, 아름다운……" "의기양양하게 피한……", 바그너에게 바치는 「예찬」, "내 낡은 책들이 파포스의 이름 위에……" "머리칼 極에 이른 한 불꽃의 비상……" 등 7편의 빛나는 소네트가 들어 있다. 또다시 어김없이 몇 년간의 침묵기가 오고, 그의 마지막 창조기라고 해야 할 1892년부터 1896년까지 다섯 해 동안에 11편의 작품이 빛을 보는데, 보들레르와 베를렌을 추모하는 두 편의 「무덤」이 거기 포함되어 있다. 그는 밤마다 책상 앞에 앉아 있었으나 아무것도 쓰지 못한 날이 더 많았다. 침묵의 시기마다 그는 정신적 위기를 겪었지만, 집중된 명상과 악착같은 작업이 그 침묵과 위기의 다른 양상이기도 할 것 같다. 침묵에서 벗어날 때마다 그는 편수가 많지는 않지만 새로운 시를 발표했고, 자신이 써야 할 글에 대해 새로운 계획을 말하거나 그 개념을 새로운 말로 다듬어내고 있으며, 완벽하고 절대적인 작품에 대한 새로운 의지를 다지고 있기 때문이다.

문학사에서 볼 때 말라르메는 보통 환멸의 낭만주의라고 불리는 후기 낭만주의의 정신을 이어받은 시인이다. 낭만파 문인들은 신과 우주의 섭리에 역사적 진보의 원리를 대입하여, 인류 해방의 이상을 전파하는 일이 시의 사명이라고 여겼다. 민중에 대한 절대적인 신앙에 고무되어 있던 그들이 시인과 인류의 소통을 확신했던 것은 당연하다. 반면에 1848년 혁명의 실패를 경험한 후기 낭만파들은 사회 변화의 추세와 시의 도정이 다르다는 생각을 떨쳐버릴 수 없었다. 그렇다고 진보에 대한 기대와 그에 따른 정치적 이상이 완전히 사라진 것은 아니었다. 그들의 실망은 몰이해한 시대에서 입은 상처와 같았고, 따라서 그들의 환멸은 비극적인 성격을 띠었다. 그들은 고결한 이상을 품고 비천한 사회에 등을 돌리도록 '저주받은 시인들'이었다. 그들은 세상을 향해 말하지 않았고, 세상은 그들의 말에 귀기울이지 않았다. 시는 현실을 부정하는 독백이 되었다. 말라르메는 이 환멸의 부정적 효과에서 언어 소통의 새로운 힘을 발견해내고, 독백과 그 표현법인 은유를 시의 운명이자 사명으로 여기는 가운데 새로운 시어를 창출했다고 흔히 평가된다. 그러나 이런 설명은 그 자체로 이해되기에는 너무 복잡한 내용을 담고 있다. 내가 앞으로 보내게 될 편지들은 사실상 이 설명을 다시 풀어 설명하는 형식이 될 것이다.

첫 편지가 길어지는 것은 좋지 않겠구나. 여기서 편지를 중단하며, 『시집』의 첫 시 「인사」에서 한 절을 끌어내어 여기 적는다.

> *우리는 항해한다, 오 나의 가지가지*
> *친구들아, 나는 벌써 뒷전에서,*
> *그대들은 벼락과 겨울의 물살을*
> *가르는 화사한 뱃머리에서;*

말라르메는 젊은 문인들과 함께 문학적 항해를 하고 있다. 나이 든 그는 배의 뒷자리로 물러나 있고 청년 시인들이 뱃머리에 서 있다. 너는 이 항해에 강제로 차출된 셈이지만, 그렇더라도 "벼락과 겨울의 물살"을 피하려 하지는 않을 것이다. 너의 용기와 열정을 믿는다.

두번째 편지: 무(無)의 발견과 말의 소멸

말라르메가 1866년 『현대 파르나스』지에 발표한 11편의 작품은 문단에 데뷔할 무렵 그의 정신 상태를 잘 말해준다. 보들레르의 시에서 크게 영향을 받은 것으로 평가되는 이 시편들에서 말라르메는, 이 세상의 삶을 비루하고 비천한 것으로 판단하고 거기서 탈출하기를 꿈꾸나 늘 실패에 이를 뿐인 인간의 처지를 읊고 있다. 「창」에서 「적선」까지, 『시집』의 앞부분에 배열된 이 시편들을 읽으면 그 화자들이 모두 두 가지 상반되는 정념에 시달리고 있다는 것을 너도 느낄 수 있을 것이다. 화자들은 우선 이 비열한 삶의 고통을 잊기 위해 "죽음 같은 잠"을 희망하면서도 동시에 그에 대한 공포를 지니고 있다. 그들은 또한 "천사"가 되거나 축성된 자로 다시 태어나 순결한 세계에 살기를 희망하나 "창공"으로 표현되는 이 "이상"은 오히려 그들을 괴롭히고 조롱할 뿐이다. 이 삶의 비루함이 가장 적나라하게 드러나는 것은 바로 그 이상의 순결한 하늘 아래서가 아니겠느냐. 이 시들은 "쓰라린 휴식이 지겨워……" 한 편을 간신히 제외하면 모두 좌절의 시라고 말할 수 있을 터인데, 이 좌절의 밑바탕에는 무엇보다도 우리의 몸이 담긴 이 세계가 안정된 상태를 확보하지 못하고 우연한 것들로 가득 차 있다는 의식이 있다. 우연으로 들끓는 세계라는 생각이 우리의 일상적 감정을 크게 벗어난다고 할 수는 없겠다. 아무리 잘 가꾼 꽃밭에서도 흠집이 전혀 없는 꽃나무를 발견하기는 어려우며, 푸른 호수에도 홍수에 밀려온 나무들이 썩고 있다. 원시의 자연이라고 해도 이 사정은 다르지 않을 것이다. 거기엔들 병들어 말라가는 나무들이 없을 것이며, 해충에 시달리고 굶주린 짐승들이 없겠느냐. 이렇게 생각하면 이 세계 안에서 영위되는 우리의 삶이 갑자기 허망해진다. 그렇다고 해서 이 세계를 온전하게 간직해줄 필연적인 형식은 어디에서도 찾을 수 없다고 성급한 결론을 내려야 할지는 의문이지만, 말라르메의 시의 입지가 여기서부터 출발하는 것이 사실이고, 거기에는 역사적 설명이 뒤따른다. 너도 벌써 짐작했겠지만, 세계를 창조하고 주재하는 자로서의 초월적 존재를 더 이상 믿을 수 없게 된 근대 사회의 유물론적 세계관이 역시 문제된다. 우리가 목도하는 세계의 실상이 우연한 현상들로 점철되어 있다고 하더라도 신이 존재한다고 믿을 수 있는 한 그 우연은 섭리의 한 과정이고 부분이라고 여길 수 있다. 건강한 나무와 마찬가지로 병든 나무도 어떤 높은 의지의 표현이며, 활기찬 짐승과 죽어가는 짐승이 모두 제가 있을 자리에 있다. 그러나 그 초월적 의지라는 것이 애초에 부재하는 것이라면 저 벌레 먹은 꽃이나 피부병을 앓고 있는 짐승은 도대체 무엇이겠느냐.

물론 우리는 신의 의지가 차지하던 자리에 이성적 원리나 역사적 원리를 대입하여 자연사와 인간사를 설명할 수 있고, 그것이 또한 근대 인문학의 과제이기도 하다. 그런데 문제의 초점이 시로 옮겨지면 약간 복잡한 양상을 띠게 된다. 서구의 문화 전통에서, 시는 초월적 존재자로부터 그 영감을 얻고 그 의지와 섭리를 옮겨 적는 것이라는 믿음이 있었고, 거기서 시인의 직업적 자부심이 비롯했다. 그러나 초월자가 사라지고, "대자연이 미진들의 무한한 춤에 불과했으며, 생명의 번들거리는 화학 작용의 이면에서 인간이 자신의 비밀스런 무기질성을 예감했을"(사르트르, 16) 때, 이 영감도 자부심도 더 이상 존재할 수 없었다. 높은 정신의 전달자라는 시인의 사명도 없으며, 시의 언어는 섭리와 만나지 못하며, 그 결과 한 개인의 목소리 이상의 것을 누릴 수 없게 된 시인과 인류 사이에 소통의 길도 사라졌다. 신이 추방된 자리에 일반 물리학과 방불한 이성적 원리를 가정한다고 하더라도, 게다가 그 원리가 아무리 방대하고 섬세하다고 하더라도, 어떤 인격신이 보장해주던 서정의 영감을 거기서 기대하기는 매우 어려운 일이다. 신 앞에서 시는 그 말을 받아 적으면 그만이지만, 저 메마른 원리 앞에서라면 시는 스스로 그 원리가 되는 수밖에 없지 않겠느냐. 아니 오히려 그 원리가 들어설 백지가 되어야 한다고 말해야 할 것 같구나. 그 원리는 너무 큰 것이나 너무 작은 것일 테고, 그 원리와 인간이 관계를 맺는 자리를 어디서 발견해야 할지 알기 어려울 테니까 말이다.

어쩌면 인간의 역사가 그 매개체로 될 수도 있을 터이지만, 그는 지난번 편지에서 말한 것처럼 역사의 표류와 현실 세계의 몰이해를 경험한 '저주받은 시인' 중의 한 사람이었다. 그가 역사적 진보의 이상을 믿었다는 흔적은 『시집』에 남아 있지만, 선배 시인들과는 달리 그는 현실의 역사에 대해서는 체념의 태도조차도 보여주지 않았다. 그는 현실의 역사적 단계를 괄호 속에 묶어두고, 시인들이 하늘로부터 영감을 받는다고 믿었던 '황금 시대' 뒤에 곧바로 자신의 자리를 잡아놓고 있다. 그가 젊은 날에 썼던 한 편지를 읽어보면, 그는 시가 오랫동안 기대고 있던 신성의 원리를 인간 이성의 원리로 점검함으로써 하나의 길을 발견하려고 했던 것처럼 보인다.

그래요, 저는 알고 있어요, 우리는 물질의 허망한 형식에 불과하다고——그러나 신과 우리의 혼을 창조했을 만큼 숭고한 형식이라고. 그만큼 숭고하기에, 형! 저는 이 물질의 광경을 받아들이고, 그에 대해 자각하지만, 또한 물질의 수준에서는 그 존재를 알지 못하는 꿈 속으로 억지로 뛰어들고, 혼을 노래하고 최초의 시대 이래로 우리 안에 쌓여온 바의 모든 신성한 인상들을 노래하고, 진리인 허무(Rien) 앞에서 저 영광스런 거짓말들을 선언하지요!

시인이 1866년 4월 말 친구 카잘리스에게 보낸 편지의 한 구절인 이 글은 인간이 비록 연약한 갈대에 불과할지라도 생각하는 갈대라고 언명했던 파스칼을 생각나게 할 것이다. 그러나 파스칼에게서도 말라르메에게서도 이 말은 비극적인 뜻을 지닌다. 인간은 생각하는 능력을 지닌 특권적인 물질이지만, 그러나 그 생각이 진정한 것이라는 보증을 어디에서 찾을 수 있겠느냐. 말라르메가 보기에 인간이 아무리 숭고하고 성스러운 것을 꿈꾸고 말했다고 하더라도 그것은 "영광스런 거짓말"에 불과하다. 그가 여기서 "허무(Rien)"라고 일컫는 것은 신의 결여, 곧 말의 진정성을 보증해줄 장치의 결여라는 말과 다른 것이 아니리라. 이 결여를 한 시인의 구체적인 작업에서 이해한다면, 그것은 진리와 미에 대한 확신 아래서 시를 쓸 수 있는 능력의 결여와 다른 것일 수 없다. 시가 신성한 영감의 받아쓰기가 아니라 이성의 원리에 따라 조직되는 것이 될 때, 시의 말에 대한 전적인 책임은 시인에게 있기 때문이다. 이는 시인 그 자신의 고백이기도 한데, 같은 편지에서 그는 이렇게 쓰고 있다: "불행하게도, 나는 이 정도까지 시구를 파들어가면서, 나를 절망하게 하는 두 심연과 맞닥뜨렸다오. 하나는 무(無, Néant)인데, 불교를 잘 모르면서도 나는 거기에 도달했지요. 아직도 너무 침통한 상태라서 나는 내 시를 믿을 수 없으며, 이 생각에 짓눌려 포기했던 작업을 다시 시작할 수도 없군요." 이 편지를 쓸 때 그는 다른 여러 시인들과 마찬가지로 비천한 물질의 상태를 벗어나고 우연의 중첩일 뿐인 거친 현실에 도전하기 위해 시를 쓰려 하지만, 시의 언어는 존재의 필연적이고 고결한 양식이 될 수 있는 가능성보다 우발적인 사건들과 잡다한 감정의 결합에서 울려나오는 빈말이 되어버릴 위험에 더 많이 직면해 있는 것이 틀림없다. 그러나 이 무가 시인으로서의 그를 위협하고 그의 작업을 저지하기만 했다고 할 수는 없겠다. 한편으로는 말들이 비어 있기에 그는 무의 위협을 받지만, 또 한편으로는 "시구를 파들어가며" 우연과 헛된 감정에서 방출된 빈말들을 몰아내려는 노력 끝에 그는 무에 도달하는 것이기 때문이다. 말의 비어 있음을 극복하기 위해 말과 싸운 끝에 또다시 비어 있음에 도달했다면, 결국 비어 있음은 또 하나의 비어 있음으로 극복된다고 말해야 하지 않겠느냐. 사실 말라르메는 이후 인간 정신에 의해 세계를 설명할 수 있는 기초와 시의 언어가 그 힘을 새롭게 발휘하게 될 터전을 이 "진리"인 무 위에 세우려 하게 된다. 그가 무를 말하면서 얼핏 불교를 언급하는 것도 자신의 시어에 우주론적 담론의 자격을 부여할 수 있는 힘이 이 무에 있다고 보기 때문일 것이다. 이 점에서 말라르메가 말하는 Néant은 말들이 떨어져 있는 '허무'의 구렁텅이인 동시에 그 말들이 스스로를 부정함으로써만 도달할 수 있는 어떤 근원적 형식이 된다. 말라르메는 그 형식을 불교적 개념의 '공(空)'으로 이해한 것이다.

내 말이 좀 모호하게 들릴 수도 있겠구나. 말라르메는 이 편지를 보내기 두 해 전부터 '에로디아드'를 쓰고 있었다. 이 과정에서 그가 친구들에게 보낸 여러 통의 다른 편지들은 "이 정도까지 시구를 파들어"갔다거나 무의 위협을 받으면서 무에 도달했다는 말이 무엇을 뜻하는지 좀더 구체적으로 알게 한다. 그는 '에로디아드'의 구상이 무르익은 1864년 10월 카잘리스에게 이렇게 전했다. "나는 마침내 에로디아드를 시작했다오. 무서운 생각이 드는데, 이는 아주 새로운 시학에서 솟아나오는 것이 틀림없는 어떤 언어를 창안하고 있기 때문이지요. 이 시학을 두 마디 말로 정의할 수 있을 것 같습니다: *그려라, 사물이 아니라, 사물에서 산출되는 효과를.* 시구는 따라서 낱말들이 아니라 의도들로 이루어져야 하며, 모든 말은 지각(sensation) 앞에서 지워져야 합니다." 그리고 두 달 후인 1865년 1월에 또다시 카잘리스에게 같은 내용을 말만 바꾸어 이렇게 쓰게 된다. "내가 잡은 주제는 무섭습니다. 그 주제에 대한 지각이, 생생할 때는, 잔혹함에까지 이르고, 유동할 때는, 신비의 기이한 모습을 띱니다. 그리고 내 시, 그게 가끔 고통을 주며, 칼날처럼 상처를 입히네요! 또한 나는 아주 덧없는 인상들을 그리고 기록하는 내밀하고 기이한 방법을 발견했습니다. 게다가 더욱 두려운 것은, 이 모든 인상들이 교향악에서처럼 서로 연이어 있다는 점이며, 한 인상이 다른 인상과 어울리는지, 그것들의 인척 관계와 효과는 무엇인지를 내 자신이 하루 종일 따지고 있다는 점입니다." 자기가 쓰는 시에 두려움을 느낀다거나 그것이 칼날처럼 상처를 입힌다는 언명은 기이하지만 우리의 언어 체험에서 크게 벗어나는 것은 아니다. 우리가 대화를 할 때 사용되는 낱말 하나하나는 항상 충만한 의미를 지니고 있는 것은 아니다. 대화 속에 책상이라는 낱말이 들어 있다고 해서 듣는 사람이 반드시 책상을 오롯이 생각하게 되는 것은 아니며, 꽃이라는 낱말이 들어 있다고 해서 꽃의 색깔과 향기를 선연하게 떠올리게 되는 것도 아니다. 말에는 일상적 경험이 침전되어 있어서 실제로는 그것이 말과 그 이해 사이에 여유 공간을 만든다. 우리는 대충 말하며 그만큼 편안하게 듣는다. 책상이라는 말은 그저 책상이라는 말일 뿐이기 때문이다. 말라르메는 지금 모든 낱말에서 그 경험의 침전물을 제거하고, 그 여유 공간을 삭제하여, 말이 그 지시체와 충만하고 순결한 관계를 맺게 될 어떤 지점까지 "시구를 파들어"가고 있다. 그 시도가 성공할 때 낱말들은 그것들에 눌러붙어 있는 우연하고 불순한 찌꺼기들을 벗어버리고 사물을 지각 속에 내비치는 투명한 막으로만 남는다. 아니 사라진다. 책상이라는 말이 사라지고 그 자리에 날카롭게 책상이 솟아오를 때, 그것을 지각하는 정신은 고통과 가쁨을 동시에 느낀다. 말라르메가 "사물에서 산출되는 효과"를 그린다거나 그 "인상"을 그린다고 하는 것도 역시 말과 사물 사이에 어떤 이물질도 끼어들 틈을 남겨놓지 않음으로써, 사물에 대한 실망스럽고 비루한 기억으로부터 그 사물을 최초의 순결한 모습으로 구출한다는 뜻을 지닌다.

　　말이 세계를 창조한다는 말을 우리는 흔히 듣지만 그 말을 이해하기 위해 반드시 구약의 「창세기」편을 떠올릴 필요는 없을 것 같다. 네가 태어나 처음 눈을 떠 세상을 바라보았을 때 그것은 구분 없이 연이어 있는 하나의 덩어리였을 것이다. 그러나 네가 바위라는 말을 배우는 순간 바위는 그 덩어리로부터 구별된 존재가 되었을 것이며, 나무라고 처음 말하는 순간 나무가 그 덩어리에서 창조되어 일어섰을 것이다. 낱말 하나하나가 가장 투명했던 것도 그때이며, 사물이 충만하고 깊은 인상을 가졌던 것도 그때이다. 말라르메는 "시구를 파들어가" 그 순간의 말에 도달하고 사물을 그 순간에서 지각하려 한다. 그에게서 무의 발견이 시의 미에 대한 새로운 인식과 동일한 것으로 이해될 수 있는 이유가 여기 있겠다.

이렇게 말하고 보면 말라르메는 비루하고 우연한 경험 세계 대신에 시쓰기를 통해 완전하고 절대적인 언어의 세계를 세우려고 했던 것처럼 보인다. 나와 마주 선 풍경 앞에서 나는 수동적인 손님이지만 그것을 그리는 언어 앞에서 나는 주인이다. 한 시인이 우연으로 결합된 세계에 살고 있어도, 그 세계에 대해 필연적 형식으로 구성된 시를 쓸 수는 있다. 그리고 그 필연의 형식이 이 세계의 원인이 되는, 또는 그렇게 가정되는, 어떤 이성의 법칙과 관계를 지닌 것이라면 우리는 그것을 순수 지성에 의한, 순수 지성의 표현이라고 말할 수도 있겠다. 실제로 말라르메는 플라토니즘의 시적 해석으로 이해될 수도 있는 글을 자주 썼다. 일례로 그는 르네 길의 『언어론』에 붙이는 서문에서 "순수 개념" "관념 그 자체" 같은 말을 쓰고 있다.

자연 사물을 언어의 작용에 따라 거의 즉각적인 공기 진동에 의한 소멸로 옮겨놓는 이 기적이 무슨 소용일까? 다만 순수 개념이, 어떤 비근하거나 구체적인 환기의 제약을 받지 않고, 거기서 발산되도록 하기 위해서가 아니라면.

내가 "꽃!"이라고 말하면, 내 목소리에 따라 여하한 윤곽도 남 김 없이 사라지는 망각의 밖에서, 모든 꽃다발에 부재하는 꽃송이 가, 알려진 꽃송이들과는 다른 어떤 것으로, 음악적으로, 관념 그 자체가 되어 그윽하게, 솟아오른다. (전집 II, 678)

이 서문을 빌려 말라르메가 말하고 있는 것은 그 자신이 지향하는 시 언어의 이상이라고 해야겠다. 발음된 말이 공기 중에 음파를 남기고 사라짐과 동시에 그 말로 지시되는 사물이 사라질 때, 아니 더 정확하게 말한다면 그 말을 물질적으로 화신(化身, incarnation)하는 사물의 그 물 질성도 함께 사라질 때, 시라는 이름을 가진 미의 기적이 일어난다. "꽃"이라는 말이 한 번 발음되고 소멸할 때, 우연하게 꽃의 모습을 둘러 쓴 모든 물질의 꽃, 다시 말해서 현실의 꽃에 대한 모든 실망스런 기억 이 함께 소멸하고 꽃이라는 생각만이 솟아올라야 한다. 꽃이면서 동시 에 꽃의 부재인 그것을 무어라고 불러야 할까. 화신이라는 말과 대비되 는 개념으로 멸신(滅身, excarnation)이라는 말이 가능할까. 그러나 이 "관념 그 자체"를 플라톤의 이데아와 완전히 동일한 것이라고 말할 수는 없을 것 같다. 이데아는 순수 지성의 산물이지만 말라르메의 "관념 그 자체"는 우리의 물질 감각과 맺는 관계를 완전히 떨쳐버리지 않는다. 그의 소멸 효과는 관념이나 개념 자체이기보다는 오히려, "음악적으로" 나 "그윽하게"라는 말이 암시하듯이, 그 관념이나 개념을 우리의 육체 적 감관으로 받아들이는 한 방식이기 때문이다. 수학 선생이 흑판 위에 아무리 서투르게 그린 동그라미라도 그것이 원의 이데아를 대신하게 되 는 데는 순수 지성의 한 체계인 기하학의 권위가 있지만, "꽃"이라는 말 을 꽃에 대한 생각 그 자체로 만드는 데는 말을 음악적 사라짐으로 듣는 정신과 육체의 행복감이 있다. 말라르메가 "순수 관념"이라고 말해야 할 자리를 때로는 "사물의 효과"나 "인상"이라는 말이 대신하게 되는 이유가 바로 그것이기도 하겠다. 거기에는 끝없이 지성화하려는 감성과 매 순간마다 감성화하려는 지성을 투명하게 결합하려는 열망이 있는 것이다. 이 점에서 말라르메의 시어가 노리는 "순수 관념"은 최소한의 육체적 계기, 최소한의 물질적 조건을 유지한다. 사실 말라르메는 자연 사물이 그것 자체이기만 하다면, 다시 말해서 순수 관념의 감각적 형식인 순수 인상의 계기를 간직하고만 있다면, 자연 사물 그 자체를 혐오하지 않았다. 그는 "자연이 생겨나고, 아무것도 덧붙일 것이 없으리라"(전집 II, 67)라고도, "골짜기와 초원과 나무의 모습을 유린하는 것은 아무것도 없다"(전집 II, 255)고도 했다. 중요한 것은 이 감각 세계를 벗어나 다른 세계로 초월하는 것이 아니라 이 세계의 자연 사물을 느끼고 받아들이는 의식의 특별한 반응인 것이다. "기념물들, 바다, 인간의 얼굴은, 충만한 상태에서 본디 그대로일 때, 묘사(description)의 베일로 가려지지 않을 만큼 매혹적인 힘을 간직하고 있다. 묘사 대신 환기(évocation)라고 말해도 무방하지만, 내가 알기로는 암시(allusion)나 시사(suggestion)라는 말도 있다. 어느 정도 우연하게 만들어진 이런 용어는 문학 예술이 입고 있는, 어쩌면 매우 결정적인 경향을 증명한다. 이 경향이 문학을 한계 지으면서도 지켜준다. 이게 바로 문학 예술의 고유한 마법일진대, 만물의 음악성밖에는 어디에도 관심이 없는 휘발성의 산란, 곧 정신을, 텍스트로라도 책에 가두어두지 않고, 한 줌의 티끌인 현실 밖으로 해방함이 아니라면 그게 무엇일까"(「운문의 위기」, 전집 II, 210). 말라르메에게서 문학 예술이 그 마법으로 유일하게 지향하는 바인 이 음악성은 말이 그 "공기 진동에 의해 소멸"하는 순간에 유례없이 선명해지는 감각을 타고 사물이 그 정신성을 드러내며 기화하는 형식과 다른 것이 아니다.

오늘의 편지에 덧붙일 시절은 「성녀」의 마지막 연이다.

> 낡은 백단목도 없이, 낡은 책도 없이,
> 악기의 날개 위로,
> 그녀가 손가락을 넘놀린다
> 침묵의 악사.

음악의 수호 성녀를 그린 빛바랜 색유리에 저녁 햇살 가득하여, 백단목 악기도 낡은 악보도 보이지 않는다. 성녀 홀로 빛의 악기를 뜯고 있다. 그 음악은 침묵이다.

세번째 편지: 순수 지성과 시인의 소멸

어떤 시법이든 하나의 시법을 설명하려 들면 늘 당혹스런 자리에 이르게 된다. 너에게 보낸 지난번의 편지도 그렇구나. 무엇보다도 순서를 밟아서 해야 할 말들을 한데 뭉뚱그려 해버린 감이 없지 않구나. 하나의 주제를 설명하려면 다른 주제를 정보로 이용해야 하고, 이 주제를 이용하기 위해서는 거꾸로 앞의 주제를 또 정보로 삼아야 하는 것이 이런 종류의 설명에서 항상 겪게 되는 난점이다. 그러나 설명은 논리의 단선에서 벗어나기 어려우니, 다차방정식을 산술로 풀어야 하는 사람의 옹색함이 이와 같을까. 그래서 앞의 설명을 보충하기 위해서도, 설명의 진전을 위해서도, 했던 이야기를 되짚어 다시 반복해야 하니, 너에게 인내심을 요구할 수밖에 없구나. 우선 말라르메의 언어관으로 다시 돌아가 설명이 부족했던 부분을 메워야 할 것 같다.

말라르메가 세계의 우연성을 보상하기 위해, 말로써 필연의 세계를 구성하려 한다거나 최소한 필연의 형식으로 세계를 지각하게 하려 한다고 말했지만, 그 전망이 반드시 낙관적일 수는 없다. 그 우연한 것들 가운데 가장 먼저 손꼽아야 할 것은 바로 말이기 때문이다. 우리가 사용하는 말에 우연한 경험의 침전물이 눌러붙어 있다는 이야기는 앞에서 이미 언급했던 바와 같다. 이 우연의 침전물을 떠나서도, 언어의 본질적인 우연성은 언어 자체에 있다. 낱말들 하나하나는 그로써 지시될 생각을 전달할 때 감각 영역에 속하는 어떤 것, 즉 음소를 개입시킬 수밖에 없다. 그러나 말이 환기하는 생각과 말의 소리 사이에 필연적인 관계는 없다. 우리는 꽃을 '꽃'이라고 하지만, 다른 사람들은 '플뢰르'라고도, '플라워'라고도, '후아'라고도 한다. 언어의 자의성이라고 부르는 것이 이것이다. 인간의 말은 그 자체가 우연이다. 이 자의적 기초 위에 존재의 필연적 관계를 세울 수는 없다. 다음과 같은 말라르메의 언명은 바로 이 정황을 요약하는 것이다.

복수이며, 최상의 언어가 없다는 점에서 불완전한 언어들: 생각한다는 것은 부수적인 도구들도 속삭거림도 없이 쓴다는 것이기에, 그러나 불후의 언어가 아직도 침묵하고 있기에, 지상에서 관용(慣用)의 다양함은, 그렇지 않았더라면, 단 한 번의 발음에 의해 물질적으로 진리 그 자체로 될 낱말들을 아무도 말할 수 없도록 저지한다. 이러한 금지는 자연(인간은 거기에 한 자락 미소로 맞부딪친다) 속에 엄혹하게 군림하기에, 스스로를 신으로 여길 만큼 가치있는 이성은 없다. (「운문의 위기」, 전집 II, 208)

생각이 진정한 것이라면 그것은 보편적인 진리일 터인데, 인종과 지역에 따라 다양한 언어들의 그 지역적 관용성을 넘어서는 "불후의 언어"—신적 이성의 언어일 보편적 언어—가 발견되지 않는 한, 그 진리성을 떠받칠 언어는 없다. 게다가 각각의 언어들이 지니고 있는 방언성은 그 언어들을 사용하는 지역이 서로 분리되어 있다는 이유에서보다도 그 분리된 지역에 사는 사람들이 긴 시간 속에서 쌓아온 경험과 습관화한 사고에서 더 많이 비롯하는 것이 아니겠느냐. 어떤 경우에라도 그 방언성을 피할 수 없는 인간의 언어는 따라서 "진리 그 자체"를 편견과 인습의 형식으로 기표하게 마련이다. 인간이 자연에 봉착하여 짓게 되는 "미소"는 아마도 그 존재의 진리성을 엿보면서도 그것을 결함 있는 수단으로밖에는 표현할 수 없는 처지에서의 현명한 단념이자 억눌린 열망일 것이다. 이 점에서 말라르메의 우연은 자연 사물이 존재하는 방식의 그것이라기보다 우발적인 것을 보편적·필연적 형식으로 바꿀 수 없게 하는 언어의 그것이라고 말하는 것이 옳겠다. 그가 1867년 5월 하순 친구 르페뷔르에게 보낸 편지에는 이런 구절이 덧붙여져 있다. "나는 어제 비로소 싱그러운 밀밭에서, 순결한 지상의 이 성스런 음(귀뚜라미 소리)을 들었지요. 별빛과 달빛이 얼마만큼, 그리고 약간의 죽음이 들어 있었으나, 그 정도만으로도, 햇빛을 가리는 어둠 속 수목들의 아들인 새의 그것보다 덜 분해된 음. 그러나 특히 내 앞으로 걸어가며 노래하던 한 여자의 그것에 비하면 얼마나 더 *하나*인가요, 그 떨림을 둘러싼 수많은 죽음으로 투명한 듯—무가 스며든 듯하던 그 소리는! 지상이 지닌 바 물질과 정신으로 해체되지 않을 수 있는 행복이 모두 이 귀뚜라미의 *단일한* 소리 속에 있었지요!—" 우리와 마찬가지로 유한하며, 우리와 마찬가지로 우연에 처해 있는 이 귀뚜라미가 자기 존재를 경험하고 드러내는 방식에서 노래나 시보다 더 우월하다. 이 편지를 인용했던 이브 본푸아는 이런 설명을 붙이고 있다. "우주를 보고, 생각하고, 분별한다는 것, 그것을 그 진면목으로 예감한다는 것은, 우리가 말을 하고 있다는 그 이유 때문에——이 무슨 발견인가!——우주를 곧바로 잃어버린다는 것이다"(*Igitur, Divagation, Un coup de dés*, 서문, 12).

귀뚜라미의 노래처럼 물질과 정신이, 생각과 그 기호가 분해되지 않는 말에 가까이 가기 위해서, 말라르메가 실제로 선택한 방법은 의외로 간단하다고 할 수도 있겠다. 그러나 간단한 것은 설명일 뿐 그 실천은 얼마나 어려우냐. 그 방법 전체를 아울러 불러야 할 이름이 있다면 그것은 바로 '난해어법(難解語法, hermétisme)'이다. 그가 프랑스 시의 역사상 가장 난해한 시인으로 꼽히는 것은 그의 시쓰기의 실천과 효과가 모두 그 난해성에 근거하기 때문이다. 그가 시에서 쓰는——실은 산문에서도 마찬가지지만——통사법은 특이하다. 주어와 술어의 자리가 자주 도치되고, 그 사이에 끼어든 긴 보족절에 의해 그 관계가 감춰지고, 낱말과 낱말 사이에 언어 논리적으로 이해되었다기보다는 차라리 수학적으로 이해된 문법 규칙이 적용되고, 지배 관계가 모호한 명사와 형용사와 부사, 그리고 의미를 굴절시키는 전치사가 병치되고, 의미 전달의 차원에서 주절, 종속절, 관계절의 관계가 역전되어, 거의 해체 상태에 이른 통사법으로, 그는 문(文)을 깨뜨리고 분해하여 마침내 문 속의 낱말 하나하나가 그 독립성과 연대성을 동시에 과시할 자기 고유의 자리를 발견하게 한다. 게다가 이 낱말들은 은유적인 힘을 간직하거나 극히 비일상적인 의미를 환기하는 방식으로 그때마다 새로운 의미를 획득하도록 '재창조된' 언어이다. 시는 하나의 수수께끼에 이른다. 그래서 말라르메의 시는 얼핏 난독증 환자가 독서하는 방식을 시의 정형 속에 역으로 재구성한 것처럼 보이기도 한다. 그가 자신의 난해어법을 변호하는 말은 다소 심술궂은 점이 없지 않다. "모든 글은, 그 보물의 외부에서, 자신이 요컨대 다른 대상을 표현하기 위해 언어를 빌려온 자들에게, 보잘것없기까지 한 어떤 의미를, 낱말들을 가지고, 제시해야 한다. 첫눈에, 거기 아무 상관할 것이 없다고 좋아하도록, 게으른 자를 이렇게 따돌리게 되는 것이다"(「문예의 신비」, 전집 II, 229). 이해가 쉽지 않은 글이지만 풀어쓰자면, 시는 속인들의 언어를 빌려, 아무것도 아닌 것처럼 보이기에 "보잘것없다"고 여겨지기까지 할 어떤 의미를 그 게으른 속인들에게 제시함으로써 그들을 따돌려, 정작 그 시 자체가 목표로 삼는 "보물"을 보호한다는 정도의 말이 되겠다. 말라르메는 이 말 뒤에 이러한 조치가 글 쓰는 사람과 속인들 양쪽에 모두 이로운 "구제"라고까지 덧붙인다. 그러나 더 정직하게 말한다면, 인간의 언어로는 그 "보물"을 표현할 수 없다고 하는 것이 옳겠다. 시인이 예감하는 그 "보물"의 존재 방식은 절대적인데, 이미 이야기한 것처럼 지상의 유한한 언어로 그것을 직설한다는 것은 작가와 대중의 공모로 이루어지는 속임수일 뿐이기 때문이다. 그래서 난해어법은 말하면서 말하지 않는 어법, 다시 말해서 '내가 말하려는 것은 내가 지금 말하는 것이 아니며, 내가 다르게 말하더라도 그 역시 아니다'라고 말하는 어법이다. 말라르메가 불교를 알지 못하면서 불교적 '공'에 도달했다는 말은 필경 빈말이 아니었을 것이다. 선승들의 문답법이야말로 지칭할 수 없는 어떤 깨달음의 자리에 이르기 위해 언어의 논리를 무참하게 잘라내는 어법이 아니겠느냐. 그러나 말라르메에게 중요한 것은 형언할 수 없는 그 존재의 본질이 아니라(당연한 일이지만 그는 이에 관해 단 한 번도 구체적으로 말한 적이 없다), 그와 관련하여 스스로 부정되는 그 말들의 '효과'에 있다. 이 '효과'야말로 "보물"로 은유된 그 존재가 이 지상에 덧없게나마 관여하는 방식이며, 그것이 뿌리는 빛 가운데서 약소하나마 인간의 언어를 저당 잡히고 얻어내게 된 인간의 몫이기 때문이다.

사실 이 난해어법은 그 효과의 관점에서 설명할 때 더 잘 이해되는 측면이 있다. 말라르메의 운문시는 모두 작시법의 규칙을 엄격하게 적용하거나 날카롭게 염두에 둔 정형시이다. 예의 특이한 통사법에 따라 해체된 낱말들은 완벽하게 배분된 박자의 선율과 정확하면서도 미묘한 각운 도식에서 비롯하는 낭랑한 울림에 의지해서만 시구 속에 자리를 잡고 있는 것처럼 보인다. 낱말들이 실제로 의미를 갖는 것은 문 속에서인데 문은 보이지 않으니, 필경 어떤 우연의 결과일 그 문맥 의미는 잠재된 상태로 유예된다. 어구들의 지배 관계가 겉에 드러나지 않는 시구 속에서 대등한 자격을 지닌 것처럼 보이는 낱말들은 각기 그 고립된 의미로 하나의 인상을 만들며, 시 전체에서 그 인상들은 상호 간섭 현상을 일으키고, 말의 음조에 의해 서로간의 경계가 지어져 특이한 물리적 효과를 형성한다. 시의 음악성이라고 부르는 바가 그것이다. 말라르메에게서 난해어법이 의미를 음악으로 대체하려는 조치는 아니었지만, 시의 독서가 기대하는 지적·감각적 쾌감에서 음악의 몫을 최대한으로 높일 수 있는 수단이었다. 시를 읽는 정신은 하나하나의 낱말에서, 또는 그 낱말들의 연쇄에서, 하나의 의미를 찾을 것이나, 그 의미가 곧바로 나타나지 않을 때, 그것을 발견하려는 노력 때문에 독서의 속도는 낮아진다. 이때 말의 음향은 더욱 분명한 것이 되고, 거기서 오는 쾌적한 느낌은 더욱 커진다. 늦어지는 독서로 더욱 길게 울리는 음향은 낱말과 낱말 사이에 여러 층으로 교차되는 메아리를 형성한다. 시를 읽는 독자는 그것이 말이라는 것을 거의 잊어버리게 되지만, 겉으로 드러나지 않을 뿐 엄연히 내재하는 통사법이 분위기를 긴장시키고, '열려라, 참깨!' 같은 열쇠말만 있으면 금방 드러날 것 같은, 그러나 쉽게 드러나지 않는 의미가 그를 깊은 사념 속으로 끌고 들어간다.

말라르메가 1866년 12월 5일, 프랑수아 코페에게 보낸 편지는 시의 말을 어떤 물리적인 힘으로 바꾸는 작업의 취의를 매우 간명하게 요약한다. "우연이 시구를 잠식하지 않는다면, 그것은 대단한 일입니다. 우리 가운데 여러 시인들이 거기에 이르렀는데, 내 생각입니다만, 시행이 완전히 설정되었을 때, 우리가 특히 지향해야 할 바는, 시 속에서 낱말들—이미 외부의 인상을 받아들이지 않을 만큼 충분히 그것들 자체로 되어 있는 낱말들—이 서로가 서로를 반영하여, 이미 그 본래의 색깔을 지니지 않고 어떤 색조의 추이(推移)에 불과한 것처럼 보이게 한다는 것입니다." 낱말들은 그 구체적 문맥 의미와 일상적 용법에서 야기된 "외부의 인상"을 넘어서서, "그것들 자체로 되어" 그것들 서로를 비추는 거울의 상태에 이르러야 한다는 뜻이 되겠다. 그러나 이런 말들은 항상 의문을 불러일으키게 마련이다. 낱말들이 어떤 구체적인 진술 속에 적극적으로 참여하지 않고 거울의 상태 또는 "색조의 추이"로만 남게 된다면 그것들은 더 이상 말이 아니라고 해야 할 것이다. 그렇다고 해서 이 말들이 귀뚜라미의 울음처럼 의미를 넘어선 "성스런" 단일음이라고 할 수도 없을 것이다. 낱말들에서 그 의미 지시의 구체적 작용을 실제로 완전히 제거한다면 그것들이 서로를 비추는 힘도 함께 사라질 것이며, 거기서 비롯하는 색조의 추이도 불가능할 것이기 때문이다. 그것들은 또한 종족의 언어를 넘어선 보편적 언어일 수도 없다. 말라르메가 시 속에 쓰고 있는 기이한 언어는 여전히 프랑스어이며, 게다가 뛰어난 프랑스어이다. 그러나 저 "색조의 추이"는, 또는 음악적 효과는 만일 인간의 일상어 · 종족 언어를 넘어선 보편적 언어가 발견된다면, 바로 그 보편 언어에 의해서만 표현될 것에 대한 하나의 인상, 또는 그것의 한 편린이 될 수 있을 것이다. 어떤 인상이건 그 인상이 *진정하게* 체험된 것이기만 하다면, 그 자체로 우주적인 한 현상의 환기이며, 낡은 관념들이 묻어 있는 어떤 종류의 설명이나 정의(定義)보다도 더 투명하고 예리하게 우주의 한 면모를 지금 이 자리에 불러오게 마련이다. 네가 꽃이란 그저 그런 것이라고 생각하면서 꽃을 보았다면 너는 그저 그런 꽃한 송이를 본 것에 지나지 않지만, 네가 정말로 무심한 상태에서 그 꽃을 보았다면 너는 우주의 한 얼굴을, 지극히 작은 얼굴이지만, 본 것이다. 말라르메에게서 낡고 우연한 관념들을 차례로 부정하고 색조와 선율로 하나의 인상이 되려는 이 시어의 지평선에 순수 관념들이 떠오르게 되는 것도 같은 이치이다. 물론 여기에는 이중성이 있다. 시의 말이그 결정면을 아무리 철저하게 다듬더라도 일상의 침전물을 다 벗어버릴수는 없는 것처럼, 시구 너머로 떠오르는 순수 관념이 한 시인의 주관적관념에서 완전히 멀어질 수 없는 것이 사실이다. 그러나 낡은 말들을 비껴 지나가 어떤 언사(言辭,Verbe)의 계시처럼 드러날 것을 희망하며 꾸며지는 말라르메의 시어는 불성실하고 불완전한 표현들이 우리의 일상생활에 얽어매놓은 불행한 사슬을 잠시라도 끊어보려는 집중된 노력의 표현인 것이 또한 사실이다. 중요한 것은 하나의 주관성이 다른 여러 주관성을 수용하고 반영하여 특별한 수준의 전망을 얻을 수 있을 때까지 투명성을 확보하는 일일 것이다. "시구를 파들어"간다는 것은 마음속에 이투명한 거울을 마련한다는 것과 다르지 않다. 이 점에서 한 시인에게서그의 언어의 고행은 바로 그의 실존의 고행이라고 말할 수 있게 된다.

　일종의 단편소설이라고 해야 할 미완성의 작품 『이지튀르』에서 말라르메의 화자는 "전대미문의 순수함에 이를 때까지 거울을 희박하게함으로써"(전집 I, 499) 자기 자신의 모습을 보려고 한다. 언어의 거울은아무런 굴절도 없이 순수한 상이 비칠 때까지 얇아져야 하는데, 거울이정작 절대적으로 '희박'한 상태에 도달하고 나면 거기 비치는 시인의 모습도 사라질 것이다. 절대적 순수 언어를 꿈꾸는 언어의 고행은 그래서결국 화자의 죽음이라는 생각으로 이어진다. "순수한 작품이란 필연적으로 화자로서의 시인의 소멸을 의미하는 것이며, 시인은 낱말들에 주도권을 양도한다. 낱말들은 하나하나가 다르기 때문에 서로 충돌함으로써 동원상태(動員狀態)에 놓인다. 낱말들은 마치 보석들 위에 길게 뻗어 있는 허상의 불빛처럼 그 상호간의 반영으로 점화된다"(「운문의 위기」, 전집 II, 211). 이것은 말라르메가 세상을 떠나기 다섯 해 전인 1893년에 발표한 글에서 인용한 것이지만, '에로디아드'에 진력하고 있던 1867년 5월 14일 앙리 카잘리스에게 보낸 편지에서도 벌써 같은 말을 하고 있다.

나는 이제 막 끔찍한 한 해를 벗어났습니다. 내 생각은 생각되었으며, 순수 개념에 도달했지요. 그 반대급부로 이 긴 단말마의 고통 속에서 내가 겪어야 했던 모든 것은 필설로 다할 수 없을 지경이지만, 다행스럽게도, 나는 완전히 죽었으며, 내 정신이 모험을 할 수 있는 곳이라면 가장 불결한 지역도 영원입니다. 내 영혼은 그 자신의 순수에 습관이 된 이 고독자이며, 시간의 반영마저도 그것을 더 이상 어둡게는 못합니다. 〔……〕 이제 나는 비인칭이며, 이미 형이 알고 있던 스테판이 아니라, ──과거의 나였던 것을 통하여 정신적인 우주가 스스로를 보고 스스로를 전개해간다는 하나의 〔대응〕 능력이라는 것입니다.

이 편지의 말을 그대로 받아들인다면, 시인은 이미 자기 생각의 주체가 아니며, 이성의 필연적 법칙이 그의 사고를 점유하고 있다는 뜻이 될 텐데, 이는 영감을 얻었다거나 계시를 받았다는 말과 다를 것이다. 어떤 초자연적인 존재가 그를 대신해서 생각하거나 생각을 불어넣는 것이 아니라 그의 생각이 신적 이성과 구별될 수 없는 자리에 이르러 있을 뿐이다. 비인칭이라는 말에서 우리는 금방 프랑스어의 il이나 영어의 it

같은 비인칭 대명사를 생각하게 된다. 그것은 시간과 거리, 천기와 명암 등, 원칙적으로 우주 안에서 일어나는 절대적인 현상의 주체를 나타낸다. 그의 생각은 바람이 불고 비가 오는 것처럼 우주적 정신이 그 권능을 전개하는 장소가 되었다. 한 문단 아래서 그는 "우주가 내 안에서 그 동일성을 재발견하도록 절대적으로 필연적인 전개만을" 용납할 것이라고 쓰기도 한다. 우주와 시인의 관계에서, "과거의 나였던 것"은 사라지지만, 다른 한편으로는 우주의 정신의 대응 능력으로 되기 위해 우주와 동일한 크기로 다시 나타나지 않을 수 없다. 말하자면, 그의 자아는 무이면서 전체이다. 인간의 정신과 우주가 일대일로 대면하는 이 정황에서, 시인은 세계와 같은 것이 되기 위해 그의 *자아*를 바치는데, 세계는 굳건한 언어 표현의 자리를 얻기 위해 시인의 자아를 되살린다. 우주와 시인은 서로가 서로의 이름으로 말한다. 여기에는 분명 모순이 있는데, 그것은 어쩌면 심각한 것이 아닐 수도 있다. 방정식을 풀고 있는 수학자를 생각해볼 만하다. 수학자의 국적이 어떠하건, 그의 감정 상태가 어떠하건, 그의 정신은 이성의 법칙에 의한 필연적 추론의 과정을 밟아가지 않을 수 없기에, 어떤 우연도 그가 구해야 할 해답에 영향을 줄 수 없다. 수학식을 앞에 놓고 있는 그의 정신은 보편적 이성이며, 따라서 순수 이성이다. 그러나 수학자와 시인의 처지가 같을 수 없다. 수학자는 처음부터 필연적 법칙 안에서 출발하지만, 시인은 그 법칙의 밖에서, 이미 말했던 것처럼 그 법칙에 결코 순응하지 않을 것처럼 보이는 언어의 우연성에서 떠날 수 없다. 언어를 사용하는 자는 누구건 단순한 자연이 아니다. 우리의 경험은 아무리 단순한 말이라도 말과 연결될 때 물질세계의 현상과 법칙으로 결코 환원되지 않는다. 인간의 말은 자주 (말라르메의 의견으로는 거의 언제나) 허위에 이르지만, 허위로 비명을 지르는 멧돼지를 상상할 수 있겠느냐. 말은 자연에 잉여의 족적을 남기고, 그래서 결국 순수 개념의 지평을 와해시킨다. 이 정황에서 물질 세계의 순수 법칙을 따라야 할 것이 있다면 그것은 오직 시인 자신이다. 그는 법칙의 밖에 있기에 오히려 법칙이 되어야 한다. 그는 자신의 말에서 일체의 인간다운 관용을 제거한 다음에야, 아니 그 자신에게서부터 인간다움을 희생한 다음에야 비로소 하나의 의미에 이를 터인데, 차라리 의미의 유예라고 해야 할 그 의미는 또다시 끝없는 과업과 노력을 지시할 뿐이다. 정신적 우주의 대응 능력이 된다는 것은 따라서 이 끝없는 과업을 짊어진다는 것과 다른 것이 아니라고 해야 하겠다.

이른바 대문자의 책(le Livre)에 대한 말라르메의 포부도 이 시인 소멸론과 함께 이해하는 것이 마땅하지만, 편지가 벌써 길어졌구나. 마지막 편지가 될 다음번 편지는 이 책에 대한 설명으로 시작할 생각이다.

제목 없는 소네트 "제 순결한 손톱들이 그들 줄마노를……"에서 한 절을 인용하면서 오늘의 편지를 마감한다.

빈 객실의, 장식장 위에는, 공허하게 울리는
폐기된 골동품, 소라껍질도 없다
(無가 자랑하는 이 물건만 가지고
주인이 지옥의 강으로 눈물을 길러 갔기에).

말-골동품이 폐기되고, 말의 대상이 사라지고, 말의 주체인 주인이 소멸해버린 어떤 풍경을, 또는 그 풍경의 부재까지를 이 시가 또한 보여주는구나.

네번째 편지: 대문자의 책과 『시집』

말라르메는 대작(Grand Œuvre) 또는 책에 관한 기획을 몇 차례에 걸쳐 이야기했다. 그는 '에로디아드'를 쓰다 말고 다음번 겨울로 미뤄두고 있던 1866년 여름부터 친구들에게 "장엄한 작품의 기초"를 세웠다고 말했다. 이 기획이 그해 7월 오바넬에게 "다섯 권의 분량에 해당하는 책을 쓰는 데 20년이 필요할 것"이라고 했던 말이나, 다음해 9월 빌리에 드 릴 아당에게 "절대적인 책인 한 권은 '미'에 대해서, 인간적인 다른 한 권은 '무의 찬란한 알레고리'에 대해 쓰겠다고 했던 정도에서 그쳤다면, 그것은 진중한 주제를 가진 부피가 큰 책을 저술하겠다는 의도로 이해될 수 있었을 것이다. 그러나 1891년 7월 쥘 위레와의 대담에서 "세계는 하나의 책에 도달하기 위해 만들어졌다"고 말하고, 1885년 11월 16일 베를렌에게 보낸 자서전적 편지에서 그것이 "요컨대 단 한 권밖에는 없다고 확신하는 책"이며 "시인의 유일한 임무인 대지에 대한 오르페우스적 설명"이라고 말하면서, 말라르메의 책은 시에 대한 그의 개념 자체가 된다. 그것은 우주의 모든 것을 종합하는 책이다.

물론 말라르메 이전에도, 특히 낭만주의 시인들은 세계와 인간의 기원과 역사와 미래에 관해 방대한 서사시를 발표하거나 기획했던 적이 많았다. 그러나 이 서사시들은 종교적 경전들과 신화와 전설과 역사를 종합하면서 동시에 그것들을 참조하게 하는 구조, 다시 말해서 그 서사시 밖에 있는 책들과 함께 존재할 운명을 지니지만, 말라르메의 책은 "단 한 권밖에는 없는" 책이며, 세계 전체가 거기에 도달하기 위해 만들어졌기에 오직 그 내부의 질서가 존재할 뿐 바깥이 없는 책이다. 그것은 하나의 우주론에 그치지 않는다. 무엇보다도 시인 소멸론의 관점으로 이해하자면, 우주에 대해서, 우주에 의해 작성되는 책이다.

그러나 말라르메에게서 이 책이 하나의 개념에 그친다고 말할 수 없는 것은 그가 죽기 전날까지 그 책을 포기하지 않았기 때문이다. 예의 자서전적 편지에서 말라르메는 자신이 그때까지 쓴 모든 글들을 두고 그 책을 위한 연습에 불과하다고 말하고 있다. "그렇게 간단한 일이 전혀 아니오. 내게는 이미 알려진 쪼가리 작품들이 많고, 그게 친절하고 탁월한 재사들에게서, 그 첫번째가 당신이구려, 호감을 얻어내기도 했지만, 그걸 한데 끌어모으려고 서두른 적은 한 번도 없었던 판이니까요! 이 전부는 나에게 손을 무뎌지지 않게 유지한다는 것밖에 다른 기회적인 가치는 없소. 어쩌다 그 중의 하나가 모든 재사들에게서 제법 성공을 거둘 수 있다 하더라도, 그것들로 하나의 앨범을 꾸미는 일이야 아주 가당하겠으나, 하나의 책은 아니오." 그는 1899년에 발간될 드망 판 『시집』(지금 우리가 번역하고 있는 이 시집이다)에 붙일 '해제'에서까지 그 가운데 상당수의 시편들이 "작업에 들어가기 전에 펜촉을 시험하듯, 더 좋은 작품을 바라며 쓴 습작들"이라고 말하고 있다. 당연한 이야기겠지만 말라르메는 이 책을 쓰지 못했다. 그것은 본질적으로 존재할 수 없는 문서임을 말라르메 자신이 모를 리 없었다. 그는 『시집』 중 가장 낙관적인 전망을 담고 있다고 평가되는 한 시에서 "확장되건 부정되건 항상 그대로인 공간"이라고 쓰면서, 그 우주 공간이 자기 시쓰기의 증인으로 될 것을 기대하고 있다. 우주는 확장된다고 하더라도 무한한 것이며, 부정된다고 하더라도 무한한 것이다. 여러 번 되풀이해 말한 것처럼, 말을 하는 자로서 인간은 우주의 영원성을 시간성으로, 무한을 우연으로 바꿀 수 있을 뿐이다. 우주가 그의 시의 넓이와 깊이를 증언한다면 무엇으로 증언하겠느냐. 결국 그 증언 역시 시인의 시를 통해서만 표현될 것이다. 증언해야 할 언어와 순수 부정에 이르러야 할 언어의 사이에, 증언해야 할 시인과 소멸해야 할 시인 사이에 말라르메가 책에 이르기 위해 택할 수 있는 길은 매우 좁고, 사실상 존재하지 않는다.

말라르메만큼 자신이 쓴 책으로보다 쓰지 않은 책으로 더 유명해진 시인은 아마 없을 것이다. 말라르메에 관해 진지한 이야기를 하려는 사람이면 누구나 책을 언급하게 되는 것은 그 개념이 독창적인 데에도 원인이 있지만, 『시집』의 시편들을 이해할 수 있는 열쇠가 바로 그 기획 속에 있기 때문이다.

무엇보다도 이 불가능한 기획이 시인으로서의 말라르메의 태도를 결정한다. 제목 없는 소네트 "순결하고, 강인하고, 아름다운……"에서, 얼음에 갇힌 백조가 자신을 해방시키려는 노력에 희망이 없다는 것을 명철하게 알면서도 순백의 얼음에 능동적으로 자신을 붙박을 때도,

> (제 순수한 빛이 이 자리에 지정하는 허깨비,
> 그는 무익한 流謫의 삶에서 백조가 걸쳐 입는
> 모멸의 차가운 꿈에 스스로를 붙박는다)

역시 제목 없는 소네트 "항해하려는 유일한 열망에……"에서 선장 바스코 다 가마가 인도로의 접근을 알리는 기쁜 소식에도 아랑곳없이 창백한 미소로만 답할 때도,

> (그것 새의 노래에 의해
> 창백한 바스코의 미소에까지 반사되고)

거기에서는 책에 신념을 걸고 백지 앞에 앉아 있는 시인 자신이 모습이 발견된다. 불가능한 기획이 마침내 자신을 해방시킬 것이라는 신념이 아니라, 적어도 그 기획에의 천착이 자신의 시쓰기를 의미 있는 것으로 만들고 그 깊이를 보장해줄 것이라는 신념이다. 이 점에서 말라르메의

책은 작업 가설 같은 성격을 지닌다. 안타깝게도 이 가설은 검증될 수 없지만, 검증될 수 없기에 역설적으로 무한한 깊이를 지닌다. 그가 시쓰기를 통해서 경험하는 무한은 바로 좌절의 무한이기 때문이다. 또 하나의 제목 없는 소네트는 첫 두 연이 다음과 같다.

레이스가 한 겹 사라진다
드높은 유희의 의혹 속에서,
침대의 영원한 부재만을
신성 모독이나 저지르듯 설핏 열어 보이고.

꽃무늬 장식 하나가 같은 것과 벌이는
이 한결같은 하얀 갈등은
희부연 창에 부딪혀 꺼지나
제가 가려 감추는 것보다 더 많이 떠오른다.

레이스가 한 겹 사라지고 나면 또 한 겹의 레이스가 떠오른다. 말라르메가 걷어낼 수 있는 것은, 또는 그 사라짐을 목도하는 것은 늘 마지막에서 두번째 레이스일 뿐이다. 창조·생성의 자리인 "침대"는 영원히 부재한다. 만나야 할 것에 아주 가까이 가기는 하나 끝내 만날 수는 없는 어떤 점근선을 떠올려야 할까. 이 시의 끝에서 시인은 자신이 열망하는 존재가 "어느 배도 아닌 제 자신의 배"에서 태어날 것이라고 말하지만, "제 순결한 손톱들이 그들 줄마노를……"로 시작하는 이른바 "yx 각운의 소네트"에서처럼,

(그녀, 거울 속에 裸身으로 죽었건만,

액틀로 닫힌 망각 속에는 붙박인다

이윽고 반짝임들의 七重奏가.)

우주가 성좌의 형식으로 언어의 거울 속에 비친다 하더라도, 그것을 바라보고 증언할 시인은 이미 사라지고 없다. 그는 "공허하게 울리는 폐기된" 악기만 들고 "지옥의 강으로 눈물을 길러 갔기" 때문이다. 다시 말해서 시인은 언어의 거울에 주도권을 내주고 소멸했기 때문이다. 그래서 말라르메의 시에서, 특히 이들 제목 없는 소네트에서, 그 마지막 단계는 항상 부재하는——때로는 시인이, 때로는 그가 열망하는 대상이 부재하는 자리이다.

시인과 그 열망의 대상이 함께 만나게 될 자리가 항상 한 걸음 뒤로 연기될 수밖에 없는 이 시학에 대한 사르트르의 비판은 가혹하다.

…… 그의 시는 완전한 것이 되기 위하여 실패작이 되었다. 시가 언어와 세계를 소멸시키는 것으로도, 심지어 시 스스로 폐기되는 것으로도 충분하지 않았으며, 우연한 죽음에 의해 시작할 수도 없게 된 전대미문의 불가능한 작품의 헛된 초안으로 될 필요가 있었다. 우연한 사고사에 비추어 이 상징적인 죽음을, 무에 비추어 존재를 고찰할 때, 모든 것은 *질서* 속에 들어간다. 의외의 역전에 의해, 이 혹독한 난파는 *실현된* 시들 하나하나에 절대적 필연성을 부여한다. 그것들의 가장 통렬한 의미는 그것들이 우리를 열광시킨다는 점과 더불어 그 저자가 그것들을 아무것도 아닌 것으로 여겼다는 점에서 기인한다. (사르트르, 166~67)

말라르메가 그의 시편들을 실패작으로 규정했던 것은 사실이다. 이 시편들이 하나의 망상에 그칠 불가능한 기획과의 관계에서 절대적 필연성을 얻는 것도 사실이다. 그러나 사르트르의 비판은 결과만을 말할 뿐 그 과정을 염두에 두지 않았다고 해야겠다. 말라르메의 문학에서 책은, 또는 시인의 상징적 죽음은, 단순히 알리바이의 가치만을 지닌 것은 아니었다. 실현이 가능하건 불가능하건 책의 개념은 그의 시쓰기 속으로 들어와 내적 비평의 기능을 했으며, 사물과 생각과 말의 관계에 대한 성찰의 틀을 마련했다. 그는 자신의 열망을 실현된 작품의 수준으로 끌어내리려 하지 않았다. 그것은 이루어질 수 없는 열망이기 이전에 포기될 수 없는 열망이었기 때문이다. 그가 저 제목 없는 소네트들에서 자주 말하게 되는 좌절은 예술적 완벽함의 기준을 현실의 한계 밖에 세우려는 그에게 처음부터 계산된 좌절이 아니라 실제로 체험된 좌절이었다. 독자가 그의 『시집』을 읽으며 말과 자연에 대해 어떤 특별한 반응을 얻게 된다면, 그것은 그가 어디선가 절대적 책에 관해 말했기 때문이 아니다. 오히려 독자는 『시집』이 도달한바 내적 부정의 순수 언어에 의해 그의 불가능한 기획이 무엇이었던가를 이해하게 된다. 이 점에서 『시집』은 이 세계 안에서 인간에 의해 실현될 수 있는 책의 최고 형식이라고 말하더라도 무방하다.

말라르메는 1874년 영어 교사직을 사직하고, 그해 가을에서 겨울까지 격주간 간행물 『최신 유행』을 여덟 호에 걸쳐 발간했다. 이 경박한 잡지는 자신의 작업에 지극히 까다로웠던 시인과 그의 난해어법을 알고 있는 독자들을 놀라게 했다. 앞서 말한 자서전적 편지에서, 그는 이 잡지에 관해 이렇게 말하고 있다. "어느 순간, 내 자신의 횡포한 허섭스레기 책에 절망하여, 여기저기서 화장, 보석, 가구, 연극에 이르기까지, 식사 메뉴에 이르기까지 웬만큼 기사들을 끌어모은 다음에, 혼자서 『최신 유행』이라는 잡지를 편집하려고 했지요. 여덟 호인가 열 호인가, 발간된 잡지들은 아직도 그 먼지를 털어내고 있노라면 나를 오랫동안 꿈꾸게 하지요." 말라르메는 이 잡지가 자기로서는 일종의 휴식이었다고 말하려는 것 같다. 그런데 아무것도 아닐 수 있는 이 휴식을 말라르메와 관련하여 가장 중요한 사안으로 여기는 견해가 있다. 1989년 데니스 홀리어는 주로 미국의 대학에 재직하는 불문학자들의 글을 모아 『새로운 프랑스 문학사』라는 책을 발간했다. 기존의 문학사와는 달리 문학 사전과 연대기적 문학사의 중간 형태를 지닌 이 문학사는 중세부터 현대까지의 불문학에 관한 260개 논문을 담고 있으며, 각 논문은 하나의 연대와 하나의 '헤드라인'을 제시하고 그에 따라 문학적 사건을 서술하는 방식을 취하고 있다. 이 문학사에서 말라르메와 그의 문학은 여러 차례 언급되지만 그에게 정식으로 배당된 연대와 헤드라인은 "1874년, 스테판 말라르메가 귀부인을 위한 간행물 『최신 유행——사교계 및 가정 잡지』를 쓰고 편집하고 발간하다"이다. 시마 고드프리가 쓴 이 글은 치밀하고 난해한 말라르메의 시와 반짝이는 작은 장식품으로 가득 차 있으며 아름답고도 무의미한 유행의 세계 간의 유사성을 강조하고, 19세기 이후 현대의 패션 산업이 어떻게 예술화의 길을 밟았으며, 모던파의 예술이 어떻게 현대의 유행에서 영감을 받았는가를 기술하는 가운데 『최신 유행』을 그 중요한 단계에 위치시키고 있다. 말라르메가 이 잡지에서 최신의 브로치 장식이나 머리핀, 유행하는 부채나 모자를 묘사하기 위해 사용하는 정확하고 이국적인 어휘들은 그것을 읽는 사람들에게 거의 육체적인 쾌감을 자아낸다. 이 묘사의 세부는 그것들의 물질성보다는 그 휘발성의 마술적 효과를 암시하도록 꾸며져 있기에, "사물이 아니라, 사물에서 산출되는 효과를" 그리려 했던 말라르메의 시법이 다른 방법으로 실현된 것이라고 말할 수도 있다. "공기 진동에 의한 말의 소멸"과 함께 구체적인 사물들이 사라지는 자리에 나타날 어떤 음악적 행복감과 유행의 덧없는 기쁨이 같은 것일 수도 있다.

그러나 언어의 극한을 지향하는 말라르메의 작업이 때로는 열광적인 확신 속에서 이루어지기도 했지만, 그보다는 더 자주 거대한 외부 세계에 절망적으로 도전하는 사람이 지극히 조용하게 지르는 비명처럼 실천되었다는 점을 잊을 수는 없다. 그의 시편들이 실패작의 형식으로만 완성되는 것은 사물의 억압적 무게가 시의 언어를 타고 약간이라도 경감되려 할 때마다 현실의 저항이 얼마나 큰 것이었는가를 드러내며, 이 점에서 그의 점근선적 유예는 지상에 대한 책임 의식의 표현이라고 말하는 것이 옳다. 말라르메의 난해한 시들은 지상의 불완전한 언어와 그 다양한 관용 어법으로부터 우연을 제거하고, 저 침묵하고 있는 "불후의 언어"에서나 가능한 "더욱 순수한 의미"(「에드거 포의 무덤」)를 거기에 부여하여 "진리 그 자체가 될" 말들을 조직해내려는 시도의 결과인 것은 이미 말한 그대로이다. 세상에 이미 존재하는 법칙들이 아니라 순수 지성에 의해 창안된 법칙에 따라 언어를 제압하여 한 세계를 만들고 그 속에 자기 존재 전체를 집어넣는 일, 자유롭고 엄정하게 스스로 선택한 억압으로 필연적인 우주를 구축하여 그것으로 생존의 우연을 대체하려는 이 기도는, 극단의 허무에 봉착하는 것이 그 결과라 하더라도, 원칙적으로는 가장 단단한 삶에 대한 열망과, 어떤 종류의 반항도 따를 수 없을 만큼 극렬한 비순응의 투지를 그 속에 포함하고 있다.

끝으로, 이 책의 번역에 관해서도 독자로서의 네가 알아두어야 할 것이 있다. 이 번역 시집은 Mallarmé, *Poésies*, Bruxelles, Édition Deman, 1899를 우리말로 옮기고 주석을 붙인 것이지만, 실제로 번역의 저본이 된 것은 Mallarmé, *Œuvres complètes*, t. I, éd. par B. Marchal, Gallimard, coll. Bibliothèque de la Pléiade(nouvelle édition), 1998에 수록된 해당 텍스트이다. 옮긴이로서 나는 말라르메의 시를 '그대로' 옮

기려고 애썼으며, 유창한 역문을 얻으려는 욕심에 원문을 왜곡하는 일이 없도록 주의했다. 글을 옮기다 보면 자연스럽고 유려하게 번역하겠다는 유혹에 끌린 나머지 역문으로 원문을 가려 해석의 가능성을 줄여버릴 위험이 의외로 많다. 따라서 가능한 한 낱말과 낱말이, 시구와 시구가 일대일로 대응하게 하는 방식을 택했으며, 우리말에서 잘 쓰지 않는 문장 부호들도 최대한 살려두었다. 원문의 이탤릭체는 '그대로' 옮겼으며, 원래 고유명사가 아닌데도 두문자를 대문자로 쓴 낱말은 '고딕체'로 써서 표시해두었다. 어떤 시구의 번역에서는 복수의 역문을 놓고 망설일 때가 많았지만, 번역이란 결국 하나의 역문을 선택하는 일이다. 그래서 선택할 수는 없었으나 함께 제시하는 것이 마땅하다고 생각되는 역문은 해당 시의 주석에 적어두었으니 참조할 수 있을 것이다. 이미 여러 차례에 걸쳐 말했듯이, 화자로서의 시인이라고 하는 우연한 자기 존재를 비워버리고 어떤 공공의 절대 자아가 말하게 하는 것이 말라르메의 시쓰기였음을 감안할 때, 어쩌면 나는 하지 않아야 할 일을 한 것인지도 모르겠다. 그의 시를 다른 언어로, 특히 프랑스어와는 통사법이 전혀 다른 우리말로 옮기는 일은 원문의 그 필연적 질서를 깨뜨릴 뿐만 아니라, 운문으로 감추어진 '보물'을 산문으로 드러내어 타락시킬 염려가 크기 때문이다. 그러나 "외국어 속에 마법으로 묶여 있는 저 순수 언어를 자기 언어를 통해 풀어내고, 작품 속에 갇혀 있는 저 순수 언어를 작품의 재창조를 통해 해방한다는 것, 바로 이것이 번역가의 과제"(Walter Benjamin, *Œuvres I: Mythe et violence*, Denoël, 1971)라는 벤야민의 말이 하나의 위안이 되는 것도 사실이다. 이 말을 믿는다면, 시인과 번역가는 순수 언어를 향해 종족의 방언을 지양한다는 공동의 목표에서 서로 만난다. 이 번역이 그 과제를 완수했다는 것이 아니라 그 희망 속에서 이루어졌다는 뜻이다.

네게 보내는 편지를, 또는 이 번역에 붙이는 해설을, 여기서 끝낸다. 네가 앞으로 하게 될 일은 말라르메나 그의 『시집』과는 크게 관계가 없을 것이다. 그렇더라도 내가 이 시집을 번역하면서 시인에게 바쳤던 존경심을 네가 기억해주기 바란다. 중요한 것은 끝까지 간다는 것이리라. 생각하는 것의 끝에까지 간다는 것은 어쩌면 인간적인 것이 아닐 수도 있다. 그러나 인간 너머를 생각하지 않는 인간적인 삶은 없다. 게다가 지금 인간적이라고 믿고 있는 것이 항상 인간적인 것은 아니다. 지난 역사를 돌아보면 극도로 비정한 삶을 인간의 운명이라고 생각할 때도 있었다. 시는, 패배를 말하는 시까지도, 패배주의에 반대한다. 어떤 정황에서도 그 자리에 주저앉지 말라고 말할 수 있는 용기가 시의 행복이며 윤리이다. 네가 어떤 일을 하든 이 행복과 윤리가 너와 무관한 것은 아닐 것이다.

2005년 겨울, 아버지

시 집

인사

없음이라, 이 거품, 처녀시는
오직 술잔을 가리킬 뿐;
그처럼 저 멀리 세이렌의 떼들
수없이 뒤집혀 물에 빠진다.

우리는 항해한다, 오 나의 가지가지
친구들아, 나는 벌써 뒷전에서,
그대들은 벼락과 겨울의 물살을
가르는 화사한 뱃머리에서;

아름다운 취기 하나 나를 부추겨
그 키질도 두려워 말고
서서 이 축배를 바치게 한다

고독에, 암초에, 별에,
우리 돛의 하얀 심려를
불러들인 것이면 어느 것에나.

불운

얼빠진 인간의 무리 위에
창공을 구걸하는 자들 그 발은 우리의 길을 밟고도
그 야성의 갈기는 번쩍이며 솟구치고 있었네.

그들의 걸음 위로 군기처럼 펼쳐진 검은 바람이
살 속까지 추위로 매질을 하여
그때마다 성마른 바퀴 자국을 거기 파놓곤 했네.

항상 바다를 만나리라는 희망을 품고
그들은 여행했네, 빵도, 지팡이도, 물항아리도 없이,
쓰디쓴 이상의 황금 레몬을 씹으며.

대부분 밤의 행렬 속에 헐떡거리며,
제 피가 흐르는 것을 보리라는 행복에 도취하였으니,
오 죽음이여 그들 고집스런 입술에 단 한 번의 입맞춤을!

그들이 패배한다면, 그것은 벌거벗은 칼을 들고
지평선에 서 있는, 막강한 한 천사의 탓.
감읍하는 가슴에 한 조각 선홍빛이 엉기네.

그들은 꿈의 젖을 빨았듯이 고통의 젖을 빠네,
그리곤 관능적인 눈물을 리듬에 맞춰 노래하노라면
대중은 무릎을 꿇고 그들의 어머니는 일어서네.

이 사람들이야 위로를 받고, 자신 있고 당당하나,
조롱당하는 백 명의 형제들을 그 발치에 끌고 가네,
음흉한 우연의 가소로운 순교자들을.

눈물 소금이 늘상 그들의 부드러운 뺨을 갉으니,
그들은 한결같은 사랑으로 재를 삼키나
야비하거나 익살을 떠는 운명이 그들을 차형에 처하네.

그들은 북을 울리듯, 생기 없는 목소리로
종족의 천한 동정을 자극할 수도 있었지,
한 마리 독수리가 부족한 프로메테우스의 동류들!

아니야, 비천하고, 웅덩이도 없는 사막을 배회하는
그들이 성마른 군주의 채찍에 몰려 둘러쓰는 것은
불운, 그 들리잖는 웃음소리에 무릎 꿇어 엎드리네.

연인들이여, 겹살이꾼 그놈! 말 엉덩이에 곁다리로 함께 올라타고,
급류를 뛰어넘으면, 당신들을 진창에 처박아,
허우적대는 허연 한 쌍의 진흙더미만 남겨놓지.

그놈 덕분에, 남자가 제 괴상한 날라리를 불라치면,
아이들은 엉덩이에 주먹을 붙여 팡파르를 흉내 내며
끈덕진 웃음으로 우리 허리를 쥐어짜게 하리라.

그놈 덕분에, 婚期의 가슴 빛낼 장미 한 송이로
여자가 시든 가슴 알맞게 장식할라치면,
저주받은 그 꽃다발 위에 가래침이 번들거리리라.

그리고, 이 난쟁이 해골, 깃털 장식 펠트帽를 쓰고,
장화를 신고, 옆구리엔 진짜 털인 양 구더기가 슬었으니,
그들에게는 끝도 한도 없는 막막한 쓰라림.

화가 난 그들이 악당에게 덤벼들지 않으랴만,
이를 가는 그들의 장검은 그놈의 해골에 눈 내리며
맞구멍을 뚫고 나가는 달빛이나 뒤쫓네.

불우한 신세를 높이 받들 오기도 없어 처량하고,
고작 험한 말로 제 뼈의 원수를 갚는 것이 한심한
이 작자들은 원한에도 못 미치는 증오를 갈망하지.

서투른 三絃胡弓 연주자들에게도,
애새끼들, 창녀들에게도, 술병이 바닥났을 때
춤을 추는 누더기 늙다리들에게도 놀림감.

적선에건 복수에건 훌륭한 시인들은

이 지워진 신들의 고통을 알지 못하고
그들이 지루하고 머리가 나쁘다고 말하네.

"갑옷을 두르고 내달려 출정하진 않더라도
폭풍 같은 거품을 뿜는 신출내기 말처럼,
그들도 깐으로는 공적이 웬만하니 도망쳐도 무방하리.

축제의 승리자에게라면 훈향을 실컷 피워올리련만,
이 어릿광대들은 왜 진홍빛 넝마도 걸치지 않은 주제에
발걸음을 멈추시라 소리만 지르는가!"

아무 놈이나 그들의 얼굴에 경멸을 침 뱉고 나면,
비천한 말들을 수염에 매달고 천둥에 기구하는 헛것들,
익살맞은 불안을 못 이겨 이 영웅들은

가로등 기둥에 우스꽝스럽게 목을 매러 간다네.

顯現

달은 슬펐다. 눈물 젖은 세라핀들이,
손가락에 활을 들고, 아련한 꽃들의 고요에 잠겨 꿈꾸며,
하늘빛 꽃부리를 따라 미끄러지는 그 하얀 흐느낌을
잦아드는 비올라에서 끌어내고 있었으니,
──그것은 너의 첫 입맞춤으로 축복받은 날.
마냥 나를 괴롭히려 드는 몽상은
슬픔의 향기에 슬기롭게 취했었지,
후회와 환멸은 없어도
꿈을 꺾고 나면 그 꺾은 가슴에 슬픈 향기는 남는 법.
낡은 포석에 눈을 박고 그러므로 나는 떠도는데,
머리에 햇빛을 이고, 거리에서,
저녁에, 그때 활짝 웃으며 나타난 너,
빛의 모자를 쓰고
옛날 응석받이 아기 내 고운 잠을 밟고 지나가며
언제나 가볍게 쥔 그 손에서
향기로운 별 하얀 다발을 눈 내리던
그 선녀를 보는 것만 같았다.

시답잖은 청원서

공주여! 이 찻잔 위에 그대 입술이 입 맞추는 자리에
솟아오르는 헤베의 팔자가 부러워,
나는 내 불꽃을 낭비하나 사제의 얌전한 지위밖에 가진 게 없으니
세브르의 도자기 위에 발가벗고는 나타날 수 없으리.

나는 당신의 수염 난 복슬강아지도 아니고,
박하사탕도 입술연지도, 응석받이 노리개도 아니기에,
그래도 당신의 감은 눈길이 내게 떨어진 줄은 알고 있기에,
그 달통한 미용사들이 금은세공사 노릇을 해야 하는 금발 여인아!

우리를 임명하시라…… 딸기 향내 나는 그 많은 웃음이
길들인 어린 양떼인 양 모여들어 아무에게서나
그 소원을 뜯어먹으며 열광하여 울어대는데, 당신아,

우리를 임명하시라…… 부채 하나로 날개를 단 사랑의 신이,
　손가락에 피리를 들고 이 양 우리를 잠재우는 내 모습 부채에 그리
도록,
　공주여, 우리를 그대 미소의 목동으로 임명하시라.

벌받는 어릿광대

두 눈, 호수, 캥케 燈의 더러운 그을음이 깃털인 양
시늉으로 환기하는 딴따라 광대 노릇 그만 접고
다른 것으로 다시 태어나리라는 내 소박한 도취에 잠겨,
나는 천막의 벽에 창 하나를 뚫었네.

내 다리와 두 팔로, 헤엄치는 맑은 사람 배반자 나는
무수한 도약을 거듭하여, 서툰 햄릿을 부정하였으니!
파도 속에서 마치 수천 무덤을 새롭게 바꿔
그 안으로 순결하게 사라지기라도 할 것 같았네.

주먹질에 화내는 심벌즈의 명랑한 황금,
태양이 갑자기, 내 자갯빛 신선함으로
순결하게 증발한 알몸을 때리니,

피부의 고약한 어둠 그대가 내 위로 흐를 때였네,
빙하의 음험한 물에 풀린 이 연지분이
내 축성식의 전부였음을, 배은망덕한 놈! 나는 몰랐던 것.

창

슬픈 병원이 지겨워, 빈 벽의 크고 권태로운 십자가를 향해
휘장의 진부한 백색을 타고 피어오르는
역겨운 향내음이 지겨워,
딴 마음을 먹는 빈사의 병자는 늙은 등을 다시 세우고,

저를 끌어가, 그 썩은 몸을 덥히려는 게 아니라
돌 위에 떨어지는 햇빛을 보려고,
앙상한 얼굴의 하얀 털과 뼈를
맑고 고운 광선이 검게 태우려는 창에 붙이니,

열에 들떠, 푸른 하늘을 탐식하는 그의 입은,
젊은 날, 그의 보물, 왕년의
어느 순결한 피부를 마시려 들었을 때처럼!
쓰디쓴 긴 입맞춤으로 금빛 미지근한 유리창을 더럽힌다.

취하여, 그는 살아난다, 聖油의 끔찍함도,
탕약도, 시계와 강요된 침대도,
기침도 잊고, 저녁 해가 기와지붕 사이에서 피를 흘릴 때,
빛살 가득한 지평선에 그는 눈길을

보내니, 백조처럼 아름다운 금빛 갤리선들,
얼기설기 풍요로운 황갈색 섬광일랑은
추억에 잠겨 태무심하게 흔들어 재우며,
주홍빛에 싸여 갯내음 풍기는 강 위에 잠드네!

이렇게, 행복 속에 파묻혀 오직 그 식욕으로만
밥을 먹고, 아등바등 오물을 찾아
제 어린 것 젖 먹이는 아내에게 바치려는
모진 마음의 인간에게 역겨움 지울 수 없어,

나는 도망친다, 그리고 누구나 삶에 등을 돌리는
모든 창에 매달리고 싶다, 그리고 축복을 받아,
무한의 순결한 아침이 금빛으로 물들이고,
영원한 이슬로 씻긴, 그 창유리에

나를 비추니 나는 천사이어라! 그리고 나는 죽으니,
──그 유리가 예술이건, 신비로움이건──
내 꿈을 왕관으로 쓰고, 다시 태어나고 싶다,
美가 꽃피는 전생의 하늘에!

그러나, 오호라! 이 세상이 주인: 고착된 이 생각
때로는 이 확실한 피난처에까지 찾아와 내 속을 뒤집고,
어리석음의 더러운 구토가
창공을 앞에 두고도 코를 막도록 나를 몰아대는구나.

그래 있는가, 오 쓰라림을 아는 나여,
괴수에게 모욕받은 수정을 부수고
깃털 없는 나의 두 날개로 도망칠 방법이?
──영원토록 추락하는 한이 있어도.

꽃들

첫날 새벽에, 옛 蒼天의 황금 사태와,
별들의 영원한 눈사태에서,
아직은 젊고 재난에 물들지 않은 땅을 위해
옛날 당신은 풀어놓았지 거대한 꽃송이들을,

목이 가는 백조들과 함께, 황갈색 글라디올러스를,
오로라를 밟고 부끄러움에 붉게 물든
세라핀의 해맑은 엄지발가락 같은 주홍빛
유형받은 영혼들의 저 거룩한 월계화를,

히아신스를, 경애로운 섬광 지닌 도금양을,
그리고 여자의 살결을 닮아 잔인한
장미, 밝은 정원에 꽃핀 에로디아드
사납고 빛나는 피에 젖은 그 꽃을!

그리고 당신은 백합들의 흐느끼는 백색을 만들었으니
한숨의 바다 위를 스치듯 굴러가며
희미한 지평선의 파란 향 연기 가로질러
눈물 젖은 달을 향해 꿈꾸듯 올라가네!

시스트르 곡조를 타고 향로에서 피어오르는 호산나,
우리들의 마님, 우리네 古聖所 뜨락의 호산나!
그리고는 하늘나라의 저녁을 빌려 메아리는 끝나네,
저 시선들의 법열, 저 후광들의 번쩍임!

오 어머니, 당신은 의롭고 굳건한 그 가슴 안에,
저 미래의 약병을 흔드는, 크나큰 꽃들의
꽃송이들을, 향기로운 **죽음**과 함께 창조하셨네,
삶에 시들어 지친 시인을 위해.

새봄

병든 봄이 겨울을, 침착한 技藝의 계절,
냉철한 겨울을 처량하게 쫓아 보냈으니,
침울한 피가 지배하는 내 존재 안에서
無力이 기지개를 켜며 긴 하품을 한다.

낡은 무덤처럼 쇠테가 조이고 있는
내 두개골 아래 하얀 황혼이 식어가고
그리고 슬피, 나는 어렴풋하고 아름다운 꿈을 쫓아 헤맨다,
무한한 수액이 넘치며 으스대는 들판을 누비며.

이윽고 나무 향기에 맥을 잃고 나는 쓰러져, 지쳐,
이마로 내 꿈에 구덩이를 파고,
라일락이 돋아오르는 더운 흙을 씹으며,

기다린다, 바닥까지 잠겨들며, 내 권태가 일어서기를……
──그런데 창공이 웃는구나, 산울타리 위에서, 꽃 피듯
깨어나 태양을 향해 지저귀는 수많은 새들 위에서.

고뇌

오늘 저녁 내 발걸음은 네 육체를 정복하기 위함도 아니요,
오 인간 족속의 죄악이 몰려드는 짐승이여, 네 칙칙한 머리칼 속에,
내 입맞춤이 퍼붓는 치유할 길 없는 권태 아래,
처량한 폭풍을 뚫기 위함도 아니다.

내 너의 침대에서 구하는 것은 꿈도 없는 무거운 잠,
회한이 찾아들지 못할 저 장막 아래 그 잠이 떠도니,
새까만 거짓말을 늘어놓은 뒤 너라면 맛볼 수 있겠지,
허무의 바탕에 누워 그 잠을 죽은 자들보다 더 많이 알고 있는 너.

그것은 악덕이, 타고난 내 고결함을 파먹으며,
내게도 너처럼 그 불모의 표적을 찍어두었기 때문이지.
그러나 네 돌과 같은 젖가슴에는 어느 죄악의 이빨에도

상처 입지 않을 심장 하나 깃들어 있건만
창백한, 수척한, 내 壽衣를 떨쳐버리지 못하는, 나는 도망친다,
내 홀로 잠든 사이에 죽을 것이 두려워.

[쓰라린 휴식이 지겨워……]

자연의 하늘 밑 장미 숲의 매혹 어린

어린 날을 떠나며 옛날 내가 바라던 영광을

내 게으름이 욕 먹이는 쓰라린 휴식이 지겨워,

그리고, 내 뇌수의 인색하고 냉랭한 땅에,

밤새워 새로운 묘혈을 파겠다는

모진 계약이 일곱 배나 더 지겨워,

불모가 제 품샀인 인정머리 없는 매장 인부 나는,

─장미꽃들이 찾아오면, 오 몽상이여, 그 새벽을 보고

무슨 말을 하리? 막막한 무덤은, 제 창백한 장미들이 두려워,

저 빈 구덩이들을 하나로 합칠 텐데,─

잔인한 나라의 게걸스런 예술을 팽개치고,

내 친구들과 과거와 천재와,

그나마 내 빈사의 고뇌를 알고 있는 내 등불이

내게 던지는 그 해묵은 힐난들을 웃어넘기며,

저 마음 맑고 공교로운 중국인을 따르고 싶으니,

그의 순결한 법열은

황홀한 雪月의 찻잔들 위에,

그 청명한 삶을 향기롭게 하는 야릇한 꽃 한 송이,

어린 시절, 제 영혼의 푸른 결에 접 붙는 것만 같던

그 꽃의 끝을 그리는 것.

그리하여, 현자의 유일한 꿈만 지닌 죽음이 그렇듯,

평온하게 나는 젊은 풍경을 골라

찻잔 위에 그려보리, 저만치 외떨어지게.

가늘고 파리한 하늘빛 선 하나가

민무늬 백자 하늘 가운데 호수 하나를 이루련가,

하얀 구름에 이지러진 맑은 초승달이

고요하게 그 뿔을 물 얼음에 적시네,

멀지 않게 그 긴 비취빛 속눈썹 세 개, 갈대 서 있고.

종치는 수사

순수하고 청명하고 그윽한 새벽 하늘에
종은 그 맑은 목소리를 깨워 일으켜,
라벤더와 백리향 풀숲에 안젤루스를 던지는
저 아이를 밟고 가며 기쁨을 안겨주건만,

종치는 수사는 제가 눈뜨게 하는 새의 깃털에 스치며,
백년 묵은 밧줄 팽팽하게 당기는 돌덩이를
올라타고 구르며 처량하게 라틴어를 웅얼거려도
들리는 것은 그에게 아련히 떨어져내리는 땡그랑 소리뿐.

내가 바로 그 사람. 슬프구나! 갈망의 밤으로부터,
내 아무리 동아줄을 잡아당겨 이상의 종소릴 울려본들,
차가운 죄의 충실한 깃털 하나가 장난을 치고,

소리는 부스러기로만 내게 떨어져 허망하게 울리는구나!
그러나, 어느 날, 헛된 줄다리기에도 끝내 지쳐빠지면,
오 사탄이여, 나는 돌덩이를 풀어내고 내 목을 매리라.

여름날의 슬픔

태양이, 모래 위에서, 오 잠든 女戰士여,
네 머리칼의 황금 속에 나른한 목욕물을 덥히고,
적의에 찬 그대의 뺨 위에 향불을 사르며,
사랑의 음료에 눈물을 섞는다.

이 백열의 타오름이 잠시 요지부동으로 멈추는 틈에
너는 말하였지, 구슬프게, 오 내 겁먹은 입맞춤들,
"우리는 결코 단 하나의 미라로 되진 않으리라
이 고대의 사막과 행복한 종려수 아래!"

그러나 너의 머리칼은 따뜻한 강,
우리에게 들린 혼이 떨림도 없이 거기 잠겨들어
그대가 알지 못하는 저 허무를 만나리.

나는 네 눈꺼풀에서 눈물 젖은 분을 맛보며,
너에게 상처 입은 이 심장이 얻을 수 있을지 알아보련다,
저 창공과 돌의 무감각함을.

창공

영원한 **창공**의 초연한 빈정거림은
꽃들처럼 무심하게 아름다워서,
고통의 메마른 사막을 헤매며 제 재능을
저주하는 무기력한 시인을 짓누르네.

도망가며, 두 눈을 감아도, 나는 내 비어 있는 영혼을
응시하는 그 눈길이 따가워 강렬한 회한에
억장이 무너지네. 어디로 달아나랴? 어느 흉물스런 밤을
갈가리 찢어 집어던져, 저 가슴 아픈 멸시를 가리랴?

농무들아, 피어올라라! 너희 단조로운 재들을
안개의 긴 넝마들에 실어날라,
가을의 납빛 늪에 익사할 하늘에 쏟아부어
거대하고 적막한 천장을 지어라.

그리고 너, 망각의 못에서 기어나오라,
친애하는 권태야, 진흙과 창백한 갈대를 주워와서,
새들이 방정맞게 뚫어놓는 저 거대한 푸른 구멍들을
결코 지치지 않는 손으로 틀어막아라.

아직도 남았다! 처량한 굴뚝들아 쉬지 말고
연기를 뿜어내라, 떠다니는 그을음의 감옥들아
지평선에 노랗게 죽어가는 태양을
그 시커먼 옷자락의 공포로 덮어 꺼버려라!

—— 하늘은 죽었다. ——너를 향해 달려가노니, 오 물질이여,
잔인한 이상도 죄도 잊어버릴 망각을 달라,
행복한 人間畜生들이 누워 있는
그 잠자리를 함께 나누려는 이 순교자에게.

담장 밑에 뒹구는 연지분 단지처럼,
내 뇌수 마침내 텅텅 비어,
흐느껴 우는 생각을 울긋불긋 치장할 기술 이제 더는 없는지라,
비천한 죽음을 향해 내 침울하게 하품하고만 싶기에……

헛일이로다! 창공이 승리한다, 종소리 타고 울리는
그의 노래 들린다. 내 마음이여, 그는 목소리 되어
그 심술궂은 승리로 우리를 더욱 으르대며,
살아 있는 금속에서 푸른 안젤루스로 솟아나는구나!

그는 안개를 타고 구르며, 노회하도다, 너의 타고난
고뇌를 꿰뚫으니, 실수를 모르는 칼날 같구나,
소용도 없이 악랄한 반항을 둘러쓰고 어디로 도망갈거나?
나는 들려 있다. 창공! 창공! 창공! 창공!

바다의 미풍

육체는 슬프다, 아아! 그리고 나는 모든 책을 다 읽었구나.
달아나리! 저곳으로 달아나리! 미지의 거품과 하늘 가운데서
새들 도취하여 있음을 내 느끼겠구나!
어느 것도, 눈에 비치는 낡은 정원도,
바다에 젖어드는 이 마음 붙잡지 않으리,
오 밤이여! 백색이 지키는 빈 종이 위
내 등잔의 황량한 불빛도,
제 아이를 젖먹이는 젊은 아내도.
나는 떠나리라! 그대 돛대를 흔드는 기선이여
이국의 자연을 향해 닻을 올려라!
한 권태 있어, 잔인한 희망에 시달리고도,
손수건들의 마지막 이별을 아직 믿는구나!
그리고, 필경, 돛대들은, 폭풍우를 불러들이니,
바람이 난파에 넘어뜨리는 그런 돛대들인가
종적을 잃고, 돛대도 없이, 돛대도 없이, 풍요로운 섬도 없이······
그러나, 오 내 마음이여, 저 수부들의 노래를 들어라!

탄식

내 마음은, 오 조용한 누이여, 어느 가을이
주근깨를 둘러쓰고 꿈꾸는 그대의 이마를 향하여,
그대의 천사 같은 눈에 떠도는 하늘을 향하여,
어느 우수 어린 정원에서 하얀 분수 하나,
열심히 솟아오른다오, 탄식하듯 창공을 향하여!
──넓은 연못에 그 끝없는 우울을 비추고,
잎새들의 황갈색 단말마가 바람 따라 떠돌며
차가운 물이랑을 내는 죽은 물 위에
노란 태양이 한 가닥 긴 빛살에 끌려가게 놓아두는,
창백하고 청순한 시월 그 온화한 창공을 향하여.

적선

이 돈자루를 집어들게, 걸인이여! 인색한 유방의
늙다리 젖먹이라도 되는 양, 한 푼 한 푼 방울져
그대의 弔鐘이나 울리게 하자고 이 자루에 알랑댄 건 아니겠지.

이 귀중한 금속에서 어디 야릇한 죄를 짜내보게,
그리곤, 마치 우리들이 두 주먹 가득 쥐고 거기 입을 맞추듯 듬뿍
그게 비틀어져라 불어제치게나! 뜨거운 팡파르를.

이 집들이 모두 향 연기 피어오르는 교회가 아니겠나,
담벼락에, 잠시 푸르게 갠 하늘을 흔들어 재우는
담배가 말도 없이 기도를 굴릴 때 말씀이야,

또한 강한 아편이 약상자를 깨뜨리고 나올 때 말씀이야!
그대는, 드레스이자 피부인, 그 비단을 찢고프며,
행복한 무기력을 침 흘리며 마시려는가,

왕후의 카페에 앉아 아침을 기다리고 싶은가?
천장에는 님프와 베일이 푸짐하기도 한데,
창문의 거지에게도 饗宴을 던지지.

그래서 늙다리 하느님아, 그대가 외출할 때는, 부대자루를
둘러쓰고 덜덜 떨면서도, 새벽 하늘이 금빛 술의 호수인지라
그대는 목구멍으로 별들을 마신다 큰소리치지!

그대 보물의 광채를 헤아릴 순 없더라도,
적으나마 그대는 깃털 하나로 멋을 낼 순 있지, 저녁기도를 드릴 때
그대 아직 믿고 있는 성자에게 촛불 하나를 바칠 순 있지.

내 터무니없는 말을 한다 생각지 말게.
大地는 굶어죽는 자에게 늙어빠져서야 열리는 법.
나는 또 하나의 적선을 증오하며 그대가 날 잊길 바란다네.

그리고 무엇보다도, 형제여, 빵을 사러 가진 말게.

獻詩

당신에게 이 아기를 이뒤메의 밤으로부터 데려왔구려!
깜깜하게, 핏빛 어린 희미한 날개를 달고, 깃털을 벗고,
香油와 황금으로 태운 유리를 통하여,
얼어붙은, 오호라! 또다시 음울한 窓을 통하여,
저 새벽빛이 천사 같은 램프에게 덤벼들었소.
종려나무들이여! 敵意에 찬 미소를 시험하는 이 아버지에게
새벽빛이 이 遺物을 보여주었을 때,
푸르고 삭막한 고독이 전율하였다오.
오 아기를 어르는 여자는, 당신의 딸과 함께, 당신들의 차가운 발의
그 천진함으로, 이 끔찍한 탄생을 맞아들이시라.
당신의 목소리가 비올라와 클라브생을 생각나게 하는 동안,
순결한 창공의 大氣에 배고픈 입술을 위해
여인이 巫女의 백색으로 흘러내리는
그 젖가슴을 당신은 시든 손가락으로 누르려가?

에로디아드

장경

유모―에로디아드

유

살아 있구나! 아니면 내 여기서 한 王女의 망령을 보는 것인가?

그 손가락과 반지에 이 입술로 입맞추게 하고, 이제 그만

미지의 시대 속으로 걸어 들어가는 일일랑은……

에

물러서시오.

무결한 내 머리칼의 금빛 격류가,

내 고독한 몸을 떡 감기며 공포로

얼어붙게 하니, 빛이 감아도는 내 머리칼은

不滅하다. 오 여인아, 한 번의 입맞춤으로도 나는 죽으리라,

美가 곧 죽음이 아니라면……

어떠한 매혹에

내 이끌렸는지, 선지자들도 잊어버린 어떠한 아침이

죽어가는 저 먼 땅에 그 슬픈 축제를 퍼붓는지

낸들 알겠는가? 오 겨울의 유모여, 그대는 내가

늙은 내 사자들 그 야수의 世紀가 어슬렁거리는

돌담과 쇠창살의 육중한 감옥 속에

들었음을 보았으니, 숙명의 여자, 나는 무사한 손으로

저 옛날 왕들의 황량한 냄새 속으로 걸어갔지.

그러나 또한 그대는 보았는가 내 공포가 무엇이었는지를?

나는 망명지에 꿈꾸며 멈춰 서서, 분수를 뿜어

나를 맞이하는 못가에라도 서 있는 양,

내 안에 피어 있는 창백한 백합의 꽃잎을 따는데,

내 몽상을 가로질러, 적막 속으로 내려가는

그 가녀린 꽃 이파리들을 시선으로 뒤쫓느라 얼이 빠진

사자들은 내 옷자락의 나른함을 헤치고,

바다라도 가라앉힐 내 발을 바라보았지.

그대는 그 늙은 육체의 전율을 가라앉히고,

이리 와서, 내 머리칼이 너희들을 두렵게 하는

저 사자 갈기의 너무나 사나운 꼴을 닮았으니,

나를 도와라, 이대로는 거울 속에서 하염없이 빗질하는

내 모습을 그대는 감히 쳐다볼 수도 없을 것인즉.

유

마개 덮인 병 속의 상쾌한 몰약은 아니라도,

장미의 노쇠에서 뽑아낸 향유의

불길한 효험을, 아기씨여, 시험해보심이

어떨지?

에

그런 향수 따윈 치워라! 그게 내가 혐오하는

것임을 모르는가, 그래 내 머리에 나른하게
적셔드는 그 도취의 냄새를 맡으라는 말인가?
내가 바라는 바는, 인간적인 고뇌의
망각을 퍼뜨리는 꽃이 아니라, 향료로부터
영원히 순결한 황금인 내 머리칼이,
잔혹한 광채를 띨 때도, 윤기 없이 하얗게 바랠 때도,
금속의 그 삭막한 차가움을 끝내 간직하는 것이니,
내 고독한 어린 날부터, 고향 성벽의 보석들아,
무기들아, 화병들아, 너희들을 그렇게 비추어왔듯이.

유

용서하소서! 여왕 마마, 나이가 드니 낡은 책처럼 희미해진
아니 까매진 쇤네의 정신에서 아기씨의 금지령이 지워져서……

에

그만 됐다! 내 앞에 이 거울을 들고 있어라.
                              오 거울이여!
네 틀 속에 권태로 얼어붙은 차가운 물이여
얼마나 여러 번을, 그것도 몇 시간씩, 꿈에
시달리며, 네 얼음 밑 그 깊은 구멍 속에서
나뭇잎과도 같은 내 추억을 찾으며
나는 네 안에 먼 그림자처럼 나타났던가.
그러나, 무서워라! 저녁이면, 네 엄혹한 우물 속에서,
나는 내 흩어진 꿈의 裸身을 알아버렸다!

유모, 내가 아름다운가?

유

한 개 별이지요, 진실로

그런데 이 머리타래가 흘러내려서……

에

멈춰라, 내 피를

그 근원에서 다시 얼어붙게 하는 그대의 범죄를, 그리고 그 거동,

그 지독한 不敬을 응징하라: 아! 이야기해보라

어느 든든한 마귀가 그대를 그 을씨년스런 흥분 속에 빠뜨리는지,

내게 제안한 그 입맞춤, 그 향수, 그리고, 내가 그 말을 할까?

오 내 가슴이여, 그대가 필경 날 만지려 하였으니

또한 불경한 그 손, 그것들은 망루 위에서

불행 없이는 끝나지 않을 어느 날……

오 에로디아드가 두려운 눈으로 바라보는 날이여!

유

괴이한 시간으로부터, 진정, 하늘이 그대를 보호하시옵길!

그대는 고독한 그림자가 되고 새로운 분노가 되어 배회하며,

그 마음속을 때 이르게 공포에 떨며 바라보시지만,

하오나 불사의 여신에 버금하리만큼 경애로우시며,

오 나의 아기씨, 끔찍하도록 그렇게도

아름다우셔서……

에

그러나 나를 만지려 하지 않았더냐?

유

저는 운명의 신이
아가씨의 비밀을 맡기는 그 사람이고 싶습니다.

에

오! 닥치거라!

유

때로는 그분이 오실까요?

에

순결한 별들이여,
듣지 말아다오!

유

음침한 공포들 속에 빠져든 것이
아니라면 어찌 갈수록 더 요지부동으로 꿈꿀 수 있으랴
저 어여쁨의 보석더미가 기다리는 그 神에게
간청이라도 하시는가! 그런데 누구를 위해 고뇌로
애를 태우며 지키시는가요, 그대 존재의
남모르는 광채와 헛된 신비를?

에

나를 위함이다.

유

슬픈 꽃이여, 홀로 자라며 마음 설레게 하는 상대라곤
오직 물속에 무력하게 보이는 제 그림자뿐.

에

가거라, 그대의 연민과 빈정거림을 흘리지 말라.

유

하오나 가르쳐주소서: 오! 아닙니다, 순진한 아기씨여,
어느 날엔가는, 그 기고만장한 멸시도 수그러들겠지요……

에

그러나 누가 날 건드릴 것이냐, 사자들도 범접하지 못하는 나를?
그뿐이랴, 난 인간적인 것은 아무것도 원치 않으며, 조각상이 되어,
낙원에 시선을 파묻고 있는 내 모습이 그대 눈에 비친다면,
그것은 내가 옛날에 빨았던 그대의 젖을 회상하는 때.

유

제 자신의 운명에 바쳐진 애절한 희생이여!

에

그렇다, 나를, 나를 위함이다, 내가 꽃피는 것은, 고독하게!

너희들은 알겠지, 난해하게 지은 눈부신 심연 속에

끝없이 파묻히는 자수정의 정원들이여,

태고의 빛을 간직한 채, 알려지지 않은 황금들이여,

始原의 대지 그 어두운 잠 아래 묻힌

너희들, 맑은 보석 같은 내 눈에 그 선율도 아름다운

광택을 빌려주는 돌들이여, 그리고 너희들,

내 젊은 머리칼에 숙명의 광채와

순일한 자태를 가져오는 금속들이여!

그대를 말한다면, 巫女들의 소굴에서 벌어지는 악행에나 어울리게

못된 世紀에 태어난 여인이여,

죽게 마련인 한 인간을 이야기하다니! 그자를 위해 내 옷자락의

꽃시울에서, 사나운 환락에 젖은 향기처럼,

내 裸身의 하얀 떨림이 솟아나와야 한다는 말인가,

예언하라, 여름날의 따뜻한 창공이,

여자는 천성적으로 하늘을 향해 저를 드러내지,

별처럼 벌벌 떨며 부끄러워하는 나를 본다면,

나는 죽으리라고!

　　　　　　나는 사랑한다 처녀로 삶의 끔찍함을, 나는 바란다

내 머리칼이 내게 안겨주는 공포 속에 살기를,

밤이면, 내 잠자리로 물러나, 아무도 범하지 않는

파충류, 쓸모없는 내 육체 속에서,

네 창백한 빛의 그 차가운 반짝거림을 느끼기 위해,

스러지는 너, 정결함으로 타오르는 너,

얼음과 잔인한 눈의 하얀 밤이여!

그리고 네 고독한 누이는, 오 내 영원한 누이여,

내 꿈은 너를 향해 솟아오르리라: 벌써 그렇노라고,

그것을 꿈꾸는 한 마음의 희귀한 맑음인

나는 내 단조로운 조국에 나 홀로라고 생각한다,

그리고 모두가, 내 주위에서, 우러러 받들며 산다,

다이아몬드 맑은 시선의 에로디아드가

그 잠든 정적 속에 비쳐 있는 거울 하나를……

오 마지막 매혹이여, 그렇다! 나는 그것을 느낀다, 나는 고독하다.

유

마님, 그렇다면 죽으려 하십니까?

에

아니다, 가련한 할머니여

조용하라, 그리고 물러가며, 이 냉혹한 마음을 용서하라,

그러나 먼저, 괜찮다면, 덧문을 닫아라: 세라핀 같은

창공이 그윽한 유리창에서 미소짓는데,

나는 증오한다, 나는, 저 아름다운 창공을!

물결들은

흔들리고, 저기, 한 나라를 그대는 알지 못하는가,

저녁마다 우거진 나뭇가지에서 타오르는 비너스의

미움을 받는 시선들이 불길한 하늘에 박혀 있는 나라를:

나는 그리 떠나리라.

다시 불을 켜라, 어린애 같다고

그대는 말하는가, 불꽃 가볍게 타오르는 밀랍이

빈 황금 속에서 무언가 낯선 눈물을 흘리는

저 촛대에……

유

지금?

에

안녕히.

　　　그대는 거짓말을 하는구나, 내 입술의

벌거벗은 꽃이여!

　　　나는 알지 못하는 것을 기다리고 있다,

아니 어쩌면, 신비와 그대의 외침을 알지 못한 채,

그대는 터뜨리는가 드높고 상처 입은 오열을,

몽상에 잠겨 있다가 제 차가운 보석들이

마침내 흩어지는 것을 느끼는 한 아이처럼.

목신의 오후
── 전원시

목신

이 님프들, 나는 그네들을 길이길이 살리고 싶구나.

                      이리도 선연하니,
그네들의 아련한 살빛, 무성한 잠으로 졸고 있는
대기 속에 하늘거린다.

             내가 꿈을 사랑하였던가?

두텁게 쌓인 태고의 밤, 내 의혹은 무수한 실가지로
완성되어, 생시의 숲 그대로 남았으니,
아아! 나 홀로 의기양양 생각으로만
장미 밭의 유린을 즐겼더란 증거로구나 ──

더듬어 생각해보자……

             혹여, 그대가 떠벌리는 여자들은
그대의 전설적인 육욕의 소망을 그림 그리는가!

84

목신이여, 환각은 더 정숙한 여자의, 눈물 젖은 샘처럼,

푸르고 차가운 눈에서 솟아나온다.

그러나, 온통 숨결 가쁜 다른 여자는 그대 털 속의

뜨거운 대낮 바람처럼 대조적이라 말할 것인가?

아니다! 요지부동의 지친 失神으로

더위에 목이 졸려, 서늘한 아침은 발버둥치면서도,

화음으로 축여지는 숲에 내 피리가 퍼붓는

물이 아니면 어느 물로도 속삭이지 않고, 메마른 빗속에

소리를 흩날리기 전에 두 대롱 밖으로

서둘러 빠져나가려는 유일한 바람은,

주름 한 자락 움직이지 않는 지평선에서,

하늘로 되돌아가는 저 영감의

가시적이고 진정되고 인위적인 숨결이로다.

태양들에게 질세라 내 허영이 분탕질하는,

오 조용한 늪의 시칠리아 기슭,

명멸하는 불티들의 꽃 아래 말없는 沿岸이여, 이야기하라.

"재능으로 길들이는 속빈 갈대를 내 여기서

꺾었을 때, 샘에 포도넝쿨을 바치는

먼 초원의 청록색 황금 위로,

휴식하는 짐승들의 하얀 빛이 물결을 이룬다고,

피리 소리 태어나는 느린 전주에

저 날아가는 백조의 떼들, 아니다! 水精의 떼들 도망친다고,

또는 물에 잠긴다고……"

　　　　　　　　나른하게, 황갈색 시간에 만상이 타오르고
*라흐*를 찾는 자가 소망하는 너무 많은 혼례가
무슨 재주로 한꺼번에 흔적도 없이 사라졌을까.
그때 나는 첫 열기에 깨어 일어나,
太古적 빛의 물결 아래, 우뚝 홀로 서며,
백합꽃들이여! 이 순진함으로 그대들 가운데 하나가 되런가.

아주 나직하게 믿을 수 없는 여자들을 믿게 하는 입맞춤,
그네들의 입술이 누설한 그 부드러운 공허와는 달리,
증거의 허물이 없는 내 순결한 가슴은
어느 고귀한 이빨에 말미암은 신비로운 상처를 증언한다.
그러나, 아서라! 이런 秘義는 은밀한 이야기 상대로
속 너른 쌍둥이 갈대를 골랐으니 푸른 하늘 아래서 부는
갈대 피리는 뺨의 혼란을 저 자신에게 돌려,
한 자락 긴 독주 속에 꿈을 꾼다, 우리가
주변의 아름다움을, 바로 그것과 우리의 순박한 노래 사이
감쪽같은 혼동으로, 기쁘게 하는 꿈을,
내 감은 눈길로 따라가던 그 순결한 등이나
허리의 흔해빠진 몽상으로부터,
한 줄기 낭랑하고 헛되고 단조로운 선을
사랑이 변주되는 것만큼 높이 사라지게 하는 꿈을.

그러하니, 도피의 악기여, 오 얄궂은 피리
시링크스여, 부디 호수에 다시 꽃피어나, 날 기다려라!
나는, 내 소문을 뽐내며, 오랫동안 여신들을

말하련다, 우상 숭배의 그림을 그려,

그네들의 그림자에서 다시 허리띠를 벗기련다.

이렇게, 포도 알알에서 그 빛을 빨고 나서,

내 거짓 시늉으로 회한을 흩뜨려 쫓아버리려고,

웃으며, 나는 빈 열매를 여름 하늘에 들어올리고,

그 빛 밝은 껍질에 숨결 불어넣으며, 도취를

갈망하여, 저녁이 올 때까지 비쳐보노라.

오 님프들이여, 가지가지 추억으로 부풀어오르자.

"내 눈이, 골풀들을 뚫고 나가, 불후의 목덜미를 하나하나

쏘았더니, 제각기 숲의 하늘에 광란의 비명을 울리며,

그 타오르는 상처를 물결 속에 잠그는구나,

머리칼의 눈부신 목욕이 빛과 잔물결 속에

사라지는구나, 오 보석들이여!

나는 내닫는다, 내 발치에, 잠자는 여자들이 (둘이라는

그 고통에서 맛본 나른함으로 기진하여)

그 아슬아슬한 팔만 두르고 서로 끌어안고 있을 때,

나는 그네들을 덮쳐, 떼놓지도 않은 채, 후려안고,

변덕스런 그늘도 머물기를 마다하여 태양에

향기 모두 날려버리는 저 장미 덤불로 날아드니,

거기 우리의 장난은 불타버리는 대낮과 같을시고."

내 너를 찬미하노라, 오 처녀들의 분노여,

내 불의 입술을 피하여 미끄러지는 裸身 그 성스런 짐의

오 사나운 환락이여, 한 줄기 번개가 전율하는가!

육체의 은밀한 공포를 내 입술은 마시니,

무정한 여자의 발끝부터 수줍은 여자의 가슴까지,
순결이 단 한 번에 단념하여, 미친 눈물에,
아니 덜 처량한 입김에 젖어드는구나.
"내 죄는, 그 믿지 못할 공포를 깨뜨리는 것이 즐거워,
신들이 그리 잘 얽어놓은 포옹의
저 헝클어진 숲을 갈랐다는 것.
그건 내가 단 한 여자의 행복한 굴곡 아래
타오르는 웃음을 감추려 하자마자 (단순한
손가락 하나로는, 얼굴도 붉히지 않는
순진한 동생을 붙들어 그 깃털 같은 순백이
불붙는 제 언니의 흥분에 물들게 하고,)
어렴풋한 죽음으로 헐거워지는 내 팔에서,
여전히 나를 취하게 하던 울음도 아랑곳없이,
이 포로는 영영 보람도 없이 풀려나갔기 때문."

어쩔 것인가! 다른 여자들이 내 이마의 뿔에
그네들의 머리타래를 묶어 나를 행복으로 이끌리라.
너는 알리라, 내 정념이여, 진홍빛으로 벌써 무르익은,
석류는 알알이 터져 꿀벌들로 윙윙거리고,
그리고 우리의 피는, 저를 붙잡으려는 것에 반해,
욕망의 영원한 벌떼를 향해 흐른다.
이 숲이 황금빛으로 잿빛으로 물드는 시간에
불 꺼지는 나뭇잎들 속에서는 축제가 열광한다.
에트나 火山이여! 그대 안에 비너스가 찾아와
그대의 용암 위에 순박한 발꿈치를 옮겨놓을 때,

슬픈 잠이 벼락 치거나 불꽃이 사위어간다.
여왕을 내 끌어안노라!

　　　　오 피할 수 없는 징벌……

　　　　　　　　아니다, 그러나 말이
비어 있는 마음과 무거워지는 이 육체는
대낮의 오만한 침묵에 뒤늦게 굴복한다.
단지 그것뿐, 독성의 말을 잊고 모래밭에 목말라 누워
잠들어야 할 것이며, 포도주의 효험을 지닌
태양을 향해 나는 얼마나 입 벌리고 싶은가!

한 쌍이여, 잘 있어라, 그림자 된 너의 그림자를 내 보러 가리라.

[머리칼 極에 이른 한 불꽃의 비상……]

머리칼 極에 이른 한 불꽃의 비상
그 타래 활짝 펼치려는 욕망의 서쪽이
관을 썼던 이마 제 옛 아궁이를 향해
(왕관이 스러지듯) 내려앉네

그러나 이 생기에 찬 구름밖에 다른 황금 불어넣지 않아도
항상 내부적인 불의 연소
애초부터 하나뿐인 그것은 지속되네
진정하거나 웃음짓는 눈의 보석 속에

손가락에 별도 불꽃도 놀리지 않고
영예로운 광채로 여자를 단순화하는 것밖에 없이
눈부신 그 머리로 공훈을 완수하여
즐겁고 수호하는 횃불처럼

루비의 의혹을 채집하여 뿌리는 그녀를
다정한 한 주인공의 裸身은 더럽히네

성녀

플루트나 만돌린과 더불어 옛날
반짝이던 그녀의 비올라의
금박이 벗겨지는 낡은 백단목을
감추고 있는 유리창에,

저녁 성무와 밤 기도에 맞추어 옛날
넘쳐흐르던 성모 찬가의
책장이 풀려나가는 낡은 책을
열어놓고, 창백한 성녀가 있다,

섬세한 손가락뼈를 위해
천사가 제 저녁 비상으로
만드는 하프에 스쳐
聖光처럼 빛나는 그 창유리에,

낡은 백단목도 없이, 낡은 책도 없이,
악기의 날개 위로,
그녀가 손가락을 넘놀린다
침묵의 악사.

葬送의 건배

오 우리네 행복의, 그대, 치명적 표상이여!

착란의 인사이자 창백한 헌주련가,
황금빛 괴수가 몸부림하는 이 내 빈 술잔을
회랑의 마술 같은 희망에 바친다고는 생각지 마시라!
그대가 나타난다 한들 나를 흡족하게 하지는 않으리,
내 그대를 손수 반암의 자리에 모시지 않았던가.
儀式이란 무덤의 문들 그 육중한 무쇠에
두 손으로 횃불을 비벼 끄는 것.
그렇거니 시인의 부재를 노래하는 너무나 단순한
우리네 축제를 위해 선택한 이 아름다운 기념물에
그대 고스란히 담겨 있음을 모르기는 어렵도다.
다만 남는 것, 누구나 맞이할 그 저열한 재의 시간까지,
어느 저녁이 우쭐거리며 내려와 불태우는 그 창문으로,
죽음의 순결한 태양 그 불꽃을 향해,
직분의 타오르는 영광이야 되솟아오름이 없으랴만!

장엄하게, 총체적이고도 고독하게, 그렇게
산화될 것이 두려워 인간들의 거짓 긍지는 떠는도다.

저 험상궂은 군중! 그들은 고하노니: 우리는

우리 미래 망령들의 슬픈 암흑이로다.

그러나 헛된 담벼락에 애도의 紋章들 흩어져 있어도

나는 눈물의 냉철한 공포를 무시하였으니,

내 성스런 시에조차 귀먹어 소스라치지 않는,

뽐내는, 눈멀고 벙어리인, 저 행인들 가운데 어느 한 사람,

제 아련한 壽衣의 손님된 자가

死後 기다리기의 순결한 영웅으로 변하고 있을 때였더라.

그가 말하지 않은 말들의 성마른 바람을 타고

안개 더미에 싸여 실려오는 막막한 나락,

無가 옛날의 폐기된 그 인간에게:

"지평선의 기억들이란, 오 그대여, 대지란 무엇이냐?"

이 꿈을 울부짖는데, 청아함이 변질되는 목소리로,

허공은 이 외침을 장난감 삼는도다: "나는 알지 못하노라!"

스승은, 그윽한 눈으로, 걸음걸음,

에덴의 불안한 경이를 진압하였으니,

그 마지막 떨림은, 당신의 목소리만으로도,

장미와 백합을 위해 한 이름의 신비를 깨우도다.

그래 이 운명에서 아무것도 남는 것은 없는가, 그런가?

오 그대들 모두여, 어두운 믿음을 잊어버리시라.

찬란하고 영원한 재능은 그림자를 남기지 않는 법.

내, 그대들의 욕망을 염려하여, 내 보고자 하는바,

어제, 당신이 사라진 뒤에도,

이 별의 정원들이 우리에게 지정하는 이상의 숙제 속엔,

평온한 재난의 영예를 위해,

도취한 주홍이자 크고 선연한 꽃송이, 말들의

그 장엄한 공기 진동은 살아남으리라,

빗방울이며 금강석, 그 어른거리는 시선이

거기 어느 것 하나 시들지 않는 그 꽃들 위에 남아

시간과 햇살 가운데 저 꽃송이 따로 떼어놓는지라!

이곳이 진즉에 우리네 진정한 숲들의 모든 거처일진대,

순수 시인은 여기서 겸허하고도 너그러운 행적으로,

당신의 직분의 적, 꿈에게 이 거처를 금지하는 바이니,

이는 그 당당한 휴식의 아침에,

저 오래된 죽음이란 것이 고티에에게도 다름없이

신성한 두 눈을 열지 않는다는 것이며 입을 다문다는 것일 때에,

해를 입히는 모든 것이랑 인색한 침묵이랑

두터운 어둠이 누워 있는 그 견고한 무덤이

오솔길에 딸린 장식으로 솟아오르게 하기 위함이라.

산문
(데 제생트를 위해)

과장이여! 내 기억으로부터
기세당당하게 일어설 줄을
모르는가, 오늘이야 무쇠의 옷을 입은
한 권 책 속의 주술인 그대는.

왜냐하면 나는 靈的인 마음들의 찬송을
지도책이며 식물 표본집이며 典禮圖鑑인
내 인내의 작품 안에,
학식에 의해, 배치하기 때문이다.

풍경의 수많은 매혹들 위로
우리는 얼굴을 스쳐갔다
(우리는 둘이었다, 나는 그렇게 주장한다),
오 누이여, 네 매혹들을 거기 비교하며.

권위의 시대는 당황한다,
우리의 두 겹 의식의 상실로
깊어지는 이 정오에 대해
사람들이 아무런 까닭도 없이,

일백 개 아이리스의 흙, 그 정오의 자리가,
그게 있는지 없는지 알지도 못하면서,
여름날 트럼펫의 황금이 불러대는
이름을 지니지 않았다고 말을 할 때.

그렇다, 대기가 환영들이 아니라
조망을 싣고 있는 한 섬에
우리가 왈가왈부할 수도 없이
모든 꽃이 더욱 넓게 펼쳐지고 있었다.

그렇게, 거대하게, 송이송이가,
그 하나하나를 정원에서 분리시키는
명철한 윤곽으로, 공백으로,
예사롭게 장식되었다.

이 새로운 의무를 향해 솟아오르는
아이리스의 가족들을 보려고
오랜 소망의 영광, 이데아들이
모두 내 안에서 열광하였으나,

슬기롭고 상냥한 이 누이는
눈길을 미소보다 더 멀리 가져가진
않았으니, 그녀를 이해하려는 듯
나는 내 오래된 정성을 기울인다.

오! 논쟁의 정신은 알아야 하리,
우리가 침묵하는 이 시간에,
가지가지 백합의 뿌리줄기가
우리의 이성에는 과분하게 자라나고 있었을 뿐,

크나큰 것이 다가오길 바란 나머지
제 단조로운 유희가 거짓말을 할 때
해안이 울고 있다 해도,
모든 하늘과 지도가

내 걸음걸음마다
갈라지는 바로 그 물결 따라
끝없이 확인되는 소식 듣는 내 경탄 싱그러운데,
그 나라가 존재하지 않았다고 할 수는 없는 것.

아이는 제 황홀을 단념하고
道程에 의해 벌써 학자인
그녀는 이 말을 말한다: 아나스타스!
영원한 양피지를 위해 탄생하는 말,

어느 풍토에서건, 그 조상인
한 무덤이, 퓔케리!
너무나 거대한 글라디올러스에 가린
이 이름을 제가 가졌노라 웃기 전에.

부채
— 말라르메 부인의 부채

언어라도 되는 듯 가진 것은 고작
하늘을 향한 파닥임밖에 없어도
미래의 시가 매우 정교한
住居로부터 풀려나오는구나

아주 나직한 날개 전령
이 부채 이것이 그것이라면
바로 그것으로 그대 등 뒤에서
어떤 거울 청명하게

빛났던 것이라면 (거기 보이지 않는
재만 약간 알알이 쫓겨났다
다시 내려앉아
나를 우수에 젖게 할 터라)

언제나 그렇게 나타나야 하리
부디 게으르지 말고 그대 손 사이에.

다른 부채
—— 말라르메 양의 부채

오 꿈꾸는 아가씨야, 저 길도 없이
순수한 희열에 내 잠기도록,
부디, 섬세한 거짓말로, 너의 손에
내 날개를 붙잡아둘 줄 알아라.

황혼의 서늘함이 한 줄기씩
파닥임 한 번마다 네게 오나니,
그 붙잡힌 날갯짓이 지평선을
그리 살포시 밀어내는구나.

어지러움이여! 바야흐로 허공이 떠는구나,
누구를 위함도 없이 태어나기를 열망할 뿐
솟아오르지도 가라앉지도 못하는
거대한 입맞춤처럼.

너도 느끼느냐, 매몰찬 낙원이
묻어 감춘 웃음인 양
흐르는구나, 네 입술 구석에서
혼연일치의 주름 저 안쪽으로!

저 금빛 저녁 위에 고이는
장밋빛 다른 기슭의 왕홀, 바로 그것이지,
네가 한 개 팔찌의 화염에 기대놓는
이 닫힌 하얀 비상은.

앨범 한쪽

갑자기 장난치듯
내 잡다한 피리에서 숲이
조금 솟아오르는 것을
듣고 싶다던 아가씨야

한 풍경 앞에 두고
저질러보는 이 연습은
그대 얼굴 바라보려
그쳤을 때가 좋은 것 같구나

그렇고말고 아둔한 내 손가락 몇 개 따라
내 마지막 바닥까지
뽑아올린 이 빈 숨결은
흉내 내려 한들 도리가 없구나

그리도 천진하고 맑아
곡조에 마법을 거는 그 앳된 웃음을.

벨기에의 친구들을 회상함

어떤 시간에 이런저런 바람결에 흔들림이 없이도
은밀하면서도 확연하게 한 자락 한 자락
과부 돌이 옷을 벗음을 내 느끼듯
香煙과도 같은 모든 창연한 古色이

까마득한 날의 우리 몇 사람 그리도 흐뭇한
우리네 새로운 우정의 갑작스러움 위로
떠돌거나 오직 해묵은 芳香인 양 시간만 뿌릴 뿐
스스로 어떤 증거도 보여줌이 없는 성싶은데

수많은 백조의 흩어진 산책으로
죽은 운하에 새벽을 번식하는 결코 예사롭지 않은 도시
브루게에서 만났던 오 아주 귀중한 벗들이여

그때 장엄하게도 이 도시는 내게 가르쳐주었지
그 아들들 가운데 누구누구가 또 다른 비상의 지정을 받아
날렵하게 정신을 날개처럼 펼쳐 비칠지를.

속된 노래

I
(구두 수선공)

樹脂를 떠나서는 할 일이 없는가,
백합은 하얗게 태어나니, 다만 향기
때문에도 나는 그 편이 더 좋아
이 착실한 수선공보다는.

내 이제껏 가진 것보다 더 많은 가죽을
그는 내 한 켤레에 덧대려 하니,
발가벗은 발꿈치의 욕망 하나를
그렇게 무참히 꺾어버리네

빗나가는 법이 없는 그의 망치가,
항상 다른 곳으로만 앞장서는
갈망을 신발 바닥에 단단히
조롱하는 못으로 박아버리네.

오 발들아, 너희들이 원하기만 한다면,

그는 구두를 다시 만들기도 하리라!

II
(향기로운 허브를 파는 아가씨)

네 라벤더 하늘빛 다발을,
그 속눈썹 건방지게 치키며
위선자에게 팔 듯 내게
팔 생각은 마라, 그가 비록

장소 그 피치 못할 장소의
벽을 그걸로 장식하여
이죽거리는 배〔腹〕가
파란 감정으로 거듭난다 할지라도.

그보단 차라리 성가신 머리칼
바로 여기 꽂아라
그 건강한 새순으로 향기 어리도록,
제피린아, 파멜라야

혹은 네 이〔虱〕의 만물들이
신랑에게 몰려가도록.

쪽지

모자의 검은 비행에 얼이 빠진
거리라도 휩쓸 듯 시도 때도
모르는 돌풍이 아니라
한 무회 거품같이 흩어지는

모슬린의 혹은 격정의
선풍으로 솟아오르니
우리를 살게 한 바로 그 여자가
무릎으로 일으키는 이 바람이

저를 제외하곤, 진부한 모든 것에
정신적으로, 열광적으로, 요지부동하게
그 튀튀로 벼락을 때려도,
달리 속 썩일 것은 없다

그 치맛바람 깔깔거리며
휘슬러를 부채질해줄 수만 있다면.

소곡

I

백조도 없고 둑길도 없는
어디라도 좋을 외진 물가가
석양의 황금으로
그 여러 하늘 영롱하게 빛나는

손닿을 수 없이 높은
허영으로부터 이곳으로
물러난 내 시선에
그 廢止를 비춘다

그러나 벗어내린 하얀 속옷 같은
그런 덧없는 새가
나른히 따라 내려간다 만일
기쁨에 넘쳐 그 곁에

너로 변하는 물결 속에
네 발가벗은 환희가 잠수한다면

소곡

II

걷잡을 길 없이,
내 희망이 거기 던져지듯,
격정과 침묵으로
저 높이 사라지며 파열해야 했던가,

목소리 숲에 낯설어
혹은 추호의 메아리도 뒤따르지 않아,
생애의 다른 때에는
누구에게도 그 소리 들리지 않았던 새는.

험악한 악사,
그는 의혹 속에 숨진다
그의 가슴 아닌 내 가슴에서
가장 나쁜 오열이 솟아나왔던 것인가

찢겨져서도 그는 고스란히
어느 오솔길에 남을 것인가!

소네트 몇 편

[어둠이 숙명적인 법칙으로……]

어둠이 숙명적인 법칙으로 위협할 때
내 척추의 욕망이자 고통인, 그런 오랜 꿈은,
음산한 천장 아래 사멸할 것이 원통하여
의심할 수 없는 그 날개를 내 안에 접어두었다.

사치여, 오 흑단의 방이여, 한 왕을 홀리려고 거기서
이름 높은 꽃장식들이 죽음을 둘러쓰고 사리를 틀어올려도,
제 신념에 눈이 부신 고독자의 눈에
그대는 암흑이 거짓 선언한 오만일 뿐.

그렇다, 나는 안다, 이 밤의 저 먼 곳에, 지구가
거대한 한 광채의 이상한 신비를 던지고 있다,
이 땅을 더 어둡게는 못하는 흉악한 세기들의 밑바닥에서.

확장되건 부정되건 항상 그대로인 공간이
이 권태 속으로 비천한 불들을 운행하여 증인으로 삼으니,
축제의 한 별로 천재가 타오르고 있다 말하리라.

[순결하고, 강인하고, 아름다운……]

순결하고, 강인하고, 아름다운 자는 오늘
달아난 적 없는 비상의 투명한 빙하가
서릿발 아래 들려 있는 이 망각의 단단한 호수를
취한 날갯짓 한 번으로 찢어줄 것인가

지난날의 백조는 회상한다, 모습은 장려하나
불모의 겨울 권태가 번쩍이며 빛났을 때
살아야 할 영역을 노래하지 않은 까닭으로
희망도 없이 스스로를 해방하는 제 신세를.

공간을 부인하는 새에게 공간이 떠맡긴
그 하얀 단말마야 목을 한껏 빼어 흔들어버린다 해도,
그러나 아니다 날개 깃이 붙잡혀 있는 이 땅의 공포는.

제 순수한 빛이 이 자리에 지정하는 허깨비,
그는 무익한 流謫의 삶에서 백조가 걸쳐 입는
모멸의 차가운 꿈에 스스로를 붙박는다.

[*의기양양하게 피한……*]

의기양양하게 피한 아름다운 자살,
영광의 장작불이여, 거품으로 끓는 피여, 황금이여, 폭풍이여!
오 웃으리라 저기 한 주홍빛이 준비하여
나의 없는 무덤만을 장엄하게 펼칠 뿐이라면.

무어라고! 저 모든 광채의 넝마마저,
이 자정의 시간에, 우리를 환대하는 어둠에 머무르지 않으니,
오직 머리의 오연한 보물 하나만 남아
애무에 싸인 그 나른함을 불길도 없이 펴부을 뿐,

그것은 그대 머리, 그렇게도 항상 열락인! 그렇지
그대 머리 홀로, 사라진 하늘에서,
천진한 승리를 조금 거두어 그 빛으로 그대를

덮는구나, 어린 황녀의 투구 같은
그대 머리 그대 베개 위에 기댈 때,
그 장미들은 떨어져 그대 모습 그려내리.

[제 순결한 손톱들이 그들 줄마노를……]

제 순결한 손톱들이 그들 줄마노를 드높이 봉정하는
이 한밤, 횃불 주자, 고뇌가 받들어올리는 것은
불사조에 의해 불태워진 수많은 저녁 꿈,
어느 遺骨 항아리도 그를 거두어들임이 없고

빈 객실, 장식장 위에는, 공허하게 울리는
폐기된 골동품, 소라껍질도 없다
(無가 자랑하는 이 물건만 가지고
주인이 지옥의 강으로 눈물을 길러 갔기에).

그러나 비어 있는 북쪽 십자창 가까이, 한 황금이,
필경 한 水精에게 불꽃을 걷어차는
일각수들의 장식을 따름인가, 모진 숨을 거두고,

그녀, 거울 속에 裸身으로 죽었건만,
액틀로 닫힌 망각 속에는 붙박인다
이윽고 반짝임들의 七重奏가.

에드거 포의 무덤

마침내 영원이 그를 그 자신으로 바꿔놓는 그런
시인이 한 자루 벌거벗은 칼을 들어 선동한다
이 낯선 목소리 속에서 죽음이 승리하였음을
알지 못하여 놀라는 자신의 세기를.

그자들은, 히드라의 비열한 소스라침처럼, 옛날 종족의
말에 더욱 순수한 의미를 주는 천사의 목소리 들으며
이 마술이 어떤 검은 혼합의 영광 없는 물결에
취했다고 소리 높여 주장하였다

대적하는 땅과 구름의 오 다툼이여!
우리들의 사상이 그것으로 얇은 浮彫를 새겨
포의 무덤 눈부시게 장식할 수 없기에,

어느 알 수 없는 재난으로부터 여기 떨어진 조용한 돌덩이
이 화강암만이라도 끝끝내 제 경계를 보여주어야 하리
미래에 흩어져 있는 저 冒瀆의 검은 飛行들에게.

샤를 보들레르의 무덤

파묻힌 신전이 진흙과 루비를 침 흘리듯 흘리는
하수구의 무덤 같은 아가리로
구역질나게 토해내는 것은 사나운 짖음처럼
콧마루 온통 타오르는 어떤 아누비스의 우상.

혹은 최근의 가스등이 저 수상한 심지를,
알다시피 수모를 문질러 씻는 그 심지를 쥐어짜,
어느 불멸의 사타구니에 사납게 불 밝힐 때
그 비상은 가로등을 따라 잠자리를 옮긴다.

저녁 없는 도시에서 마른 어느 봉헌의
잎사귀들이, 헛되이 보들레르의 대리석에
그가 기대앉듯, 축복할 수 있으랴,

부재의 저를 감싸는 베일에서 떨고 있는
그, 바로 그의 그림자를, 우리가 죽을지라도
항상 호흡해야 하는 어떤 수호의 毒을.

무덤
1주기—1897년 1월

북풍에 굴러가며 격노하는 검은 돌덩이는,
어떤 불길한 거푸집을 찬양하려는 듯
인간들의 고통과 그것의 닮음을 더듬는
경건한 손길들 아래서도 멈추지 않으리라.

여기서는 거의 언제나 산비둘기가 구구 울건만
이 비물질의 애도는 혼례의 수많은 면사포
주름으로, 한 번 반짝여 무리를 은빛으로 물들일
내일의 무르익은 큰 별을 무겁게 누른다.

우리 방랑자의 머지않아 밖에 드러날
고독한 도약을 답사하며 찾는 자 누구인가—
베를렌을? 그는 풀밭에 숨어 있다, 베를렌은

입술로는 거기서 마시지 않고 혹은 숨결을 바닥내지 않고
순진하게 동의를 얻어서만 붙잡으려 한다
억울하게도 죽음이라고 불리는 약간 깊은 시내를.

.

예찬

무아르 천의 벌써 음울한 침묵이
주름을 여러 개 홀로 배열하네,
가운뎃기둥의 붕괴가 기억의 소실로
팽개치지 않을 수 없는 가구 위에.

우리네 주술서의 기세 높았던 그 낡은 장난을
날개의 스스럼없는 떨림으로 전파하며
천 개씩 무리지어 열광하는 상형문자들이여!
차라리 그 주술서를 장롱 속에 감추어다오.

태초의 웃음짓는 소동의 증오를 받으며
으뜸가는 광채들로부터 그것들 한가운데서,
그 흉내를 위해 탄생한 전당 앞뜰 근처까지,

양피지 위에서 넋을 잃는 황금의 트럼펫 소리 드높게,
리하르트 바그너 神이 솟아올라, 잉크로도 온전히
침묵시키지 못한 한 축성식을 무녀의 오열로 펼치네.

예찬

온 새벽은 비록 마비에서 덜 풀려
어두운 주먹 움켜쥐고
이 귀머거리의 입에 물린
하늘빛 나팔들을 향해 치흔들어도

牧者를 가졌으니 호리병박
매달린 그의 지팡이가
그의 미래의 발걸음 더듬어 꿋꿋이 때린다
풍요로운 샘이 솟아나올 때까지

이와 같이 앞질러 그대는 산다
오 고독한 퓌비
드 샤반이여
            결코 혼자가 아니니

시대를 이끌어 마시게 한다
그대의 영광이 찾아내준
壽衣도 없는 님프에서

[항해하려는 유일한 열망에······]

어느 찬란하고 흐린 인도 저 너머로
항해하려는 유일한 열망에
——이 인사는 마중 나가니, 그대의 船尾가
벗어나는 岬, 이 시대의 전령사라

이처럼, 쾌속범선과 함께 낮게
키질하는 어느 활대 위에서
한 마리 새로운 소식의 새도
항상 그렇듯 파닥임으로 거품 일며

키 잡는 손이야 변함없어도
마냥 지루하게 외쳐대곤 하였지
쓸모없는 땅의 정보를
밤이며 절망이며 보석인

그것 새의 노래에 의해
창백한 바스코의 미소에까지 반사되고.

[소네트 3부작]

I

모든 금지가 저녁 연기를 피운다
한 번의 휘두름에 꺼지는 횃불
불후의 입김이라도
그 저버림을 유예할 수는 없겠지!

풍요롭지만 추락한 여러 전리품의
상속자 그의 해묵은 방은
그가 문득 복도로 들어선다 한들
따뜻해지지도 않으리라.

과거의 필연적인 고통들이
吝認의 무덤을
발톱이라도 가진 듯 움켜쥐는데,

외롭게 떠받들린 무거운 대리석 아래서는
번쩍거리는 그 까치발 시렁밖에
다른 어느 불도 타오르지 않는다.

II

가녀린 유리 세공의
둔부와 도약에서 솟아올라
쓰라린 밤샘을 꽃피우지 못하고
알려지지 않은 모가지는 중단된다.

내 믿어 마지않나니 두 입은,
그녀의 애인도 내 어머니도, 결코
같은 空想에서 마시지 않았다,
나, 이 차가운 천장의 공기 요정!

무진장한 空房밖에
어떤 음료도 없이 순결한 항아리는
죽어가나 동의하지 않는다,

가장 불길한 자들의 순진한 입맞춤이여!
어둠 속에 한 송이 장미를
알리는 그 어느 것도 내뿜으려고는.

III

레이스가 한 겹 사라진다
드높은 유희의 의혹 속에서,
침대의 영원한 부재만을
신성 모독이나 저지르듯 설핏 열어 보이고.

꽃무늬 장식 하나가 같은 것과 벌이는
이 한결같은 하얀 갈등은
희부연 창에 부딪혀 꺼지나
제가 가려 감추는 것보다 더 많이 떠오른다.

그러나 그 꿈이 금빛으로 무르익는 자에게선
음악가 그 텅 빈 허무의
만돌린이 서럽게도 잠들어 있다

어떤 窓을 향하여
어느 배도 아닌 제 자신의 배에서
아들로 태어날 수도 있었을 그런.

[시간의 향유에 절여든 어느 비단이……]

시간의 향유에 절여든 어느 비단이,
키메라가 거기서 스러지는데,
거울 밖으로 그대가 펼쳐내는
이 물결치는 천연의 구름을 당하랴!

깃발을 명상하는 구멍들은
우리의 대로에서 들떠오르지.
내게는 이 두 눈을 흐뭇하게 감출
그대의 발가벗은 머리칼이 있지.

아니야! 입은 저의 깨물음에서
아무것도 맛본다 장담할 수 없으리라,
그 사람 왕자님 그대 연인이

제가 질식시키는 영광들의 비명을
이 막중한 머리타래 속에 파묻어,
다이아몬드처럼, 숨지게 하지 않는다면.

[당신의 이야기 속에 내가 등장한다면······]

당신의 이야기 속에 내가 등장한다면
그거야 질겁하는 주인공으로지
영지의 어느 잔디밭을
발가벗은 발꿈치로 밟고 나서 말이야

두세 개 빙하에나 발 들여놓은 나는
그가 제 성공을 소리 높여 웃도록
당신이 막지 않았을
순진한 죄를 알지 못하네

말해주오 내 기쁨이 저런 것은 아닌지
이 불길로 구멍 뚫린 저 허공에서
천둥과 루비 굴대

내 유일한 저녁 마차 그 바퀴가
저 흩어지는 왕국들을 따라 주홍빛으로
죽어가는 것만 같은 그 모습 보는 것은 아닌지

[짓누르는 구름에게……]

짓누르는 구름에게
노예 같은 메아리들에게마저
효력 없는 霧笛으로 알리지 못한
현무암과 용암의 암초

어떤 무덤 같은 난파가 (너는
알면서도, 거품이여, 거기서 침만 흘리는구나)
표류물들 가운데 가장 높은 하나
발가벗은 돛을 폐기하였는가

혹은 어떤 고급한 조난을
얻지 못해 노발대발하며
온통 허망하게 펼쳐진 심해가

길게 끌리는 그 새하얀 머리칼 속에
고작 인어의 어린 허리나
치사하게 빠뜨렸으련만 시치미를 뗐는가

[내 낡은 책들이 파포스의 이름 위에……]

내 낡은 책들이 파포스의 이름 위에 접혔으니,
저 승승장구하던 날의 자수정빛 아래, 멀리,
일천 개 거품으로 축복받은 한 폐허를
하나뿐인 재능으로 뽑아냄이 즐겁구나.

추위여 낮의 침묵을 휘두르며 달릴 테면 달려라
나는 헛된 弔曲으로 울부짖지 않으리라
비록 땅바닥의 아주 하얀 저 장난질이
모든 자리마다 그 거짓 풍경의 榮華를 거부한다 할지라도.

여기서는 어느 과일도 즐기지 않는 내 배고픔은
그 유식한 결여에서 똑같은 맛을 발견한다:
하나쯤은 향기로운 인간의 육체로 터져나와 빛나거라!

우리들의 사랑이 불씨를 뒤적이는 어떤 날개 달린 뱀을 밟고 서서,
내가 더 오랫동안 어쩌면 더 열렬히 생각하는 것은
다른 것, 옛날 아마존 여인의 타버린 그 젖가슴.

해제

이 첫 소책자는, 여백에 차라리 삽화처럼 써 갈긴 몇 편의 작품,

인사
부채, 말라르메 부인의
앨범 한쪽
벨기에의 친구들을 회상함
속된 노래 I과 II
소곡 I과 II

그리고 두 편의 소네트,

샤를 보들레르의 무덤
"짓누르는 구름에게……"

를 끼워넣었을 뿐, 1887년에 저자의 수고를 바탕으로 삼아 만든 사진
석판본에 제시된 순서를 그대로 따랐으며, 시편들을 분류하지 않았다.
  아카데미 서점에서 발간한 작품 선집 『시와 산문』을 인쇄하면서 끌
어들인 몇 개의 수정을 제외하면, 텍스트는 사진 석판본에서 확정한 바
그대로이다. 예약 출판되어 여러 차례의 경매에서 날개 돋친 듯 사라진

이 아름다운 간행물의 희소성은 원전의 판형에서, 벌써, 롭스의 걸작으로 아름답게 장식되어 있었다.

그 이전에 썼던 글들은 여기 넣지 않았으며, 이문들도 마찬가지다.

이 가운데 상당수의 시편들, 아니 작업에 들어가기 전에 펜촉을 시험하듯, 더 좋은 작품을 바라며 쓴 습작들은 다음 호의 발간이 급한 정기 간행물들의 호의적인 성급함 때문에 그것들을 묶어둔 종이 집게에서 끌어냈던 것으로, 안표 형태의 초벌 계획안이나 같은데, 그 안표들은, 너무 적거나 너무 많아, 저자 자신이 양다리를 걸치고 있는 이중의 관점에 따라 결정되고 있다. 저자가 그것들을 버리지 않는 것은 젊은 세대가 그것들을 중요하게 여겨 그 주위에 독자 대중이 형성되기를 자못 바랐다는 이유에서다.

인사(p. 49): 근래에 『펜』지가 주관한 한 회식에서 영예롭게도 좌장이 되어 술잔을 들어올리며, 이 소네트를.

현현(p. 54): 음악가들을 유혹하여, 그 가운데 바이이 씨와 앙드레 로시뇰 씨가 감미로운 곡을 붙였다.

벌받는 어릿광대(p. 56)는 오래된 작품이지만 『독립 평론』지 호화판에 처음 발표되었다.

창, 꽃들, 새봄, 고뇌(초고에서는 *조용한 여자에게*), 종치는 수사, 여름날의 슬픔, 창공, 바다의 미풍, 적선(*걸인*이라는 제목을 붙였던), *"쓰라린 휴식이 지겨워……"*(pp. 57~65) 등은, 늘 인용되는 저작에서, 『현대 파르나스 제1시집』이라고 불리는 계열을 형성한다.

에로디아드(p. 75), 여기에는 단장, 즉 대화 부분만 포함되며, 「성
요한의 찬가」와 그 결말인 마지막 독백 외에, 「서장」과 「종장」
은 나중에 발간될 것이며, 현재 한 편의 시로 정리 중이다.

목신의 오후(p. 84)는 마네가 내부 장식을 하여 따로 출판되었다.
초기의 고가 소책자 가운데 하나이자 사탕봉지 그러나 꿈의 사
탕봉지이며, "일본 펠트지, 금문자 제목에 동백꽃 색과 검은색
끈으로 묶은"이라는 광고지의 표현처럼 약간 동양풍이다. 그
후 뒤자르댕 씨가 사진 석판본이 아니면 다른 데서는 찾을 수
없는 이 시구들로 대중판을 만들었으나, 절판되었다.

장송의 건배, 합동 문집 『테오필 고티에의 무덤』에서 가져온 것으
로, 스승이자 **그림자**에게 그 기원을 바친다. 그의 이름이 끝에
서 두번째 행의 각운에 나타난다.

산문, 데 제생트를 위해; 위스망스의 『거꾸로』 28쪽에서 보듯이, 그
가 필시 끼워넣었으리라.

"*갑자기 장난치듯*"은 내 오랜 친구이며 프로방스어 시인인 루마니유
의 딸의 앨범에 무람없이 베껴넣은 것이다. 나는 그 애가 소녀
일 때 칭찬을 했는데, 이제 그 애는 아가씨가 되어 그걸 기억하
고 나에게 시를 몇 구절 청하고 싶어했다.

회상함……—『엑셀시오르 서클 방명록』에 이 소네트를 보내게
된 것이 기뻤다. 나는 거기서 강연을 하고 여러 친구들을 사귀
었다.

속된 노래 I과 II, 『파리의 군상들』이라는 문집에서, 라파엘리 화백
의 삽화들을 해설한다. 이 삽화들을 착상하게 한 것도 받아들
인 것도 화백이다.

쪽지(p. 105), 휘슬러가 주재하는 영국 신문 *The Whirlwind*(선풍)

에 삽화처럼 프랑스어로 게재되었다.

소곡, I은 1894년 11월, 『판화』지의 특별 호화판 발간을 기념하기
　　위하여. II는 도데 씨의 앨범에 속한다.

에드거 포의 무덤――볼티모어에서, 포의 기념비를 건립할 때, 다시
　　말해서 아메리카가 시인의 가벼운 그림자를, 다시는 솟아나올
　　수 없도록 안전을 기하려고, 현무암 덩어리로 눌러놓을 때, 그
　　식전에 끼어 낭송되었다.

샤를 보들레르의 무덤――같은 제목을 가진 책, 어떤 기념 입상이나
　　반신상 또는 기념 원형 부조를 목표로 삼아 예약, 출판된 책의
　　일부가 되었다.

예찬, 천재 작곡가의 결정적인 승리와 함께 사라진, 훌륭한 『바그너
　　평론』의 종용에 따른 여러 예찬들 가운데, 한 프랑스 시인이
　　바친 예찬.

　이런 사소한 이야기는, 어쩌면 공연한 일이겠으나, 미래의 주석자
들에게 다소나마 경의를 표하자는 뜻이다.

STÉPHANE MALLARMÉ

POÉSIES

[Édition Deman, 1899]

SALUT

Rien, cette écume, vierge vers
À ne désigner que la coupe :
Telle loin se noie une troupe
De sirènes mainte à l'envers.

Nous naviguons, ô mes divers
Amis, moi déjà sur la poupe
Vous l'avant fastueux qui coupe
Le flot de foudres et d'hivers ;

Une ivresse belle m'engage
Sans craindre même son tangage
De porter debout ce salut

Solitude, récif, étoile
À n'importe ce qui valut
Le blanc souci de notre toile.

LE GUIGNON

Au-dessus du bétail ahuri des humains
Bondissaient en clartés les sauvages crinières

Des mendieurs d'azur le pied dans nos chemins.

Un noir vent sur leur marche éployé pour bannières
La flagellait de froid tel jusque dans la chair,
Qu'il y creusait aussi d'irritables ornières.

Toujours avec l'espoir de rencontrer la mer,
Ils voyageaient sans pain, sans bâtons et sans urnes,
Mordant au citron d'or de l'idéal amer.

La plupart râla dans les défilés nocturnes,
S'enivrant du bonheur de voir couler son sang,
Ô Mort le seul baiser aux bouches taciturnes!

Leur défaite, c'est par un ange très puissant
Debout à l'horizon dans le nu de son glaive :
Une pourpre se caille au sein reconnaissant.

Ils tètent la douleur comme ils tétaient le rêve
Et quand ils vont rythmant de pleurs voluptueux
Le peuple s'agenouille et leur mère se lève.

Ceux-là sont consolés, sûrs et majestueux ;
Mais traînent à leurs pas cent frères qu'on bafoue,
Dérisoires martyrs de hasards tortueux.

Le sel pareil des pleurs ronge leur douce joue,
Ils mangent de la cendre avec le même amour,
Mais vulgaire ou bouffon le destin qui les roue.

Ils pouvaient exciter aussi comme un tambour
La servile pitié des races à voix terne,
Égaux de Prométhée à qui manque un vautour!

Non, vils et fréquentant les déserts sans citerne,
Ils courent sous le fouet d'un monarque rageur,
Le Guignon, dont le rire inouï les prosterne.

Amants, il saute en croupe à trois, le partageur!
Puis le torrent franchi, vous plonge en une mare
Et laisse un bloc boueux du blanc couple nageur.

Grâce à lui, si l'un souffle à son buccin bizarre,
Des enfants nous tordront en un rire obstiné
Qui, le poing à leur cul, singeront sa fanfare.

Grâce à lui, si l'une orne à point un sein fané
Par une rose qui nubile le rallume,
De la bave luira sur son bouquet damné.

Et ce squelette nain, coiffé d'un feutre à plume
Et botté, dont l'aisselle a pour poils vrais des vers,
Est pour eux l'infini de la vaste amertume.

Vexés ne vont-ils pas provoquer le pervers,
Leur rapière grinçant suit le rayon de lune
Qui neige en sa carcasse et qui passe au travers.

Désolés sans l'orgueil qui sacre l'infortune,
Et tristes de venger leurs os de coups de bec,
Ils convoitent la haine, au lieu de la rancune.

Ils sont l'amusement des racleurs de rebec,
Des marmots, des putains et de la vieille engeance
Des loqueteux dansant quand le broc est à sec.

Les poëtes bons pour l'aumône ou la vengeance,
Ne connaissent le mal de ces dieux effacés,
Les disent ennuyeux et sans intelligence.

"Ils peuvent fuir ayant de chaque exploit assez,
Comme un vierge cheval écume de tempête
Plutôt que de partir en galops cuirassés.

"Nous soûlerons d'encens le vainqueur dans la fête:

Mais eux, pourquoi n'endosser pas, ces baladins,

D'écarlate haillon hurlant que l'on s'arrête!"

Quand en face tous leur ont craché les dédains,

Nuls et la barbe à mots bas priant le tonnerre,

Ces héros excédés de malaises badins

Vont ridiculement se pendre au réverbère.

APPARITION

La lune s'attristait. Des séraphins en pleurs

Rêvant, l'archet aux doigts dans le calme des fleurs

Vaporeuses, tiraient de mourantes violes

De blancs sanglots glissant sur l'azur des corolles

—C'était le jour béni de ton premier baiser.

Ma songerie aimant à me martyriser

S'enivrait savamment du parfum de tristesse

Que même sans regret et sans déboire laisse

La cueillaison d'un Rêve au cœur qui l'a cueilli.

J'errais donc, l'œil rivé sur le pavé vieilli

Quand avec du soleil aux cheveux, dans la rue

Et dans le soir, tu m'es en riant apparue

Et j'ai cru voir la fée au chapeau de clarté

Qui jadis sur mes beaux sommeils d'enfant gâté

Passait, laissant toujours de ses mains mal fermées

Neiger de blancs bouquets d'étoiles parfumées.

PLACET FUTILE

Princesse! à jalouser le destin d'une Hébé

Qui poind sur cette tasse au baiser de vos lèvres,

J'use mes feux mais n'ai rang discret que d'abbé

Et ne figurerai même nu sur le Sèvres.

Comme je ne suis pas ton bichon embarbé,

Ni la pastille ni du rouge, ni Jeux mièvres

Et que sur moi je sais ton regard clos tombé,

Blonde dont les coiffeurs divins sont des orfèvres!

Nommez-nous.. toi de qui tant de ris framboisés

Se joignent en troupeau d'agneaux apprivoisés

Chez tous broutant les vœux et bêlant aux délires,

Nommez-nous.. pour qu'Amour ailé d'un éventail

M'y peigne flûte aux doigts endormant ce bercail,

Princesse, nommez-nous berger de vos sourires.

LE PITRE CHÂTIÉ

Yeux, lacs avec ma simple ivresse de renaître
Autre que l'histrion qui du geste évoquais
Comme plume la suie ignoble des quinquets,
J'ai troué dans le mur de toile une fenêtre.

De ma jambe et des bras limpide nageur traître,
À bonds multipliés, reniant le mauvais
Hamlet! c'est comme si dans l'onde j'innovais
Mille sépulcres pour y vierge disparaître.

Hilare or de cymbale à des poings irrité,
Tout à coup le soleil frappe la nudité
Qui pure s'exhala de ma fraîcheur de nacre,

Rance nuit de la peau quand sur moi vous passiez,
Ne sachant pas, ingrat! que c'était tout mon sacre,
Ce fard noyé dans l'eau perfide des glaciers.

LES FENÊTRES

Las du triste hôpital, et de l'encens fétide

Qui monte en la blancheur banale des rideaux
Vers le grand crucifix ennuyé du mur vide,
Le moribond sournois y redresse un vieux dos,

Se traîne et va, moins pour chauffer sa pourriture
Que pour voir du soleil sur les pierres, coller
Les poils blancs et les os de la maigre figure
Aux fenêtres qu'un beau rayon clair veut hâler,

Et la bouche, fiévreuse et d'azur bleu vorace,
Telle, jeune, elle alla respirer son trésor,
Une peau virginale et de jadis! encrasse
D'un long baiser amer les tièdes carreaux d'or.

Ivre, il vit, oubliant l'horreur des saintes huiles,
Les tisanes, l'horloge et le lit infligé,
La toux ; et quand le soir saigne parmi les tuiles,
Son œil, à l'horizon de lumière gorgé,

Voit des galères d'or, belles comme des cygnes,
Sur un fleuve de pourpre et de parfums dormir
En berçant l'éclair fauve et riche de leurs lignes
Dans un grand nonchaloir chargé de souvenirs!

Ainsi, pris du dégoût de l'homme à l'âme dure

Vautré dans le bonheur, où ses seuls appétits

Mangent, et qui s'entête à chercher cette ordure

Pour l'offrir à la femme allaitant ses petits,

Je fuis et je m'accroche à toutes les croisées

D'où l'on tourne l'épaule à la vie, et, béni,

Dans leur verre, lavé d'éternelles rosées,

Que dore le matin chaste de l'Infini

Je me mire et me vois ange! et je meurs, et j'aime

—Que la vitre soit l'art, soit la mysticité—

À renaître, portant mon rêve en diadème,

Au ciel antérieur où fleurit la Beauté!

Mais hélas! Ici-bas est maître : sa hantise

Vient m'écœurer parfois jusqu'en cet abri sûr,

Et le vomissement impur de la Bêtise

Me force à me boucher le nez devant l'azur.

Est-il moyen, ô Moi qui connais l'amertume,

D'enfoncer le cristal par le monstre insulté

Et de m'enfuir, avec mes deux ailes sans plume

—Au risque de tomber pendant l'éternité?

LES FLEURS

Des avalanches d'or du vieil azur, au jour
Premier et de la neige éternelle des astres
Jadis tu détachas les grand calices pour
La terre jeune encore et vierge de désastres,

Le glaïeul fauve, avec les cygnes au col fin,
Et ce divin laurier des âmes exilées
Vermeil comme le pur orteil du séraphin
Que rougit la pudeur des aurores foulées,

L'hyacinthe, le myrte à l'adorable éclair
Et, pareille à la chair de la femme, la rose
Cruelle, Hérodiade en fleur du jardin clair,
Celle qu'un sang farouche et radieux arrose!

Et tu fis la blancheur sanglotante des lys
Qui roulant sur des mers de soupirs qu'elle effleure
À travers l'encens bleu des horizons pâlis
Monte rêveusement vers la lune qui pleure!

Hosannah sur le cistre et dans les encensoirs,
Notre dame, hosannah du jardin de nos limbes!

Et finisse l'écho par les célestes soirs,

Extase des regards, scintillements des nimbes!

Ô Mère, qui créas en ton sein juste et fort,

Calices balançant la future fiole,

De grandes fleurs avec la balsamique Mort

Pour le poëte las que la vie étiole.

RENOUVEAU

Le printemps maladif a chassé tristement

L'hiver, saison de l'art serein, l'hiver lucide,

Et, dans mon être à qui le sang morne préside

L'impuissance s'étire en un long bâillement.

Des crépuscules blancs tiédissent sous mon crâne

Qu'un cercle de fer serre ainsi qu'un vieux tombeau

Et triste, j'erre après un rêve vague et beau,

Par les champs où la sève immense se pavane

Puis je tombe énervé de parfums d'arbres, las,

Et creusant de ma face une fosse à mon rêve,

Mordant la terre chaude où poussent les lilas,

J'attends, en m'abîmant que mon ennui s'élève...
—Cependant l'Azur rit sur la haie et l'éveil
De tant d'oiseaux en fleur gazouillant au soleil.

ANGOISSE

Je ne viens pas ce soir vaincre ton corps, ô bête
En qui vont les péchés d'un peuple, ni creuser
Dans tes cheveux impurs une triste tempête
Sous l'incurable ennui que verse mon baiser :

Je demande à ton lit le lourd sommeil sans songes
Planant sous les rideaux inconnus du remords,
Et que tu peux goûter après tes noirs mensonges,
Toi qui sur le néant en sais plus que les morts :

Car le Vice, rongeant ma native noblesse,
M'a comme toi marqué de sa stérilité,
Mais tandis que ton sein de pierre est habité

Par un cœur que la dent d'aucun crime ne blesse,
Je fuis, pâle, défait, hanté par mon linceul,
Ayant peur de mourir lorsque je couche seul.

☆

Las de l'amer repos où ma paresse offense

Une gloire pour qui jadis j'ai fui l'enfance

Adorable des bois de roses sous l'azur

Naturel, et plus las sept fois du pacte dur

De creuser par veillée une fosse nouvelle

Dans le terrain avare et froid de ma cervelle,

Fossoyeur sans pitié pour la stérilité,

—Que dire à cette Aurore, ô Rêves, visité

Par les roses, quand, peur de ses roses livides,

Le vaste cimetière unira les trous vides?—

Je veux délaisser l'Art vorace d'un pays

Cruel, et, souriant aux reproches vieillis

Que me font mes amis, le passé, le génie,

Et ma lampe qui sait pourtant mon agonie,

Imiter le Chinois au cœur limpide et fin

De qui l'extase pure est de peindre la fin

Sur ses tasses de neige à la lune ravie

D'une bizarre fleur qui parfume sa vie

Transparente, la fleur qu'il a sentie, enfant,

Au filigrane bleu de l'âme se greffant.

Et, la mort telle avec le seul rêve du sage,

Serein, je vais choisir un jeune paysage

Que je peindrais encor sur les tasses, distrait.

Une ligne d'azur mince et pâle serait

Un lac, parmi le ciel de porcelaine nue,

Un clair croissant perdu par une blanche nue

Trempe sa corne calme en la glace des eaux,

Non loin de trois grand cils d'émeraude, roseaux.

LE SONNEUR

Cependant que la cloche éveille sa voix claire

À l'air pur et limpide et profond du matin

Et passe sur l'enfant qui jette pour lui plaire

Un angélus parmi la lavande et le thym,

Le sonneur effleuré par l'oiseau qu'il éclaire,

Chevauchant tristement en geignant du latin

Sur la pierre qui tend la corde séculaire,

N'entend descendre à lui qu'un tintement lointain.

Je suis cet homme. Hélas! de la nuit désireuse,

J'ai beau tirer le câble à sonner l'Idéal,

De froids péchés s'ébat un plumage féal,

Et la voix ne me vient que par bribes et creuse!

Mais, un jour, fatigué d'avoir en vain tiré,

Ô Satan, j'ôterai la pierre et me pendrai.

TRISTESSE D'ÉTÉ

Le soleil, sur la sable, ô lutteuse endormie,

En l'or de tes cheveux chauffe un bain langoureux

Et, consumant l'encens sur ta joue ennemie,

Il mêle avec les pleurs un breuvage amoureux.

De ce blanc flamboiement l'immuable accalmie

T'a fait dire, attristée, ô mes baisers peureux,

"Nous ne serons jamais une seule momie

Sous l'antique désert et les palmiers heureux!"

Mais ta chevelure est une rivière tiède,

Où noyer sans frissons l'âme qui nous obsède

Et trouver ce Néant que tu ne connais pas.

Je goûterai le fard pleuré par tes paupières,

Pour voir s'il sait donner au cœur que tu frappas

L'insensibilité de l'azur et des pierres.

L'AZUR

De l'éternel Azur la sereine ironie
Accable, belle indolemment comme les fleurs,
Le poëte impuissant qui maudit son génie
À travers un désert stérile de Douleurs.

Fuyant, les yeux fermés, je le sens qui regarde
Avec l'intensité d'un remords atterrant,
Mon âme vide. Où fuir? Et quelle nuit hagarde
Jeter, lambeaux, jeter sur ce mépris navrant?

Brouillards, montez! Versez vos cendres monotones
Avec de longs haillons de brume dans les cieux
Qui noiera le marais livide des automnes
Et bâtissez un grand plafond silencieux!

Et toi, sors des étangs léthéens et ramasse
En t'en venant la vase et les pâles roseaux,
Cher Ennui, pour boucher d'une main jamais lasse
Les grands trous bleus que font méchamment les oiseaux.

Encor! que sans répit les tristes cheminées
Fument, et que de suie une errante prison

Éteigne dans l'horreur de ses noires traînées

Le soleil se mourant jaunâtre à l'horizon!

—Le Ciel est mort. —Vers toi, j'accours! Donne, ô matière,

L'oubli de l'Idéal cruel et du Péché

À ce martyr qui vient partager la litière

Où le bétail heureux des hommes est couché,

Car j'y veux, puisque enfin ma cervelle, vidée

Comme le pot de fard gisant au pied d'un mur,

N'a plus l'art d'attifer la sanglotante idée,

Lugubrement bâiller vers un trépas obscur..

En vain! l'Azur triomphe, et je l'entends qui chante

Dans les cloches. Mon âme, il se fait voix pour plus

Nous faire peur avec sa victoire méchante,

Et du métal vivant sort en bleus angélus!

Il roule par la brume, ancien et traverse

Ta native agonie ainsi qu'un glaive sûr;

Où fuir dans la révolte inutile et perverse?

Je suis hanté. L'Azur! l'Azur! l'Azur! l'Azur!

BRISE MARINE

La chair est triste, hélas! et j'ai lu tous les livres.

Fuir! là-bas fuir! Je sens que des oiseaux sont ivres

D'être parmi l'écume inconnue et les cieux!

Rien, ni les vieux jardins reflétés par les yeux

Ne retiendra ce cœur qui dans la mer se trempe

Ô nuits! ni la clarté déserte de ma lampe

Sur le vide papier que la blancheur défend,

Et ni la jeune femme allaitant son enfant.

Je partirai! Steamer balançant ta mâture

Lève l'ancre pour une exotique nature!

Un Ennui, désolé par les cruels espoirs,

Croit encore à l'adieu suprême des mouchoirs!

Et, peut-être, les mâts, invitant les orages

Sont-ils de ceux qu'un vent penche sur les naufrages

Perdus, sans mâts, sans mâts, ni fertiles îlots...

Mais, ô mon cœur, entends le chant des matelots!

SOUPIR

Mon âme vers ton front où rêve, ô calme sœur,

Un automne jonché de taches de rousseur,

Et vers le ciel errant de ton œil angélique

Monte, comme dans un jardin mélancolique,

Fidèle, un blanc jet d'eau soupire vers l'Azur!

—Vers l'Azur attendri d'Octobre pâle et pur

Qui mire aux grands bassins sa langeur infinie :

Et laisse, sur l'eau morte où la fauve agonie

Des feuilles erre au vent et creuse un froid sillon,

Se traîner le soleil jaune d'un long rayon.

AUMÔNE

Prends ce sac, Mendiant! tu ne le cajolas

Sénile nourrisson d'une tétine avare

Afin de pièce à pièce en égoutter ton glas.

Tire du métal cher quelque péché bizarre

Et, vaste comme nous, les poings pleins, le baisons

Souffles-y qu'il se torde! une ardente fanfare.

Église avec l'encens que toutes ces maisons

Sur les murs quand berceur d'une bleue éclaircie

Le tabac sans parler roule les oraisons,

Et l'opium puissant brise la pharmacie!

Robes et peaux, veux-tu lacérer le satin

Et boire en la salive heureuse l'inertie,

Par les cafés princiers attendre le matin?

Les plafonds enrichis de nymphes et de voiles,

On jette, au mendiant de la vitre, un festin.

Et quand tu sors, vieux dieu, grelottant sous tes toiles

D'emballage, l'aurore est un lac de vin d'or

Et tu jures avoir au gosier les étoiles!

Faute de supputer l'éclat de ton trésor,

Tu peux du moins t'orner d'une plume, à complies

Servir un cierge au saint en qui tu crois encor.

Ne t'imagine pas que je dis des folies.

La terre s'ouvre vieille à qui crève la faim.

Je hais une autre aumône et veux que tu m'oublies

Et surtout ne va pas, frère, acheter du pain.

DON DU POÈME

Je t'apporte l'enfant d'une nuit d'Idumée!

Noire, à l'aile saignante et pâle, déplumée,

Par le verre brûlé d'aromates et d'or,

Par les carreaux glacés, hélas! mornes encor,

L'aurore se jeta sur la lampe angélique.

Palmes! et quand elle a montré cette relique

À ce père essayant un sourire ennemi,

La solitude bleue et stérile a frémi.

Ô la berceuse, avec ta fille et l'innocence

De vos pieds froids, accueille une horrible naissance :

Et ta voix rappelant viole et clavecin,

Avec le doigt fané presseras-tu le sein

Par qui coule en blancheur sibylline la femme

Pour les lèvres que l'air du vierge azur affame?

HÉRODIADE

SCÈNE

LA NOURRICE — HÉRODIADE

N.

Tu vis! ou vois-je ici l'ombre d'une princesse?

À mes lèvres tes doigts et leurs bagues, et cesse

De marcher dans un âge ignoré..

H.

Reculez.

Le blond torrent de mes cheveux immaculés,

Quand il baigne mon corps solitaire le glace

D'horreur, et mes cheveux que la lumière enlace

Sont immortels. Ô femme, un baiser me tûrait

Si la beauté n'était la mort..

Par quel attrait

Menée et quel matin oublié des prophètes

Verse, sur les lointains mourants, ses tristes fêtes,

Le sais-je? tu m'as vue, ô nourrice d'hiver,

Sous la lourde prison de pierres et de fer

Où de mes vieux lions traînent les siècles fauves

Entrer, et je marchais, fatale, les mains sauves,

Dans le parfum désert de ces anciens rois:

Mais encore as-tu vu quels furent mes effrois?

Je m'arrêter rêvant aux exils, et j'effeuille,

Comme près d'un bassin dont le jet d'eau m'accueille,

Les pâles lys qui sont en moi, tandis qu'épris

De suivre du regard les languides débris

Descendre, à travers ma rêverie, en silence,

Les lions, de ma robe écartent l'indolence

Et regardent mes pieds qui calmeraient la mer.

Calme, toi, les frissons de ta sénile chair,

Viens et ma chevelure imitant les manières

Trop farouches qui font votre peur des crinières,

Aide-moi, puisqu'ainsi tu n'oses plus me voir,

À me peigner nonchalamment dans un miroir.

N.

Sinon la myrrhe gaie en ses bouteilles closes,

De l'essence ravie aux vieillesses de roses

Voulez-vous, mon enfant, essayer la vertu

Funèbre?

H.

Laisse-là ces parfums! Ne sais-tu

Que je les hais, nourrice, et veux-tu que je sente

Leur ivresse noyer ma tête languissante?

Je veux que mes cheveux qui ne sont pas des fleurs

À répandre l'oubli des humaines douleurs,

Mais de l'or, à jamais vierge des aromates,

Dans leurs éclairs cruels et dans leurs pâleurs mates,

Observent la froideur stérile du métal,

Vous ayant reflétés, joyaux du mur natal,

Armes, vases, depuis ma solitaire enfance.

N.

Pardon! l'âge effaçait, reine, votre défense

De mon esprit pâli comme un vieux livre ou noir..

Assez! Tiens devant moi ce miroir.

                        Ô miroir!

Eau froide par l'ennui dans ton cadre gelée

Que de fois et pendant les heures, désolée

Des songes et cherchant mes souvenirs qui sont

Comme des feuilles sous ta glace au trou profond,

Je m'apparus en toi comme une ombre lointaine.

Mais, horreur! des soirs, dans ta sévére fontaine,

J'ai de mon rêve épars connu la nudité!

Nourrice, suis-je belle?

                        N.

                    Un astre, en vérité:

Mais cette tresse tombe..

                        H.

                    Arrête dans ton crime

Qui refroidit mon sang vers sa source, et réprime

Ce geste, impiété fameuse: ah! conte-moi

Quel sûr démon te jette en le sinistre émoi,

Ce baiser, ces parfums offerts et, le dirai-je?

Ô mon cœur, cette main encore sacrilège,

Car tu voulais, je crois, me toucher, sont un jour

Qui ne finira pas sans malheur sur la tour..

Ô jour qu'Hérodiade avec effroi regarde!

                    N.

Temps bizarre, en effet, de quoi le ciel vous garde!

Vous errez, ombre seule et nouvelle fureur,

Et regardant en vous précoce avec terreur;

Mais pourtant adorable autant qu'une immortelle,

Ô mon enfant, et belle affreusement et telle

Que..

                    H.

        Mais n'allais-tu pas me toucher?

                    N.

                        J'aimerais

Être à qui le Destin réserve vos secrets.

                    H.

Oh! tais-toi!

                    N.

        Viendra-t-il parfois?

H.

Étoiles pures,

N'entendez pas!

N.

Comment, sinon parmi d'obscures
Épouvantes, songer plus implacable encor
Et comme suppliant le dieu que le trésor
De votre grâce attend! et pour qui, dévorée
D'angoisse, gardez-vous la splendeur ignorée
Et le mystère vain de votre être?

H.

Pour moi.

N.

Triste fleur qui croît seule et n'a pas d'autre émoi
Que son ombre dans l'eau vue avec atonie.

H.

Va, garde ta pitié comme ton ironie.

N.

Toutefois expliquez: oh! non, naïve enfant,
Décroîtra, quelque jour, ce dédain triomphant..

H.

Mais qui me toucherait, des lions respectée?

Du reste, je ne veux rien d'humain et, sculptée,

Si tu me vois les yeux perdus au paradis,

C'est quand je me souviens de ton lait bu jadis.

N.

Victime lamentable à son destin offerte!

H.

Oui, c'est pour moi, pour moi, que je fleuris, déserte!

Vous le savez, jardins d'améthyste, enfouis

Sans fin dans de savants abîmes éblouis,

Ors ignorés, gardant votre antique lumière

Sous le sombre sommeil d'une terre première,

Vous, pierres où mes yeux comme de purs bijoux

Empruntent leur clarté mélodieuse, et vous,

Métaux qui donnez à ma jeune chevelure

Une splendeur fatale et sa massive allure!

Quant à toi, femme née en des siècles malins

Pour la méchanceté des antres sibyllins,

Qui parles d'un mortel! selon qui, des calices

De mes robes, arôme aux farouches délices,

Sortirait le frisson blanc de ma nudité,

Prophétise que si le tiède azur d'été,

Vers lui nativement la femme se dévoile,

Me voit dans ma pudeur grelottante d'étoile,

Je meurs!

J'aime l'horreur d'être vierge et je veux

Vivre parmi l'effroi que me font mes cheveux

Pour, le soir, retirée en ma couche, reptile

Inviolé, sentir en la chair inutile

Le froid scintillement de ta pâle clarté,

Toi qui te meurs, toi qui brûles de chasteté,

Nuit blanches de glaçons et de neige cruelle!

Et ta sœur solitaire, ô ma sœur éternelle,

Mon rêve montera vers toi: telle déjà,

Rare limpidité d'un cœur qui le songea,

Je me crois seule en ma monotone patrie,

Et tout, autour de moi, vit dans l'idolâtrie

D'un miroir qui reflète en son calme dormant

Hérodiade au clair regard de diamant..

Ô charme dernier, oui! je le sens, je suis seule.

N.

Madame, allez-vous donc mourir?

H.

Non, pauvre aïeule,

Sois calme, et, t'éloignant, pardonne à ce cœur dur,

Mais avant, si tu veux, clos les volets: l'azur

Séraphique sourit dans les vitres profondes,

Et je déteste, moi, le bel azur!

Des ondes

Se bercent et, là-bas, sais-tu pas un pays

Où le sinistre ciel ait les regards haïs

De Vénus qui, le soir, brûle dans le feuillage:

J'y partirais.

Allume encore, enfantillage,

Dis-tu, ces flambeaux où la cire au feu léger

Pleure parmi l'or vain quelque pleur étranger

Et..

N.

Maintenant?

H.

Adieu.

Vous mentez, ô fleur nue

De mes lèvres!

J'attends une chose inconnue

Ou, peut-être, ignorant le mystère et vos cris,

Jetez-vous les sanglots suprêmes et meurtris

D'une enfance sentant parmi les rêveries

Se séparer enfin ses froides pierreries.

L'APRÈS-MIDI D'VN FAVNE
ÉGLOGVE

LE FAVNE

Ces nymphes, je les veux perpétuer.

                          Si clair,

Leur incarnat léger, qu'il voltige dans l'air

Assoupi de sommeils touffus.

                  Aimai-je un rêve?

Mon doute, amas de nuit ancienne, s'achève

En maint rameau subtil, qui, demeuré les vrais

Bois même, prouve, hélas! que bien seul je m'offrais

Pour triomphe la faute idéale de roses—

Réfléchissons..

ou si les femmes dont tu gloses

Figurent un souhait de tes sens fabuleux !

Faune, l'illusion s'échappe des yeux bleus

Et froids, comme une source en pleurs, de la plus chaste :

Mais, l'autre tout soupirs, dis-tu qu'elle contraste

Comme brise du jour chaude dans ta toison ?

Que non ! par l'immobile et lasse pâmoison

Suffoquant de chaleurs le matin frais s'il lutte,

Ne murmure point d'eau que ne verse ma flûte

Au bosquet arrosé d'accords ; et le seul vent

Hors des deux tuyaux prompt à s'exhaler avant

Qu'il disperse le son dans une pluie aride,

C'est, à l'horizon pas remué d'une ride,

Le visible et serein souffle artificiel

De l'inspiration, qui regagne le ciel.

Ô bords siciliens d'un calme marécage

Qu'à l'envi de soleils ma vanité saccage,

Tacite sous les fleurs d'étincelles, CONTEZ

"Que je coupais ici les creux roseaux domptés

Par le talent ; quand, sur l'or glauque de lointaines

Verdures dédiant leur vigne à des fontaines,

Ondoie une blancheur animale au repos :

Et qu'au prélude lent où naissent les pipeaux,

Ce vol de cygnes, non! de naïades se sauve

Ou plonge.."

               Inerte, tout brûle dans l'heure fauve

Sans marquer par quel art ensemble détala

Trop d'hymen souhaité de qui cherche le *la* :

Alors m'éveillerais-je à la ferveur première,

Droit et seul, sous un flot antique de lumière,

Lys! et l'un de vous tous pour l'ingénuité.

Autre que ce doux rien par leur lèvre ébruité,

Le baiser, qui tout bas des perfides assure,

Mon sein, vierge de preuve, atteste une morsure

Mystérieuse, due à quelque auguste dent ;

Mais, bast! arcane tel élut pour confident

Le jonc vaste et jumeau dont sous l'azur on joue :

Qui, détournant à soi le trouble de la joue,

Rêve, dans un solo long, que nous amusions

La beauté d'alentour par des confusions

Fausses entre elle-même et notre chant crédule ;

Et de faire aussi haut que l'amour se module

Évanouir du songe ordinaire de dos

Ou de flanc pur suivis avec mes regards clos,

Une sonore, vaine et monotone ligne.

Tâche donc, instrument des fuites, ô maligne

Syrinx, de refleurir aux lacs où tu m'attends!

Moi, de ma rumeur fier, je vais parler longtemps

Des déesses; et, par d'idolâtres peintures,

À leur ombre enlever encore des ceintures:

Ainsi, quand des raisins j'ai sucé la clarté,

Pour bannir un regret par ma feinte écarté,

Rieur, j'élève au ciel d'été la grappe vide

Et, soufflant dans ses peaux lumineuses, avide

D'ivresse, jusqu'au soir je regarde au travers.

Ô nymphes, regonflons des SOUVENIRS divers.

"Mon œil, trouant les joncs, dardait chaque encolure

Immortelle, qui noie en l'onde sa brûlure

Avec un cri de rage au ciel de la forêt;

Et le splendide bain de cheveux disparaît

Dans les clartés et les frissons, ô pierreries!

J'accours; quand, à mes pieds, s'entrejoignent (meurtries

De la langueur goûtée à ce mal d'être deux)

Des dormeuses parmi leurs seuls bras hasardeux;

Je les ravis, sans les désenlacer, et vole

À ce massif, haï par l'ombrage frivole,

De roses tarissant tout parfum au soleil,

Où notre ébat au jour consumé soit pareil."

Je t'adore, courroux des vierges, ô délice

Farouche du sacré fardeau nu qui se glisse

Pour fuir ma lèvre en feu buvant, comme un éclair

Tressaille! la frayeur secrète de la chair:

Des pieds de l'inhumaine au cœur de la timide

Qui délaisse à la fois une innocence, humide

De larmes folles ou de moins tristes vapeurs.

"Mon crime, c'est d'avoir, gai de vaincre ces peurs

Traîtresses, divisé la touffe échevelée

De baisers que les dieux gardaient si bien mêlée:

Car, à peine j'allais cacher un rire ardent

Sous les replis heureux d'une seule (gardant

Par un doigt simple, afin que sa candeur de plume

Se teignît à l'émoi de sa sœur qui s'allume,

La petite, naïve et ne rougissant pas:)

Que de mes bras, défaits par de vagues trépas,

Cette proie, à jamais ingrate se délivre

Sans pitié du sanglot dont j'étais encore ivre."

Tant pis! vers le bonheur d'autres m'entraîneront

Par leur tresse nouée aux cornes de mon front:

Tu sais, ma passion, que, pourpre et déjà mûre,

Chaque grenade éclate et d'abeilles murmure;

Et notre sang, épris de qui le va saisir,

Coule pour tout l'essaim éternel du désir.

À l'heure où ce bois d'or et de cendres se teinte

Une fête s'exalte en la feuillée éteinte:

Etna! c'est parmi toi visité de Vénus

Sur ta lave posant tes talons ingénus,

Quand tonne une somme triste ou s'épuise la flamme.

Je tiens la reine!

Ô sûr châtiment..

Non, mais l'âme

De paroles vacante et ce corps alourdi

Tard succombent au fier silence de midi :

Sans plus il faut dormir en l'oubli du blasphème,

Sur le sable altéré gisant et comme j'aime

Ouvrir ma bouche à l'astre efficace des vins!

Couple, adieu; je vais voir l'ombre que tu devins.

La chevelure vol d'une flamme à l'extrême

Occident de désirs pour la tout éployer

Se pose (je dirais mourir un diadème)

Vers le front couronné son ancien foyer

Mais sans or soupirer que cette vive nue

L'ignition du feu toujours intérieur

Originellement la seule continue

Dans le joyau de l'œil véridique ou rieur

Une nudité de héros tendre diffame

Celle qui ne mouvant astre ni feux au doigt

Rien qu'à simplifier avec gloire la femme

Accomplit par son chef fulgurante l'exploit

De semer de rubis le doute qu'elle écorche

Ainsi qu'une joyeuse et tutélaire torche

SAINTE

À la fenêtre recélant

Le santal vieux qui se dédore

De sa viole étincelant

Jadis avec flûte ou mandore,

Est la Sainte pâle, étalant

Le livre vieux qui se déplie

Du Magnificat ruisselant

Jadis selon vêpre et complie :

À ce vitrage d'ostensoir

Que frôle une harpe par l'Ange

Formée avec son vol du soir

Pour la délicate phalange

Du doigt, que, sans le vieux santal

Ni le vieux livre, elle balance

Sur le plumage instrumental,

Musicienne du silence.

TOAST FUNÈBRE

Ô de notre bonheur, toi, le fatal emblème!

Salut de la démence et libation blême,

Ne crois pas qu'au magique espoir du corridor

J'offre ma coupe vide où souffre un monstre d'or!

Ton apparition ne va pas me suffire:

Car je t'ai mis, moi-même, en un lieu de porphyre.

Le rite est pour les mains d'éteindre le flambeau

Contre le fer épais des portes du tombeau:

Et l'on ignore mal, élu pour notre fête

Très simple de chanter l'absence du poëte,

Que ce beau monument l'enferme tout entier:

Si ce n'est que la gloire ardente du métier,

Jusqu'à l'heure commune et vile de la cendre,

Par le carreau qu'allume un soir fier d'y descendre,

Retourne vers les feux du pur soleil mortel!

Magnifique, total et solitaire, tel

Tremble de s'exhaler le faux orgueil des hommes.

Cette foule hagarde! elle annonce: Nous sommes

La triste opacité de nos spectres futurs.

Mais le blason des deuils épars sur de vains murs,

J'ai méprisé l'horreur lucide d'une larme,

Quand, sourd même à mon vers sacré qui ne l'alarme,

Quelqu'un de ces passants, fier, aveugle et muet,

Hôte de son linceul vague, se transmuait

En le vierge héros de l'attente posthume.

Vaste gouffre apporté dans l'amas de la brume

Par l'irascible vent des mots qu'il n'a pas dits,

Le néant à cet Homme aboli de jadis:

"Souvenirs d'horizons, qu'est-ce, ô toi, que la Terre?"

Hurle ce songe; et, voix dont la clarté s'altère,

L'espace a pour jouet le cri: "Je ne sais pas!"

Le Maître, par un œil profond, a, sur ses pas,

Apaisé de l'éden l'inquiète merveille

Dont le frisson final, dans sa voix seule, éveille

Pour la Rose et le Lys le mystère d'un nom.

Est-il de ce destin rien qui demeure, non?

Ô vous tous! oubliez une croyance sombre.

Le splendide génie éternel n'a pas d'ombre.

Moi, de votre désir soucieux, je veux voir,

À qui s'évanouit, hier, dans le devoir

Idéal que nous font les jardins de cet astre,

Survivre pour l'honneur du tranquille désastre

Une agitation solennelle par l'air

De paroles, pourpre ivre et grand calice clair,

Que, pluie et diamant, le regard diaphane

Resté là sur ces fleurs dont nulle ne se fane

Isole parmi l'heure et le rayon du jour!

C'est de nos vrais bosquets déjà tout le séjour,

Où le poëte pur a pour geste humble et large

De l'interdire au rêve, ennemi de sa charge:

Afin que le matin de son repos altier,

Quand la mort ancienne est comme pour Gautier

De n'ouvrir pas les yeux sacrés et de se taire,

Surgisse, de l'allée ornement tributaire,

Le sépulcre solide où gît tout ce qui nuit,

Et l'avare silence et la massive nuit.

PROSE

(pour des Esseintes)

Hyperbole! de ma mémoire

Triomphalement ne sais-tu

Te lever, aujourd'hui grimoire

Dans un livre de fer vêtu :

Car j'installe, par la science,

L'hymne des cœurs spirituels

En l'œuvre de ma patience,

Atlas, herbiers et rituels.

Nous promenions notre visage

(Nous fûmes deux, je le maintiens)

Sur maints charmes de paysage,

Ô sœur, y comparant les tiens.

L'ère d'autorité se trouble

Lorsque, sans nul motif, on dit

De ce midi que notre double

Inconscience approfondit

Que, sol des cent iris, son site,

Ils savent s'il a bien été,

Ne porte pas de nom que cite

L'or de la trompette d'Été.

Oui, dans une île que l'air charge

De vue et non de visions

Toute fleur s'étalait plus large

Sans que nous en devisions.

Telles, immenses, que chacune

Ordinairement se para

D'un lucide contour, lacune,

Qui des jardins la sépara.

Gloire du long désir, Idées

Tout en moi s'exaltait de voir

La famille des iridées

Surgir à ce nouveau devoir,

Mais cette sœur sensée et tendre

Ne porta son regard plus loin

Que sourire et, comme à l'entendre

J'occupe mon antique soin.

Oh! sache l'Esprit de litige,

À cette heure où nous nous taisons,

Que de lis multiples la tige

Grandissait trop pour nos raisons

Et non comme pleure la rive,

Quand son jeu monotone ment

À vouloir que l'ampleur arrive

Parmi mon jeune étonnement

D'ouïr tout le ciel et la carte

Sans fin attestés sur mes pas,

Par le flot même qui s'écarte,

Que ce pays n'exista pas.

L'enfant abdique son extase

Et docte déjà par chemins

Elle dit le mot: Anastase!

Né pour d'éternels parchemins,

Avant qu'un sépulcre ne rie

Sous aucun climat, son aïeul,

De porter ce nom: Pulchérie!

Caché par le trop grand glaïeul.

ÉVENTAIL

de Madame Mallarmé

Avec comme pour langage

Rien qu'un battement aux cieux

Le futur vers se dégage

Du logis très précieux

Aile tout bas la courrière

Cet éventail si c'est lui

Le même par qui derrière

Toi quelque miroir a lui

Limpide (où va redescendre

Pourchassée en chaque grain

Un peu d'invisible cendre

Seule à me rendre chagrin)

Toujours tel il apparaisse

Entre tes mains sans paresse

AUTRE ÉVENTAIL

de Mademoiselle Mallarmé

Ô rêveuse, pour que je plonge

Au pur délice sans chemin,

Sache, par un subtil mensonge,

Garder mon aile dans ta main.

Une fraîcheur de crépuscule

Te vient à chaque battement

Dont le coup prisonnier recule

L'horizon délicatement.

Vertige! voici que frissonne

L'espace comme un grand baiser

Qui, fou de naître pour personne,

Ne peut jaillir ni s'apaiser.

Sens-tu le paradis farouche

Ainsi qu'un rire enseveli

Se couler du coin de ta bouche

Au fond de l'unanime pli!

Le sceptre des rivages roses

Stagnants sur les soirs d'or, ce l'est,

Ce blanc vol fermé que tu poses

Contre le feu d'un bracelet.

FEUILLET D'ALBUM

Tout à coup et comme par jeu

Mademoiselle qui voulûtes

Ouïr se révéler un peu

Le bois de mes diverses flûtes

Il me semble que cet essai

Tenté devant un paysage

À du bon quand je le cessai

Pour vous regarder au visage

Oui ce vain souffle que j'exclus

Jusqu'à la dernière limite

Selon mes quelques doigts perclus

Manque de moyens s'il imite

Votre très naturel et clair

Rire d'enfant qui charme l'air

REMÉMORATION D'AMIS BELGES

À des heures et sans que tel souffle l'émeuve

Toute la vétusté presque couleur encens

Comme furtive d'elle et visible je sens

Que se dévêt pli selon pli la pierre veuve

Flotte ou semble par soi n'apporter une preuve

Sinon d'épandre pour baume antique le temps

Nous immémoriaux quelques-uns si contents

Sur la soudaineté de notre amitié neuve

Ô très chers rencontrés en le jamais banal

Bruges multipliant l'aube au défunt canal

Avec la promenade éparse de maint cygne

Quand solennellement cette cité m'apprit

Lesquels entre ses fils un autre vol désigne

À prompte irradier ainsi qu'aile l'esprit.

CHANSONS BAS

I

(LE SAVETIER)

Hors de la poix rien à faire,

Le lys naît blanc, comme odeur

Simplement je le préfère

À ce bon raccommodeur.

Il va de cuir à ma paire

Adjoindre plus que je n'eus

Jamais, cela désespère

Un besoin de talons nus.

Son marteau qui ne dévie

Fixe de clous gouailleurs

Sur la semelle l'envie

Toujours conduisant ailleurs.

Il recréerait des souliers,

Ô pieds, si vous le vouliez!

II

(LA MARCHANDE D'HERBES AROMATIQUES)

Ta paille azur de lavandes,

Ne crois pas avec ce cil

Osé que tu me la vendes

Comme à l'hypocrite s'il

En tapisse la muraille

De lieux les absolus lieux

Pour le ventre qui se raille

Renaître aux sentiments bleus.

Mieux entre une envahissante

Chevelure ici mets-la

Que le brin salubre y sente,

Zéphirine, Paméla

Ou conduise vers l'époux

Les prémices de tes poux.

BILLET

Pas les rafales à propos

De rien comme occuper la rue

Sujette au noir vol de chapeaux :

Mais une danseuse apparue

Tourbillon de mousseline ou

Fureur éparses en écumes

Que soulève par son genou

Celle même dont nous vécûmes

Pour tout, hormis lui, rebattu

Spirituelle, ivre, immobile

Foudroyer avec le tutu,

Sans se faire autrement de bile

Sinon rieur que puisse l'air

De sa jupe éventer Whistler.

PETIT AIR

I

Quelconque une solitude

Sans le cygne ni le quai

Mire sa désuétude

Au regard que j'abdiquai

Ici de la gloriole

Haute à ne la pas toucher

Dont maint ciel se bariole

Avec les ors de coucher

Mais langoureusement longe

Comme de blanc linge ôté

Tel fugace oiseau si plonge

Exultatrice à côté

Dans l'onde toi devenue

Ta jubilation nue

PETIT AIR

II

Indomptablement a dû

Comme mon espoir s'y lance

Éclater là-haut perdu

Avec furie et silence,

Voix étrangère au bosquet

Ou par nul écho suivie,

L'oiseau qu'on n'ouït jamais

Une autre fois en la vie.

Le hagard musicien,

Cela dans le doute expire

Si de mon sein pas du sien

A jailli le sanglot pire

Déchiré va-t-il entier

Rester sur quelque sentier!

PLUSIEURS
SONNETS

Quand l'ombre menaça de la fatale loi

Tel vieux Rêve, désir et mal de mes vertèbres,

Affligé de périr sous les plafonds funèbres

Il a ployé son aile indubitable en moi.

Luxe, ô salle d'ébène où, pour séduire un roi

Se tordent dans leur mort des guirlandes célèbres,

Vous n'êtes qu'un orgueil menti par les ténèbres

Aux yeux du solitaire ébloui de sa foi.

Oui, je sais qu'au lointain de cette nuit, la Terre

Jette d'un grand éclat l'insolite mystère,
Sous les siècles hideux qui l'obscurcissent moins.

L'espace à soi pareil qu'il s'accroisse ou se nie
Roule dans cet ennui des feux vils pour témoins
Que s'est d'un astre en fête allumé le génie.

Le vierge, le vivace et le bel aujourd'hui
Va-t-il nous déchirer avec un coup d'aile ivre
Ce lac dur oublié que hante sous le givre
Le transparent glacier des vols qui n'ont pas fui !

Un cygne d'autrefois se souvient que c'est lui
Magnifique mais qui sans espoir se délivre
Pour n'avoir pas chanté la région où vivre
Quand du stérile hiver a resplendi l'ennui.

Tout son col secouera cette blanche agonie
Par l'espace infligée à l'oiseau qui le nie,
Mais non l'horreur du sol où le plumage est pris.

Fantôme qu'à ce lieu son pur éclat assigne,
Il s'immobilise au songe froid de mépris

Que vêt parmi l'exil inutile le Cygne.

Victorieusement fui le suicide beau
Tison de gloire, sang par écume, or, tempête!
Ô rire si là-bas une pourpre s'apprête
À ne tendre royal que mon absent tombeau.

Quoi! de tout cet éclat pas même le lambeau
S'attarde, il est minuit, à l'ombre qui nous fête
Excepté qu'un trésor présomptueux de tête
Verse son caressé nonchaloir sans flambeau,

La tienne si toujours le délice! la tienne
Oui seule qui du ciel évanoui retienne
Un peu de puéril triomphe en t'en coiffant

Avec clarté quand sur les coussins tu la poses
Comme un casque guerrier d'impératrice enfant
Dont pour te figurer il tomberait des roses.

Ses purs ongles très haut dédiant leur onyx,

L'Angoisse ce minuit, soutient, lampadophore,

Maint rêve vespéral brûlé par le Phénix

Que ne recueille pas de cinéraire amphore

Sur les crédences, au salon vide : nul ptyx,

Aboli bibelot d'inanité sonore,

(Car le Maître est allé puiser des pleurs au Styx

Avec ce seul objet dont le Néant s'honore.)

Mais proche la croisée au nord vacante, un or

Agonise selon peut-être le décor

Des licornes ruant du feu contre une nixe,

Elle, défunte nue en le miroir, encor

Que, dans l'oubli fermé par le cadre, se fixe

De scintillations sitôt le septuor.

LE TOMBEAU D'EDGAR POE

Tel qu'en Lui-même enfin l'éternité le change,

Le Poëte suscite avec un glaive nu

Son siècle épouvanté de n'avoir pas connu

Que la mort triomphait dans cette voix étrange !

Eux, comme un vil sursaut d'hydre oyant jadis l'ange

Donner un sens plus pur aux mots de la tribu

Proclamèrent très haut le sortilège bu

Dans le flot sans honneur de quelque noir mélange.

Du sol et de la nue hostiles, ô grief!

Si notre idée avec ne sculpte un bas-relief

Dont la tombe de Poe éblouissante s'orne

Calme bloc ici-bas chu d'un désastre obscur

Que ce granit du moins montre à jamais sa borne

Aux noirs vols du Blasphème épars dans le futur.

LE TOMBEAU DE CHARLES BAUDELAIRE

Le temple enseveli divulgue par la bouche

Sépulcrale d'égout bavant boue et rubis

Abominablement quelque idole Anubis

Tout le museau flambé comme un aboi farouche

Ou que le gaz récent torde la mèche louche

Essuyeuse on le sait des opprobres subis

Il allume hagard un immortel pubis

Dont le vol selon le réverbère découche

Quel feuillage séché dans les cités sans soir

Votif pourra bénir comme elle se rasseoir

Contre le marbre vainement de Baudelaire

Au voile qui la ceint absente avec frissons

Celle son Ombre même un poison tutélaire

Toujours à respirer si nous en périssons

TOMBEAU

Anniversaire – Janvier 1897

Le noir roc courroucé que la bise le roule

Ne s'arrêtera ni sous de pieuses mains

Tâtant sa ressemblance avec les maux humains

Comme pour en bénir quelque funeste moule.

Ici presque toujours si le ramier roucoule

Cet immatériel deuil opprime de maints

Nubiles plis l'astre mûri des lendemains

Dont un scintillement argentera la foule.

Qui cherche, parcourant le solitaire bond

Tantôt extérieur de notre vagabond—

186

Verlaine? Il est caché parmi l'herbe, Verlaine

À ne surprendre que naïvement d'accord

La lèvre sans y boire ou tarir son haleine

Un peu profond ruisseau calomnié la mort.

HOMMAGE

Le silence déjà funèbre d'une moire

Dispose plus qu'un pli seul sur le mobilier

Que doit un tassement du principal pilier

Précipiter avec le manque de mémoire.

Notre si vieil ébat triomphal du grimoire,

Hiéroglyphes dont s'exalte le millier

À propager de l'aile un frisson familier!

Enfouissez-le-moi plutôt dans une armoire.

Du souriant fracas originel haï

Entre elles de clartés maîtresses a jailli

Jusque vers un parvis né pour leur simulacre,

Trompettes tout haut d'or pâmé sur les vélins,

Le dieu Richard Wagner irradiant un sacre

Mal tu par l'encre même en sanglots sibyllins.

HOMMAGE

Toute Aurore même gourde

À crisper un poing obscur

Contre des clairons d'azur

Embouchés par cette sourde

À le pâtre avec la gourde

Jointe au bâton frappant dur

Le long de son pas futur

Tant que la source ample sourde

Par avance ainsi tu vis

Ô solitaire Puvis

De Chavannes

       jamais seul

De conduire le temps boire

À la nymphe sans linceul

Que lui découvre ta Gloire

☆

Au seul souci de voyager

Outre une Inde splendide et trouble

—Ce salut soit le messager

Du temps, cap que ta poupe double

Comme sur quelque vergue bas

Plongeante avec la caravelle

Écumait toujours en ébats

Un oiseau d'annonce nouvelle

Qui criait monotonement

Sans que la barre ne varie

Un inutile gisement

Nuit, désespoir et pierrerie

Par son chant reflété jusqu'au

Sourire du pâle Vasco.

I

Tout Orgueil fume-t-il du soir,

Torche dans un branle étouffée

Sans que l'immortelle bouffée

Ne puisse à l'abandon surseoir!

La chambre ancienne de l'hoir

De maint riche mais chu trophée

Ne serait pas même chauffée

S'il survenait par le couloir.

Affres du passé nécessaires

Agrippant comme avec des serres

Le sépulcre de désaveu,

Sous un marbre lourd qu'elle isole

Ne s'allume pas d'autre feu

Que la fulgurante console.

II

Surgi de la croupe et du bond

D'une verrerie éphémère

Sans fleurir la veillée amère

Le col ignoré s'interrompt.

Je crois bien que deux bouches n'ont

Bu, ni son amant ni ma mère,

Jamais à la même Chimère,

Moi, sylphe de ce froid plafond!

Le pur vase d'aucun breuvage

Que l'inexhaustible veuvage

Agonise mais ne consent,

Naïf baiser des plus funèbres!

À rien expirer annonçant

Une rose dans les ténèbres.

III

Une dentelle s'abolit

Dans le doute du Jeu suprême

À n'entr'ouvrir comme un blasphème

Qu'absence éternelle de lit.

Cet unanime blanc conflit

D'une guirlande avec la même,

Enfui contre la vitre blême

Flotte plus qu'il n'ensevelit.

Mais, chez qui du rêve se dore

Tristement dort une mandore

Au creux néant musicien

Telle que vers quelque fenêtre

Selon nul ventre que le sien,

Filial on aurait pu naître.

Quelle soie aux baumes de temps

Où la Chimère s'exténue

Vaut la torse et native nue

Que, hors de ton miroir, tu tends!

Les trous de drapeaux méditants

S'exaltent dans notre avenue :

Moi, j'ai ta chevelure nue

Pour enfouir mes yeux contents.

Non! La bouche ne sera sûre

De rien goûter à sa morsure,

S'il ne fait, ton princier amant,

Dans la considérable touffe

Expirer, comme un diamant,

Le cri des Gloires qu'il étouffe.

M'introduire dans ton histoire

C'est en héros effarouché

S'il a du talon nu touché

Quelque gazon de territoire

À des glaciers attentatoire

Je ne sais le naïf péché

Que tu n'auras pas empêché

De rire très haut sa victoire

Dis si je ne suis pas joyeux

Tonnerre et rubis aux moyeux

De voir en l'air que ce feu troue

Avec des royaumes épars

Comme mourir pourpre la roue

Du seul vespéral de mes chars

À la nue accablante tu

Basse de basaltes et de laves

À même les échos esclaves

Par une trompe sans vertu

Quel sépulcral naufrage (tu

Le sais, écume, mais y baves)

Suprême une entre les épaves

Abolit le mât dévêtu

Ou cela que furibond faute

De quelque perdition haute

Tout l'abîme vain éployé

Dans le si blanc cheveu qui traîne

Avarement aura noyé

Le flanc enfant d'une sirène

Mes bouquins refermés sur le nom de Paphos

Il m'amuse d'élire avec le seul génie

Une ruine, par mille écumes bénie

Sous l'hyacinthe, au loin, de ses jours triomphaux.

Coure le froid avec ses silences de faulx,

Je n'y hululerai pas de vide nénie

Si ce très blanc ébat au ras du sol dénie

À tout site l'honneur du paysage faux.

Ma faim qui d'aucuns fruits ici ne se régale

Trouve dans leur docte manque une saveur égale :

Qu'un éclate de chair humain et parfumant !

Le pied sur quelque guivre où notre amour tisonne,

Je pense plus longtemps peut-être éperdument

À l'autre, au sein brûlé d'une antique amazone.

■ 주석

이 주석은 옮긴이가 번역한 텍스트의 문학적·논리적 의미를 설명하기 위한 것이지만, 한편으로는 번역문을 원문과의 관계에서 해명하기 위한 목적도 있다. 말라르메는 시에서 비일상적인 낱말들을 사용했을 뿐만 아니라 그 문맥 의미를 특수하게 굴절시키고, 철저한 계산을 통해 통사법을 극한으로 밀고 나가, 시의 내용을 고의적으로 모호하게 만든 것이 사실이나, 언어의 일반적 용법을 무시하거나 파괴한 것은 아니다. 통사법을 해체 상태로 몰고 가는 시쓰기는 통사법에 대한 극히 날카로운 의식에 의해서만 가능하다. 실제로 말라르메의 난해어법은 매우 논리적인 구조를 지니고 있으며, 바로 이 때문에 통사 구조가 전혀 다른 언어로 일단 번역하게 되면 그 통사법이 오히려 분명하게 정리되고, 의미 내용이 원문에서보다 더 명확하게 드러나는 측면이 있다. 이 점에서 번역과 주석은 보충 관계를 지닐 수밖에 없다.

말라르메의 『시집』에 수록된 49편의 시는 40년에 가까운 세월 동안에 쓰고 다듬고 발표했던 작품들이다. 이 과정을 여기서 상술할 수는 없지만, 본 주석에서 자주 만나게 될 발표 지면과 작품집 등은 미리 설명해둘 필요가 있다.

1864년의 공책: 말라르메는 1864년 자신의 공책에 「창」 「불운」 「꽃들」 「고뇌」 「탄식」 「창공」 「새봄」 「여름날의 슬픔」 「적선」 「희망의 성」 「벌받는 어릿광대」 「종치는 수사」 "쓰라린 휴식이 지겨워……" 등 13편의 시를 시집의 형태로 정리했다. 이 가운데 「희망의 성」 한 편을 제외한 나머지 시들은 1899년의 드망 판 『시집』에 모두 수록되어 초기 시군을 이룬다.

현대 파르나스: 말라르메는 1866년 위의 시편들에서 「불운」을 「바다의 미풍」으로 교체하고, 이 시들에 "고뇌들/Angoisses"이라는 총제를 붙여 『현대

파르나스』지에 보냈다. 이 가운데 「창」 「종치는 수사」 「고녀」 「새봄」 「창공」 「꽃들」 「탄식」 「바다의 미풍」 「적선」 "쓰라린 휴식이 지겨워……" 등 10편의 시가 이 잡지의 5월 12일자 호에, 「여름날의 슬픔」은 6월 30일자에 게재되었다.

저주받은 시인들: 베를렌은 문학 잡지 『루테스』에 「저주받은 시인들」을 연재하던 중에 1883년 11월부터 1884년 1월까지 말라르메의 시 7편을 소개했다: 「시답잖은 청원서」 「불운」 「현현(顯現)」 「성녀」 「헌시(獻詩)」, 소네트 "어둠이 숙명적인 법칙으로……" 「에드거 포의 무덤」. 이 연재 산문은 1884년 『저주받은 시인들』이라는 단행본으로 발간되었다.

사진 석판본 시집: 1887년 말라르메의 시 35편이 그의 육필원고를 사진 찍어 이를 석판 인쇄하는 방식으로 간행되었다. 『독립 평론』 출판부에서 40부 한정판으로 간행된 이 사진 석판본 말라르메 시집의 시들은 일부 수정을 거친 후 모두 1899년의 드망 판 『시집』에 수록되어 그 근간을 이룬다.

운문과 산문 앨범: 1887년 브뤼셀의 리브레리 누벨에서 『프랑스와 벨기에의 현대 작가 총서』 제10권으로 간행된 말라르메의 이 작품집은 「창」 「꽃들」 「바다의 미풍」 「탄식」 「성녀」와 네 편의 소네트 "순결하고, 강인하고……" "의기양양하게 피한……" "내 낡은 책들이……" "어둠이 숙명적인……" 등 운문시 8편과 산문시 네 편을 수록하고 있다.

운문과 산문: 1893년 패렝에서 출판된 이 작품집은 「현현」 「창」 「탄식」 「꽃들」 「바다의 미풍」 「창공」 「헌시」 「벌받는 어릿광대」 「여름날의 슬픔」, "순결하고, 강인하고……" "의기양양하게 피한……" "제 순결한 손톱들이……" "내 낡은 책들이……" "당신의 이야기 속에……" "시간의 향유에……" "모든 긍지가……" "둔부와 도약에서……" "레이스가 한 겹……", 「산문」 「에로디아드」(일부), 「목신의 오후」 「에드거 포의 무덤」 등 비교적 많은 시 작품을 몇 편의 산문과 함께 수록하고 있다.

드망 판 시집: 『시집』이 벨기에의 드망 출판사에서 발간된 것은 말라르메가 세상을 떠나고 난 다음 해인 1899년이지만, 시인의 의사가 전적으로 반영된 시집으로 평가된다. 말라르메는 1890년대 초부터 이 시집을 준비했으며, 1894년에는 이미 발표된 작품의 지면에 펜으로 수정을 가한 원본(maquette)

을 출판사에 보냈다. 시인의 딸 주느비에브 말라르메는 이 원본에 1894년 이후에 집필된 베를렌의 「무덤」, 퓌비 드 샤반에게 바친 「예찬」, "항해하려는 유일한 열망에……" 등 세 편의 시를 시인의 유지에 따라 추가했다. (이상 발표 시편들의 제목은 현재의 제목이다.)

이 주석에서 (그리고 해설에서) 옮긴이는 다음과 같은 체계를 사용했다.

1. 텍스트의 집필 및 발표 과정을 서술하고, 이와 관련된 이문을 제시했다. 그러나 이문의 제시는 철저한 것이 아니며 텍스트의 이해를 돕고 다른 해석 가능성을 전망하는 데에 필요한 선에서 그쳤다.

2. 텍스트의 인용시 해당 출전과 페이지는 괄호로 묶어 표기했다. 또한 시편 제목 앞에 위치한 괄호 안 숫자는 각각 이 책의 번역문과 원문 페이지를 가리킨다.

3. 텍스트의 전체 내용과 대의를 먼저 서술하고 이를 다시 연이나 시구에 따라 좀더 상세하게 설명했으며, 설명의 흐름에서 벗어난 특수한 사항은 뒤에 연 번호나 행 번호를 적고 보충 설명했다.

4. 텍스트의 통사 관계를 설명하기 위해 주석의 많은 부분을 할애했으나, 번역문으로 그 설명을 대신할 수 있다고 판단될 때는 이를 생략했다.

5. 다른 주석자들의 의견을 참조할 때는 출처를 밝히는 것을 원칙으로 삼았지만, 이미 일반화된 의견이나 단순한 의견에는 이를 생략했다.

6. 프랑스어 텍스트에서 이탤릭체로 씌어진 글은 우리말에서 '이탤릭체'로 대신하고, 강조나 의인화 등을 목적으로 두문자를 대문자로 쓴 명사들은 '고딕체'를 써서 표시했다.

7. 우리말과 외국어의 병기를 위해서는 다음의 세 가지 체계를 사용했다.

　　1) 인명, 책명, 작품명, 신문·잡지명 등은 원어를 병기하지 않는 대신, 이 책의 말미에 '한글·로마자 대조표'를 붙여두어 로마자 철자나 원어를 확인할 수 있게 했다.

　　2) 시를 주석하면서 텍스트의 번역문과 원문을 함께 제시할 필요가 있을 때는 번역문과 원문 사이에 사선(/)을 넣고 이를 함께 " "로 묶었다. 이는 주로 『시집』의 시편들을 주석할 때 해당되는 사항이지만, 다른 시인들의 시

를 인용 설명할 때도 필요한 경우는 이 체계를 이용했다.

　　예: "거품/écume" "우리를 임명하시라……/Nommez nous.."

　　3) 텍스트에 속하지 않는 일반 어휘에 외국어와의 대조가 필요한 경우에
는 괄호를 사용하여 이를 병기했다.

　　예: 어머니-자연(Nature-Mère), "병든 태양(Soleil malsains)"

8. 말라르메의 산문은 마르샬 판 플레야드 전집 제1권과 제2권에서 인용했으
며, 이를 각기 '전집 I'과 '전집 II'로 표시하고 해당 페이지를 적었다. 『시집』의
시를 언급할 때는 제목이나 첫 줄을 적고, 페이지는 생략했다. 말라르메의 편지는
마르샬이 편집한 폴리오 문고의 『서간 전집』에서 인용했으며, 편지를 보낸 일부
만을 표시해두고 페이지는 생략했다. 말라르메의 작품에 관한 평문 및 주석의 인
용은, 몇몇 특별한 경우를 제외하고, 저자명이나 편자명의 우리말 표기를 약어로
사용하고 해당 페이지를 적었다. 한 저자나 편자에게 복수의 저서가 있을 경우 이
를 I, II……로 구분했다. 옮긴이가 주석과 해설에서 참조한 말라르메의 저술과
연구자들의 저술은 다음과 같다. 이 가운데는 참고만 했을 뿐 직접 인용하지 않은
저술도 포함되어 있다.

　1) 말라르메의 작품집 및 서한집

　　　Œuvres complètes, éd. par H. Mondor et G. Jean-Aubry, Gallimard,
　　　　　　coll. Bibliothèque de la Pléiade, 1945.

　　　Œuvres complètes, t. I, éd. par B. Marchal, Gallimard, coll. Biblio-
　　　　　　thèque de la Pléiade(nouvelle édition), 1998.

　　　Œuvres complètes, t. II, éd. par B. Marchal, Gallimard, coll. Biblio-
　　　　　　thèque de la Pléiade(nouvelle édition), 2003.

　　　Œuvres complètes, Poésies, Édition critique présentée par Carl paul Bar-
　　　　　　bier et Charles Gordon Millan, Flammarion, 1983.

　　　Œuvres, éd. par Yves-Alain Favre, Bordas, coll. Classique Garnier,
　　　　　　1992(nouvelle édition revue de 1985).

　　　Poésies, textes présentés et commentés par Pierre Citron, Imprimerie
　　　　　　nationale, 1985.

Poésies, préface d'Yves Bonnefoy, éd. de B. Marchal, coll. Poésie,
　　　Gallimard, 1992.

Igitur, Divagations, Un coup de dés, Préface d'Yves Bonnefoy, coll.
　　　Poésie, Gallimard, 1976.

Correspondance complète. 1862-1871, suivi de *Lettres sur la poésie.*
　　　1872-1898 avec des lettres inédites, éd. par B.
　　　Marchal, Gallimard, coll. Folio Classique, 1995.

2) 자료집

Barbier, Carl paul, *Documents Stéphane Mallarmé*, I, II, III, IV, V, VI,
　　　VII, Nizet, 1970~1985.

3) 말라르메 전기

Mondor, Henri, *Vie de Mallarmé*, Gallimard, 1941.

Steinmetz, Jean-Luc, *Stéphane Mallarmé*, Fayard, 1998.

4) 말라르메 및 『시집』에 대한 연구서

Austin, Lloyd James, *Essais sur Mallarmé*, edited by Malcolm Bowie,
　　　Manchester University Press, 1995.

Backès, Jean-Louis, Poésies *de Mallarmé*, Hachette, 1973.

Bénichou, Paul, *Selon Mallarmé*, Gallimard, 1995.

Benoit, Éric, *Les Poésies de Mallarmé*, Ellipse, 1998.

Boulay, Daniel, *L'obscurité esthétique de Mallarmé et la "Prose pour des*
　　　Esseintes," Nizet, 1973.

Brunel, Pierre, *Lecture d'une œuvre, Les Poésies de Stéphane Mallarmé*
　　　ou Échec au Néant, Édition du Temps, 1998.

Chadwick, Charles, *Mallarmé—sa pensée dans sa poésie*, Corti, 1962.

Davies, Gardner, *Les tombeaux de Mallarmé*, Corti, 1950.

──────, *Mallarmé et le drame solaire*, Corti, 1959.

Durant, Pascal, Poésies *de Stéphane Mallarmé*, Gallimard, 1998.

Fowlie, Wallace, *Mallarmé*, The University of Chicago Press, 1953.

Gallardo, Jean-Luc, *Mallarmé et le jeu suprême*, Paradigme, 1998.

Gauthier, Michel, *Mallarmé en clair ou l'obscurité poétique "vaincue mot par mot,"* Nizet, 1998.

Marchal, Bertrand, *Lecture de Mallarmé — Poésie — Igitur — Le coup de dés,* Corti. 1985.

Mauron, Charles, *Introduction à la psychanalyse de Mallarmé,* La Baconnière, 1968.

_____, *Mallarmé l'obscur,* Corti, 1968.

Michaud, Guy, *Mallarmé,* Hatier, 1971.

Noulet, Emilie, *Vingt poèmes de Stéphane Mallarmé,* Droz, 1972.

Rancière, Jacques, *Mallarmé — la politique de la sirène,* Hachette, 1996.

Richard, Jean-Pierre, *L'univers imaginaire de Mallarmé,* Seuil, 1961.

Sartre, Jean-Paul, *Mallarmé - La lucidité et sa face d'ombre,* Gallimard, 1986.

Scherer, Jacques, *Grammaire de Mallarmé,* Nizet, 1977.

Thibaudet, Albert, *La Poésie de Stéphane Mallarmé - étude littéraire,* Gallimard, 1912.

Valéry, Paul, *Variété in Œuvres,* I, éd. par Jean Hitier, Gallimard, coll. Bibliothèque de la Pléiade, 1957.

Walzer, Pierre-Olivier, *Mallarmé,* Seghers, coll. Poètes d'aujourd'hui, 1963.

(49, 131)　　　　인사

말라르메는 1893년 1월 9일 문학 잡지 『펜』이 개최한 젊은 시인들의 회식에 이 시를 들고 좌장으로 참석했다. 첫 발표 지면은 『펜』지 1893년 2월 호. 이 시가 말라르메의 말기 작품에 속하면서도, 그 의미 문맥과 이미지의 연관 관계가 비교적 명확한 것은, 모든 행사 시가 그렇듯이 이 시도 뚜렷한 목적을 지니고 씌어졌기 때문이다. 그는 "술잔을 들어올리며"(「해제」 참조) 이 시를 읊어, 문학이라고 하는 이상한 모험에 가담한 청춘들의 장도와 그 특별한 동료애를 축하했다. 이 시의 처음 제목이 "축배/Toast"였던 까닭도 거기 있다. 또한 말라르메는 그의 드망 판 『시집』을 계획할 때, 이 시를 그 첫머리에 이탤릭체로 실어 제사(題辭)로 삼고 싶어했다. 이 점에서 「인사」는 말라르메가 자신의 독자들에게 바치는 인사이며, 그의 시를 읽어내려는 고난의 항해에 부치는 일종의 격려문이다.

시인은 첫머리에서 대뜸 "없음/Rien"이라고 말하고, "거품/écume"과 "처녀시"를 그 동격어로 덧붙인다. 이 "없음"은 우선 한 회식을 위해 부탁받은 담화에 겸양의 뜻을 앞세우는 허두일 것이다. "거품"은 물론 그가 들고 있는 술잔의 샴페인에서 끓어올라 그 유리면을 따라 둥그렇게 맺혀 있는, 그와 같이 "술잔을 가리키는" 거품이며, "처녀시"는 그가 이제 읽으려는, 그러나 아직 읽지 않은 시이다. 그가 할 말은 아무것도 없으며, 시인은 다만 아무것도 아닌 이 거품을 좌중에게 보여줄 수 있을 뿐인데, 술잔의 모습으로 맺혀 있는 이 거품이 바로 그가 읽으려는 시이다. 그런데, 아직은 모든 것이 침묵하고 있는 '없음'의 자리에서, 있는 것도 아니고 없는 것도 아닌 "거품"의 모습으로 그 말 없는 사물의 외관을 흔들며 끓어오르는 어떤 영감에 따라, 마침내 한 편의 "처녀시"가 탄생하는 것이라고 본다면, 이 세 낱말은 그 자체로써 모든 시가 창조되는 과정을 은유하는 셈이 된다. 어느 경우에나 거품은 침묵과 창조 사이에 전환기와 같은 역할을 하고 있다.

게다가 이 거품은 "처녀시"의 처녀와 결합하여 바다의 요정 세이렌들을 만들어 낸다. 술잔에 거품이 끓어오르듯 먼 바다에서는 "그처럼" 세이렌들이 수없이 물에 뛰어든다. 이 바다를 뒤따라 항해의 이야기가 이어지는 것은 당연하다. 물에 뛰어들어 익사하는 세이렌의 신화 자체가 항해의 신화와 연결되어 있다. 그리스 신화에서 아르고스 원정대가 배를 타고 스킬라 바위 앞을 지날 때, 노래로 선원들을 미혹하여 물에 빠뜨리는 이 세이렌들이 대원들을 기다리고 있다. 이때 그 대원들 가운데 한 사람이며 모든 시인들의 영원한 조상인 오르페우스는 리라 반주를 곁들여 그녀들보다 더 아름다운 노래를 부른다. 노래 시합에서 패배한 세이렌들은 그 치욕을 못 이기고 바다에 뛰어들어 자살한다. 그래서 세이렌들이 몸을 뒤집어 자맥질하는 자리에서 탄생하는 이 시는 이제 또 하나의 원정에 뛰어드는 젊은 시인들이 미래에 거둘 승리에 대한 약속일 수 있다.

제2연에서 말하는 시인과 그 친구들의 항해가 바로 그 문학적 원정이다. "벼락과 겨울의 물살," 그것은 뱃머리에서 겨울의 하얀 눈빛으로 번쩍이며 부서지는 물결인 동시에, 천둥치듯 몰아닥칠 창조적 영감에 앞서 불모의 한 세월에 갖은 용기를 다 뽑내며 건너가야 할 고난의 파도이다. 벌써 오십 줄에 접어든 시인이 침잠하는 자세로 뒷자리에 물러나 있기에 기세 가득한 문학 청년들의 뱃머리가 더욱 화려하다.

제3연: "아름다운 취기 하나"가 구체적으로는 샴페인의 효과이며, 비유적으로는 이 비범한 모험이 가져오는 현기증으로 이해될 수 있는 것처럼, 배가 앞뒤로 까부는 현상인 "키질/tangage" 역시 일면에서는 술 취한 자의 비틀거림을, 다른 일면에서는 반드시 평탄할 수는 없는 문학적 생애의 온갖 굴곡을 뜻할 것이다. 도취한 자로서 말라르메는 이 여러 가지 성격의 멀미를 두려워하지 않고, 축배를 바친다.

문장은 제4연으로 이어진다. 이 축배를 받게 되는 것은 우선 "고독"과 "암초"와 "별"이며, 더 나아가서는 "우리 돛의 하얀 심려를/불러들인" 모든 것들이다. "심려/souci"는 걱정과 열망을 동시에 함축하는 낱말이다. 낯선 바다를 항해하는 자는 그 험난한 항로에 대한 걱정과 새로운 땅에 대한 열망을 그 하얀 돛폭에 가득 안고 있다. 그는 로빈슨 크루소처럼 고독한 땅에 홀로 떨어지거나 암초에 걸려 난파할 위험을 무릅쓰고, 오직 별에 의지하여 배의 방향을 잡는다. 또 하나의 세계를 향한 시의 모험이 역시 이와 같다는 점을 염두에 둔다면 이 3행연의 치밀한 구성을 짐작할 수 있다. 시인도 역시 백지를 앞에 놓고, 고독 속에서, 저항하는 말들의 암초에 자주 걸리며, 미지의 세계, 그러나 하늘의 성좌와 같은 확고한 세계의 창조를 향해 순결한 열망으로 밤을 새우기 때문이다.

(50, 131)   불운

이 시는 1862년 3월 15일자 『예술가』지에 첫 5연이 발표되었지만, 이때 이미 그 전체가 씌어져 있었다. 그해에 작성한 다섯 개의 수고가 남아 있으며, '1864년의 공책'에도 이 시의 원고가 들어 있다. 그러나 이 시 전체를 처음 게재한 것은 베를렌의 『저주받은 시인들』(1883년 잡지, 1884년 소책자)이다. 말라르메는 여러 차례에 걸친 이 시의 수고에서 여러 어구를 수정했지만 그 골격을 바꾸지는 않았다.

이 시에는 보들레르의 영향이 강하게 나타나 있다. 우선 제목 "불운/Le Guignon"이 보들레르의 시에서 가져온 것이며, 여러 개의 낱말들이 『악의 꽃』에 연원을 두고 있다. 그러나 티보데는 두 종류 시인들의 대비라고 하는 이 시의 중요한 착상이 고티에의 장시 「암흑」(1837)에서 비롯한 것임을 지적했다(티보데, 274).

이 시의 처음 여섯 연은 이상의 탐구에 몰두하는 고고한 시인들에 관해 말하고 있다. 고통을 숭배하지만 지상에서 영예를 얻고, 인간 능력의 한계에까지 나아가 신성한 힘 앞에서만 패배하는 이들 "창공을 구걸하는" 위대한 시인들에게서 위고, 라마르틴, 비니와 같은 낭만파 대가들의 면모를 발견하기는 어렵지 않다. 이어 제 7연부터는 이와 대비되는 시인들, 운명에 시달리며 영광도 성공도 얻지 못한 채 절망에 빠져 불행하게 삶을 마치는 시인들의 이야기이다. 이들을 괴롭히는 불운은 야비하고 능글맞은 악한의 모습으로 의인화되어 있다. 에드거 포, 보들레르, 그리고 특히 마지막 시구의 자살로 강하게 환기되는 네르발이 이 저주받은 시인들에 속할 것이다. 말라르메 자신도 물론 여기 속한다. 그는 1862년 6월 4일 카잘리스에게 보낸 편지에서 자신이 "아아 두번째 부류"에 해당한다고 쓰라리게 고백하고 있다. 말라르메는 저 위대한 시인들에 대한 시구를 과거형으로 시작했지만, 불운한 시인들에 대해서는 줄곧 현재형을 사용한다. 그들의 불운은 지나간 일이 아니라 결코 끝나지 않을 현재의 상태인 것이다.

2행: "창공을 구걸하는 자들," 이상과 절대를 갈망하는 시인들. 세상의 증오를 받는 그들은 "자신들이 받는 고통을 힘과 긍지로 여기거나, 자신들이 선택된 자들임을 보장해줄 노래로 바꿈으로써 그 고통을 뛰어넘는다"(발제르, 53).

13~16행: 이 시구들은 불칼을 들고 에덴을 지키고 있다는 구약성서 「창세기」의 천사를 상기시킨다. 말라르메는 종교에 회의적이었지만 자신의 시에서 기독교적 상징을 피하지는 않았다. 낭만파 대가들은 천사들이 신성의 문턱에서 자신들의 탐구를 가로막긴 했지만 고통의 위대함을 알게 해주었다는 점에서 감사하게 생각한다.

30행: 이 시구에서 처음 등장하는 불운은 죽음의 무도 같은 데 등장하는 천한 어릿광대의 모습으로 그려진다. 뒤따르는 여섯 연은 이 의인화된 인물에 대한 묘사이며, 이 연들을 포함한 열다섯 연의 시구가 그 희생자들에게 바쳐진다.

31~39행: 세 연에 걸치는 이 시구들은 사랑, 예술, 미에 미치는 '불운'의 나쁜 영향력을 말한다.

43~45행: 희생자들은 어쩌다 불운에 원한을 품고 복수할 생각을 품을 수도 있지만, 이 복수는 늘 공상에서 그친다.

52행: 이 시인들은 시의 초두에서 언급한 대가들일 수도 있고, 단지 세속적으로 성공한 시인들일 수도 있다.

58행: 말라르메는 여기서 필경 보들레르의 시 「축복」의 한 시구("그리하여 나는 감송향, 훈향, 몰약에 흠뻑 취하리/Et je me soûlerai de nard, d'encens, de myrrhe")를 생각하고 있을 것이다.

64행: 이 마지막 시구에서 말라르메는 네르발의 자살을 염두에 두고 있는 것이 분명하다.

(54, 135)   현현(顯現)

말라르메가 1862년 여름에 쓴 이 시는 1883년 베를렌의 『저주받은 시인들』에 처음 발표되었다.

말라르메의 친구 앙리 카잘리스는 당시 영국 처녀 에티 얍에게 매혹되어 그녀를 위한 시 한 편을 시인에게 부탁했다. 이 시는 그에 대한 대답으로 추정된다. 시인은 1862년 7월에 앙리 카잘리스에게 이렇게 쓰고 있다: "이 서정시의 흥취는 형이 사랑하는 순정한 현현(apparition)에 걸맞을 것입니다." 그러나 말라르메 자신도 그 무렵 독일 처녀 마리아 게르하르트와 결혼을 앞둔 처지여서, 이 시에는 두 외국인 처녀의 모습이 겹쳐 있다고 볼 수도 있다. 말라르메 초기 작품의 어조와 음악성이 여전히 남아 있는 이 시는 베를렌 같은 상징파 시인들의 작품과 비슷한 분위기를 지니고 있다. 라파엘 전파의 그림들을 연상시키는 점도 없지 않지만, 말라르메가 당시 이 유파의 그림을 알고 있었는지는 의문이다.

구문은 복잡하지만 시의 의미 내용을 파악하기는 어렵지 않다. 몽롱하고 아련한 풍경 속에서 우수에 차 있던 마음이 그 슬픔의 원인일 수도 있는 한 여자의 나타남으로 다시 밝아진다는 내용이다. 달빛과 금발의 햇빛, 슬픔과 웃음, "눈물 젖은 세라핀들"과 '머리에 빛의 모자를' 쓴 선녀가 각기 대비된다. 반면에 시 전체를 일관하여 나타나는 꽃의 주제가 시인의 상반된 감정 상태를 하나의 통일된 이미지로 아우른다. 사랑은 이 시에서 이중의 형식 아래 두 번 나타난다. 시인은 그날 사랑하는 여자와 나누었던 첫 입맞춤을 꿈결 같은 행복감 속에 떠올리지만, 거기에는 또한 욕망의 충족에서 비롯되는 슬픔이 없지 않다. 그날 저녁 거리를 배회하는 시인의 몽상 한가운데로, 입맞춤을 허락했던 그 여자가 나타나고, 이 출현과 함께 그녀는 어린 시절 그의 꿈 속에 나타나곤 하던 선녀로 변화한다. 여자와 그녀가 허락한 입맞춤은 돌이킬 수 없는 상실과 타락에 그 시발점이 되는 것이 아니라 오히려 어린 날의 순결함을 다시 회복해주는 계기가 된다. 어린아이의 잠자리에 나타나는 선녀는 어머니의 속성과 처녀의 속성을 동시에 지니고 있기 때문이다.

한편 이 시에 나타나는 머리칼의 주제는 때로는 금속성의 차가움을 띠고, 때로는 망각의 어두운 은신처가 되어, 다른 여러 시에 다시 나타나게 된다.

드뷔시는 이 시에 곡을 붙였다.

(55, 136)　　　　　　시답잖은 청원서

이 소네트는 1862년 2월 15일자 『나비』지에 발표되었다. 말라르메의 시 가운데 처음 발표된 작품. 드망 판 『시집』에 수록된 이 시의 텍스트는 『나비』지의 텍스트를 대폭 수정한 것이다. 그러나 드망 판 『시집』은 제7행의 "Jeux"를 "jeux"로 잘못 인쇄했다. 이 대문자의 "Jeux/노리개"에 대해 시트롱은 에로틱한 뜻이 거기 내포되어 있다고 본다(시트롱, 197).

재치 있고 우아한 교언(嬌言)의 연애시. 이 루이 15세 시대 스타일은 공쿠르 형제의 『18세기의 예술』이 출간된 뒤 다시 유행했던 것으로 알려져 있다. 말라르메는 1862년 5월 24일 친구 카잘리스에게 보낸 편지에 쓰고 있다: "니나 양이 시를 청탁해서, 그녀에게 보내는데, 루이 15세풍의 소네트입니다." 안 마리 가야르,

뒷날 니나 드 빌라르가 된 이 "니나 양"은 『현대 파르나스』지 창간호에 시를 기고 했으며, 수많은 문인들과 화가들을 자기 살롱에 받아들였다.

헤베(Hébé)는 그리스 신화에서 청춘의 여신. 이 여신이 찻잔에 그려지는 것은 올림포스에서 신들이 연회를 벌일 때면 넥타르와 암브로시아를 접대하는 역할을 맡았기 때문이다.

이 시에 사용된 몇몇 단어들은 1844년 『예술가』지에 「뒤 바리 부인에게」라는 제목 아래 프리바 당글몽의 이름으로 발표된 한 소네트에서 빌려온 것이다. 이 시는 때로 네르발의 소작으로, 더 자주는 보들레르의 소작으로 추정되곤 했지만, 그 근거는 희박하다. 문제의 소네트에서 이 시와 직접 관련되는 시구들을 옮겨 적으면 다음과 같다(Baudelaire, *Œuvres complètes*, II, Gallimard, coll. Bibliothèque de la Pléiade, 1975, 219).

> Vous étiez du bon temps des robes à panier,
> Des bichons, des manchons, des abbés, des rocailles…
> Moutons poudrés à blanc, poètes familiers
> Vieux sèvres et biscuits, charmantses antiquailles…
> (그대는 페티코트를 입던 아름다운 시대의 여자,
> 복슬강아지랑, 토시랑, 사제랑, 로코코식 가구들이랑……
> 하얗게 분 바른 양들, 단골 시인들,
> 해묵은 세브르 도자기와 비스킷, 매력 있는 골동품들……)

말라르메에게 이 「시답잖은 청원서」는 스타일 연습으로서의 의미를 지닌다. 이 시에서 시인은 상대방을 부를 때 존경과 거리를 나타내는 vous와 친근감을 나타내는 tu를 혼용하고 있으며, 제9행에서는 이 둘을 겹쳐 사용한다. 옮긴이는 이를 각기 "그대"와 "당신"으로 옮겼다. 또한 시인은 "우리를 임명하시라……/Nommez-nous.."를 우선 두 번 사용하여 그 임명의 내용을 기다리게 한 후, 마지막 시구에서 "그대 미소의 목동/berger de vos sourires"이라고 써서 그 직분을 밝힌다. 이때 "우리/nous"는 시인 자신을 겸손하게 일컫는 말이다. 이 청원이 받아들여질때, 시인은 공주의 미소를 이끌어 다스리는 목동의 모습으로 그려지게 된다. 시인

은 자신의 모습이 그려질 부채를 '사랑의 신의 날개'라고 표현한다. 이 부채 그림
이 첫 연에서 세브르 도자기 찻잔에 발가벗은 모습으로 그려진 헤베의 그림과 대
비되는 것은 물론이다.

(56, 137)　　　　　　벌받는 어릿광대

　1864년 3월 르페뷔르에게 보낸 이 소네트는 그보다 한두 해 전에 쓰어진 것으로
추정된다. 다음은 이 시의 가장 오래된 텍스트로 1864년의 공책에 따른 것이다.

LE PITRE CHÂTIÉ

Pour ses yeux,—pour nager dans ces lacs, dont les quais

Sont plantés de beaux cils qu'un matin bleu pénétre,

J'ai, Muse,—moi, ton pitre,—enjambé la fenêtre

Et fui notre baraque où fument tes quinquets,

Et d'herbes enivré, j'ai plongé comme un traître

Dans ces lacs défendus, et, quand tu m'appelais,

Baigné mes membres nus dans l'onde aux blancs galets,

Oubliant mon habit de pitre au tronc d'un hêtre.

Le soleil du matin séchait mon corps nouveau

Et je sentais fraîchir loin de ta tyrannie

La neige des glaciers dans ma chair assainie,

Ne sachant pas, hélas! quand s'en allait sur l'eau

Le suif de mes cheveux et le fard de ma peau,

Muse, que cette crasseé était tout le génie!

벌받는 어릿광대

그녀의 눈을 위하여, ─어느 파란 아침빛이 스며든
아름다운 눈썹들이 둑에 심어진 그 호수에서 헤엄치기 위하여,
나는, 뮤즈여, ─그대의 광대, 나는, ─창문을 뛰어넘어
그대의 캉케 燈이 연기를 피우는 우리의 바라크에서 도망쳤다.

풀잎에 넋을 잃고, 나는 배반자처럼
금지된 그 호수 속에 뛰어들었을 때, 그대는 나를 불렀다,
하얀 자갈밭 파도에 사지를 적시고
너도밤나무에 걸어둔 내 광대의 옷을 잊고 있는 나를.

아침의 태양이 내 새로운 몸을 말렸으니
나는 그대의 폭압에서 멀리 벗어나
피 흐르는 내 몸 속에서 빙하의 눈을 서늘하게 느꼈다,

아아! 내 머리칼의 기름과 내 피부의 분이
물에 떠 흘러갈 때, 뮤즈여, 이 더러운 때가
내 재능의 전부였음을 알지 못하고.

말라르메는 이 시의 초고를 흡족하게 여기지 않았던 것 같다. 그는 1866년『현대의 파르나스』지에 총 13편의 시를 기고하면서, 그 가운데 하나였던 이 시를 교정쇄에서 삭제했다. 여러 차례 수정된 이 시는 명료하게 이해될 수 있는 초고의 많은 부분이 결정고에서 난해한 시구로 대치된 텍스트의 대표적인 예에 해당한다. 텍스트가 현재와 같은 모습을 갖게 된 것은 1887년의 사진 석판본에서부터이며, 이 텍스트는 1893년의『운문과 산문』, 그리고 1896년 3월 15일자의『펜』지에 수정 없이 재수록되었다.

이 시는 이따금 보들레르의 산문시「늙은 어릿광대」에 비교되지만, 두 작품 간에는 시인이 광대로 우의되고 있다는 점밖에 크게 닮은 부분이 없다. 그보다는 이

시가 테오도르 방빌의 「점프대의 도약」에서 더 많은 착상을 얻었을 것으로 추정된다. 방빌의 시에서도 부르주아 관객들에게 혐오를 느낀 한 서커스 광대가 하늘을 향해 높이 솟아올라 천막의 천장을 뚫고 "별들 속으로 굴러"간다.

말라르메의 「벌받는 어릿광대」는 난해하지만 매우 논리적이다. 제1연은 사랑하는 여자의 눈을 환기하는 것으로 시작한다. 시에서 1인칭으로 말하고 있는 광대에게 이 눈은 자신이 새로운 인간으로 태어나 재능을 자유롭게 발휘할 수 있는 호수로 여겨진다. 자기 기예의 인공적 기교에 혐오감을 느끼는 이 시인-광대는 무대를 배반하고, 그 호수 속에 뛰어들기 위해 천막의 벽에 구멍을 뚫는다. 다음 연에서, 그는 자신이 타넘는 호수의 파도를 무덤과 탄생지로 삼아 과거의 자기를 거듭 살해한 끝에 완전히 순결한 인간으로 새롭게 태어날 수 있다고 믿는다. 그러나 마지막 두 3행연에서, 광대의 모험은 불행하게 끝난다. 하룻밤에 걸친 호수에서의 유영이 끝나고 아침 해가 떠올랐을 때, 그는 자신이 혐오하며 벗어버리려 했던 인공적 기교가——곧 "피부의 고약한 어둠"과 "연지분"이——물속으로 사라지는 것을 보며, 그것이 자신을 예술가로 만들어준 미덕의 전체였음을, 이 기교를 떠나서는 다른 재능이 없음을, 확인하게 되는 것이다.

이 시에서 배반은 여러 겹이다. 광대는 자신의 기예를 배반했으며, 호수의 물은 그의 재능의 본질을 박탈함으로써 그를 배반했다. 재생의 희망은 그를 파멸로 이끌었다. 시는 "캥케 등의 더러운 그을음"에 대한 거부로부터 시작하여, "피부의 고약한 어둠"과 물에 "풀린 연지분"에 대한 아쉬움으로 끝난다. 이 연지분이 벗겨지자 거기서부터 해방되려 했던 그의 존재 이유도 그와 함께 사라진다.

말라르메는 기예와 시에서 기교가 지니는 중요성을 부각시키려 한 것일까? 광대-시인이 '여자의 눈에 홀려,' 창조자로서의 자신의 천직을 배반하고 비기교적인 재능의 자발성에 의지하게 되면 파멸을 자초하는 것이라고 말하려는 것일까? 그러나 광대의 비장한 모험에서 그 정신성을 부정하기는 어렵다. 또한 시의 전편에 걸쳐 자기 정화의 장소로서의 물의 기능은 매우 매혹적으로 그려진다. 말라르메가 창조 행위에서 기교의 절대적인 중요성을 확인하고 있는 것은 사실이지만, 그에 대한 안타까움이 뒤따르는 것도 사실이다. 문제가 되는 것은 한 광대의 잘못이 아니라, 인간 일반이 지닌 창조 능력의 한계를 자각하는 일일 것이다. 자연과 기교 사이에서 느끼는 모든 예술가들의 갈등이 이와 같다.

이에 관해 베니슈는 말한다: "시인의 권위는 그의 재능이 아니라 그의 축성식이며, 이것이 훨씬 더 우선한다. 그러나 축성식으로 과도하게 평가를 받는다고 해서 이 소네트에서 제기되는 딜레마가 예술에 편에 유리하도록 완전히 제거되는 것은 아니다. 이 축성식과 동일시되는 '피부의 고약한 어둠'과 '연지분'은 어디까지나 예술이 자연의 순수성보다 더 낮은 권위를 누리게 한다"(베니슈, 91).

제1행의 "두 눈, 호수/Yeux, lacs"에 대해서는 여러 가지 의견이 있다. 모롱은 "관객의 눈"을 말하는 것이며, "예술가는 타인의 시선 속에 빠져 들어가 자신의 광대 노릇을 잊으려 하고 있다"고 본다(모롱 I, 71). 시트롱은 이 낱말들이 호격은 아니지만, 시인이 마음속에 떠올린 "사랑하는 여자의 눈"에 말을 걸고 있는 것이라고 생각한다(시트롱, 200). 옮긴이의 번역은 이에 따른 것이다. 그러나 이 첫 행을 '명사+전치사+명사' 형태의 상황보어라고 생각할 수도 있다. 그렇다면 다음과 같은 번역이 가능하다.

두 눈에, 호수에, 캉케 燈의 더러운 그을음을 깃털이라고
시늉하여 환기하는 딴따라 광대 아닌 다른 것으로
다시 태어나리라는 내 소박한 도취가 어리니,
나는 천막의 벽에 창 하나를 뚫었네.

1~2행: "캉케 등의 더러운 그을음이 깃털인 양/시늉으로 환기하는": 광대는 무대에서 햄릿 역을 맡고 있다. 따라서 깃털은 햄릿의 모자에 꽂힌 장식일 터인데 이 비천한 광대는 그 깃털 장식을 마련하지 못해 무대 위에서 수직으로 타오르고 있는 캉케 등의 검은 연기를 깃털처럼 보이도록 연기를 하고 있다. 또는 단순히 캉케 등의 그을음으로 분장을 하고 그것이 깃털처럼 보이도록 연기를 하고 있다는 뜻으로 이해할 수도 있다.

9행: "심벌즈의 명랑한 황금"은 다음 행의 "태양"과 동격어. 태양은 하나이기 때문에 말라르메의 시에서는 복수 cymbales가 아니라 단수 cymbale로 되어 있으나, 우리말에서 '심벌'이라는 외래어는 '상징(symbol)'의 뜻으로만 사용되기 때문에 부득이 '심벌즈'로 번역했다. 심벌즈를 주먹으로 치면 소리가 울리듯이 태양은 웃고, 화를 내며, 광대의 알몸을 때려 그에게 벌을 준다.

10~11행: 순결하게 증발하는 것은 알몸 자체가 아니라 그 알몸을 적시고 있는 물기일 것이다. 이 물기는 증발하면서 자개처럼 무지갯빛으로 어른거린다.

12행: "피부의 고약한 어둠," 피부를 어두운 색으로 분장한 화장품.

(57, 137)   창

이 시는 1863년에서 1866년에 걸쳐 쓴 여섯 개의 수고가 현재 알려져 있다. 1864년의 공책에 들어 있는 13편의 시 가운데 하나이며, 1866년 5월 『현대 파르나스』지에 발표된 총 10편 시의 첫머리를 장식한 시이다. 결정고가 마련된 것은 1887년의 사진 석판본과 『운문과 산문 앨범』에서이다.

말라르메는 1863년 6월 3일 런던에서 카잘리스에게 보낸 한 편지에서 에마뉘엘 데 제사르를 비판하며 이 시를 언급하고 있다: "그는 이상과 현실을 너무 혼동하고 있소. 어느 현대 시인의 어리석음은 '행동이 몽상의 누이가 아니었다'고 한탄하는 데까지 이르렀으며, 에마뉘엘도 그걸 애석하게 여기는 사람 중의 하나지요. 정말이지, 그렇지 않다면, 몽상이 이렇게 더럽혀지고 격하되었다면, 땅의 미움을 사 몽상밖에는 다른 피난처가 없는 우리 불행한 사람들은 도대체 어디서 구원을 받는다는 말인가요. 오 나의 앙리 형, 이상을 마시세요. 이승의 행복은 더러운 것이지요—그걸 끌어모으려면 손이 거칠어야만 하지요. '나는 행복하다'고 말하는 것은 '나는 비열하다'고 말하는 것이며—더 흔히 '나는 멍청이'라고 말하는 것이지요. 행복의 천장에서 이상의 하늘을 보거나, 고의적으로 눈을 감아서는 안 되기 때문이지요. 나는 이런 생각으로 「창」이라는 보잘것없는 시 한 편을 썼습니다. 그걸 형에게 보냅니다." 말라르메는 여기서 에마뉘엘과 함께 보들레르를 비판하고 있다. 이 편지에서 인용하고 있는 어느 현대 시인의 한탄은 보들레르의 「성 베드로의 부인(否認)」의 한 구절을 번안한 것이기 때문이다.

그렇지만 이 시에는 오히려 보들레르를 연상하게 하는 구절들이 많다. 이 시와 가장 흡사한 보들레르의 텍스트는 산문시 「이 세상 밖이라면 어디라도」이다. 보들레르의 산문시는 이렇게 시작한다: "이 삶이란 환자들이 저마다 침대를 바꾸려는 욕망에 사로잡혀 있는 병원이다. 이 사람은 난로 앞에서 고통을 견디고 싶어

하고, 저 사람은 창문 곁에 가면 나을 것이라고 생각한다." 그리고 마지막 행은 이렇다: "마침내 내 영혼이 폭발하여 현명하게도 이렇게 소리 지른다: 어디라도 상관없다! 어디라도 상관없다! 이 세상 밖이기만 하다면!" 그러나 보들레르의 산문시는 말라르메의 이 시가 카잘리스에서 보내진 지 4년 후인 1867년에야 발표되었다. 따라서 두 텍스트가 서로 유사한 것은 우연이겠지만, 말라르메의 시쓰기에 보들레르적인 요소가 이미 깊이 스며들어 있었다는 사실을 시사해주는 점이기도 하다. 사실 『악의 꽃』의 여러 구절들이 「창」을 예고하고 있다. 제6연의 "제 어린 것 젖 먹이는 아내"라는 표현은 「길 떠나는 집시들」의 첫 연을 상기시킨다. 「창」에서 괴물로 그려지는 빈사의 환자나 보들레르에게서 "정말로 끔찍"하며 "어쩐지 우스꽝스러운" 장님들은 뿌리가 같은 상상력에서 태어난 것이다. 『악의 꽃』의 「등대들」의 제3연에 나오는 "음산한 병원"에 대해서도 같은 이야기를 할 수 있다.

> Rembrandt, triste hôpital tout rempli de murmures,
> Et d'un grand crucifix décoré seulement,
> Où la prière en pleurs s'exhale des ordures,
> Et d'un rayon d'hiver traversé brusquement...
> (렘브란트, 웅얼거림 가득한 음산한 병원,
> 커다란 십자가 하나가 달랑 걸린 그곳에선,
> 눈물 젖은 기도가 오물에서 떠오르고,
> 겨울 햇살 한 줄기 갑자기 뚫고 들어온다……)

「창」에서 환자가 바라보는 풍경도 「여행에의 초대」(잠드는 태양, 선박, 빛의 황금)나 「머리채」("배들, 황금 속에 물결 속에 미끄러지고")에서 보들레르가 꿈꾸는 풍경과 흡사하다. 말라르메의 "전생의 하늘/le ciel antérieure" 또한 『악의 꽃』의 한 시의 제목 "전생/La vie antérieure"을 연상시킨다.

크게 두 부분으로 나뉘는 이 시의 구성은 매우 고전적이다. 총 10개의 연 가운데, 제1연부터 제5연까지는 음산한 병실을 견디지 못해 창문으로 다가가 밖을 바라보는 빈사의 환자를 묘사하고, 제6연부터 제10연까지는 세상의 비루함을 참지 못해 죽음에 기대를 거는 시인의 독백을 적고 있다. 그리고 제21행의 "이렇게/Ainsi"가

이 두 부분을 연결시키는 접합점이다. 처음 다섯 연에서 환자는 일상의 현실에서 벗어나 몽상 속에서 살려고 애쓰며, 뒤이은 다섯 연에서 시인은 진부한 행복을 지겨워하며 삶을 탈출하여 이상 세계에 도달하기를 꿈꾼다.

제13행의 "성유/saintes huiles"는 종부성사에 사용되는 기름이다. 환자는 이 마지막 성사가 말해주는 임박한 죽음을 잊으려 하고 있다.

제29~30행에서 "창"은 벌써 의미가 바뀐다. 여기서 창유리는 이 세상과 다른 세상을 연결시키는 투명한 통로로서의 창이면서 동시에 거울이기 때문에, 시인은 이 세상의 인간적 조건에서 벗어나 새로운 존재로, 즉 천사로 태어나는 자신의 모습을 거기서 발견할 수 있다.

마지막 연에서 "말라르메는 시 창작의 모험을 상기하고 있다. 이 창의 상징으로 그는 자신이 시를 쓰면서 느꼈던 난점을 표현할 수 있게 된다. 창은 보여주지만 소통을 가로막는다. 창은 동시에 개방이며 장애이다. 창은 이상 세계로의 접근을 가능하게 하는 것처럼 보이지만, 그러나 창을 부수고 깨뜨려야 한다. 시인에게 그럴 만한 힘이 있는가? 그는 스스로 의심하며, 자신이 물질에 붙들려 있다고 느낀다: 오호라! 이 세상이 주인. 그는 스스로 천사가 되었다고 믿지만, 타락한 천사에 지나지 않을 수도 있다"(파브르, 461).

(60, 140)   꽃들

이 시는 꽃들을 창조한 것으로 생각되는 한 신을 2인칭 단수로 불러 그에게 말을 하는 형식으로 구성되어 있다. 말라르메는 이 시를 1864년 4월 투르농에서 쓴 직후, 카잘리스와 오바넬에게 보냈다. 최초의 발표 지면은 1866년 『현대의 파르나스』지이다. 시인은 1887년의 사진 석판본에서부터 텍스트를 수정하여 시 전체의 분위기를 바꿔놓았다. 무엇보다도, 제3행(번역에서는 제4행)에서 "나의 하나님/Mon père"을 "옛날/Jadis"로, 제21행에서 "우리 주 아버지/Mon Père"를 "오 어머니/Ô Mère"로 수정했다. 조물주 신이 기독교의 신(Dieu)에서 이교의 신이라고 말할 수 있는 어머니-자연(Nature-Mère)으로 바뀐 것이다. 물론 기독교적 분위기가 완전히 사라진 것은 아니다. "호산나"와 "에로디아드"가 성서에 전거를 둔 어휘들

이며, 번역에서 "우리들의 마님"이라고 옮긴 "Notre dame"도 "dame"을 소문자로 쓰긴 했지만 역시 기독교적 호명이다. 그러나 이런 표현들이 기독교의 정통 교리를 그대로 따르고 있는 것은 아니다. 조물주로서 기독교의 신을 대신하는 위대한 어머니 신은 여성을 신격화한 낭만주의적 교리를, ── 특히 기독교의 성모와 이교적인 대지 모신을 뒤섞어놓는 네르발의 제교혼합주의를 연상케 한다. 말라르메는 1860년 이후 무신론자가 되었지만, 그의 시에 기독교적 상징 체계는 여전히 남아 있다.

시는 조물주가 우주를 지은 첫날, 별빛이 쏟아지듯 아름다운 꽃들이 창조되는 장엄한 장면의 묘사로 시작한다. 제1연의 "거대한 꽃송이들/les grand calices"은 다음 연에서 열거되는 꽃들과 동격이다. 이 꽃들은 각기 신화적이거나 문학적 전거들을 지니고 있다. 글라디올러스는 그 타오르는 듯한 색깔과 칼 같은 잎으로 접근할 수 없는 이상을 암시한다. 월계화는 영예의 월계관과 관련된다. 도금양은 히아신스와 함께 비너스에게 헌정되던 꽃이며, 장미는 여성을, 백합은 예술을 상징한다. 그러나 이 열광의 노래는, 위고와 보들레르에 뒤이어 말라르메가 자주 사용하는 대조법에 의해, 죽음과 자살에 대한 암시로 끝난다. 마지막 연이 말하는 "미래의 약병/la future fiole"은 곧 양귀비에서 추출한 아편인 것이다. 조물주 어머니는 독성을 지닌 꽃들을 다른 꽃들과 함께 창조함으로써, "향기로운 **죽음**"을 통해서만 자기를 실현할 수 있는 불행한 시인들에게 탈출구를 마련해주었다는 점에서 "의롭다."

5행: 꽃들을 열거하는 가운데, 동물인 백조가 함께 언급되고 있다. "글라디올러스와 백조는 동일한 창조 행위에서 솟아났다. 이 둘은 플라톤주의자인 시인에게 날씬하고 유연한 것의 한 이상으로 거슬러 올라가게 한다"(티보데, 302).

6~8행: 유형받은 사람들의 꽃인 "월계화/laurier"는 유형자였던 시인 단테를 염두에 둔 것일 수 있다. 그는 흔히 월계관을 쓴 모습으로 그려진다. 그러나 낭만주의나 상징주의적 관점에서 시인들은 모두 지상에 유배된 사람들이다. "저 거룩한 월계화/Ce divin laurier"와 "주홍빛/Vermeil"은 동격.

한편 제8행(번역에서는 제6행)의 "la pudeur des aurores foulées"의 해석에 관해서는 두 가지 다른 견해가 있다. 파브르와 시트롱 등은 "오로라를 밟은 천사 세라핀들의 부끄러움"을 뜻하는 라틴어식 어법이라고 본다. 우리의 번역은 이 견해

를 따른 것이다. 그러나 티보데와 베니슈는 세라핀들의 발에 밟힌 오로라들이 부
끄러워 얼굴을 붉혔으며, 그 붉은빛이 천사들의 발에 전염된 것이라고 해석한다.
이 견해를 따른다면 이 시구는 "짓밟힌 오로라의 부끄러움에 붉게 물든"으로 번역
될 수 있다.

11행: 말라르메의 시에서 에로디아드가 처음 등장하는 시구이다. 말라르메에게
서 에로디아드는 살로메를 뜻한다. 여기서 에로디아드는 피에 젖은 모습으로 그려
지고 있지만, 장시「에로디아드」에서는 다시 얼음같이 냉정한 백색의 여자가 되
어 나타난다.

17행: "호산나"는 원래 '은총을 베풀어 우리를 구원하소서'라는 뜻으로 구약성
서에 나타나는 말이지만 신약에서는 환호성의 의미를 지니고 사용된다. "시스트
르/cistre"는 16,17세기에 사용하던 만돌린 비슷한 현악기. 말라르메는 이 악기를
발음이 비슷한 다른 악기 시스트럼(sistre)과 혼동하고 있는 것 같다. 시스트럼은
고대 이집트에서 사용하던 요령 비슷한 타악기.

18행: "고성소/limbes"는 기독교 신학에서 예수가 세상을 구원하기 이전에 살
았던 의인들이나 세례를 받기 전에 죽은 아이들이 머무른다는 지옥의 변방. 이 말
은 은유적으로 불확정과 미완성의 영역, 끝없는 기다림의 장소를 뜻한다. 참고 삼
아 말한다면, 보들레르는『악의 꽃』을 발간하기 전에 이 "Limbes"라는 제목으로
시집을 발간하려 한 적이 있다.

(62, 141)   새봄

말라르메는 보들레르의 영향 아래서 쓴 이 소네트를 1862년 6월 4일 카잘리스
에게 보냈으며, 4년 후인 1866년『현대 파르나스』지에 발표했다. 당시 이 시의
제목은 "신춘(新春)에"라는 뜻의 "Vere novo"(위고의『관상 시집』, I, 12에서 빌
려온 제목이며, 위고는 이 제목을 베르길리우스의『농경시』, I, 43에서 가져온 것
으로 알려져 있다)였다. 말라르메는 1964년 "병든 태양/Soleil malsains," 또는
"나쁜 태양/Soleil mauvais"이라는 제목을 가진 2부작을 구상하여, 이 시를 제1부
로,「여름날의 슬픔」을 제2부로 삼을 생각이었다.

말라르메는 카잘리스에게 이 시를 보낼 때, 창작 의도를 다음과 같이 밝히고 있다: "에마뉘엘[데 제사르]은 필경 형에게 봄이 내 안에 심어놓은 이상한 불모성에 대해 말했겠지요. 무기력하게 석 달을 보내고 나서, 나는 마침내 거기서 헤어났으며, 내 첫 소네트를 바쳐 그 불모성을 묘사했지요. 다시 말해 그것을 저주한 것이지요. 이 시는 상당히 새로운 종류의 것으로, 여기서 피와 신경의 물질적 효과가 분석되어, 영혼과 정신의 심리적 효과와 혼합됩니다. 이것을 봄날의 우울(spleen printanier)이라고 부를 수도 있을 것입니다. 배합이 제법 조화롭고, 작품이 너무 육체적이거나 너무 정신적이 아닐 때, 무언가를 표상할 수 있지 않겠어요."

시인은 봄날 육체와 정신이 모두 무기력해지는데, 이 불모의 느낌은 바로 이 계절에 왕성하게 수액을 뿜어올리며 화사하게 "으스대는" 자연과 대조를 이룬다. 제5행은 『악의 꽃』의 한 시 「우울」(LXXVIII)의 제3~4행

> Et que de l'horizon embrassant tout le cercle
> Il nous verse un jour noir plus triste que les nuits:
> (그리고 하늘이 지평선의 테를 사방으로 쥐어짜
> 우리에게 밤보다 더 음산한 검은 햇빛을 퍼부을 때,)

에서 가져온 것이 분명하지만, 계절에 대한 말라르메의 태도는 보들레르의 그것과 대비된다. 보들레르가, 가령 「가을의 노래」에서, 여름이 끝나는 것을 아쉬워하며 겨울을 두려워하는 것과 달리, 말라르메는 혼란스럽고 들떠 있는 봄보다 명철하고 침착한 겨울을 더 좋아하고 있다. 말라르메에게는 이 얼음에 덮인 겨울이야말로 절대 순수의 계절이며, 「에로디아드」와 "백조"의 계절이다. 시인은 봄날 소생하는 만물과는 반대로 가라앉는 육체와 정신을 이기지 못하여 무덤 속에 들어가듯 땅에 얼굴을 묻고 그 흙을 씹는다. 그가 구덩이 속 "바닥까지 잠겨들/en m'abîmant" 때, 그의 "권태가 일어서/ennui s'élève," 그를 일으켜 세우고 시를 쓰게 할 것이다.

마지막 연에서는 다른 차원에서 시인과 자연이 대비된다. 자연은 인간에게 무심하다. 시인은 자연의 힘을 자신의 생명력으로 안아들이지 못한다. 그는 오히려 냉혹한 자연이 자신의 고통을 비웃고 모욕한다고 생각한다. 말라르메는 다른 시

「창공」에서 "영원한 창공의 초연한 빈정거림"에 대해 더 길고 더 절실하게 쓰게
된다.

(63, 142)   고뇌

이 시에도 역시 보들레르의 영향이 강하게 나타나 있다. 말라르메는 1864년 2월
에 씌어진 것으로 추정되는 이 소네트를 3월 중순경에 카잘리스와 에마뉘엘 데 제
사르, 그리고 르페뷔르에게 보냈다. 1866년『현대 파르나스』지에 발표되었으며,
몇 군데 대문자와 구두점이 수정된 상태로 1887년의 사진 석판본에 수록되었다.
드망 출판사의『시집』을 준비하면서 말라르메는 마지막 시구의 "죽을 것/mourir"
을 다음과 같이 "생각하게 될 것/penser"으로 바꾸려다가 포기했다.

　　　Ayant peur de penser lorsque je couche seul.
　　　(내 홀로 잠들었을 때 생각하게 될 것이 두려워.)

이 시는 제목이 여러 차례 바뀌었다. 1865년까지는 "어느 매음녀에게/À une
putain"였다. 말라르메는 1866년『현대 파르나스』지에 13편의 시를 기고할 때, 현
재 이 시의 제목인 "고뇌"를 그 총 제목으로 고려했다. 그해 2월 (또는 6월) 카튈
맹데스에게 보낸 편지에서 그는 이렇게 썼다: "고뇌/Angoisse와 무기력/Atonie
사이에서 주저하고 있습니다. 둘 다 정당한데 첫번째가 더 마음에 듭니다. 이 제
목이「창」과 그리고 같은 음조의 시들을 더 잘 해명해줍니다." 이 총 제목은 곧 포
기되었다. 이 소네트는 1866년 "어느 평온한 여자에게/À celle qui est tranquille"
라는 제목으로 발표되었다. 이는『악의 꽃』의 처벌 시편에 속하는 한 시의 제목
"너무 명랑한 여자에게/À celle qui est trop gaie"를 모조한 제목이다. 제목이 현
재와 같이「고뇌」로 확정된 것은 1887년 사진 석판본에서부터이다.
　　이 제목의 변화에 대해 마르샬은 이렇게 말하고 있다: "허무의 중재자로서 망
각의 강-여자라고 하는 보들레르의 주제에 대한 이 변조는,「새봄」의 지하 매장
에 뒤이어, 그 불모성에 의해 시인의 누이가 되는 매음녀에게로의 매장이라고 하

는 또 하나의 매장을 제시한다. 매음녀는 평온할 수 있는 특권을 지니고 있는데, 이는 이 암컷이 영혼을 지니지 않았으며, 따라서 권태와 회한의 피난처에 들어 있기 때문이다. 영원히 불안한 사람인 시인은 쾌락을 구하는 것이 아니라, '꿈도 없는 무거운 잠'을, 저 '생각이 없는 자리인 허무'의 이미지를 구한다'(전집 I, 1155).

2~3행(역문에서는 4행): "처량한 폭풍을 뚫다/creuser (……) une triste tempête"에서 creuser 동사의 용법은 creuser un tunnel(터널을 뚫다)에서의 그것과 같을 것이다. 시인은 여자의 육체 속에 뚫게 될 정념의 "처량한 폭풍"이 무덤과 같은 빈 구멍이 될 것을 알고 있다.

말라르메는 이 시에서와 마찬가지로 「여름날의 슬픔」과 「종치는 수사」에서도 허무와 죄를 연결시키고 있다. 이 점에 대해 스타로빈스키는 이렇게 지적한다: "출발점에서 말라르메의 주제 체계는 보들레르의 주제 체계와 잘 구분되지 않는다. 그가 나중에 가장 높은 정도의 자기 소멸로까지 끌어올리게 되는 이 허무에, 그는 오랫동안 여자와 매음이라고 하는 육체적 가면을 씌웠다"(「말라르메와 프랑스 시의 전통」, *Les Lettres*, n° spécial, 1948, 43; 파브르, 464).

(64, 143)　　　[쓰라린 휴식이 지겨워……]

이 제목 없는 시는 1864년의 공책에 적힌 13편 시의 "에필로그/Épilogue"로 사용되었으며, 1866년의 『현대 파르나스』지에 실린 10편의 시에서도 이 제목으로 그 마지막을 장식했다. 이 시의 최초 상태로 마르샬이 소개하고 있는 다음의 수고는 현행 텍스트와 많은 차이가 있다.

LASSITUDE

Las d'un amer repos où ma paresse offense
Une gloire pour qui jadis j'ai fui l'enfance
Adorable des bois de roses sous l'azur
Matinal, mais plus las cent fois, sort âpre et dur,

De creuser chaque jour une fosse nouvelle

Dans le terrain aride et mort de ma cervelle,

Fossoyeur sans pitié pour la stérilité,

—Que dire à l'heure froide où par tous déserté

Ce cimetière, ennui triste du ciel livide,

Ne sera plus qu'un trou ridiculement vide?

Je veux délaisser l'Art vorace d'un pays

Cruel, et souriant aux reproches vieillis

Que me font mes amis, mon passé, le génie,

Et ma lampe qui sait pourtant mon agonie,

Imiter ces Chinois au cœur limpide et fin

De qui l'extase calme est de peindre sans fin

Sur des tasses de neige à la lune ravie

Une bizarre fleur qui parfume leur vie

Transparente, la fleur qu'ils ont rêvée, enfants,

Dans les treillages bleus des jardins triomphants.

Et, sachant qu'un divin rêve suffit au sage,

Serein, je veux choisir un jeune paysage

Que je peindrais comme eux sur des tasses, distrait :

Une ligne d'azur mince et pâle serait

Un lac, sous un beau ciel de porcelaine nue ;

Un fin croissant, léger comme une blanche nue,

Tremperait une corne en la glace des eaux,

Non loin de trois grands cils d'émeraude, roseaux.

무기력

아침 하늘 밑 장미 숲의 매혹 어린

어린 날을 떠나며 옛날 내가 바라던 영광을

내 게으름이 욕 먹이는 쓰라린 휴식이 지겨워,

그러나, 내 뇌수의 인색하고 냉랭한 땅에,

밤새워 새로운 묘혈을 파야 하는

고달프고 모진 신세가 일곱 배나 더 지겨워,

불모가 제 품삯인 인정머리 없는 매장 인부 나는,

─ 모두에게 버림받아, 창백한 하늘의 처량한 권태,

이 무덤이 우스꽝스럽게 비어 있는 구덩이에 지나지 않을

그 차가운 시간에게 무슨 말을 하리? ─

잔인한 나라의 게걸스런 예술을 팽개치고,

내 친구들과 과거와 天才와,

그나마 내 고뇌를 알고 있는 내 등불이

내게 던지는 그 해묵은 힐난들을 웃어넘기며,

저 마음 맑고 공교로운 중국인들을 따르고 싶네.

그들의 고요한 법열은

황홀한 雪月의 찻잔들 위에,

그들의 청명한 삶을 향기롭게 하는 야릇한 꽃 한 송이,

의기양양한 정원의 푸른 격자 시렁에서,

어린 시절, 그들이 꿈꾸었던 그 꽃을 끝없이 그리는 것.

그리하여, 신성한 꿈 하나면 현자에게 족함을 알고,

평온하게 나는 그들처럼 젊은 풍경을 골라

찻잔 위에 그려보리, 외떨어지게.

가늘고 파리한 하늘빛 선 하나가

민무늬 백자의 아름다운 하늘 아래 호수 하나를 이루런가,

흰 구름처럼 가벼운 가느다란 초승달이

고요하게 뿔 하나를 물 얼음에 적시리,

저만치 그 긴 비췻빛 속눈썹 세 개, 갈대 서 있고.

『현대 파르나스』지에서의 제목 "에필로그"가 시사하듯이 이 시는 말라르메의

시쓰기에서 한 시대가 끝났음을 알린다. 그러나 이 종언은 또 하나의 출발점이며, 새로운 미학을 모색하는 계기이다. 시인을 무기력하게 만들었던 신경질적이고 병적인 미학을 포기하는 대신 순결하고 비개성적이며, 공교롭고 암시적인 미학을 새로 전망하는 것이다.

『현대 파르나스』지에 함께 실렸던 「창」에서와 마찬가지로 "지겹다/las"는 말로 시작하는 이 시의 첫머리에서, 시인은 굳은 결심에도 불구하고 아무런 성과도 얻지 못한 채 무덤 파는 인부처럼 불모의 작업에 시달리고 있는 자신의 처지를 한탄한다. 그는 어린 시절에 시에 걸었던 꿈을 배반한 것이다. 시의 후반부에서 시인은 백자 찻잔 위에 단순하고 순결한 모티프로 그림을 그리는 중국인의 태도로 시를 쓰겠다는 희망을 피력한다. 그는 이렇게 "잔인한 나라"인 파리의 문단에서 상처를 입는 가운데 등지게 되었던 어린 시절의 꿈을 다시 만나게 될 것이다.

시의 전반부와 후반부는 무엇보다도 어휘에 의해서 대치된다. 전반부는 죽음, 권태, 불모, 고통을 나타내는 낱말로 덮여 있는 반면 후반부는 순결하고 정일하고 기쁨을 나타내는 낱말로 이에 대응한다. 후반부에도 "죽음/mort"이라는 말이 나오기는 하지만 이 죽음 역시 "현자의 꿈"일 뿐이다. 한편에는 「불운」에서 말했던 "창공을 구걸하는 자"의 형이상학적 고뇌가 있다면, 다른 편에는 죽음에 임한 현자의 동양적 적요가 있다.

꽃 한 송이의 "끝을 그린다/peindre la fin"는 말도 마찬가지이다. 초고에서 말라르메는 "끝없이 그린다/peindre sans fin"라고 썼었다. 끝없이 그린다는 것은 반복 작업을 말하겠지만, 그 끝을 그린다는 것은 꽃의 죽음을 그린다는 것이다. 꽃은 제 삶을 완성하고 그 정점에 이르러 개화하며, 그것을 그리는 화가도 마찬가지이다. 오스틴 질은 이 "야릇한 꽃의 끝"에서 꽃의 정수, 곧 꽃의 죽음 뒤에도 살아남는 향기를 본다(Austin Gill, "Mallarmé: 'La vie et les œuvres' in *Colloque Mallarmé* (Glasgow-November 1973) en l'honneur de Austin Gill*, Nizet, 1975, 101; 시트롱, 210).

이 시는 전체가 세 개의 문장으로 이루어져 있다. 20행에 이르는 첫 문장은 말라르메가 운문시에서 쓴 문장 가운데 가장 긴 문장이다.

1~5행: 어린 시절의 정원은 잃어버린 낙원과 같다. 말라르메는 초고에서 "자연의 하늘/ l'azur Naturel" 대신 "아침 하늘/l'azur Matinal"이라고 써서 그 시원적

성격을 강조했다. "모진 계약/pacte dur"은 서양의 전설에 자주 등장하는 악마와의 계약을 생각하게 한다. 이 계약은 시단에서 미증유의 성공을 바라는 젊은 시인의 야심 그 자체이다.

8~10행: 두 긴 줄표(─) 사이의 삽입구는 이 시에서 가장 난삽한 부분이다. "막막한 무덤"은 앞 시구에서 말한 것처럼 불모의 상태에 빠져 있는 시인의 뇌수이다. 이 구절은 이렇게 이해할 수 있을 것이다: '새벽이 오면 나는 장미꽃들의 방문을 받을 텐데, 그 꽃들이 대경실색할 것이 두려워 불모의 내 정신이 밤새워 판 빈 구덩이들을 평평하게 골라놓게 된다면, 나는 무슨 말로 변명을 해야 할까?'

22~23행: "평온하게/serain"는 그림을 그리는 시인의 마음가짐이며, "저만치 외떨어지게/distrait"는 그가 그리게 될 풍경의 양태이다.

24~28행: 풍경은 매우 단순하여 일종의 미니멀리즘을 느끼게 한다. 선 하나로 그린 호수는 거울이 되고 거기에 실낱같은 달이 비친다. ("물 얼음/la glace des eaux"은 얼어 있는 물이라기보다 얼어붙은 듯 미동이 없는, 맑고 차가운 물이다.) 갈대들은 속눈썹이 된다. 이때 호수는 눈이 되며, 거기 비친 초승달은 눈동자가 되는 것이다. 시인은 풍경을 통해 하나의 얼굴을 그리고 있다.

한편 이 시는 우리말로 가장 일찍 소개된 말라르메의 시편이다. 송욱은 그의 『시학평전』(일조각, 1963)에서 이 시를 번역하고 해설했다. 그의 번역은 다음과 같다.

쓰디쓴 휴식에 겨워

쓰디쓴 휴식에 겨워
게으름으로 하여 등진 그 영광은
이미 옛날 어린 시절을 벗어날 때 노리던 것
천연스런 푸른 하늘 밑에서
장미꽃 수풀에 탄복하던 시절
그리고 이보다
일곱 곱절 겹기는
밤새워 墓穴을 새로 팔 모진 맹세라

인색하고 냉랭한 뇌수를 先山 삼아
不毛를 위해 사정없이
나는 무덤에 역사하는 이
── 오오 꿈이여
장미꽃이 찾아드는 이 새벽을 보고
할말은 무엇?
막막한 묘지가
창백한 장미꽃을 두려워하며
온갖 웅덩이들을 합칠 그때에? ──
잔인한 나라가 키운
게염스런 예술을 저버리고서
벗들이며 과거와 天才 그리고 등불이
나를 헐뜯는 꾸지람을 달갑게 받고
나의 번민을 그래도 아는 등불이기에
맑고 공교로운 마음씨로
환치는 저 중국인을 따르고저.
그는 황홀한 달 눈빛 다종에
야릇한 꽃을 마지막 손질하며
순수한 황홀에 잠겨들고
투명한 목숨에 배어드는 꽃향은
어린 시절에 그가 느낀 꽃
영혼의 푸른빛 細工線에 접붙여짐을.
나는 어진 이가 누리는
꿈만을 남겨주는 죽음을 거쳐
편안한 마음으로
젊은 기운 떠도는 풍경을 골라
역시 다종 위에
동뜬 모습으로 환쳐보리라.
파리하고 엷은 하늘빛 線은

砒器빛 벌거숭이 하늘에 고인 湖水고

흰 구름이 가리는 빛 맑은 초승달은

소리 없이 뿔을 물얼음에 잠그며

그 옆에 갈대들은

琺玉빛 긴 속눈썹 세 개.

(66, 144)   종치는 수사

1862년 초에 씌어져, 같은 해 3월과 1863년 4월 두 차례에 걸쳐 『예술가』지에
발표되었으며, 몇 군데 수정을 거쳐 1866년의 『현대 파르나스』지에 발표된 10편
시 가운데 첫번째 시가 되었다. 1887년의 사진 석판본에 수록될 때도 약간의 수정
이 가해졌다.

이 시의 구성은 매우 고전적이며, 상징 체계는 명확하다. 앞의 두 4행연은 종치
는 수사를 다루고, 뒤의 두 3행연은 시인을 거기에 비교한다. 시는 깨어 일어나는
자연에 대한 환기로 밝게 시작하나 끝은 어둡다. 종소리를 듣는 아이가 즐겁게 안
젤루스를 읊는 반면 종치는 수사는 종탑의 어둠 속에서 고통스럽게 라틴어를 읊는
다. 아이는 종소리를 음악으로 듣는데, 그 종소리를 울리는 사람에게는 제 음악이
들리지 않는다. 마찬가지로 순진한 독자는 행복하게 시를 읽겠지만, 시인은 자신
의 이상을 완전하게 표현할 수 없어 자살에서 그 출구를 발견하려 한다.

5행: "제가 눈뜨게 하는/qu'il éclaire"이란 부분을, 초고에서는 "희미한 촛불이
눈뜨게 하는/qu'un cierge pâle éclaire"이라고 썼었다. 종치는 수사가 촛대를 들고
있으며 그 빛에 새가 깨어나 깃털로 그를 스친다는 뜻이겠다.

6행: 밧줄을 쉽게 당길 수 있도록 큰 돌덩이가 거기 묶여 있으며, 종치는 수사
는 그 돌을 올라타고 구른다. 그는 라틴어로 안젤루스를 읊지만, 종치는 데 힘이
들어 목소리가 약해진다.

9행: "갈망의 밤으로부터," 다시 말해서 "욕망 가득한 밤의 밑바닥에서."

11행: 종치는 수사가 새를 깨우는 것처럼, 시인은 죄를 깨워 일으킨다. 다시 말
해서 완덕에 이르지 못하는 창조의 무능력을 절감한다. 충실한 깃털은 시인의 깃

털 펜일 수도 있다.

(67, 145)　　　　　　　여름날의 슬픔

현재 알려져 있는 세 점의 수고 가운데 최초의 수고는 1862년에 씌어졌을 것으로 추정된다. 첫 발표 지면은 1866년의 『현대 파르나스』지. 그러나 5월 15일자의 발표분인 10편의 시에 속한 것이 아니라 그해 6월 말에 여러 시인들의 작품을 함께 묶어 발간한 합본에 발표되었다. 이때 말라르메는 최초의 수고를 대폭 수정했다. 현행의 텍스트와 큰 차이가 있는 최초의 수고는 다음과 같다.

TRISTESSE D'ÉTÉ

Le soleil, sur la mousse où tu t'es endormie,
A chauffé comme un bain tes cheveux ténébreux,
Et, dans l'air sans oiseaux et sans brise ennemie,
Évaporé ton fard en parfums dangereux.

De ce blanc flamboiement l'immuable accalmie
Me fait haïr la vie et notre amour fiévreux
Et tout mon être implore un sommeil de momie
Morne comme le sable et les palmiers poudreux!

Ta chevelure, est-elle une rivière tiède
Où noyer sans frissons mon âme qui m'obsède
Et jouir du Néant où l'on ne pense pas?

Je veux boire le fard qui fond sous tes paupières
Si ce poison promet au cœur que tu frappas

L'insensibilité de l'azur et des pierres!

여름날의 슬픔

태양이, 그대가 잠든 이끼 위에서,
그 어두운 머리칼을 목욕물처럼 덥히며,
새들도, 거슬리는 바람도 없는 허공에,
그대의 분을 위험한 향기로 날려 보낸다.

이 하얗게 타오르는 화염의 부동한 정지는
삶과 우리의 열띤 사랑을 미워하게 하니,
내 모든 존재는 모래와 먼지 긴 종려수들처럼
음울한 미라의 잠을 애원하는구나!

그대의 머리칼은 따뜻한 강인가,
나를 괴롭히는 내 혼은 거기 떨림도 없이 잠겨들어
생각을 잊게 하는 저 허무를 누리련가?

나는 그 눈까풀 아래서 녹는 분을 맛보고 싶구나,
이 독이 그대에게서 상처 입는 가슴에
창공과 돌의 무감각함을 허락해줄 수만 있다면!

이 시는 처음 「새봄」과 짝을 이루는 2부작의 제2부로 계획되었다. 한쪽이 봄의
활기 속에서 느끼는 창조의 무기력감을 나타낸다면 다른 한쪽은 여름의 뜨거운 햇
빛 아래서 느끼는 사랑의 무기력감을 나타낸다.
　　제1연에서 작열하는 여름의 태양은 남자의 사랑에 저항하는 여자의 적대감으로
나타난다. 여자는 사랑에 맞서 싸우는 "여전사/lutteuse"이다. 그녀는 잠들어 있
는데 이는 사랑에 대한 저항의 한 형식이다. 여자의 뺨이 "적의에" 차 있다는 것은
시인의 입맞춤을 거부한다는 뜻이다. 그러나 사랑에 대한 여자의 이 저항은 그녀

의 의지에 의한 선택이 아니다. 태양의 열기에 무기력해진 정신이 사랑의 가능성과 가치를 신뢰하지 못하는 것일 뿐이다.

제2연에서 여자는 작열하는 햇빛 아래 권태에 빠져 사랑에 대한 열정을 상실해버린 슬픔을 말한다: "우리는 결코 단 하나의 미라로 되진 않으리라." 다시 말해서, 그 두 사람은 정열을 잃어버린 시체의 형식으로는 결코 하나가 될 수 없을 것이다. "이 고대의 사막과 행복한 종려수"는 최초의 낙원으로 이해될 수 있다. 그러나 이 낙원에는 낡고 황량한 풍경이 덧씌워져 있다.

마지막 두 3행연에서, 시인은 불가능한 사랑 대신 다른 것을 구한다. 그는 여자의 머리칼로 표현되는 관능 속에서, 모든 의식이 소멸되고, 따라서 고뇌가 해소되는 허무를 만나, "저 창공과 돌의 무감각함"을 누리려 한다. 이 무감각함은 말라르메 시의 한 특징이기도 하다. 이 두 3행연에서 여자는 흐르는, 또는 흘러내리는 물의 형상을 얻는다. 그러나 이 물은 쇄신과 정화의 기능보다는 모든 것이 날카로운 기운을 잃고 바다를 향해 나른하게 처져내리는 권태의 시간을 더 많이 나타낸다. 중요한 것은 이 권태를 다스릴 수 있는 냉혹함이다.

이 시는 『현대 파르나스』지에 실린 다른 시들과 마찬가지로 보들레르의 영향이 명백하게 나타나 있다. 『악의 꽃』의 시 「美」에서 화자 "미"(또는 그 구체적 실현인 미녀)는 자신의 영원하고 냉혹하고 무정한 성질을 뽐낸다. 보들레르의 미녀와 말라르메의 "여전사"는 모두 "저 창공과 돌의 무감각함"을 지니고 있다. 보들레르의 시인들이 "미"의 냉혹한 가슴에서 상처를 입는 것처럼, 말라르메의 화자도 역시 "적의에 찬" 여자에게서 상처를 입는다. 그러나 시인들에게 군림하는 보들레르의 "미"와는 달리 말라르메의 여자는 시인이 높이 평가할 만한 특별한 자질을 지니고 있지 않다. 무엇보다도 말라르메의 여전사는 자신에 대한 자각이 없으며, 시인이 한탄하면서 어쩔 수 없이 이용하려는 것도 이 무자각이다. 보들레르의 시에서 "돌의 꿈"은 시인들이 패배를 무릅쓰고 "준엄한 연찬"을 통해 도달하려는 지고의 목표이지만, 말라르메의 화자가 희구하는 무감각함은 "고대의 사막과 행복한 종려수"로 표상되는 최초의 낙원, 곧 여자와의 진정한 합일을 포기하고 그 대용품으로 얻어진다는 점에서 허무의 성질이 짙게 스며 있다.

창공

말라르메는 이 시를 1864년 1월 7일 카잘리스에게 보냈으며, 몇 구절을 고친
후 1866년 『현대 파르나스』지에 발표했다. 1887년 사진 석판본의 텍스트는 드망
판 『시집』의 텍스트와 같다.

말라르메는 카잘리스에게 이 시를 보내면서 다음과 같이 긴 해석을 곁들였다.

   형이 가지고 싶어했던 것 같은 이 시 「창공」을 드디어 형에게 보냅니다.
요 며칠 동안 작업을 했는데, 한도 없이 고통을 당했으며, 게다가 펜을 들기
전에 완전히 명석한 순간을 확보하기 위해 나의 비통한 무능력을 때려눕혀야
했다는 점을 숨기지 않겠습니다. 고통이 컸던 것은, 내 뇌수에 끊임없이 찾
아드는 수천 개의 서정적인 아양과 아름다운 시구들을 쫓아내고, 내 주제 속
에 요지부동으로 천착하려 했기 때문이지요. 맹세컨대 수 시간씩 탐구의 노
력을 지불하지 않은 낱말은 없으며, 첫 생각을 두르고 있을 뿐만 아니라 그
자체가 시의 전체 효과를 지향하기도 하는 첫 낱말이 또다시 마지막 낱말을
예비하는 데에 소용되고 있지요.
   단 하나의 불협화음도, 단 하나의 장식도 없이, 멋진 장식이라도 말입니
다. *생산되는 효과*──그게 바로 내가 구하는 것이지요. 필경 200번이나 이
시를 스스로 읽고 나서, 달성했다고 확신하는 바입니다. 이제 검토해야 할
다른 면이 남아 있는데, 미학적인 면이지요. 아름다운가요? 미가 어른거리
는가요? 〔……〕 앞으로 나아갈수록 나는 내 위대한 스승 에드거 포가 물려
준 그 엄격한 이념에 더욱 충실하게 됩니다.
   「갈까마귀」라고 하는 전대미문의 시가 그렇게 만들어졌지요. 그래서 독자
의 마음은 시인이 그렇게 의도했던 바와 절대적으로 똑같이 즐기지요. 〔……〕
따라서 시 속으로 내 생각을 따라 들어와, 내게 읽어주며 형이 느꼈던 것이
바로 그것인지 알아보세요. 보다 헐렁하게 시작하여, 전체에 깊이를 주기 위
해, 나는 첫 연에 나타나지 않았습니다. 창공은 일반적인 의미에서 무능한
자에게 고통을 주지요. 둘째 연에서, 가진 자 하늘 앞에서 내가 도주함으로
써, 내가 이 잔인한 병에 걸려 시달리는지를 묻기 시작하지요. 나는 이 연에

서도 그리고 어느 흉물스런 밤/Et quelle nuit bagarde이라는 신성 모독적인 허풍을 사용하여 안개에게 하소연한다는 괴상한 의도를 준비하는 것입니다. [제4연의] "친애하는 권태"에게 바치는 기구는 내 무능을 확인시키는 것이고요. 제3연에서 나는 마치 자신의 악착스런 서원이 이루어지는 것을 보는 사람처럼 광포해집니다.

제6연은 수업에서 풀려난 학생의 기괴한 탄성으로 시작하지요: "하늘은 죽었다!" 그리고 이어서 이 놀라운 확신으로 무장을 하고, 나는 물질에게 간청합니다. 이게 바로 무능력자의 환희이지요. 나를 갉는 고통에 지친 나는 군중들의 천한 기쁨을 맛보고 우중충한 죽음을 기다리는 겁니다…… 나는 "하고만 싶다"고 말을 합니다. 그러나 적은 유령이어서, 죽은 하늘이 되돌아오고, 그가 푸른 종소리를 통해 부르는 노래가 들려옵니다. 그는 태연자약하고 의기양양한 모습으로 지나가며, 안개에 전혀 더럽혀짐도 없이 나를 간단하게 꿰뚫지요. 그래서 나는, 교만에 가득 차서 내 게으름에 대한 정당한 벌이 거기 있음을 보지 못하고, *거대한 고뇌*에 짓눌려 있다고 외치는 것입니다. 나는 여전히 도망치려고 하지만, 내 잘못을 느끼고 *나는 들려 있다*고 고백하지요. 마지막 시구의 "창공"……이라는 진지하고도 괴상한 비명에 동기를 부여하기 위해 이 모든 폭로가 필요했던 것입니다. 보다시피, 에마뉘엘이나 형처럼 시에서 운문의 음악성 밖의 다른 것을 찾는 자들에게라면, 여기에 진정한 드라마가 있지요. 그런데 순수하고 주관적인 시의 개념에 적대하는 극적 요소를 미에 필요불가결한 침착하고 안정된 선과 결합시킨다는 것은 끔찍하게도 어려운 일이었지요.

시인은 자신의 무능한 창조력을 절감하고, 순수와 미와 영원의 상징인 창공-이상을 회피하고, "인간축생들"과 저열한 즐거움을 공유하기 위해 밤과 안개와 권태와 굴뚝의 연기에 차례로 도움을 청한다. 무능하고 게으른 시인은 그것들의 힘으로 그의 원수인 이상의 냉정하고 빈정거리는 시선을 가로막기 위한 것이다. 그러나 어떤 시도로도 이상에 대한 시인의 강박증은 사라지지 않는다. 창공은 종소리를 타고 되살아난다. 그는 그를 집요하게 따라다니며 그를 압도하는 이상에 더 이상 거역할 수 없다. 이 시에서 말라르메가 울부짖는 "이 강박증, 이 창공의 들림이 이와 같다. 금지된 초월이 찾아든다. 다시 말해서 우리의 영혼을 부정적으로 점령하고, 우리의 가장 하찮은 자율적 시도까지도 마비시킨다"(리샤르, 56). 발제르는 이 시를 「창」과 대비시킨다: "한쪽에서 시인은 삶에 등을 돌리고 고통의 행복에서 탈출하려는 의지를 천명하는 반면, 다른 쪽에서는 이상에 등을 돌리고 꿈을 노래하는 가수로서의 자기 임무를 면제받아 무능력의 괴물에 항복하려는 것처럼 보인다"(발제르, 70~71).

그러나 이 시는 명백한 아이러니의 구조를 지니고 있다. 시인이 창공의 시선을 회피하는 데에 도움을 주는 그의 우군들(어둠, 안개, 권태, 연기)은 사실상 지상에 대한 그의 혐오감의 상징이다. 말라르메가 앞으로 쓰게 될 제목 없는 소네트, "순결하고, 강인하고, 아름다운……"으로 시작하는 그 시에서 백조가 맞이하는 운명, 다시 말해서 공간은 부인할 수 있으나 땅에의 혐오는 벗어버릴 수 없는 운명을 이 시는 벌써 예고하고 있다.

(70, 148)　　　　　　바다의 미풍

말라르메의 시 가운데 가장 널리 알려지고 애송되는 작품인 이 시편은 1865년 5월에 씌어져, 여러 군데 중요한 수정을 거친 후 1866년 『현대 파르나스』지에 처음 발표되었다. 1865년의 원고에 나타난 이 시의 초기 상태는 다음과 같다.

BRISE MARINE

La chair est triste, hélas! et j'ai lu tous les livres.

Je veux aller là-bas où les oiseaux sont ivres

D'errer entre la mer inconnue et les cieux!

Rien, ni le vieux jardin reflété par mes yeux,

Ne retiendra ce cœur qui dans la mer se trempe,

Ô nuits, ni la blancheur stérile sous la lampe

Du papier qu'un cerveau malade me défend,

Et ni la jeune femme allaitant son enfant.

Je partirai! Steamer balançant ta mâture,

Lève l'ancre vers une exotique nature,

Car un ennui, vaincu par les vides espoirs,

Croit encore à l'adieu suprême des mouchoirs,

Et serais-tu de ceux, steamer, dans les orages,

Que le Destin charmant réserve à des naufrages

Perdus, sans mâts ni planche, à l'abri des îlots...

Mais, ô mon cœur, entends le chant des matelots!

바다의 미풍

육체는 슬프다, 아아! 그리고 나는 모든 책을 다 읽었구나.

나는 가리라, 미지의 바다와 하늘 사이에서 새들

도취하여 헤매는 저곳으로!

어느 것도, 눈에 비치는 낡은 정원도,

바다에 젖어드는 이 마음 붙잡을 수 없으리,

오 밤이여! 병든 뇌수가 지키는

등잔 밑 불모의 백색도

제 아이를 젖먹이는 젊은 아내도.

나는 떠나리라! 네 돛대를 흔드는 기선이여

이국의 자연을 향해 닻을 올려라!

한 권태 있어, 공허한 희망에 패배하고도,

손수건들의 마지막 이별을 아직 믿는구나!

그래 너는, 기선이여, 폭풍우 속에서,

매혹적인 운명이 난파의 몫으로 삼는 그런 돛대에 속하려가

돛대도 없이 널판도 없이, 저 섬들의 품에서 종적을 잃은⋯⋯

그러나, 내 마음이여, 수부들의 노래를 들어라!

이 시를 쓸 무렵 말라르메는 자신이 지옥처럼 느꼈던 지방 도시 투르농에서 매우 불행하게 살고 있었다. 우선 장시 「에로디아드」와 「목신의 오후」를 쓰느라고 심신이 탈진했으며, 영어 교사로 재직하던 투르농 중학교에서 그는 존경받지 못하고 늘 놀림을 당하는 인기 없는 선생이었다. 그는 일상에서 탈출하고 싶은 욕구를 강하게 느꼈다. 1866년 2월 8일, 말라르메는 이 시를 르 조슨 부인에게 보내면서 그 주제를 이렇게 밝힌다: "친애하는 사람들을 떠나려는, *출발하려는* 욕구, 이따금 우리를 사로잡는 이 설명할 수 없는 욕구." 말라르메는 시에서 바로 이 욕구를 표현하고 있으나 그 탈출이 또한 파국과 환멸에 이르리라는 것을 모르지 않는다.

발제르는 "부정적 상상력"이 이 시를 지배하고 있다고 말한다: 말라르메는 "탈출지의 매혹적인 아름다움을 환기하는 것이 아니라 그를 붙잡지 못하는 모든 것, 즉 낡은 정원, 등불 아래서의 작업, 가정의 기쁨을 열거하고 있다"(발제르, 91). 그런데 이를 열거하는 제4~8행의 구문은 약간 특별하다. 문장의 주어 "Rien/어느 것도"의 동격어의 하나인 "낡은 정원도/ni les vieux jardins"는 동사 "붙잡을 수 없으리/Ne retiendra"의 앞에 나와 있지만 다른 동격어들인 "황량한 불빛도/ni la clarté déserte"와 "젊은 아내도/ni la jeune femme"는 동사 뒤로 물러나 있다. 그리고 그 사이에 돈호법 "오 밤이여!/Ô nuits!"가 끼어 있다. 이 돈호법은 시인이 등불 아래 작업을 하고 있는 시간을 알려주면서 동시에 그 불모의 작업이 초래하는 고통을 표현한다. 시인은 자기를 붙잡지 못하는 것의 마지막으로 "젊은 아내"를 꼽을 뿐만 아니라 그 아내가 젖먹이는 아이를 냉정하게 "제 아이"라고까지 쓴다.

"이국의 자연"으로 시인을 싣고 갈 배가 "기선/steamer"인 것은 의외롭다. 말의 정확한 의미에서 기선에는 "돛대/mât"가 없으며, 시의 말미에서 말하는 난파의 운명에도 범선이 더 적합할 것 같기 때문이다. 그러나 이 기선에 돛대를 잃은 범선의 이미지가 겹쳐 있는 것은 물론이다.

제11~12행은 시의 주제가 그 깊이를 확장하는 결정적인 순간이다. 시인은 자신이 세운 고별의 계획에 흥분하고 있으나, 손수건들의 순진한 송별에도 불구하고, 항해에서 얻게 될 구원을 의심하기 시작한다. 그는 무익한 난파를 예견하는 것이다.

여행의 파국과 난파를 말하는 제13~15행은 통사법을 파악하기가 쉽지 않다. 1865년의 초고에서도, 현행 텍스트에서도, 시인은 자신이 꿈꾸는 배가 정해진 운명에 따라 난파에 봉착하게 될 것을 염려한다. 다만 초고에서는 나쁜 운명의 희생자가 기선이었는데, 현행 텍스트에서는 돛대들이 그 운명을 맞게 되어 있다. 물론 돛대는 배를 말하는 제유법이다. 그러나 이 변화와 더불어 이 운명을 부르는 것은 돛대들 자신이라는 생각이 덧붙여진다: "돛대들은, 폭풍우를 불러들이니/les mâts, invitant les orages." 이는 난파가 지니고 있을 필연적이면서도 신비로운 성격을 강조한다. 그런데 제15행의 과거분사 "Perdus/종적을 잃음"이 어디에 걸리는지 쉽게 판단되지 않는다. 옮긴이는 이 15행을 사실상 독립시켜 번역했지만, 말라르메의 원문에서는 "les naufrages/난파"와 "Perdus/종적을 잃음" 사이에, 줄이 바뀌긴 했지만, 쉼표가 없다. 따라서 Perdus는 les naufrages를 수식하는 것이 되며("종적을 잃은 난파"), 이때 제14행의 대명사 "ceux"는 돛대들을 뜻한다고 보는 것이 타당하다. 옮긴이의 번역도 이에 따른 것이다. 그러나 난파가 종적을 잃는다는 것은 무슨 말일까. 이것은 중복 어법이다. 베니슈는 "난파는 육체도 재산도 표류물도 기억도 남지 않을 때만 진정으로 종적을 잃는다"고 말한다(베니슈, 121). 그러나 les naufrages 다음에 쉼표가 없다 하더라도 Perdus가 거슬러 올라가 ceux를 수식한다면, 이 ceux는 돛대들이 아니라 '난파자들'을 뜻한다. 이때 제13~15행은 다음과 같은 번역이 가능하다.

> 그리고, 필경, 돛대들은, 폭풍우를 불러들이니,
> 바람이 난파에 넘어뜨리는 그런 사람들의 것인가
> 돛대도 없이, 돛대도 없이, 풍요로운 섬도 없이, 종적을 잃은……

한편, 이 시에 관해서, 주제와 표현 양면에 걸치는 보들레르의 영향이 자주 지적되어왔다. 발레리는 이 「바다의 미풍」이 "보다 압축된 보들레르, 울림이 보다 미묘한 보들레르를 생각하게" 한다고 쓴 적이 있다(발레리, 665). 제14~15행은 『악의 꽃』의 「일곱 늙은이」를 연상하게 한다.

> Et mon âme dansait, dansait, vieille gabare
> Sans mâts, sur une mer monstrueuse et sans bords!
> (내 넋은, 낡은 배 되어 돛대도 없이, 춤추고,

춤추었다. 기괴하고 가없는 바다 위에서!)

제10행의 "이국의/exotique"라는 말을 『악의 꽃』의 시 「이국의 향기(Parfum exotique)」는 그 제목에 담고 있다. 게다가 「이국의 향기」의 다음과 같은 마지막 시구는 「바다의 미풍」의 마지막 시구를 예고한다.

[le parfum des verts tamariniers]
Se mêle dans mons âme au chant des mariniers
([초록색 타마린 향기는]
내 넋 속에서 수부들의 노래에 섞이는구나)

말라르메가 이 시에서 자신의 마음을 돈호법으로 부르고 있는 것처럼("오 내 마음이여/ô mon cœur"), 보들레르도 역시 자기 마음에게 말한다("무슨 말을 하려는가, 내 마음이여……: 『악의 꽃』, XLII).

(71, 148)   탄식

1864년의 공책에 적힌 수고와 그해와 다음 해에 친구들에게 보낸 다른 두 점의 수고가 남아 있다. 1866년의 『현대 파르나스』지에 처음 발표되었으며, 이어서 1887년 사진 석판본과 『운문과 산문 앨범』에, 1893년 『운문과 산문』에 수록되었다. 이 텍스트들과 현행의 텍스트 사이에는 큰 차이가 없다.

전체가 잔잔하고 긴 한 문장으로 짜인 이 시는 제5행 말미의 감탄 부호, 그리고 제5행과 제6행 사이의 긴 줄표에 의해 두 부분으로 나뉜다. 앞부분에는 시인의 마음이 사랑하는 여자(말라르메는 자기 아내를 편지나 산문시에서 가끔 누이라고 불렀다)의 얼굴을 향해 솟아오르는 상승이 있으며, 뒷부분에는 가을 햇빛이 호수에 떨어지는 하강의 풍경이 있다. 그러나 여자의 얼굴은 그 자체로 가을 풍경을 구성한다. "어느 가을이 주근깨를 둘러쓰고 꿈꾸는," 다시 말해서 유리창을 통해 들어온 반투명한 햇빛의 그림자가 어린 이마는 스산하게 낙엽이 깔린 땅이며, 가을 하늘이 떠도는 그녀의 눈은 호수이다. 따라서 전반부의 상승에는 벌써 하강이 있다. 마찬가지로 정원의 분수는 하늘을 향해 솟아오르지만 하늘은 그 분수가 서 있는 정원의 호수에 햇빛을 떨어뜨리며 제 얼굴을 비춘다. 이 시는 이런 의미 내용에서뿐만 아니라 구성에서도 거울 구조를 지니고 있다. 번역에서는 살려내지 못했지만, 프랑스어 원문에서는 제5행과 제6행을 가르는 줄표(—)를 사이에 두고 "vers l'Azur/창공을 향하여"라는 말이 겹쳐 있다. 시의 정점이 바로 이 줄표의 자리이다. 줄표 앞 전반부의 시구는 하나의 감정이 지상에서 하늘에 이르고, 후반부의 그것은 하나의 빛이 이 하늘에서 지상에 이르도록 시가 구성된 것이다.

이 시의 온화한 "창공"은 말라르메의 다른 시에 나타나는 창공처럼 공격적이거나 빈정거리는 성격을 지니고 있지 않다. 그러나 이 온화함은 저물어가는 계절의 쇠락한 기운과 다른 것이 아니다. 여자의 이마를 향한 마음의 상승도 열광이 아니라 탄식이다. 이 탄식이 이중의 거울 구조를 통해 상승과 하강을 결합한다.

(72, 149)   적선

이 시는 1862년의 작품으로 추정된다. 이 무렵에 비슷한 주제로 다른 시 「가난뱅이 증오」가 씌어졌지만, 이 시의 초고로는 보이지 않는다. 「적선」에 관해서는, 1864년에 오바넬에게 보냈으나 1862년에 작성된 것으로 추정되는 수고와 1864년 공책의 수고 등 세 점의 수고가 있다. 이 시는 최초에 "어느 걸인에게/À un mendiant"라는 제목을 가졌으나, 1866년『현대 파르나스』지에서는 "어느 가난뱅이에게/À un pauvre"로 바뀌었다. 다시 「적선」이라는 제목으로 1887년의 사진 석판본에 수록된 텍스트는 드망 판의 그것과 큰 차이가 없다.

다음은 1862년 수고의 텍스트이다.

À UN MENDIANT

Pauvre, voici cent sous… Longtemps tu cajolas
—Ce vice te manquait,—le songe d'être avare?

Ne les enterre pas pour qu'on te sonne un glas.

Évoque de l'Enfer un péché plus bizarre.

Tu peux ensanglanter tes brumeux horizons

D'un Rêve ayant l'éclair vermeil d'une fanfare :

Changeant en verts treillis les barreaux des prisons

Qu'illumine l'azur charmant d'une éclaircie,

Le tabac fait grimper de sveltes feuillaisons ;

L'opium est à vendre en mainte pharmacie ;

Veux-tu mordre au rabais quelque pâle catin

Et boire en sa salive un reste d'ambroisie

T'attabler au café jusqu'à demain matins?

Les plafonds sont fardés de faunesses sans voiles,

Et l'on jette deux sous au garçon. l'œil hautain.

Puis quand tu sors, vieux dieu, grelottant sous tes toiles

D'emballage, l'aurore est un lac de vin d'or

Et tu jures avoir le gosier plein d'étoiles !

Tu peux aussi, pour bien gaspiller ton trésor,

Mettre une plume rouge à ta coiffe ; à complies,

Brûler un cierge au saint à qui tu crois encor.

Ne t'imagine pas que je dis des folies :

Que le Diable ait ton corps si tu crèves de faim,

Je hais l'aumône *utile*, et veux que tu m'oublies ;

Et, surtout, ne va pas, drôle, acheter du pain!

어느 걸인에게

가난뱅이 양반, 여기 100수가 있네…… 오랫동안 그대가 알랑댄 게
—이 악덕이 그대에게 부족했지—구두쇠가 되려는 꿈이었던가?
그대의 조종이나 울리게 하자고 이 돈을 파묻어놓지는 말게.

그보다는 더 괴상한 죄를 지옥에서 불러내게.
그대는 주홍빛 번개가 번쩍이는 팡파르의 꿈으로
안개 낀 그대의 지평선을 붉게 물들일 수 있지.

잠시 맑게 갠 하늘이 매혹적으로 빛날 때
감옥의 창살을 포도시렁으로 바꾸며
담배는 새잎 돋는 넝쿨들을 뻗어오르게 하지.

아편을 파는 약국이야 수없이 널려 있고,
그대는 어떤 창백한 창녀를 할인 가격으로 씹으며
먹다 남긴 암브로시아를 침 흘리며 마시고 싶지?

이튿날 아침까지 카페에서 죽치고 싶지?
천장은 베일도 없는 牧女神으로 화장하고,
아이에게 두 푼을 던져주지, 눈을 치켜뜨고.

그리곤 그대가 외출할 때는, 늙다리 하느님아, 부대자루를
둘러쓰고 덜덜 떨면서도, 새벽하늘이 금빛 술의 호수인지라
그대는 목구멍으로 별들을 마신다 큰소리치지!

그대의 재화를 낭비하자면이야, 그대는 또한

모자에 붉은 깃털을 꽂을 수도 있고, 晚禱를 드릴 때,

그대 아직 믿고 있는 聖者에게 촛불 한 자루를 바칠 수도 있지.

내 터무니없는 말을 한다 생각지 말게.

그대가 굶어죽는다면 악마가 그대 몸뚱일 차지할 터,

나는 유용한 적선을 증오하며 그대가 날 잊길 바란다네.

그리고 무엇보다도, 이 기이한 사람아, 빵을 사러 가진 말게.

시트롱은 말라르메의 「적선」이 발자크의 소설 『이중 가정』과 신기하게도 근사한 점이 있다고 지적한다(시트롱, 226). 이 소설의 말미에서, 부부생활에 절망하고 젊은 연인에게 배반당한 그랑빌 백작은 불행한 기억에 시달린 끝에 불리한 조건으로 가산을 정리한 후 이기적인 선행을 베푼다. 한밤중에 파리에서 늙은 넝마주이를 만나, 그에게 거금을 주며 이렇게 말한다: "이 돈을 가지되, 술집에서 낭비를 하고, 취하고, 싸우고, 아내를 두들겨 패고, 친구들의 눈을 뽑으라는 조건으로 자네에게 준다는 점을 잊지 말게. 〔……〕 이 예정을 바꾸지 말게. 그렇지 않으면 악마가 조만간 복수를 할 것이야." 시인이 걸인에게 돈자루를 주며 권하는 말도 이와 비슷하다. 대의를 적자면 이런 말이 된다: "내가 너에게 이 돈자루를 주는데, 절약해서 쓰라는 것이 아니라, 난잡하게 죄를 지으며, 마약, 육체적 탐닉, 음주, 우스꽝스러운 사치, 종교적 보시 같은 유해하고 허망한 일에 낭비하라는 것이다. 그렇다고 해서 네가 일찍 죽지는 않을 것이다. 유용한 일만 아니라면 돈을 어디든지 마음대로 쓰라." 말라르메는 결국 세상의 삶에 기대를 걸지 말라고 말하는 것이다. 그런데 시인은 이 가난뱅이를 "형제"라고 부른다. 이 걸인이 벌일 낭비 행각은 예술가의 삶을 우의하는 것이며, 예술은 세상에 기대를 걸지 않을 수 있는 방법 가운데 가장 중요한 하나이다.

1~3행: 걸인이 이 돈자루를 탐냈던 것은 그것을 아껴 써서 생존을 오래 연장하고, 죽은 다음에 교회에서 장례비로 쓰게 하기 위함이 아니었을 것이라는 뜻. 그런 식으로 이 돈자루를 사용한다면 그것은 늙은 주제에 인색한 젖꼭지를 빨아

생명을 부지하는 것이나 같다. '알랑대다'라고 번역한 동사 cajoler는 "아첨하는 말이나 태도로 어떤 것을 얻으려 들다"라는 뜻(리트레 사전).

4~6행: 이 돈의 힘을 빌려 이제까지 꿈도 꾸지 못했던 악덕을 의기양양하게 저질러보라는 말로 이해할 수 있다.

7~10행: 담배 연기가 담벼락에 하늘빛으로 말없이 흔들거리며 피어오르고, 특히 약국의 약상자에서 얻어낸 아편의 힘으로 걸인이 몽롱해질 때, 이 누추한 집들이 향 연기 가득한 교회처럼 보일 것이다. 이 시구들에는 교회의 향 연기를 담배 연기와 종교적 열정을 아편의 도취와 짝지으려는 불경한 의도가 담겨 있다.

14행: 카페의 천장이 얇은 베일로만 몸을 가린 님프들의 나체로 장식되어 있다.

16~18행: 술 취한 걸인을 "늙다리 하느님"이라고 부르는 것은 그의 도취한 정신 속에서 우주가 재창조되기 때문이다. 시트롱은 이 시구들을 『악의 꽃』의 「넝마주이의 술」의 다음과 같은 시구에 비교한다.

Le vin roule de l'or, éblouissant Pactole ;
Par le gosier de l'homme il chante ses exploits…
(눈부신 팍톨 강, 술은 황금을 굴리고,
인간의 목구멍을 통해 제 공훈을 노래하고……)

22~23행: 굶주리는 자에게 죽음이 찾아오기까지는 오랜 시간이 걸리는데, "또 하나의 적선"은 '대지의 열림'을, 다시 말해 걸인이 무덤 속에 들어가는 일을 지연시켜 걸인의 불행한 생명을 연장해줄 수 있을 뿐이다. 시인은 걸인에게 자기를 잊기 바란다고 말하는데, 세상에서 고통당하고 모욕받는 사람들에게는 망각만이 유일한 적선이며, 죽음을 통해서만 완전한 망각에 이를 수 있다.

(74, 150)　　　　　　　헌시(獻詩)

이 시의 초고는 1865년 10월에 씌어졌다. 말라르메는 이 시의 원고를 두 차례에 걸쳐 친구 오바넬에게 보냈다. 11월에는 "햇빛/Le jour"이라는 제목으로, 12월에 "밤의 시/Le poème nocturne"로 제목을 바꾸고, 일부 시구 몇 개를 수정하여. 그 후 몇 차례의 발표 끝에 시의 제목은 "밤의 시 헌정/Dédicace du Poème Nocturne"을 거쳐, 「저주받은 시인들」(1883)에서 「헌시」로 확정되었다.

말라르메는 다음 해 2월 8일, 이 시를 르 조슨 부인에게 보내며 그 주제와 대의를 다음과 같이 요약한다: "밤으로부터 얻은 자식, 빛을 받아가며 철야 작업으로 쓴 시, 그런데 새벽이 찾아와 심술궂게도 그게 죽어가는 생명 없는 물건임을 알려주었을 때, 시인이 느끼는 슬픔. 시인은 그것을 아내에게 가져갑니다, 아내가 살려내겠지요!" 말라르메가 말하는바 하룻밤 철야 작업으로 태어난 그 '자식'에 일차적으로 해당할 이 「헌시」는 자신의 그 탄생 과정과 자신의 운명에 관한 이야기를 자신의 내용으로 삼는다. 말하자면 저 자신의 실패를 알레고리하는 시이다. 이 시가 쓰어진 1865년 가을에서 1866년 봄까지, 말라르메는 자신의 시를 이런 불길한 알레고리에 걸어두게 했을 심리적 질곡을 여러 편지에서 고백하고 있다. 그는 르 조슨 부인에게 편지를 보내기 1년 전부터 장시 「에로디아드」를 쓰고 있었지만 그것을 "완성하기 위해서는 서너 번의 겨울이 더 필요할 것"(1866년 4월 28일 앙리 카잘리스에게 보낸 편지)이라고 말해야 할 상태였고, 두어 달 전인 1865년 11월에는 앞으로 저 「다른 부채」의 주인이 될 첫딸 주느비에브가 탄생했다. 시인은 전심으로 몰두하고 있는 장시가 기형의 작품으로 결실할 것을 두려워하고 있었으며, 괴물의 탄생에 대한 이 염려는 이미 태어난 혈육의 미래에 대한 그것으로 이어지게 마련이었다. 시인이 시쓰기에 실패한다는 것은 자신의 권태로운 삶을 자식에게까지 물려준다는 것이나 같다. 노래하지 못한 저 세계에의 심려와 노래할 수 없는 이 세상의 권태 사이에, "제 아이를 젖먹이는 젊은 아내"(「바다의 미풍」)와 같은 듣기에 따라서는 무기력할 뿐만 아니라 잔인하기도 한 표현이 끼어든다. 데려온 아기의 미래가 데려올 아기의 품질에 걸려 있다.

제1행에서 시인은 자신의 시-아기의 탄생을 위해 불을 밝히고 지새웠던 그 밤을 "이뒤메의 밤"이라고 표현한다. 이뒤메는 에돔의 라틴어식 표기이다. 구약의 「창세기」에서 이삭의 아들 에사오는 동생 야곱에게 팥죽 한 그릇에 장자권을 넘긴 후 이 이뒤메에 삶의 터전을 마련했다. 신약에서 이뒤메는 로마의 지배 아래 팔레스타인을 통치했던 헤롯 왕가의 발원지이며, 따라서 말라르메의 장시 「에로디아드」의 주인공이자 헤롯 왕가의 공주인 에로디아드의 고향이다. 이런 성서적 전거에 기대서, 시의 "이뒤메"는 '아버지로부터 버림받은 자식의 땅'을 가리키고, 그 밤으로부터 데려온 "아기"는 장시 「에로디아드」를 암시한다는 해석이 나온다. 이런 해석에는 온당한 점이 없지 않다. 시가 완성되면서 시인의 무릎을 떠날 수밖에 없다는 점도, 해를 넘겨가며 「에로디아드」를 완성하려는 시인의 고통이 이 시의 배경에 깔려 있다는 점도 부인하기 어렵기 때문이다. 그러나 또한 이뒤메는 동방의 땅이며 태고의 땅이다. 일상의 울타리와 그 땅 사이에는 긴 시간에 의해서도, 먼 거리에 의해서도 아득한 어둠이 깔려 있다. 이뒤메는 탐험하는 시인의 정신이 가장 멀리 도달한 곳이며, 그 어둠으로 시인의 몽상을 충분히 두텁게 감싸줄 수 있는 곳이다. 밤마다 등불을 켜놓고 백지 앞에서 고뇌하는 시인에게라면 밤의 이 깊은 어둠을 더듬어 데려온 아기가 「에로디아드」 한 편에 그칠 수는 없다. 어둠 속의 이뒤메는 밤의 등불 아래 탄생하는 모든 시의 본향이라고 할 수도 있다.

시-아기가 탄생하는 순간 "새벽빛"이 찾아왔다. 제2행에서 제5행까지의 시구는 이 새벽의 모습과 그것이 도착하는 상황과 방식을 묘사한다. 새벽은 아직 날이 다 밝지 않았기 때문인지 "깜깜/Noire"한 얼굴을 지녔으며, 돋아나기 시작한 햇살로 "핏빛 어린 희미한 날개"를 달았다. 검은 새벽은 깃털이 없는—등불의 포근함도 달빛의 아련함도 없는—이 날개로 유리창을 때리고 날아든다. 유리창은 밤 동안 등불의 "향유와 황금으로" 찬란했었지만, 새벽의 어스름빛이 찾아들자 오히려 "음울"하다. 풀어 말한다면, 등불이라는 자기 감정의 도취 속에 찬란했던 유리창이 햇빛의 객관적 준거에 조명되어 그 음울함을 드러내는 순간이 왔다. 시인은 탄식하며 감탄사 "오호라!/hélas!"로 잠시 문맥을 끊는다. 영락없이 악마의 모습인 이 새벽이 밤의 작업을 밝혔던 "천사 같은 램프"를 억눌러 이긴다. 또다시 돈호법 "종려나무들이여!/Palmes!"가 삽입되어 문맥을 끊는다. 종려나무는 예수가 예루살렘에 입성할 때 '호산나'를 부르던 자들이 흔들던 나무이다. 새벽빛이 그렇게 입성하는가? 종려나무는 또한 승리의 영광을 표상한다. 새벽의 승리? 아니면 시-아기 탄생의 영광? 아무튼 이 돈호법에는 하룻밤의 결실이 햇빛 앞에 드러나려는 순간에 느끼게 되는 시인의 기대감과 두려움이 미묘하게 얽혀 있다. 이 종려나무에 대해 베니슈는 "군중들의 열렬한 감동을 나타낸다. 적어도 예수의 예루살렘 입성에 대한 복음서의 에피소드에서는 그런 의미를 지닌다. 〔……〕 따라서 '종려나무들이여!'는 빛이 나타나는 순간에 느끼는 구원과 희망의 기운을 표시하는 것 같다. 그러나 이 마음의 약동은 새벽빛이 밤의 결산을 보여주자마자 깨어진다"(베니슈, 127).

등불이 천사인 것은 말할 것도 없이 그것이 시인의 야간 작업을 수호한 몽상과 창조의 빛이었기 때문이다. 반면에 악마인 새벽은 이제 그 작업의 결과를 심판하러 오는 분석과 비평의 빛이다. 게다가 이 새벽빛은 양면성을 지녔다. 햇빛으로서의 새벽빛은 시인이 싸워 정복해야 할 '원수'인 이상의 빛이라는 점에서 악마이며, 그것이 아직은 어스름빛이며 시인이 그 몽상을 시로 실천하는 마지막 작업에서 어렵사리 확보할 수 있었던 부분적인 이성, 이성의 우연한 파편이라는 점에서 또한 악마이다.

제6행에서 제8행에 걸치는 시구들은 그 심판의 결과가 참담한 것이었음을 말한다. 등불의 추억을 아직 다 떨쳐버리지 못한 아버지-시인은 밤으로부터 얻어온 제 핏덩이에게 당연히 사랑을 표시하려 하지만, 새벽빛과 함께 깨어나는 엄정한 비평의식이 안쓰러워하는 마음보다 더 강하다. "적의에 찬 미소를 시험하는" 아버지는 바로 제 자식을 비평하는 아버지인 것이다. 그가 데려온 자식, 그가 쓴 시는 죽어가는 시체이며 도취의 "유물/relique"일 뿐임이 밝혀진다. "푸르고 삭막한 고독이 전율하였다오"——무서워 떠는 그는 순수와 절대의 이상에서 버림받은 자로서 자신의 고독한 신세를 자각하지 않을 수 없다.

제9~14행: 그는 아내에게 (아기의 어머니로 지정된 여성에게) 이 유물을 데려간다. 그녀는 딸과 함께 있다. 그녀는 어머니이자 딸이다. 어머니의 포용력이며 딸의 순결성이다. 죽어가는 아기를 맞아들일 그 발은 대리석 조각처럼 차갑고 깨끗하다. 그 발이 속하는 몸은 육체라기보다는 육체의 형식이며, 여자를 만들어낸 틀로서의 여성성 그 자체이다. 그 여자의 목소리는 낡은 악기 "비올라와 클라브생"을 연상시킨다. 자장가는 아기에게 노래의 '추억'이 된다는 점에서 항상 가장 낡은 노래이다. 그것은 노래라기보다 차라리 노래의 원형이며, 인간에게 최초로 노래를 충동질한 정신적 계기이자 여성적 계기이다.

아기는 지금 죽어가고 있다. 그것은 하룻밤의 시적 몽상과 그에 대한 새벽의 이성적 검열 사이에서, 그것들의 어긋남에 의해 기형으로 탄생했다. 시인이 확보한 것은 이성의 우연한 파편들뿐이어서 이 시-아기에게 "순결한 창공의 대기," 곧 시의 '이상'으로 그 고픈 배를 채워줄 수 없다. 시인이 보기에, 여자의 젖이 그것을 대신할 수 있는 것은 그 젖을 통해 여성 자체가 "무녀의 백색"으로 흘러내리기 때문이다. 여성은 아직 현실화되지 않은, 따라서 조각나지 않은 미래의 이성이다. 이 이성의 원천은 아직 어둠의 덩어리이지만 그 '백색'으로 이성의 밝음과 우선 끈을 맺는다. "무녀의 백색"——점쟁이 여자에게는 자기 운명이 없다. 운명을 예언하는 자로서의 무녀는 만인의 운명으로 제 운명을 대신한다. 아직 어떤 운명도 아니지만 어떤 운명으로도 될 수 있을 이 불투명한 백색은 시인이 제 협소한 이성으로 억압해버린 운명의 좁은 통로에 온갖 가능성의 문을 연다. 이 "무녀의 백색"으로 젖 주기는 말할 것도 없이 한 시의 생명 만들기에서 독자가 담당할 역할이며, 독서의 '여성적 몽상'이 기여할 몫이다.

시인은 신에게 기대할 수 없는 것을 여성에게 기대한다. 그러나 그 젖을 누르게 될 것은 "시든 손가락/le doigt fané"이다. 이 손가락은 옛날부터 쉬지 않고 젖을 눌러왔다. 나쁜 의미에서뿐만 아니라 좋은 의미에서도 희망 없는 반복은 여자의 일이다.

(75, 151)   에로디아드

말라르메는 1864년 겨울부터 생을 마칠 때까지 에로디아드에 대해 7편에 달하는 텍스트를 구상하고 집필했다. 이 7편의 텍스트 가운데 적어도 6편은 "에로디아드의 혼례/Les Noces d'Hérodiade"라는 제목으로 구상되었던 장편 극시의 단장들인데, 그 가운데 완성된 것은 「에로디아드——장경」과 '서막'의 일부로 들어갈 「성 요한의 찬가」 두 편뿐이었다. 시인은 그 중에서도 '장경' 편만을 발표했으며, 『시집』에 수록하기로 예정한 것도 이 한 편뿐이었다. 1864년부터 겨울에는 「에로디아드」, 여름에는 「목신」을 쓰는 방식으로 여러 해에 걸쳐 집필된 이 「에로디아드」의 '장경' 편이 처음 발표된 것은 1871년에 발간된 『현대 파르나스』지 제2집을 통해서이다. 말라르메는 드망 판 『시집』에 붙이기 위해 손수 작성한 "해제"에서, 「에로디아드」와 관련하여 "여기에는 단장, 즉 대화 부분만 포함되며, 「성 요한의 찬가」와 그 결말인 마지막 독백 외에, 「서장」과 「종장」은 나중에 발간될 것이며, 현재 한 편의 시로 정리 중"(이 책 p. 127 참조)이라고 썼다. 「에로디아드」

는 말라르메 시학의 발전 과정에서 중요한 전기를 나타낸다. 그는 이 시편들을 집필하는 초기에 이른바 '무(無)'의 발견으로 잔혹하고도 무서운 시련을 거치며, 시와 언어에 대한 새로운 개념을 얻어 독자적인 시인으로 탄생했다. 말라르메 시학의 요체를 설명하기 위해 흔히 인용되는 그의 편지들 가운데 대부분은 이 「에로디아드」의 구상과 관련된 것이다. 이 시학은 시의 기법에도 그대로 적용된다. 이를테면 아슬아슬한 통사법으로 짜인 긴 문장들을 낭랑한 음조로 제어하고 있는 말라르메 특유의 시구들이 최초로 나타나는 것도 이 「에로디아드」에서이다.

'에로디아드'는 헤롯 왕가의 여자라는 뜻이다. 복음서에 따르면 헤롯 왕의 조카이자 의붓딸인 살로메는 왕 앞에서 춤을 춘 대가로 세례 요한의 목을 요구한다. 말라르메에게서 이 살로메는 '에로디아드'라는 다른 이름을 얻고 미(美)의 한 화신으로 나타난다. 그는 1865년 2월 18일 르페뷔르에게 다음과 같이 썼다: "내 작품 중에서 가장 아름다운 페이지는 에로디아드라는 이름만을 담을 것이오. 내가 작은 영감이라도 지녔다면 그것은 이 이름에서 얻은 것이지요. 내 여주인공은 살로메라고 불려왔지만, 어두운, 그러면서도 열린 석류처럼 붉은, 이 에로디아드라는 낱말은 내가 창안한 것이라고 생각하오. 게다가 나는 그녀를 순전히 몽상적이며 역사에서 완전히 독립된 존재로 만들 작정이오."

「에로디아드」의 '장경' 편은 전체적으로 세례 요한이 사형당하기 전의 어느 시기에 유모와 에로디아드 두 사람이 나눈 대화이지만, 내용상으로는 유모의 간섭과 충고에 의해 끊기고 촉발되는 에로디아드의 독백이기도 하다. 어느 날 아침 어떤 알 수 없는 힘에 매혹되어, 사자 우리로까지 이어지는 산책길에 나섰다가 살아서 돌아오는 에로디아드를 유모가 놀라며 맞이하는 장면에서 그 대화가 시작된다.

무녀이기도 한 이 유모는 공주의 깊은 몽상에서 비롯되는 기이한 행동에 대해, 그녀가 인간의 운명을 주재하는 시간이 아닌 어떤 다른 시간 속에서 방황하는 데에 그 원인이 있다고 여긴다. 유모는 에로디아드를 다시 인간의 시간 속으로 되돌려놓기 위해 몇 가지 제안을 하고, 공주는 차례차례 그 제안을 거부한다. 유모는 우선 자신의 젖딸인 공주의 손에 입을 맞추기 위해 그 손을 내밀어달라고 부탁한다. 에로디아드는 그 입맞춤이, 단 한 번에 그친다 하더라도, 자신을 죽음에 이르게 할 것이라며 그 제안을 뿌리친다. 다시 유모는 에로디아드에게 향유를 사용하여 사납게 헝클어진 머리칼을 다듬으라고 권고한다. 에로디아드는 제 머리칼이

"금속의 그 삭막한 차가움을 끝내 간직"해야 한다는 말로 이 충고를 거부하고, 단지 그녀에게 거울을 들고 있게 한다. 유모는 흘러내린 에로디아드의 머리타래를 걷어올리려 한다. 그러나 에로디아드는 자신을 만지려는 유모의 행동이 응징하여 마땅한 "범죄"이고 "지독한 불경"이라고 말하며, 그녀를 심하게 질책한다. 유모는 어쩔 수 없이, 에로디아드가 남자를 만나 결혼을 하면 태도를 바꾸고 보다 인간다운 여자가 될 것이라는 암시를 한다. 공주는 "죽게 마련인 한 인간을" 위해 "사나운 환락에 젖은 향기처럼" 그 하얀 알몸이 떨고 있을 수는 없는 일이라며 격렬하게 반발한다. 그녀는 저 자신을 위해 홀로 피어 있는 꽃이며, 그 상대는 거울 속에 움직이지 않는 저 자신일 뿐이다. 그녀가 지향하는 것은 절대적인 순결이다. 그러나 에로디아드는 마침내 제 입술이 내뱉는 말들까지 부정한다: "그대는 거짓말을 하는구나, 내 입술의 벌거벗은 꽃이여!" 그녀는 한 아이의 몽상과 순결의 꿈을 깨뜨려줄, 또는 깊이를 만들어줄 어떤 변화, 자기 말이 그 표현에 미치지 못할 어떤 새로운 것을 기다리고 있다. 에로디아드가 취하는 극단적인 태도마저도 그녀가 기다리는 미지의 절대에 비한다면 잠정적인 가치밖에 지니지 못한다. 그녀는 손닿을 수 없는 절대 대신 무를 선택하고 있을 뿐이다.

이 극시의 구조는 주인공 에로디아드의 내적 투쟁을 그대로 반영한다. 무엇보다도 그것은 현실 생활과 육체적 가치를 대표하는 유모와의 관계를 재정립하는 일로 나타난다. 유모는 사자 굴에 들어갔다 나온 에로디아드를 만나 반색하며 너나들이로 말하는데, 이는 유모가 이제까지 자신의 젖딸과 대화를 나눌 때 사용해온 어투일 것이다. 이에 에로디아드는 "물러서시오"라고 경어로 대꾸함으로써 두 사람 사이에 거리를 만들고 자신이 더 이상 어린애가 아님을 암암리에 선언한다. 이후 유모는 경어를 쓰고 에로디아드는 반말로 말한다. 두 사람의 관계가 젖어미와 젖딸의 그것에서 이제 주인과 종복의 그것으로 바뀐 것이다.

그러나 에로디아드가 어머니를 버리고 하녀를 얻음으로써 위기의 순간에 서게 되는 것도 분명하다. 사실, 에로디아드는 자신이 빨았던 유모의 젖에 여전히 특별한 가치를 부여한다(82~84행). 이 무녀-유모는 젖과 낙원의 상상적 관계로 모성 종교 그 자체가 되어 인간으로서의 에로디아드의 운명을 지배해왔던 것이다. 이 종교가 이제는 인간들의 관계 속에서 유지될 수 없고, 현실이 그 낙원의 연장일 수 없음을 아는 에로디아드는 그 젖의 백색으로 표상되는 낙원의 순수성만을 그 기억 속에 간직하려 한다. 그녀가 유모를 가리켜 "무녀들의 소굴에서 벌어지는 악행에나 어울리게/못된 세기에 태어난 여인"(95~96행)이라고 말하는 것은 인간을 오직 인간으로서만 살도록 운명짓는 여자라는 말과 다른 것이 아니다. 에로디아드에게 자연은 곧 세속이다. 그녀는 천진한 짐승이었던 어린 시절에 등을 돌리고, 인간이면서 동시에 천사로 살 수 있을 것처럼 속였던 그 유치한 꿈에서 벗어나, 그 순수성을 자신의 내부에 응축시킬 뿐만 아니라 자신을 그 응축된 순수성 속에 다시 응축시키기 위해, 자신의 자연을, 자신의 '인간'을 버려야 한다. 그녀는 이제 조각상이며 광물질이다.

그녀가 목표로 삼는 순수 무기질의 여자는 그녀의 긴 머리카락을 통해 가장 잘 드러난다(4~8행). 순수 존재의 무기질적 관념과 육체의 동물성 사이에서 위기의 국면을 맞고 있는 이 여자는 제 육체가 가진 것 가운데 가장 비생명적인 머리칼을 자신의 보호벽으로 삼고, 급기야는 그 금발의 금속성으로 자기 육체 전체를 동화하려 한다. 그녀는 금속이 가져오는 비생명의 공포감에, 또는 그 생명을 넘어서는 것의 예기에 얼어붙어 불멸의 여신상과 같은 것이 될 수 있을 것이다. "한 번의 입맞춤"이 그녀를 죽일 수 있다는 것은 이 사랑의 행위가 불멸의 광물질에 다시 동물성을 부여하여 그녀를 필멸의 인간으로 되돌릴 것이기 때문이다.

그녀가 자신의 존재로 구현하려는 순수미도 역시 죽음인 것이 사실이지만(9행, "美가 곧 죽음이 아니라면……"), 그러나 그것은 다른 방식의 죽음이다. 미가 생명을 다룰 때, 그것은 생명 현상으로부터 생명을 어떤 부동의 형식으로, 곧 죽음의 형식으로 추상하게 될 것이지만, 또한 생명을 바로 그렇게 죽어갈 생명체에서 해방한다. 미는 생명을 육체의 시간 밖에 보전한다. 에로디아드가 사자 우리에 들어갈 때도, 그녀는 벌써 생명체를 벗어난 생명을 닮았다. 저절로 꽃잎이 떨어지는 나르시스적 몽상에 자신을 내맡기고 있는 그녀는 결코 손상될 수 없는 순결성의 엄혹한 표상일 뿐이다. 그래서 사자들이 그녀의 늘어진 옷자락을 헤치고 발견한 것은 한 인간의 육체가 아니라 "바다라도 가라앉힐"(23행) 그 발, 부동의 적요 그 자체였다. 공포를 느끼는 인간이기보다 그 자신이 공포인 이 에로디아드를 사자들은 범접하지 못한다.

'인간다움'에 대한 에로디아드의 증오를 염려하는 유모는 우선 향유의 사용으로 한 여자의 자연스런 아름다움이 회복되기를 바라고 있다. 그러나 유모는 동시에 "몰약"을 언급하고, 향유에 "불길한 효험"이란 말을 덧붙임으로써 그것들이 시체의 방부 처리제임을 암시하고 있다(29~32행). 그녀는 에로디아드가 살아 있는 미라로 행세하려 한다고 빈정거리는 것이다. 유모의 이 빈정거림은 시가 끝날 때까지 계속된다. (시트롱은 1868년 말라르메가 보나파르트 와이스 부인의 문첩에 적어준 원고에서 30행의 "장미의 노쇠/les vieillesses de roses"가 "장미의 죽음/la mort de roses"으로 되어 있음을 상기하며, 향유가 불길한 효험을 지니는 것은 시체 방부제이기 때문이 아니라 죽음으로부터 추출한 것이기 때문이라는 다른 견해를 제시한다: 시트롱, 239. 이 견해를 받아들인다고 하더라도 향유에서 죽음의 이미지를 부인할 수는 없다.)

물론 에로디아드가 기도하는 것은 육체의 방부 처리가 아니라 그것의 정신화이며 관념화이다. 스스로에 의해서 스스로를 위해 존재하는 이 관념은 오직 거울을 통해서만 자기를 확인할 수 있다. 금속과 보석이며, 유리며 얼음인 거울은 또한 거기 비쳐진 여자의 냉혹함이며 투명함이다(86~94행). 여기서 에로디아드의 극단적인 내향성을 드러낸다. 그녀가 바라보는 그 자기응축의 거울은 어떤 다른 세계, 창공을 향해 열린 창문이 아니다. 에로디아드는 "그윽한 유리창"에서 미소짓는 "세라핀 같은 창공"을 증오한다고 말한다(121~22행). 창공이 표현하는 것은 유모의 빈정거림과는 다른 종류의 빈정거림, 절대의 이상 앞에서 좌절하는 인간에 대한 조소와 다른 것이 아니기 때문이다. 그래서 에로디아드의 거울은 지상에의 혐오와 창공에의 증오라고 하는 두 딜레마 속에 갇혀 그 순결의 추억을 반추하는 감옥이지만, 다른 한편으로는 그 절대적인 순결의 관념이 유지될 수 있는 단 하나의 장소이다.

이 투명한 감옥에 갇힌 에로디아드는 "순결하고, 강인하고, 아름다운 자는 오늘……"로 시작하는 소네트의 백조와 다르지 않다. 그 백조가 "달아난 적 없는 비상의 투명한 빙하"에서, "망각의 단단한 호수를" 어느 날 "취한 날갯짓 한 번으로" 찢을 수 있기를 바랐듯이 거울 속의 에로디아드 역시 "알지 못하는 것을 기다리고 있다"(131행). 에로디아드-백조가 이 얼음의 거울에서 제 얼굴을 바라보며 확인하게 될 것은 효력 없음을 예감하면서도 강인하게 실천되는 순결에의 의지이다.

말라르메의 시에서 에로디아드가 세례 요한의 죽음을 요구하는 이유도 같은 말로 설명될 수 있다. 화요 야회의 단골손님이었던 로베르 드 몽테스키우의 증언이 있다: 에로디아드는 "내가 시인에게서 직접 들은 바의 비밀을 그리고 있는데, 이 비밀은 세례 요한의 시선이 그녀의 존재에 대해 미래에 저지르게 될 신비로운 순결 모독 이외의 다른 것이 아니다. 요한은 그녀를 얼핏 보게 될 것이며 단 한 번 저지른 이 불경의 죄값을 제 목숨으로 치르게 될 것이다. 왜냐하면 이 잔인한 처녀는 자신을 훔쳐본 기억이 영원히 담겨 있을 그 머리를 제 손에 들고 있을 때만 자신의 흠집이 사라지고 그 온전함이 완전히 복원된다고 느낄 것이기 때문이다"(Robert de Montesqiou, *Diptyque de Flandre, Triptyque de France*, 235, 시트롱, 238). 에로디아드는 순결성 그 자체로 남으려 하지만, 이 순결성이 스스로 파괴되고 소진되려는 열망과 연결되어 있음을 세례 요한의 시선을 통해 깨닫게 된다는 말로 풀이될 수 있다. 에로디아드는 요한의 목을 벰으로써 그 열망을 제거하려 하지만 그것이 헛됨을 예감하고 있다는 점에 이 시의 비극이 있을 것이다.

「에로디아드」에서는 뒤이어지는 또 하나의 극시 「목신의 오후」에서와 마찬가지로, 모든 시구가 12음절 시구로 되어 있지만, 말라르메는 화자가 바뀌거나 화제가 달라질 경우 한 행의 시구를 2층이나 3층, 때로는 4층으로 꺾어서 쓰고 있다.

9행: "선지자들도 잊어버린 어떤 아침/quel matin oublié des prophètes" — 에로디아드가 들려 있는 시간은 인간들 가운데 가장 현명하다고 인정된 자들에게까지도 알지 못하는 시간이다.

11행: "겨울의 유모여/nourrice d'hiver" — 말라르메는 겨울에 「에로디아드」를 썼다. 에로디아드는 겨울로부터 태어났을 뿐만 아니라 그 자신이 겨울이다. 그녀의 유모가 "겨울의 유모"인 것은 당연하다.

17행: 에로디아드는 자신이 들어갔던 사자 우리를 "망명지/exils"라고 표현한다. 그녀는 다른 시간 속에 들어간 망명객이다.

42~43행: 낡은 책처럼 희미해졌거나 까매졌다는 유모의 정신에 대해 마르샬은 이런 설명을 붙인다: "헐어빠진 낡은 책이며 해묵은 법칙을 끝없이 되새기는 자인 유모는 물릴 줄 모르고 반복되는 응답 송가처럼 낡은 종교적 주문과 무녀의 점술에 자신의 목소리를 빌려준다. 에로디아드의 책이 이상적인 백색이라면, 유모의 그것은 일종의 응답 성가집이지만 그 단조로운 반복구가 사나운 처녀의 요구에 더 이상 응답하지 못한다"(마르샬, p. 48).

67~68행: "저는 운명의 신이 아가씨의 비밀을 맡기는 그 사람이고 싶습니다"로 번역된 원문 "J'aimerais Être à qui le Destin réserve vos secrets"는 관계절의 선행사가 생략된 문장이다. 옮긴이의 번역은 이 생략된 선행사가 전치사 à 앞에 위치한다는 판단에 따른 것이다. 그러나 생략된 선행사가 전치사 à 뒤에 위치한다면 이 문장은 "저는 운명의 신이 아가씨의 비밀을 맡기는 그분의 시중을 들고 싶습니다"의 뜻으로 읽힐 것이다.

한편 완성되지 못한 『에로디아드의 결혼』에서 그 서막에 포함될 예정이던 「성 요한의 찬가」— "칼날에 떨어져나간 목이 저 신성한 빛을 향해 날아가며 부르는 노래"(티보데, 391)—는 다음과 같다.

CANTIQUE DE SAINT JEAN

Le soleil que sa halte
Surnaturelle exalte
Aussitôt redescend
    Incandescent

Je sens comme aux vertèbres
S'éployer des ténèbres
Toutes dans un frisson
    À l'unisson

Et ma tête surgie
Solitaire vigie
Dans les vols triomphaux
    De cette faux

Comme rupture franche
Plutôt refoule ou tranche

Les anciens désaccords

    Avec le corps

Qu'elle de jeûnes ivres

S'opiniâtre à suivre

En quelque bond hagard

    Son pur regard

Là-haut où la froidure

Éternelle n'endure

Que vous le surpassiez

    Tous ô glaciers

Mais selon un baptême

Illuminée au même

Principe qui m'élut

    Penche un salut.

성 요한의 찬가

초자연적인 멈춤으로
높이 떠받들린 태양이
곧바로 다시 떨어지며
灼熱하니

나는 내 척추로 느끼는가
한 번의 오한 속에
어둠이 모두 한 결로
펼쳐지고

저 낮의
위풍당당한 휘날림 속에
고독한 망루의 파수
내 머리 솟아올라

거리낌 없는 이별인 양
육체와의
오랜 불화를
몰아내거나 잘라낼 뿐

오 빙하들아 너희들
다 모여도 그 영원한 추위를
끝내 앞설 길 없는
저 높은 곳에서

단식에 도취한 머리가
어떤 험상궂은 도약으로
그의 순수한 시선을
고집하여 쫓지는 않을지나

한 세례를 좇아
나를 선택했던 동일한
원리로 빛나며
구원을 하나 기울여 붓노라.

(84, 160)   목신의 오후

　1865년 6월, 한겨울을 얼음의 여자 에로디아드에게 바쳤지만 그 끝을 보지 못
하고 있던 말라르메는 친구 카잘리스에게 다음과 같이 써 보냈다: "나는 에로디
아드를 잔혹한 겨울로 미루어두었습니다. 이 황량한 작품이 나를 메마르게 만들었
지요. 그래서 나는 막간을 이용하여 영웅시적인 막간극의 운을 밟고 있는, 그 주
인공은 바로 목신(Faune)입니다. 이 시는 아주 높고 아주 아름다운 사념을 간직
하고 있습니다만, 시구를 만들어내기가 지독하게 어렵습니다. 나는 그것을 극작품
으로, *연극이 가능한 것이* 아니라 연극을 요청하는 작품으로 만들고 있기 때문입
니다. 〔……〕 8월에 테아트르-프랑세즈에서 상연할 계획임을 덧붙여둡니다." 실
제로 말라르메는 9월에 이 극시를 테아트르-프랑세즈에 보낼 수 있었다. 그러나
극장은 상연을 거절했으며, 이 최초의 목신이 정확히 어떤 모습이었는가를 알려주
는 자료는 아직 나타나지 않았다. 그러나 다른 몇 통의 편지와 미완성의 원고들이
남아 있어서, 이 막간극이 최초에 *목신의 독백, 님프들의 대화, 목신의 깨어남* 등
세 장면으로 구상되었으며, 이후에도 상당한 기간 동안 말라르메의 작업이 겨울에
는 *에로디아드*에 천착하고 여름에는 *목신*을 개작하는 식으로 계속되고 있었음을
짐작하게 한다.

　결국 목신의 독백으로만 남게 된 「목신의 오후」는 그러나 말라르메를 유명하게
만든 시이다. 최초의 기획 이후 10년이 지난 1876년에, 이 '전원시'가 195부의 한
정 호화판으로 발간될 때, 화가 마네는 거기에 삽화를 곁들였다. 드뷔시는 1894년
이 시를 바탕으로 그 유명한 「목신의 오후 전주곡」을 작곡하여 발표했으며, 이 시
와 음악은 다시 1912년 러시아의 무용가 니진스키를 만나 그의 첫 무용극 「목신
의 오후」가 되었다.

　목신 폰(Faune, Faunus)은 로마의 가장 오래된 신 가운데 하나로 원래는 양떼
와 목동들의 수호신이며, 그 이름 자체에 은혜를 베푼다는 뜻이 들어 있다. 그러
나 내력이 오랜 그만큼 성분과 성격이 복잡한 신이다. 무엇보다도 이 로마의 신은
그리스 신화에서 그 짝이 되는 아르카디아의 판(Pan)과 자주 혼동된다. 말라르메
는 시의 제목 "목신의 오후/L'Après-midi d'vn favne"에서 "목신/faune" 앞에 단
수 부정관사 "un"을 붙여 이 목신이 여러 목신 가운데 하나임을 말하고 있다(이

제목에 나타나는 두 개의 v는 u의 라틴어식 철자이다.) 복수로서의 이 목신들 (faunes)은 들판과 숲의 정령들이며, 고전 시대의 목가에 목동들의 친구가 되어 자주 나타난다. 그리스 신화에서는 사티로스가 이에 해당한다. 이것들 역시 반은 인간이고 반은 염소이며, 뿔과 염소의 굽을 지녔다. 판과 목신은 모두 인간과 동물의 두 모습을 지닌 숲의 도깨비들로 수염 많은 얼굴과 털 난 몸뚱이, 뿔 달린 머리와 튀어나온 턱, 굽이 있는 염소의 다리로 그 야성을 표현한다. 판은 특히 달음질이 빠르고 염소처럼 날렵하게 바위를 타며, 더운 대낮이면 숲의 그늘에 웅크리고 잠을 자거나 지나가는 님프들을 노려 겁탈한다. 그의 잠을 방해하는 것은 매우 위험한 일이다.

말라르메의 목신은 시원한 샘과 그늘진 숲을 좋아하며, 성적으로 특별한 활력을 지닌 이 판의 성격을 고스란히 간직하고 있다. 그의 목신은 또한 음악의 신이기도 하다. 전설에 따르면, 어느 날 판은 자신에게 쫓기던 님프가 순결을 지키기 위해 물에 뛰어들어 갈대로 변하자, 이 갈대를 꺾어 시링크스(syrinx, 목신의 피리)를 만들어 불며 그 아쉬움을 달래었다고 한다. 「목신의 오후」는 이 신화를 원용하고 있다. 한편 말라르메는 『고대의 신들』에서, 판과 시링크스의 신화를 다음과 같이 설명하고 있다: "Pan이라는 이름은 산스크리트어에서 '바람'을 뜻하는 Pavana와 그리고 어쩌면 라틴어의 Pavonius와 짝을 이룬다. 목신이 사랑했던 님프의 이름이며, 피리의 이름인 시링크스는 그 자체가 갈대밭에 부는 바람이다"(전집 II, 1536).

「목신의 오후」는 이 얄궂은 반수신(半獸神)의 독백이며, 그 서사적 내용은 그가 두 님프를 겁탈했던, 또는 그렇다고 믿으면서 동시에 의심하는 사건에 대한 전달이지만, 발레리에 따르면, 이 시에서는 "시학의 모든 자원이 이미지와 사상의 3중 전개를 떠받치도록 사용되었다. 극도의 관능, 극도의 지성, 극도의 음악성이, 세상에서 가장 아름다운 시구가 들어 있는 이 비범한 작품에서, 서로 결합하고, 서로 섞이고, 서로 대치하고 있다"(발레리, 670). 관능의 주제는 님프들의 겁탈로, 지성의 주제는 추억과 꿈의 혼효와 엇걸림을 통한 사건의 형상화로, 음악의 주제는 목신이 부는 피리로 나타난다. 이 세 가지 주제는 시의 서언이 되는 "이 님프들, 나는 그네들을 길이길이 살리고 싶구나"라는 첫 행에 벌써 나타난다. 옮긴이가 '길이길이 살리다'라고 번역한 동사 "perpétuer"에 대해, 오스틴은 그것이

"목신의 단순한 육욕, 님프들의 환영을 오래도록 누리려는 의지, 그리고 무엇보다도 노래를 통해 님프들을 영원히 기리려는 야망을 동시에 환기한다"고 해석한다(오스틴, 184). 님프들을 영원히 안기 위해서는 님프들의 모습이 영원히 사라지지 않아야 하며, 그 환영을 길이 간직하기 위해서는 영원히 잊혀지지 않는 작품으로 님프들을 형상화해야 한다.

이 첫 행에 이어서 목신은 깊은 잠에서 깨어 일어나 자신이 안았다고 생각하는 님프들의 육체를 회상한다. 그 살빛 아름다운 두 님프의 육체는 그의 눈 앞에 여전히 선연하게 떠오르지만 그는 자신의 추억을 믿을 수 없다(3~7행). 그의 사랑의 모험은 단지 꿈속의 일일 수도 있다. 그는 잠이 깨어 정신이 들면서 인적 없는 숲속에 혼자 있는 것을 알게 되자, 그의 의혹도 그 숲처럼 짙어지고, 그를 사로잡았던 잠처럼―"태고의 밤"처럼― 두터워진다. 추억이 현실 숲의 "무수한 실가지로 완성되"고, 그것을 표현하는 시인의 언어가 또한 한데 얽히는 꿈과 생시의 이 접점에서, 그는 자신이 님프들을 안았다는 증거를 어디에서도 찾을 수 없다. 님프들은 그의 성적 관능이 그려낸 환상일 뿐인가, 그는 의심한다.

자매인 두 님프를 차갑고 "더 정숙한 여자"와 뜨겁고 "숨결 가쁜 다른 여자"(11~13행)로 구분할 수 있을 만큼 그 추억은 구체적이지만, 이 역시 그의 "육욕의 소망"이 그만큼 강렬하고 터무니없었음을 말하는 것일 뿐일 수도 있으리라. 숲에 물은 없고 그의 갈증을 가라앉혀줄 것은 단지 그가 두 줄기 갈대로 불어내는 피리 소리에 불과한 것처럼(15~17행), 그의 육욕을 진정시켜주었던 것도 그의 터무니없는 감각을 따라 한 번 "가시적이고 진정되고 인위적"(21행)으로 얻어졌다가 하늘로 되돌아가버리는 한 줄기 숨결의 바람 같은 환영에 지나지 않는다. 이 "가시적이고 진정되고 인위적인" 한 줄기 숨결이 말라르메에게서 시와 음악과 예술의 개념을 나타내는 말이기도 하지만, 자신의 육욕을 자신의 음악으로 완전히 진정시키지 못한 목신에게 예술적 형상과 덧없는 환영의 차이는 크지 않다.

그러나 바람결에 흩어진 것이 감각의 환영에 불과할지라도 그 환영을 끌어안았던 추억마저 부인할 수는 없다. 목신은 그 추억을 함께 나누고 있을 자연에게 말을 시킨다: "명멸하는 불티들의 꽃 아래 말없는 沿岸이여, 이야기하라"(25행). 이어지는 이탤릭체의 시구들은 바로 이 늪의 시칠리아 쪽 '연안'이 이야기하게 될 추억이다: 목가적인 음악의 신이기도 한 이 목신이 "재능으로 길들이는 속빈 갈대," 곧 피리를 불었을 때, 백조 떼로 알았던 수정(水精)의 무리들이 물속으로 뛰어들어 달아났다. 추억 이야기는 여기서 중단된다. 목신의 마음 속에서는 그의 추억 속 수정들의 도망침이 그 추억 전체의 사라짐과 벌써 겹쳐지는 것이다(26~32행).

목신이 찾는 "라 퓹"은 그가 피리로 부르는 음악의 제유이며, 여자를 나타내는 정관사 la이다. 그는 음악을 통해서, 음악 안에서 여자를 찾으며 동시에 자신이 찾는 여자로 음악을 만든다. 그 수많은 겁탈과 혼례의 추억에도 불구하고, 꿈으로만, "무슨 재주로"만, 즉 음악으로만 여자를 안는 것이기에 그는 "태곳적 빛의 물결 아래" 피어 있는 백합처럼 여전히 순결하다. 피리는 여자를 얻어주기보다 도망가게 했다(33~37행). 그는 난봉꾼으로보다는 예술가로 더 성공하는 것 같다.

물론 목신은 그것으로 만족하지 않는다. 그의 순결에 대한 이 몽상은 그 육욕적 사랑이 아무런 증거도 남기지 않았다는 아쉬움으로 바뀐다. 그의 몸에는 어떤 입맞춤의 흔적, "입술이 누설한 그 부드러운 공허" 같은 것은 남아 있지 않다(38~40행). 그런데 다른 흔적이 있다. 그의 가슴은 "어느 고귀한 이빨에 말미암은 신비로운 상처를 증언한다"(41행). 이 이빨 자국은 초자연적이며 설명할 수 없는 어떤 것의 흔적이며, 그가 이제 여자와의 육체적 사랑과 어떤 초월적인 사랑의 경계에 서 있음을 말해준다. 이 초월은 유혹적인 것이지만, 예술가이면서도 음란한 목신이 여자들의 육체로부터 그를 영원히 떼어놓게 될 이 "고귀한" 비의를 쉽게 받아들일 수는 없을 것이다. 그의 태도는 단호하다: "그러나, 아서라!" 그는 "뺨의 혼란을,"—곧 육체의 애욕을—"저 자신에게 돌려, 한 자락 긴 독주 속에" 님프들의 아름다운 육체를 "우리의 순박한 노래 사이 깜쪽같은 혼동으로"(44~47행) 대신하는 이 초월의 꿈을 거부한다.

그는 거짓으로만 여자를 안게 했던 피리를 끝내 물가에 내던진다: "그러하니, 도피의 악기여, 오 얄궂은 피리/시링크스여, 부디 호수에 다시 꽃피어나, 날 기다려라!"(52~53행). 그는 한 번 더 음란한 계획을 세우며, "포도 알알에서 그 빛을 빨고 나서" 다시 그 "도취를 갈망하여" 빈 껍질을 햇빛에 비춰보듯, 자신이 겁탈했다고 믿는 육체의 추억에 탐닉하려 한다(54~61행). 이어지는 이탤릭체와 명조체의 시구에서, 그리고 다시 이탤릭체의 시구에서, 그는 어느 때보다도 더 진하게 "추억으로 부풀어"오른다: 그가 갈대숲을 뚫고 들어갔을 때 그의 뜨거운 시선에 놀란 님프들이 물속으로 달아나던 모습, 그녀들을 쫓다가 알몸으로 잠들어 있

256

는 두 님프 자매를 만나 장미 숲으로 납치했던 일, 태양 아래서 그녀들과 벌였던 거칠고 뜨거운 몸싸움, 그녀들의 공포와 그의 쾌락, 겁탈, 그리고 나른해진 그의 팔에서 달아나버린 두 육체(63~92행).

여자들이 다시 사라지는 자리는 목신의 추억이 다시 끊기는 자리이다. 이 아쉬움을 그는 다른 여자들, 다른 님프들과의 행복한 정사로 보상할 수 있기를 바라며(93~94행), 넘쳐흐르는 육욕과 그 영원함을 찬양하고(95~98행), 저녁의 미광 속에서 풍성하게 벌어질 육체의 향연을 열망한다(99~100행). 이 "욕망의 영원한 벌떼"는 에트나 화산과도 같은 잠재력을 지니고 있다. 그리고 "비너스가 찾아와" 이 화산의 "용암 위에 그 순박한 발꿈치를 옮겨놓을 때" 육욕의 불길은 폭발할 것이다. 그는 "여왕을," 비너스를 안을 야망까지 말한다. 아니 그는 정말 여왕을 안았다. 그에게 벼락치듯 폭발한 것은 욕망의 화산이 아니라 "슬픈 잠"이었기 때문이다. 그는 정념의 "불꽃이 사위어" 가는 가운데 거부할 수 없이 밀려드는 잠을 안았다(101~04행). 밤의 향연 대신 햇볕 뜨거운 오후의 낮잠이 그의 몫이다.

이 잠은 감당하지 못할 만큼 강렬한 욕망에 그 힘을 소진해버린 자의 육체가 어쩔 수 없이 받아들여야 할 운명이며, 그 불경한 야심에 대한 "피할 수 없는 징벌/sûr châtiment"(104행)이다.

그러나 "아니다," 목신은 이 잠에 걸려 있는 징벌의 성격을 부정한다. 목신은 자신에게 밀려드는 이 잠에 대해 더 이상 독백이 불가능해질 만큼 몽롱한 정신과 힘의 소진으로 "무거워지는 이 육체"가 "대낮의 오만한 침묵에," 무더운 오후의 권태로운 정적에, 끝내 굴복하는 것일 뿐(105~06행)이라고 고쳐 생각한다. 오히려 그는 다른 기대를 안고, "태양을 향해" 입 벌리고 잠이 든다. 태양은 포도알을 익혀 포도주를 준비하듯, 소진한 그의 육체에도 욕망에 다시 도취할 수 있는 힘을 회복시켜줄 것이다(107~09행).

마지막 시구, "한 쌍이여, 잘 있어라, 그림자 된 너의 그림자를 내 보러 가리라"에서 둘이면서도 제 욕망의 동일한 그림자라는 점에서는 하나인 님프 자매에게 그는 작별을 고한다. 그러나 그는 다시 두 님프를 꿈꿀 것이며, 제 음악의 속임수로 그녀들을 만들어낼 것이며, 그녀들을 납치하고 겁탈할 것이며, 잠깨어 일어나 사라져버린 이 님프들을 '나는 길이길이 살리고 싶구나'라고 말하며 독백을 다시 시작할 것이다.

앞에서 말했던 것처럼, 말라르메는 여러 해의 겨울을 에로디아드에게 바치고, 여러 해의 여름에 걸쳐 목신의 전원시를 수정했다. 이 점 때문에도 이 뜨거운 반수신은 자주 얼음의 여자 에로디아드와 대척점에 놓이는 것으로 설명되곤 했다. 그러나 이 설명이 두 시를 이해하는 데에 크게 도움을 주지는 못한다. 사실 이 두 시는 모두 그 주제의 배면에 시론과 시법을 깔고 있다. 에로디아드를 통해 말라르메의 시가 도달하려 하는 목표에 대한 하나의 암시를 얻었던 독자는 시인의 실존이 시쓰기에 걸고 있는 가치에 대한 질문을 이 목신의 독백으로 듣는다. 에로디아드는 그 인물 자체가 하나의 시라면 목신은 그 시를 쓰는 시인이다.

목신은 두 여자를 안으면서 동시에 두 여자를 만들어낸다. "눈물 젖은 샘처럼" "푸르고 차가운 눈에서 솟아나"오는 "더 정숙한 여자"와 그의 "털 속의 뜨거운 대낮 바람처럼" "온통 숨결 가쁜 다른 여자"인 두 여자는 숲의 샘과 한낮의 대기로부터 그의 육체가 느끼는 감각과 다른 것이 아니다. 그의 피리에서 흘러나오는 음악 역시 샘처럼 차가운 선율이자 숲의 더운 바람이다.

그러나 음악과 욕정의 관계는 간단하지 않다. 욕망과 감각의 일치된 조합에 음악 또한 일치하지만 단지 허구에 의해서만 그럴 뿐이다. 피리는 채워지지 않는 육체의 관능을 "저 자신에게 돌"릴 뿐이며, 목신이 거기에 걸 수 있는 희망은 "한 자락 긴 독주 속에" 미녀들과 소박한 노래를 짐짓 혼동하는 체하는 꿈이자 그 "그 순결한 등이나 허리"에의 애욕을 "한 줄기 낭랑하고 헛되고 단조로운 선"으로 조작하여 하늘로 날려 보내는 꿈일 뿐이다. 이 점에서 "얄궂은 피리 시링크스/maligne Syrinx"는 이중으로 "도피의 악기/instrument des fuites"이다. 님프들이 피리 소리를 듣고 도망칠 뿐만 아니라, 욕망하는 자 목신 자신이 음악의 페인트모션을 통해 제 욕망으로부터 도피한다.

목신에게 남는 것이 있다면, 그것은 바로 기억이다. "포도 알알에서 그 빛"을 빨고 나서 그 "빛 밝은 껍질/ses peaux lumineuses"을,—다시 말해서 님프들의 '은은한 살빛'을—다시 부풀게 할 수 있는 것은 기억이다. 말라르메가 시인의 지향점을 가리켜 "시 속에서 낱말들이 서로가 서로를 반영하여, 이미 그 본래의 색깔을 지니지 않고 어떤 색조의 추이에 불과한 것처럼 보이게 한다는 것"(1866년 12월 5일, 프랑수아 코페에게 보낸 편지)이라고 말할 때도, 낱말들이 서로간에 반영하는 이 빛 역시 낱말들 속에 스며들어 그 본래의 색깔 아래 깔려 있는 기억들

258

과 다른 것이 아니다. 말라르메의 목신은 그 독백의 첫머리에서부터 이 님프들을 "길이길이 살리고 싶"어한다. 중요한 것은 욕망을 채우는 것이 아니라 그것을 길이 기억하는 것이며, 기억으로 욕망을 다시 사는 것이다. 제 욕망을 난폭하게 행사하는 자는 그 욕망이 사라져버릴 것을 두려워하는 자이다. 기억의 시는 욕망을 재생산하면서 동시에 그 영원한 형식을 통해 욕망을 초월한다.

(90. 165) 〔머리칼 極에 이른 한 불꽃의 비상……〕

말라르메는 영국 여인 메리 로랑과 오랫동안 특별한 관계를 가졌던 것으로 알려져 있다. 그녀에게 바치는 것으로 추정되는 이 시는 말라르메의 산문시「장터의 선언」에 액자시의 형태로 처음 발표되었다. 1887년 8월『예술과 유행』지에 발표되었으며, 1897년에 발간된 시인의 산문집『횡설수설』에서 말라르메 자신이 "일화 또는 시"라고 명명했던 것 가운데 하나로 취합된 이 산문시의 내용을 요약하면 다음과 같다.

어느 날 석양 무렵 시인과 그의 여자 친구는 마차를 타고 교외로 나들이를 가던 중 우연히 시골 장터의 소란스런 축제 한복판에 들어서게 된다. 축제에 마음이 들뜬 젊은 여인이 마차를 버리고 장바닥을 누비고 싶어하자, 시인은 두 사람만의 오붓한 산책을 바라면서도 그녀에게 보조를 맞추지 않을 수 없었다. 이 축제 판에서 그들의 눈길을 끈 것은 아무런 간판도 없이 비어 있는 가건물이었다. 오직 누더기가 된 방석 하나가 예배당이나 극장의 커튼처럼, 무슨 성스런 계시라도 알리려는 듯 내걸려, 그 주인의 "기아의 악몽"을 감춰주고 있을 뿐이었다. 여자는 그 가건물로 들어가서 거기 앉아 있는 노인에게 북을 울리게 하고 시인은 그 북소리에 맞춰 사람들을 불러 모은다. 그러나 이 이상한 극장이 손님들에게 보여줄 것은 아무것도 없다. 마치 축제 환상의 희생자인 시장 자체가 거기 운집한 군중들로 그 내용 없음을 호도하는 것처럼 단지 관객들의 기대와 들뜬 마음밖에는 아무런 준비도 없는 이 극장에서 시인의 여자 친구가 갑자기 무대에 올라간다. 그렇다고 여자가 거기서 어떤 재주를 부리는 것이 아니다. 여자는 그녀 자신을 보여줄 뿐이다. 시인은 그녀를 도와 "호기심의 이탈을 막기 위해" 지금 우리가 읽을 이 문제의 시를 어쩔 수 없이 즉석에서 읊게 된다. '연희'가 끝나자 여자의 "스타킹 밴드"를 보지 못해 아쉬워하는 몇 사람을 제외하고 관객들은 대체로 만족하는 분위기였다. 두 사람은 마차로 다시 돌아가면서 이 사건에 대해, 특히 이 즉흥시의 의의에 대해 대화를 나눈다.

베르트랑 마르샬은 이 「장터의 선언」의 일화에서 두 가지 이미지를 골라낸다 (마르샬, 82). 하나는 비어 있는 가건물의 그것이다. 그것은 공연이 없는 공연의 한 상징이며, 그 공연의 부재 자체가 시인과 그 여자 친구를 유인하는 힘이 된다. 또 하나의 이미지는 즉석에서 자신을 전시물로 내보이는 여자의 이미지이다. 실상은 이 여자 자신도 보여주는 것이 없는 그 공연장과 다르지 않으며, 시인이 즉석에서 읊는 객설만이 어수룩한 군중들에게 유인력과 호기심의 환상을 만들어낸다. 이와 나란히 시인의 시 또한 그 여자가 보여주는 것이 없다는 것을 오직 말하고 있다.

구두점이 없는 이 시는 두 개의 문장으로 구성되었다. 제1연이 하나의 문장을 끝나고 나머지 세 개의 연이 또 하나의 문장을 이루며 길게 이어져 있다.

제1연은 「장터의 선언」에서 직접 언급되어 있지 않은 머리칼의 주제를 다루는데, 여기서 "머리칼/la chevelure"은 동사 "내려앉네/Se pose"의 주어이며, "불꽃의 비상/vol d'une flamme"과 "욕망의 서쪽/Occident de désirs"은 모두 주어의 동격어이다. 여자는 고개를 한번 휘둘러 머리칼을 날린다. 저녁 하늘의 지는 해가 서쪽 끝까지 나아가듯 여자의 황금빛 머리칼도 서쪽으로 한번 휘날렸다가 바로 그 머리칼이라고 하는 "관을 썼던 이마"를 향해, 그 불꽃이 최초에 타오르던 자리인 "제 옛 아궁이"를 향해 다시 내려앉는다.

제2연과 제3연은 아무것도 아닌 이 머리칼이 어떻게 "불꽃의 비상"에 비교될 아름다운 형식을 지닐 수 있는가를 설명한다. 그녀는 머리칼을 날리는 것밖에 아무 일도 하지 않았지만, 그것은 "항상 내부적인 불의 연소"를 증명하는 것이기에 실제로 일어나거나 범할 수 있었을 모든 행위를 대신한다. 그녀는 "손가락에 별도 불꽃도 놀리지 않"음으로써 "애초부터 하나뿐인" 그 내연을 지속시킬 수 있었다.

이렇듯 가장 단순한 표현을 얻은 이 욕망이 여자를 가장 단순하게, 그러나 가장 강도 높게 드러내는 "영예로운 광채"가 된다. 일화에서 어수룩한 관객들이 이 공연 없는 공연을 하나의 공연 내지는 선언으로 인정할 수 있었던 것은 필경 자신들의 축제적 호기심과 여자의 욕망-광채가 만나는 지점에 서 있었기 때문일 것이다.

그런데, 말라르메의 제3연(번역에서는 제4연)에서 "다정한 한 주인공의 나신/Une nudité de héros tendre"이란 말을 쓰고 있다. 이에 대해 주석자들은 여자가 보여주는 이 허무의 공연, 이 완전한 공연의 가치와 효과를 의심하고 그것을 보충한답시고 객설에 불과한 즉흥시를 읊었던 시인의 속된 노파심이라고 믿는다. 그러나 시인은 벌써 그 가건물 공연장의 상황을 두 사람의 침실에 옮겨놓고 있는 것은 아닐까. 여자는 호기심에 들떠 있는 장터의 관객들 앞에서 단지 머리칼을 한번 날렸던 것처럼, "루비"의 눈에 "의혹"의 시선을 담고 나신으로 자신의 애욕을 표현하는 연인 앞에서도 여전히 그 "영예로운 광채"로 마음속의 불꽃만을 증명한다.

시인은 제 욕망의 좌절로 그 욕망의 대상인 여자에게 하나의 광채를 만들어 바친다. 여자와 그 연인의 관계, 여자와 관객의 관계는 시와 시인의 관계, 시와 독자의 관계와 같은 것이라고 말할 수 있다. 「장터의 선언」을 끝내면서 시인은 자기 여자 친구에게 말한다: "다양한 이해에 열려 있는 한 정신을 매혹하려고, 가지가지 북소리에 의해" 전달되지 않았더라면, 이 시는 누구에게도 이해되지 않았을 것이라고. 가지가지 북소리는 바로 축제의 정황이며, 그 욕망들의 흥분된 표현이다. 쓰는 사람에게나 읽는 사람에게나 시를 시로 만드는 것은 바로 시에 대한 욕망일 것이며, 그 욕망들의 만남일 것이다.

(91, 166)　　　　　　　　성녀

말라르메의 전기에 장 브뤼네라는 이름이 자주 나온다. 그는 아비뇽의 색유리 제조공이었지만, 프로방스어로 시를 쓰는 시인으로 말라르메와 친교를 맺었다. (중세 프랑스에는 Langue d'oil이라고 부르는 북부 언어와 Langue d'oc라고 부르는 남부 언어가 있었다. 이 가운데 '랑그도일'은 현대 프랑스어로 발전했으며, '랑그도크'는 프로방스 지방에서 쓰이는 방언, 곧 프로방살이 되었다. 브뤼네는 프로방살을 비롯한 남부 방언들을 보존·부흥시키기 위해 1854년에 결성된 문학 단체 펠리브리주(Félibrige)의 7명 회원 가운데 한 사람이었다.) 그는 아내 세실 브뤼네와 함께 말라르메 집안의 가족 행사에 자주 참석했으며, 특히 세실 부인은 말라르메의 딸 주느비에브의 대모이기도 했다. 1865년, 세실 브뤼네 부인은 자신의 세례명과 관련되는 세실리아 성녀의 축일(11월 22일)을 위해 시 한 편을 청탁했으나, 말라르메는 여러 날이 지난 12월 5일과 6일에야 카잘리스와 오바넬을 통해 이 시를 부인에게 전달할 수 있었다. 가톨릭에서 세실리아 성녀는 음악의 수호 성녀이며, 이에 주안점을 둔 이 시의 처음 제목도 "게루빔 천사의 날개를 연주하는 세실리아 성녀(옛 노래와 옛 그림)/Sainte Cécile jouant sur l'aile d'un chérubin (chanson et image anciennes)"였다. 그러나 베를렌의 『저주받은 시인들』(1883년과 1884년)에 처음 발표될 때 몇 구절의 시구가 수정되면서 제목도 「성녀」로 축약되었다. 이후 수정 없이 『문학과 예술의 데카당스』 1886년 10월 호에, 1886년의 『시와 산문 앨범』과 사진 석판본에, 그리고 드망 판에 수록되었다.

시는 청탁 의도에 따라서 세실리아 성녀와 그 음악을 예찬하지만, 그 절정의 순간이 침묵으로 나타나는 성녀의 음악에는 시 예술에 대한 시인 자신의 이상과 개념이 담겨 있다. 게다가 유리창 뒤에 있는, 또는 색유리에 그려진, 성녀의 모습과 그녀를 둘러싸고 낡아 사라지며 결국 침묵에 이르는 것들의 이미지는 시가 말하지 않고 있는 한 인물의 이미지를 그 행간 속에 전한다. 색유리 제조공이면서 사라져 가는 중세 언어인 프로방스어로 시를 쓰는 장 브뤼네라는 인물의 잔상은 이 시의 덤인 것이다. 시의 구성은 더할 수 없이 공교롭고, 시구의 선율은 매우 높다.

시는 전체가 한 문장이다. 처음 두 연에 걸쳐진 '유리창에 성녀가 있다'는 주 문장을 둘러싸고 연과 연들이 대칭적인 구조로 연결되어 있다. 장소의 부사구인 제1연과 성녀의 존재를 나타내는 제2연은 동일한 형식을 지닌 시구들로 평행하게 대응한다. 제1연의 창문은 "낡은 백단목을 감추고" 있으며, 제2연의 성녀는 "낡은 책을 열어놓고" 있다. 악기를 만든 재료인 낡은 백단목은 "금박이 벗겨"지고, 악보인 낡은 책은 "책장이 풀려나"간다. 비올라는 "플루트나 만돌린과 더불어 옛날" 반짝였으며, 성모 찬가는 "저녁 성무와 밤 기도에 맞추어 옛날" 넘쳐흘렀다. 악기와 악보에서 음악이 흘러나오는 것은 옛날 일이다. 침묵과 정지가 지금 이 순간을 지배하며, 두 연의 대칭적 구조는 이 정적을 더욱 움직일 수 없는 것으로 만든다.

제3연과 제4연은 전체가 장소를 나타내는 하나의 부사절로 제1연의 "유리창에"를 다시 부연 서술한다. 그러나 침묵에 음악의 가장 높은 가치를 부여하고, 정지를 운동과 활력의 일종으로 이해하게 하는 시의 요체가 이 부사절 안에 들어 있다. 시간은 저녁이다. 성녀가 있는 유리창은 저녁 햇빛을 받아 "聖光/ostensoir"처럼 빛난다. 성광은 가톨릭의 미사에서 축성된 성체를 담아 미사대에 세워두고 신도들에게 경배하게 하는 금속 용기로 흔히 사방으로 빛을 방사하는 태양의 모습을 본떠 만들어진다. 시에서, 저녁 태양이 가득 비쳐 황금빛으로 빛나는 유리창은 그 자체가 성광이다. 그러나 또한 유리창에 가득 안기는 황금 빛살은 천사의 날개이며, 그 날개와 같은 형태를 가진 악기 하프이다. 악기가 날개로 은유된 것일 수도 있고 날개가 악기로 표현된 것일 수도 있다. 날개이건 악기이건 그것은 저녁 햇빛으로 이루어진다. 섬세함이 지극하여 정지에 이른 그 손가락에는 오직 이 빛의 악기가 어울릴 것이며, 오직 그 손가락으로만 이 악기를 뜯을 수 있을 것이다. 창에는 햇살이 가득하여, 벌써 빛이 바랜 색유리의 백단목 악기도 악보도 보이지 않는다. 음악은 침묵에 이른다. 악기와 악보가 없어진 자리에 천사의 날개, 곧 빛으로 만든 절대적인 악기가 들어서며, 음악이 침묵에 이른 자리에서 그 음악의 수호자인 성녀의 절대적인 음악, 즉 침묵이 시작한다.

번역에 대해: 말라르메에서는 제3연에서 천사의 날개인 빛의 악기에 대해 서술하고, 제4연에서는 부재 속에 떨어지는 사물들("백단목도 없이, 낡은 책도 없이")과 침묵을 말한다. 시는 "침묵의 악사/Musicienne du silence"라는 말로, 더 정확하게는 "침묵/silence"이라는 말로 끝난다. 시의 곳곳에 성좌처럼 박혀 제각기 제 빛을 뿌리는 낱말들은 말하면서 동시에 입을 다문다. 그리고 마침내 침묵에 이른다. 우리의 번역도 프랑스어의 통사법보다는 말라르메가 말을 침묵으로 만들어가는 이 순서를 더 존중했다. 그러나 프랑스어와 한국어는 통사 구조가 서로 다르기 때문에 프랑스어의 통사법을 존중하여 옮기면 다음과 같이 제3연과 제4연의 순서가 바뀌게 된다.

> 낡은 백단목도 없이
> 낡은 책도 없이, 침묵의 악사
> 그녀가 악기의 날개 위로

넘놀리는 손가락의

섬세한 손가락뼈를 위해
천사가 제 저녁 비상으로
만드는 하프에 스쳐
聖光처럼 빛나는 그 창유리에.

모리스 라벨이 이 시에 곡을 붙였다(1896).

(92, 167)   장송의 건배

보들레르와 말라르메가 모두 스승으로 여겼던 테오필 고티에는 1872년 10월
23일에 세상을 버렸다. 이 거장의 죽음에 임해, 그 당시에는 유명했으나 오늘날에
는 대부분 잊혀진 80여 명의 시인들은 공동으로 문집을 한 권 발간하여 그를 추모
하기로 결정했다. 이 계획은 애초에 고티에의 사위인 카튈 맹데스가 발기했던 것
으로, 문집이 추모 회식(repas funèbre)의 형식을 따르도록 입안되어 있었다. 즉
참석자들이 차례차례 고인을 2인칭으로 부르며 그 대가의 자질을 예찬하여 추모
의 시절을 읊고, 여성 운으로 시작하여 남성 운으로 끝나게 되어 있는 그 시절들
을 한데 모아 하나의 장편시로 엮는다는 것이었다. 문집은 성사되었으나 최초의
계획대로는 아니었다. 전체의 틀도 주제의 배분도 지켜지지 않았던 것이다. 그러
나 말라르메는 이 지시 사항들을 그 나름대로 성실하게 따랐다. 그해 11월 초순에
맹데스에게 (또는 코페에게) 보낸 편지에서 그는 이렇게 쓰고 있다.

   '……오 그대'로 시작하여 남성 운으로 끝을 냄으로써, 저는 고티에의 영
   예로운 자질 가운데 하나를 평운(平韻)으로 노래하려 합니다: 두 눈으로 본
   다는 신비로운 재능을. 〔……〕 이 세상에 처하여 이 세상을 보았던, 다른 사
   람들이 하지 않는 그 일을 했던, 투시자를 노래할 것입니다. 저는 바야흐로
   보편적인 관점에 집착하고 있습니다.

말라르메는 1873년 8월 말경 이 시를 끝내고 "건배"라는 제목을 붙여, 문집의 발간을 맡은 르메르 출판사에 보냈다. 시는 연말에 현재의 제목으로 발표되었으며, 1887년의 사진 석판본에 다시 수록되었다.

「장송의 건배」는 56행에 이르는, 짧지 않은 시이다. 인간의 삶과 문명의 부침을 뛰어넘는 예술의 영원한 생명에 대해 말했으며 시를 조형화·시각화하려 했던 고티에의 미학 사상에 이 시가 초점을 맞추고 있는 것이 사실이지만, 그 배면에서 드러나는 것은 말라르메 그 자신의 시 개념이며 언어관이다. 이 시는 주제상 세 부분으로 크게 나뉜다. 한 줄짜리 제1연에 이어 제2연은 인간 육체와 영혼의 소멸이 돌이킬 수 없는 일이며, 시 쓰는 자에게 오직 남는 것은 그 직분의 영광일 뿐임을 말하고 있다. 작품이 지속적인 생명을 얻는다는 말은 그것을 만든 인간의 영혼이 불멸한다는 말은 아니다. 제3연은 바로 육체의 소멸 후에도 영혼이 살아남을 것이라는 이 믿음과 기대에 대해 그 허망함을 폭로하고 있다. 제4연과 제5연에서는 사물을 투시하고 그것을 이름 부른 자로서의 시인의 영광을 말하고, 그 이름 부른 말의 지속적인 생명을 예찬한다.

제1연이 되는 첫머리의 한 행에서 말라르메는 죽은 스승을 "우리네 행복의 치명적 표상"이라고 부른다. "우리네 행복"이란 시적 자질을 지니고 이 세상에 태어나 시인으로서 그 직분을 수행하는 자들만이 누리는 행복, 곧 시인된 자들의 '행운'이다. 이 행운의 표상이 "치명적"인 것은 그 표상인 시인이 '죽은' 시인이기 때문이며, 죽음을 거쳐서만 한 시인이 그의 순결한 본모습을 되찾을 것이기 때문이며, 그의 영광이 영속할 것이기 때문이다. 말라르메는 이 돈호법 하나로 고티에를 영원한 시인의 반열에 모시고 있다.

제2연에서 말라르메는 그가 고인에게 술잔을 바친다 해도, "회랑의 마술 같은 희망"에 바치는 것이 아니라고, 다시 말해서 죽은 자의 유령이 복도로 걸어 들어오리라고 기대하며 술잔을 들어올리는 것이 아니라고 말한다. 받아주는 자 없는 술잔을 치켜드는 것은 어찌 보면 망령든 짓에 해당하기에 "착란의 인사"이며, 빛날 수 없는 행동이기에 "창백한 헌주"이다. 가득 찼다 하더라도 고티에에게는 "빈" 것이나 마찬가지인 이 술잔 속에서는 "황금빛 괴수가 몸부림하는" 문양만, 혹은 고인의 귀환을 바라는 안타깝고 헛된 기대와 의혹만 꿈틀거리고 있다. 고티에가 정말로 다시 나타난다 하더라도 시인의 의혹은 사라지지 않을 것이다. 그가 손수 고인을 "반암의 자리에," 곧 무덤에 안치했기 때문이며, 묘지의 쇠창살에 장례 의식에 따라 "두 손으로 횃불을 비벼" 껐기 때문이다. 죽은 고티에는 "우리네 축제를 위해 선택한 이 아름다운 기념물에," 곧 그를 추념하여 발간하는 시인들의 문집에 담겨 있을 뿐이다. 말라르메는 고티에의 영혼이 불멸하리라고는 결코 생각하지 않는다. 그러나 남는 것이 전혀 없다고는 말할 수 없다. 그것은 고인이 시인의 직분을 훌륭하게 수행하여 얻어낸 영광이다. 이 영예로움은 "누구나 맞이할 그 저열한 재의 시간까지,"—다시 말해서, 세상이 멸망하고 모든 인간이 잿더미로 되어 하향평준화할 대종말의 시간까지,—죽었다가 항상 순결하게 되살아나는 태양처럼 길게 이어질 것이다. 남는 것은 지상에서의 업(業)일 뿐 영혼이 아니다. (여기서 "직분"이라고 옮긴 métier는 일차적으로 '직업'을 뜻하는 말이지만 '직업적 책무' '직업인으로서의 재능' 등을 폭넓게 아우르는 말이다. 옮긴이가 이를 '직분'이라고 옮긴 것은 이 낱말로서 직업적 천분과 본분의 개념을 한데 아우를 수 있다고 보았기 때문이다.)

　　제3연은 영혼불멸설을 믿는 인간들의 자기 기만에 대해 말한다. 사람들은 자신이 흔적도 남지 않고 완전히 사라지는 것이 두려워 다른 삶이 사후에 있다는 헛된 긍지를 품고 떨고 있다. 공포의 시선 때문에 "험상궂은 군중"은 "슬픈 암흑"과도 같은 불투명한 육체를 벗어버리면, 투명한 영혼으로 다른 세상에서 살게 되리라고 믿는 것이다. 말라르메는 머잖아 죽어갈 한 행인을—"제 아련한 수의의 손님된 자"를—예로 들어 말한다. 이 행인은 죽음의 "냉철한 공포를 무시"하는 말라르메가 이 추도의 시와 같은 "성스런 시"를 읊어도 거기 귀 기울이지 않고 자신이 사후의 세계에 순결한 영혼으로 진입할 영웅이라고만 믿고 있다. 그러나 인간 존재의 최후이자 유일한 거처인 이 세상에서 "그가 말하지 않은 말들"은 그의 죽음과 함께 허무에 떨어진다. 그 말들이 발음될 기회는 이제 없다. 대지에 대한, 지상의 추억에 대한 허무의 질문이 그 죽은 자에게 떨어진다 해도("지평선의 기억들이란, 오 그대여, 대지란 무엇이냐?"), 대답할 그는 없다. 허공의 침묵만이 그 대답으로 된다: "나는 알지 못하노라!" 죽은 자는 말이 없을 뿐만 아니라, 다른 세상을 위해 이승의 삶을 유예했던 자에게는 삶의 추억도 없다.

　　제4연은 마침내 시인으로서 자신의 직분을 수행한 고티에의 업적이 서술된다.

스승은 "그윽한 눈으로, 걸음걸음, 에덴의 불안한 경이를 진압"했다. 에덴은 고티에가 눈으로 보고 발의 감촉으로 느낀 감각 세계와 다른 것이 아니다. 감각 세계는 경이롭지만, 어떤 통찰력 있는 시선을 만날 때까지 잠재 상태에 놓여 있기에 불안한 것인데, 고티에가 진압한 것은 이 불안이다. 그는 깊이 있는 시선으로 그 경이를 경이롭게 했을 뿐만 아니라, 장미를 장미라고, 백합을 백합이라고, 진정한 감각에 진정한 말을 부여했기 때문에, 그 말로부터 남는 "마지막 떨림"이 그의 사후에도 "한 이름의 신비를" 깨워내어 장미를 장미 되게 하고 백합을 백합 되게 한다. 다시 말해서, "찬란하고 영원한 재능"은 저승의 영혼인 "그림자를 남기지" 않으나, 시인의 죽음—"평온한 재난"—뒤에도 그가 사물들을 보고 접촉하여 존재하게 된 선연한 감각들이 그것들을 이름 붙인 "말들의 그 장엄한 공기 진동"을 타고, "선연한 꽃송이"가 피어나듯, 허무에서 다시금 솟아오르게 될 것이다. 제4연은 말라르메가 르네 길의 『언어론』에 붙었던 서문의 다음과 같은 구절을 시로 번안한 것처럼 들린다.

　자연 현상을 말의 작용에 따라 공기 진동 현상에 의한 거의 즉각적인 소멸로 옮겨놓는 기적은, 그러나, 비근하거나 구체적인 것을 떠올리는 거북함이 없이, 순수개념이 거기서 발산되게 하기 위함이 아니라면 무슨 소용이 있겠는가?
　내가 꽃! 이라고 말하면, 내 목소리가 어떤 윤곽도 남겨놓지 않는 망각 밖에서, 알고 있는 꽃송이들과는 다른 어떤 것으로, 음악적으로, 감미로운 이데아 자체로, 모든 꽃다발의 부재가 솟아난다. (전집 II, 678)

시의 순결한 말이란, 그것이 발음되는 순간 공기 속에 스스로 소멸됨과 동시에 그 말로 지시되는 사물에 대한 구체적이고 일상적인 기억을 소멸시키고, 그 사물의 절대성을 부재의 형태로, 다시 말해서 그 사물에 대한 우리의 단편적·상대적 경험이 제거된 모습으로 솟아오르게 하는 말이다. 말라르메는 여기서 고티에에 관해서도 같은 말을 한다:

빗방울이며 금강석, 그 어른거리는 시선이

거기 어느 것 하나 시들지 않는 그 꽃들 위에 남아
시간과 햇살 가운데 저 꽃송이 따로 떼어놓는지라!

고인이 생전에 사물에 (꽃송이에) 던졌던 그 선연한 감각도 그의 죽음 후에 그
의 시어와 함께 세상에 남아 그 사물에 대한 (그 꽃송이에 대한) 우리의 우연하고
'시들어버릴 생각들 밖에 따로 (부재의 형식으로) 존재한다. 그것이 시인이었던
그의 '직분의 영광'이다.

마지막 연은 말라르메 자신이 주장하는 바의 저 사후 영혼의 소멸이 생전의 일
상적이고 우연한 경험들의 소멸과 다른 것이 아니라고 말한다. 순수 시인 고티에
는 자신의 영육을 죽음으로 소멸시키는 "겸허하고도 너그러운 행적으로," 시인의
적인 헛된 소망과 우연한 경험들을, 곧 허망한 꿈을, 이 지상의 거처에서 남김없
이 거두어들이고, 침묵과 어둠만을 담은 "견고한 무덤"이 되어, 오솔길과 구별되
지 않는 그 부속물로 남아 있다. 그러나 이 부속물은, 시인의 순수한 말에 의해 한
사물이 절대적으로 솟아오르듯, 죽은 자의 영광으로 솟아오른다.

말라르메는 이 추모시에서 시인을 투시하고 명명하는 자라고 정의하고 있다.
물론 이때 본다거나 이름 부른다는 것은 사물을 세속적 유용성에서가 아니라 그
존재의 자리에서 파악한다는 것이며, 그 일은 이 세상에 사로잡히지 않을 때에 가
능하다. 시대와 세속에 따라 부침하는 가치를 넘어선 곳에 사물을 세울 수 있을
때만 인간은 자신의 기억, 또는 자신에 대한 기억을 세상에 남길 수 있다.

(95, 170)   산문

말라르메의 시 사상이 압축되어 있다고 자주 평가되는 이 시는 『독립 평론』지
1885년 1월 호에 발표되었으나, 그전에 씌어진 것으로 짐작되는 두 편의 수고가
있다. 특히 그 가운데 이탈리아의 시인 루이지 구알도가 베껴 쓴 수고의 필적을
검토한 폴 바르비에는 그 제작 시기를 1880년 이전으로 잡는다(바르비에 I, 17).
이 견해를 따른다면, 시가 비록 위스망스의 소설 『거꾸로』(1884)의 주인공 데
제생트에게 바쳐지긴 했지만 그 소설에서 착상을 얻은 것은 아니라는 결론이

나온다. 그러나 이 수고의 제작 시기에 대한 추정이 확실한 것은 아니어서 위스망스의 텍스트와 이 시의 관계 여부에 대한 논란은 아직 종결되지 않았다. 「산문」이라는 제목이나 "데 제생트를 위해"라는 헌사는 1885년의 『독립 평론』지의 텍스트에 처음 나타났다. 이 텍스트는 첫머리의 두 연과 나머지 연 사이에 긴 줄표(ー)가 들어 있어 첫 두 연이 시의 서문임을 분명히 밝히고 있다. 1887년 사진석판본의 원고에서는 이 긴 줄표가 없어지고, 몇 개의 대문자와 구두점에서 사소한 차이를 보여준다.

「산문」은 말라르메의 시 가운데 가장 많은 해석을 야기한 시편이다. 옮긴이의 주석은 티보데, 눌레, 불레, 바르비에, 몽도르, 시트롱, 베니슈, 마르샬 등의 해석을 종합하고 압축 정리하는 가운데 옮긴이의 생각을 덧붙인 것이다.

전체가 14개의 4행연으로 되어 있는 이 시는 하나의 '이야기'를 전한다. 첫 두 연은 시의 서문이며, 뒤이은 10개의 연은 시의 이상 세계인 한 섬을 "누이"와 함께 방문하여 미(美)의 초자연적인 출현을 만나게 되는 이야기이며, 마지막 두 연은 이 모험에 대한 결론이다.

제1~2연: 시인은 "과장/Hyperbole"을 불러 자신의 어떤 기억의 순간으로부터 힘차게 되살아나올 수 있는지를 묻는다. "과장" 또는 과장법은 대상의 특성을 사실 이상으로 과도하게 나타내는 표현법을 말하는 것이지만, 여기서는 필경 기억 속의 신비롭고 계시적인 체험이 현실의 궁지를 깨뜨리고 힘차게 토로되는 계기를 말할 것이다. 시인은 현실 생활에서 늘 의심되는 "영적인 마음들/cœurs spirituels"의 존재를 내적으로 체험하고, 그에 대해 종교적인 열정으로 "찬송"하려 하지만, 이 체험은 기억을 거쳐 말을 통해 표현될 때 "책 속의 주술"처럼 그 생생함과 신비로운 성질을 잃는다. 시인은 어쩔 수 없이 긴 "인내/patience"를 요구하는 작업 과정에서, "학식에 의해/par la science," 다시 말해서 언어의 산술적 배열에 의해, 그 "찬송"을 작품화하게 되는데, 이는 마치 세계를 "지도책"으로, 자연을 "식물 표본집"으로, 종교를 "전례도감"으로 대체하는 것처럼, "영적인 마음들"을 책 속에 죽은 시체로 가둬두는 꼴이 된다.

제3연: 시의 화자가 1인칭 단수에서 복수로 바뀐다. "영적인 마음들"의 세계인 초자연의 섬을 찾아가는 여행에 시인과 그의 누이가 동행하고 있기 때문이다. 이 누이는 물론 시인의 뮤즈일 것이며, 흔히 '아니마'라고 불리는, 그의 여성적 자아일 것이며, 세계를 바라보고 경탄할 줄 아는, 그의 어린 시절의 감성일 것이다. 말라르메는 빌리에 드 릴 아당에 대한 강연에서 뮤즈에 관해 "우리들 자신의 마음이 신성화된 것일 뿐"(전집 II, 44)이라고 말한 적이 있다. 살아 있는 시이자 시인의 가장 열려 있는 마음인 이 반려의 아름다움을 풍경의 그것에 비교한다는 것은 외부 세계의 아름다움을 그의 내면 풍경으로 받아들인다는 것이며, 구체적으로는 시를 쓴다는 것이다. "풍경의 수많은 매혹들 위로" 그들의 "얼굴을 스쳐갔다"는 말은 그 아름다움을 바라보며 관상했다는 말이겠지만, 풍경과 얼굴의 접촉을 느끼게 하는 이 표현은 다른 어떤 표현보다 훨씬 더 직접적이고 육감적이다. 시인은 자기 내면의 여성 자아를, 또는 소년 자아를, 여행의 반려로 상정함으로써 이제 방문하게 될 시적 상상의 섬에 구체성과 물질성을 부여한다.

제4~5연: 시인은 그의 반려와 함께 찾아가려는 이상적인 시의 섬에 대한 자신의 입장과 세인들의 평가에 대해 말하고 있다. 시의 역사에서 볼 때, 전통적 "권위의 시대"에는 형이상학적 실체 내지는 시적 현현을 아무런 비판 없이 믿었으며, 시와 그 실체가 맺는 긴밀한 관계에 대해서도 역시 의심하지 않았다. 그러나 이제 합리와 실증만을 오직 숭상하는 시대를 맞아 시적 전통의 적대자로 된 세인들은 그 섬이 존재하는지의 여부를 알아보려 하지도 않고 아무런 이유도 없이 그 영적 신비의 세계에 의심을 품는다. 그들은 "일백 개 아이리스"가 피어 있을 그 섬이 존재한다고 하더라도, 명증한 이론으로 현실 여론을 주도하는 자들이 열거하는("여름날 트럼펫의 황금이 불러대는") 목록 속에 들어 있지 않은 보잘것없는 자리라고 폄하한다. 시의 화자는 전통과 "권위의 시대"의 편에 서 있지만 실증을 앞세우는 회의주의자들의 비판을 의식하지 않을 수 없다. 시인은 그의 내적 창조성인 누이의 협조로 전통과 비판 사이에서 판단을 중지함으로써 ("우리의 두 겹 의식의 상실로/notre double Inconscience") 마음의 고양이 절정에 오른 순간, 곧 "정오/midi"의 시간에, 시적 현현에 대한 깊은 체험을 얻게 된다.

구문이 난삽한 이 두 연을 산문으로 풀어쓰면 다음과 같은 말이 된다.

누이와 내가 합리적 분별을 중단하고 의식의 다른 상태에 들어 깊은 시적 체험을 얻은 이 절정의 순간인 정오의 시간에 대해, 수많은 아이리스가 피어 있는 신비의 섬인 이 정오의 자리가 존재하는지의 여부를 알지도 못하는 사람들이, 아무런 근거도 없이, 세상에서 열거하는 명승지에 들지 못했다고 이 섬을 의심하고 비판하자, 이제까지 비판에서 벗어나 그 섬을 믿고 있던 권위의 시대는 당황한다.

"권위의 시대"에 대해서는 이제까지 일반적으로 시를 믿지 않는 비판적 세태로 해석되어왔다. 그러나 비판이란 늘 권위에 대한 비판이라는 점을 염두에 둔다면 이 해석을 받아들이기는 어렵다. 말라르메는 전통주의자들과 똑같이 시의 편에 서 있지만, 다만 권위를 통해 시의 신비로운 근원을 강제로 설득하려는 것이 아니라 내적 확신으로 마음이 고양된 순간에 얻게 되는 자신의 체험을 전하려 한다.

제6~7연: 시인은 반려와 함께 마침내 그 섬에 도착하여 거기서 체험한 것을 말한다. 시구는 "그렇다/Oui"라는 감탄사로 시작하는데, 이는 시인이 회의주의자들의 비판에 맞서 자신의 체험으로 그 섬의 실재에 대한 증거를 제시할 수 있다고 믿기 때문이다. 그 섬의 대기는 세계와 자연에 대한 가지가지 이론들과 선입견으로 이루어진 "환영들/visions"로 가득 차 있는 것이 아니라, 시야가 청명하게 트여 보는 사람에게 자유로운 "조망/vue"을 확보해주고 있다. 시인과 누이가 거기서 본 것은 끝없이 더욱 넓게 피어나고 있는 꽃들이다. 그들은 이 꽃들에 대해 "왈가왈부/divisions"하지 않는데, 이는 그 꽃들을 분석하고 설명하기보다는 마음속 깊이 체험하는 것이 중요하기 때문이다. 그 꽃송이들은 모두 거대하고 하나하나가 밝은 "윤곽으로, 공백으로" 장식되어 있어서, 다시 말해서 후광을 둘러쓰고 있어서, 평범한 세계와 구별된다. 그러나 꽃들의 편에서 본다면 이 장식은 "예사"로운 것이다. 꽃들의 정신성을 드러내는 이 후광은 그것들의 본질이기 때문이다.

제8~9연: 기적의 꽃들을 직관·체험한 시인은, 한편으로는 타성에 젖은 전통을 쇄신하고 다른 한편으로는 비판적 회의주의를 넘어서서, 시의 이상을 드러내야 할 자신의 "새로운 의무"에 더욱 큰 확신과 용기를 얻는다. 오래 간직해온 소망의 영광스러운 목표인 "이데아들/Idées"이, 시의 이상에 대한 이 직관들이, 열광하는 가운데, 온갖 종류의 아이리스들("아이리스의 가족들")이 그의 의무를 축복하고 응원하려는 듯 솟아오른다. 그러나 시인의 또 다른 자아인 그의 "슬기롭고 상냥한" 누이는 꽃들의 이 신성한 현현에 "미소" 이상의 반응을 자제하고 시인에게 다른 길을 가르치려 한다. 시인의 의무는 사물에서 이데아의 현현을 발견하고 열광하는 일이 아니라, 그 기억을 인간의 언어 능력으로 번역하는 일이다. 말라르메의 말을 빌린다면 "대지에 대한 오르페우스적 설명," 다시 말해서 시어를 통한 설명이 "시인의 유일한 의무"(1885년 11월 16일 베를렌에게 보낸 '자서전적' 편지)이다. 시인은 누이의 권고에 따라 자신의 "오래된 정성/antique soin"에 몰두한다. 이 정성은 물론 그가 오랫동안 시작(詩作)에 쏟아온 정성이다. 시인은 이 대목에서 시제를 갑자기 현재형으로 바꾼다. 신비로운 체험에 대한 기억의 시간에서 시를 쓰는 지금 이 시간으로, "영적인 마음들의 찬송"을 정성스럽게 "학식에 의해" 배열하는 시간으로 돌아왔기 때문이다. 말라르메는 꽃들이 피어 있는 시적 이상의 섬에 대한 직관 이후 "인내의 작품"을 부인하기보다는 오히려 그 가치를 새롭게 인식하는 것이다. 한편 시인은 이 새로운 인식의 동기에 대해 누이의 뜻을 "이해하려는 듯"이라고 말하는데, 이 모호한 "듯/comme"은 누이의 선택이 옳다고 여기면서도 자신의 시적 직관에서 오는 열광이 아직 다 가라앉지 않았음을 암시할 것이다.

제10~12연: 이 세 연에서는 시적 이상 세계의 진정성에 대한 검토와 확신이 또다시 그러나 다른 수준에서 전개된다. 이 세 연은 하나의 문장으로 연결되어 있고, 그 구문이 극도로 착종되어 있어서 주석자들은 대부분 통사의 갈피를 잡는 데에 여러 페이지를 할애하고 있다. 그 가운데 눌레, 오스틴, 베니슈의 의견이 크게 참고가 된다(눌레, 124~25; 오스틴, 115~18; 베니슈, 229~32).

여기서 "논쟁의 정신"이 시의 권능과 시 세계의 진정성에 의심을 품고 실증적 관점에서 이를 비판하려는 회의주의자들을 일컫는다면, "해안"이란 오랜 타성에 젖어 시의 땅을 새롭게 개척하고 규명하기 위해 시인과 그의 누이처럼 항해의 모험을 감행하기보다는 해안에 남아 거대한 시의 세계가 저절로 굴러와 입증되기만을 바라는 전통주의자들을 뜻하는 것으로 파악된다. 시인은 "논쟁의 정신"에게,

> 시의 편에 선 우리들이 지금 침묵하고 있지만, 지금 이 시간에도 시의 세계에 꽃피는 백합들이 우리의 이성으로는 설명할 수 없을 만큼 거대한 뿌리 줄기 기르기를 그치지 않았다는 사실을 알아야지, 그 나라가 존재하지 않는다고 알아서는 안 된다.

고 호소하고 있다. 이에 덧붙여서 시인은 시의 적대자들이 시를 의심하게 될 이유를 양보적으로 제시하고, 다시 자신의 믿음을 펼치고 있다.

　　해안에 남은 시의 전통주의자들이 광대한 시 세계가 저절로 다가오기만 바란 나머지 설득력 없는 언어의 유희로 허황한 내용을 늘어놓으며, 시의 몰락을 한탄하여 울고 있지만, 시의 화자가 젊은 날 항해를 떠나, 모세 앞의 홍해처럼 갈라지는 물결을 보며 마음속의 천체도와 일치하는 세계를 확인하며 경탄했던 경험을 무시하고,

"그 나라가 존재하지 않았다"고 생각해서는 안 된다는 것이다.

　　"우리가 침묵하는 이 시간/cette heure où nous nous taisons"이란 말에 대해서는 약간의 설명이 필요하다. 회의주의자들이 시에 실증적 비판을 가할 때 시인은 거기에 대응할 합당한 말을 발견할 수 없어 입을 다문다. 시의 세계에 대한 설명은 "이성에는 과분"한 것이기 때문이다. 그러나 이 침묵의 시간은 시인이 그 마음속에 미래에 개화할 백합의 뿌리줄기를 키우며 시에 대한 확신을 심화하는 시간이다. 시인은 이 확신으로 새로운 용기를 얻어 "인내의 작품"에 다시 매진하게 된다.

　　제13~14연: 이 시의 결론이 되는 이 두 연에는 각기 낯선 낱말이 하나씩 들어 있다. 이 말들이 유래하는 그리스어의 어원과 정황에 따라, 일반적으로 "아나스타스/Anastase"는 '소생'을, "퓔케리/Pulchérie"는 '미(美)'를 뜻하는 것으로 해석된다. "아이"는 물론 시인의 여행에 내내 동행하고 있는 "누이"이다. 시인의 또 다른 자아인 소년·누이는 아이리스의 섬들이 아무리 아름답다고 하더라고 그 황홀한 체험 속에 오래 머물러 있을 수 없다는 것도, 그 체험이 오래 지속될 수 없다는 것도 안다. 시적 이상 세계에 대한 직관을 현실의 이성에 연결시키기 위해서는 어쩔 수 없이 어른이 되고 "학자"가 되어야 한다. 누이가 "도정"에서 학자가 되었다는 것은 지속적이고 논리적인 작업의 필요성을 말하는 것이고, "벌써" 학자가 되었다는 것은 불가피한 선택의 아쉬움을 말한다. 누이가 발음하는 낱말은 이 필요성과 아쉬움을 모두 끌어안고 있다. 그녀가 "아나스타스"라고 말할 때, 이는 시에게 부활을 요청하는 주술적인 말이라기보다, 시인의 정신이 타성과 회의를 이기고 늘 생생함을 유지하도록 당부하는 말이라고 보아야 한다. 이 말이 "영

원한 양피지를 위해 탄생"한다는 것은 한 번 기록하여 영원히 보존되는 말이라는 뜻일 뿐만 아니라, 영원히 다시 되새겨야 할 말이라는 뜻도 된다. 중요한 것은 한 번의 계시적 체험이 아니라 그 체험을 항상 일상 속에 되살려내는 것일 텐데 그 차이는 미묘하다.

세상의 모든 풍토는 자신이 생산했던 것을 다시 거두어들여 "무덤"을 만들어내며, 계시와 직관의 가장 생생한 체험이라도, 기억의 무덤 속에 갇히기 전에 그것을 생명의 상태로 붙잡으려는 시인에게 허용된 시간은 길지 않다. 그래서 누이는 "무덤"이 그것을 차지하고 "퓔케리" 또는 "미"라는 이름이 그 비석에 새겨지기 전에 "아나스타스"라고, 또는 '소생'하라고 서둘러 말한다. 시인과 그 누이는 미의 이상이 현현하는 기적의 섬에서 "글라디올러스"를 발견했지만 그 꽃은 인간의 이성으로 온전히 판단하기에는 "너무 거대"해서 그 생명성을 현실에 드러낼 수 없다. 절대적·이상적 미의 존재론은 바로 죽음의 존재론이다. 이 황홀한 꽃에 도취해 있는 동안에는 미가 자기 안에 죽음을 감춰두고 있다는 점을 알아차리기 어렵다.

시인은 이상적 시의 존재를 직관하고 그것을 성찰한 끝에, "과장"과 "안내의 작품"이 서로 대비되는 시의 첫머리로 마침내 되돌아가는 셈이 되지만, 그렇다고 같은 수준에서 되돌아가는 것은 아니다. "학식에 의해" 엄정한 작업을 실천하는 일이야말로 책임 있는 인간이 삶의 피안에 있는 절대적 세계와 맺을 수 있는 유일한 관계인 것을 이제 그는 알고 있다. 시인은, 이 작업이 세계와 자연과 시적 감동을 책 속에 가두기만 하는 일이 아니라, 그에 대한 직관의 체험을 지속적으로 되살리는 일이 되게 하기 위해서, 그 자신이 지속적으로 용기를 가다듬고, 자신의 정신을 부단하게 소생시켜야 할 것이다. 발레리는 장 루아예르의 저서 『말라르메』에 붙인 서문에서 이 엄정한 작업과 말라르메의 시가 얻게 되는 효과의 관계를 이렇게 설명한다: "그의 작품에서 발견되는 난해함은 그가 엄정하게 유지한 어떤 요청의 결과이다. 과학에서 그런 것처럼, 논리와 유추와 귀결에 대한 고려는 표면적인 관찰로 익숙해진 표상들과는 아주 다른 표상들을 제시하여, 마침내는 우리의 상상력을 단호하게 넘어서는 '표현들'에 이르게 한다." 「산문」은 말라르메가 젊은 시절의 위기 이후 시의 실천에 대해 지녀온 방법과 태도를 압축하여 보여준다.

제목과 헌사에 대해: 시에 "산문/Prose"이라는 제목은 좀 엉뚱하다. 주석자들은 이 "Prose"가 "가톨릭의 축전에서 복음서의 독송 직전에 부르는, 각운이 붙은

라틴어 찬송가"를 뜻하는 말로, 이 시에서 특히 "영적인 마음들의 찬송"과 관련된다고 생각한다. 그러나 또 다른 주석자들은 말라르메가 이 시에서 자신의 시법과 예술 철학을 가장 설명적으로, 다시 말해서 가장 '산문적으로' 읊고 있다는 점에서 이 제목의 근거를 발견하려 한다. 옮긴이는 말라르메가 이 시를 쓰던 시대에 일반적으로 통용되던 의미를 그대로 쫓아 "산문"이라고 번역했다. 한편 이 시에는 "데 제생트를 위해"라는 일종의 헌사가 있다. 데 제생트는 앞에서 말한 것처럼, 1884년에 발간된 위스망스의 소설 『거꾸로』의 주인공이다. 위스망스는 이 소설에서 주인공의 의식으로 말라르메의 시를 찬양하고, 특히 「목신의 오후」를 소개하며 짧은 해설을 붙이고 있다. 말라르메는 이 소설이 발간된 직후 위스망스에게 편지를 보내 사의를 표했지만, 이 주인공의 행태를 탐탁하게 여기지 않았고, 자신에게 퇴폐파 시인의 꼬리표를 붙인 그의 견해에 동의한 것도 아니었다. 말라르메는 이 헌사로 감사의 뜻을 전하면서도 데 제생트의 견해에 대해 자신을 변호하려 했을 수도 있다.

(98, 173)   부채

뒤세 도서관의 몽도르 기증 문고에 소장된 말라르메 부인의 줴 부채에는 붉은색 잉크로 이 시 「부채」가 "내 아내에게 1891년 1월 1일"이라는 헌사와 함께 적혀 있다. 이 해 2월 초순에, 『소라고동』지의 창간을 앞둔 피에르 루이스의 청탁에 응해 말라르메는 곧바로 이 시를 보냈다. 6월 1일에 발간된 이 잡지의 창간호에 실린 이 시의 텍스트는 제3연에 괄호가 없고 제12행 끝에 마침표가 찍혀 있다는 것을 제외하면 드망 판의 결정고와 동일하다.

말라르메에게서 하나의 장르를 이루고 있는 "부채시"들은 가족이나 친지들의 소품을 장식한다는 그 일차적인 목표로 인해 계기의 시에 해당한다. 그는 도합 20편이 넘는 '부채시'를 썼으며, 이 가운데서 아내와 딸의 부채 위에 쓴 「부채」와 「다른 부채」두 편을 자신의 『시집』에 넣고 싶어했다. 나머지 대부분의 부채시들이 4행을 넘지 못하는 단장들이긴 하지만 그 선택의 기준이 반드시 길이에만 있었던 것은 아닌 것 같다. 이를테면, 시인이 자신의 연인에게 바친 「메리 로랑의 부

채」는 앞의 두 부채와 거의 같은 길이를 가졌으나 시집의 계획에서 같은 대접을 받지는 못했다. 애인의 체취를 기리는 이 「부채」가 흔히 마드리갈이라고 불리는 경쾌하고 세련된 연애시로 그 주어진 목표를 오직 충실히 이행하고 있는 반면, 가족을 위해 쓴 두 「부채」에서는 이 계기가 오히려 다른 목적으로 이용되고 있다. 말하자면, 시인이 애인에게 요구하는 것은 사랑이었지만 아내와 딸에게 요구하는 것은 어떤 종류의 노력이었다. 말라르메는 이 두 시에서 그 부채의 주인들인 모녀를 자기 작업의 협조자로 끌어들이고 있기 때문이다. 그녀들의 부채질은 시인의 시쓰기와 평행한 관계를 맺을 뿐만 아니라, 시쓰기를 보조하고, 끝내는 그 자체로서 시쓰기의 주제와 방법에 대한 은유가 된다.

제1연: 말라르메에게서 부채는 우선 하나의 날개이다. 날개의 날갯짓은 말이 아니지만 하늘을 향해 날아가려는 의지의 직접적인 표현이다. 부채도 그 날갯짓인 "파닥임"으로 언어를 대신하여 빈 공간에 어떤 희망과 기대를 선동하며, 이 말 없는 표현 공간으로부터 "미래의 시"가 발산한다. 게다가 시인은 이 부채 위에 시를 쓰고 있다. 그래서 부채가 시를 싣고, 누군가의 손에 붙잡혀 날갯짓하는 자리는 "미래의 시"가 거기서부터 풀려나오는 "주거"로 된다. 이제 태어날 시에게는, 표현과 침묵이 서로 분리되지 않은 채 "언어라도 되는 듯/comme pour langage" 거기서 솟아오르는 것보다 더 이상적인 시어는 없으며, 붙잡힘과 날아오름이 한데 섞인 이 운동의 공간보다 더 "정교한/précieux" 집은 없다.

제2연: 이 부채-날개는 이렇게 하늘을 향한 의지를 그 파닥임이라고 하는 지상적인 몸짓으로 번역한다는 점에서 당연히 시의 "전령"이다. 이 날개가 "아주 나직"한 것은 침묵과 표현의 경계에서 전달되는 그 속삭임이 우선 그렇겠지만, 날면서 날아오르지 않은 채 지상에 붙잡혀 운동하는 그 자리가 또한 그러하다. 그러나 한 개의 부채가 늘 전령이 되는 것은 아니다. 그 날개의 "매우 정교한/très précieux" 전언을 알아듣는 자에게는 시라는 말로 표현되는 순결하고 완벽한 것에 대한 기억이 있다. 따라서 부채는 시인이 기억하는 그 세계의 부채와 동일한 것이어야 한다. 그리고 동일한 부채는 늘 거울 속에 있다. 말라르메는 자기 아내인 한 여자가 등뒤에 날개를 지닌 듯 하늘을 쓸며 나타났던 순간을 기억의 거울 속에 간직하고 있는 것일까. 어쩌면 훨씬 더 단순하게, 시인은 부채 위에 시를 쓰면서, 아내의 손에 들렸을 때의 그 부채가 천사의 날개처럼 그 등뒤로 거울에 나부꼈던 순간을 생각하는 것일까. 어느 경우에건, 그의 기억 속에는 한 개 "청명"한 거울이 있으며, 그는 자신이 쓰는 시를 들여다보듯 그 거울을 들여다본다. 그가 깃털 펜으로 그 순결한 기억을 시로 다듬어내고 있을 때, 아내의 부채-날개는 그 부단한 파닥임으로 그 거울의 청명했던 순간을 유지하려 한다. 그러나 진정한 시가 시인의 기억 속에 있을 때, 시인의 진정한 현실은 자주 괄호 속에 묶인다. 시인은 자신의 시적 실천의 현실을 표현하기 위해 다음 연에서 실제로 괄호를 사용한다.

제3~4연: 거울 속의 부채는 먼지들을 "알알이" 허공으로 날려보내나, 거울은 어떤 끈질긴 노력 앞에서도 결코 포기하는 법이 없는 먼지들이 거기 "다시 내려 앉/va redescendre"을 근접미래의 시간까지만 잠시 그 청명했던 거울을 닮는다. 괄호 속의 시구는 바로 그렇게 거울을 둘러싸고 청결함에의 의지가 일상의 먼지와 벌이는 드라마이다. 말라르메에게 그것은 또한 언어의 불순한 침전물들과 싸우는 시의 드라마이다. 그 청명해야 할 자리에 가라앉는 것은 늘 "약간"의 불순물이지만 시-거울의 그 미세한 "재"는 절대적 순결의 경계 앞에서 재능과 정열의 불꽃이 소진되는 순간을 예감하게 하는 것이기에 시의 비극 전체가 거기 걸려 있다. 단하나의 해결, 또는 해결의 유예가 거기 있을 뿐이다. 부채는 "언제나 그렇게" 아내의 "손 사이에" 나타나 한 순간도 쉬지 말고 알알이 재들을 날려보내야 할 것이다. 시가 일상 속에 무너지지 않기 위해서는 시쓰기가 일상으로 되는 수밖에 없는 것과 같다.

(99, 174)   다른 부채

말라르메의 부채시 가운데 가장 긴 시에 속하는 이 시는 그의 딸 주느비에브가 열아홉 살이 되던 1883년 말부터 1884년에 씌어진 것으로 추정된다. 현재 개인 소장품으로 남아 있는 그녀의 부채는 17개의 자개 부챗살에 받쳐진 하얀 종이 위에 붉은색 잉크로 이 시를 담고 있다. 말라르메는 이 시를 1884년 4월 6일자의 『비평』지에 처음 발표했다. 말라르메의 시 가운데 가장 많이 재발표·재수록된 시이다. 첫 제목은 「부채」였으나 드망 판을 준비하는 과정에서 수신을 밝혀 "말라르메 양의/de Mademoiselle Mallarmé"와 "다른/Autre"을 덧붙여, 말라르메 부인의 「부채」와 구별하기 위한 지표로 삼았다.

딸의 부채인 「다른 부채」는, 아내의 「부채」가 하나의 요청으로 끝났던 것처럼, 다시 요청으로 시작된다. 동일한 내용의 요청이지만 그 어조는 벌써 다르다. 아내에게 당부하는 노력이 수동적이고 방어적이었던 데 비해, 딸에게의 그것은 능동적이고 낙관적이다.

제1연: "저 길도 없이 순수한 희열"은 물론 시를 누리는 기쁨이지만, 또한 시가 누리는 기쁨이다. 도달할 방도는 없으나 거기 잠길 수는 있는 희열은 그 잠김의 주체와 객체가 분리되지 않는 관능의 직접성에 의해서만 체험될 뿐이다. 실제로 시에서 "꿈꾸는 아가씨"에게 날개를 붙잡아달라고 부탁하는 시인의 목소리는 그 날개 자체인 부채의 목소리와 그 날개를 타고 날아오르는 시의 목소리를 또한 겸한다. 이 주체와 객체의 직접적인 교류를 가능하게 하는 부채질은 그 붙잡음으로만 날아오름을 얻어내는 것이기에 공교롭고 섬세하며, 거기 분명히 존재하나 그에 대한 언어의 "길도 없"는 기쁨의 세계를 묘사하고 표현하는 것이 아니라, 단지 예감하게 하는 움직임일 뿐이기에 "거짓말"에 해당한다.

제2연: 구속과 해방이 엇물린 이 부채의 운동은 그 왕복의 순간마다 한 중심을 향해 황혼의 서늘한 숨결을 불러오지만 옭죄어오는 저녁의 어두운 지평선을 그 숨결로 다시 가볍게 밀어낸다. 따지고 보면 부채의 구성 자체가 수렴과 일탈의 한 표상이다. 쥘 부채에는 부챗살을 한데 모으는 중심축이 있고, 작은 지평선을 이루며 열리는 선면이 있다. 길 없는 희열에 직접적으로 잠겨드는 시인의 관능 속에서는, 부채의 그 작은 세계가 더 큰 세계의 한 점에서 흔들리며 중심을 향한 응축과 변두리 지평선을 향한 확산을 동시에 선동할 때, 그 공간 전체의 질이 바뀐다.

제3연은 "어지러움이여!/Vertige!"라는 돈호법으로 시작한다. 잠김과 날아오름의 두 인력을 동시에 받아들이는 관능이 그 현기증에 놀라고, 허공은 응축과 확산의, 구심력과 원심력의 그 긴장감으로 전율하는 것이다. 한편으로, 부채가 있는 한 저녁 공간의 이 특별한 긴장감은 그 부채를 손에 잡고 "꿈꾸는" 순결한 여자의 에로스에 비교된다. 저녁 대기의 이 거대한 떨림과 마찬가지로 그 중심에 있는 이 처녀의 "입맞춤"도 역시 "누구를 위함도 없이/pour personne" 생명의 순전한 추동력을 따라 미친 듯 솟아오르려는 열망과 어느 "누구를 위"해서건 그 순결이 왜곡되고 제한될 것이 두려워 스스로 개화를 거부하는 정숙한 의지 사이에서 어렵게

278

균형을 유지하고 있기 때문이다.

　제4연: "순수한 희열"이 그 내용인 낙원은 "매몰"차게, 누구도 범접할 수 없이 지켜질 때만 낙원으로 남는다. 그 희열의 세속적 발산인 "웃음"이 "입술 구석"에 눌리어 묻히면서 "혼연일치의 주름 저 안쪽," 그 가지런한 부챗살의 중심축으로 수렴될 때, 어두워지는 대기에 바람을 선동하던 부채는 그 금단의 낙원을 간직한 채 접힌다. 처녀는 이제 제1연에서 "내 날개를 붙잡아둘 줄 알아라"고 하던 요청의 그 '붙잡아두다'와 '알다'라는 말의 진정한 내용을 파악할 뿐만 아니라 느끼게 될 것이다. 수렴과 일탈 사이에서 어지럽게 예감되던 한 약속이 일상의 우연 속에서 불완전하게 실현되는 것을 바라지 않는다면, '미래의 시'를 위해 그것을 기억의 가장 깊은 곳에 완전하게 간직할 줄 알아야 한다는 뜻으로.

　제5연: 부채가 접히면서, 저 도달할 수 없는 "장밋빛 다른 기슭"은 "금빛 저녁" 하늘로 물러나 거기 고인다. 그러나 혼연일치하여 접힌 이 주름 속에는 저 언덕이 단단하게 압축된 형식으로 내장되어 있으며, 황금빛 석양은 그것을 증명하고 넘어가려는 듯 부채가 기대어 놓은 팔찌에 일직선으로 투사되어 "화염"을 일으킨다. 이 "닫힌 하얀 비상," 한 기억을 백색의 순결로 간직하고 접혀 있는 이 날개는 어떤 새로운 언어가 발생하여 저 피안의 낙원을 이 세상으로 끌어오는 순간, 저의 파닥임에서 솟아나는 '미래의 시'로 그 "왕홀"의 지배권을 누릴 것이다.

　말라르메에게 부채는 꽃이며 날개이며, 끝으로 책이다. 말라르메는 부채로부터 책의 시적 형식을 발견하는 글을 남기기도 했다: "극동과 스페인에서는, 그리고 글을 모르나 섬세한 사람들에게서는, 부채가 이에 〔계절용 독서물에〕 해당하는 바, 다만 다른 점이 있다면, 보다—끝없이—생생하며 간결하게 펼쳐지는 이 다른 종이 날개가 풍경을 감추고 있다는 점인데, 이는 그 날갯짓에 흡사한, 순결하고도 실재하지 않는 몽상의 언어인 양 거기 그려진 한 송이 말없는 꽃을 입술에 전달하기 위함이다"(「책에 관해 말하자면」, 전집 II, 219). 더구나 도달할 수 없는 한 세계를 압축하여 담고 있는 부채는 그가 생애 전체를 바쳐 이룩하려고 했던 저 '대문자의 책'의 잠재적 형식이다. 그에게서 「부채」들이 하나의 장르를 이루는 것은 그 물량에 의해서만이 아니라 저 책의 연습장이라는 그 자격에 의해서이기도 하다.

(101, 175)　　　　　　　　앨범 한쪽

　　재치 있고 세련된 스타일의 이 소품은 1890년의 작품이다. 말라르메는 드망 판
『시집』을 위해 준비한 「해제」에서 이렇게 쓰고 있다: "갑자기 장난치듯은 내 오
랜 친구이며 프로방스어 시인인 루마니유의 딸의 앨범에 점잖지 못하게 베껴넣은
것이다. 나는 그 애가 소녀일 때 칭찬을 했는데, 이제 그 애는 아가씨가 되어 그걸
기억하고 나에게 시를 몇 구절 청하고 싶어했다." 앨범에 점잖지 못하게 베껴넣었
다는 말은 물론 우스갯소리. 말라르메는 이 시를 1890년 7월에 그녀에게 보냈고
7월 16일에 그녀로부터 감사의 편지를 받았다. 이 시는 1891년에서 1892년 사이
에 이름을 알 수 없는 잡지에 발표된 것을 제외한다면, 『라 왈로니』지 1892년
9~12월 호에 처음 발표되었다.

　　이 시에서 시인은 자신을 한 여자 앞에서 피리 부는 사람으로 표현하고 있다.
그러나 「목신의 오후」에서와는 달리 이 피리의 연주에 에로틱한 성격은 없다. 말
라르메의 기억에는 19년 전에 보았던 이 여자가 여전히 소녀로 남아 있기 때문이
다. "잡다한 피리/diverses flûtes"라는 말은 시인 자신의 시가 지닌 다양한 음조를
일컬을 것이다. 시인은 "한 풍경" 앞에서 피리를 시연하다가 멈추면서, 피리를 듣
는 소녀의 얼굴을 바라보는 것이 더 좋기 때문이라고 둘러댄다. 제3연에서, '뽑아
올리다'로 번역된 exclure 동사는 '발산하다, 뿜어내다'의 뜻을 가진 exhaler 동사
에 대한 프레시오지테식 표현이다. 시인은 자신의 짧은 호흡과 아둔한 솜씨마저
제대로 이용하지 못하는 척하면서, 소녀의 웃음이 피리 소리에 마법을 걸기 때문
이라고 능청스럽게 말한다.

　　피리 부는 시인의 눈 앞에는 풍경과 소녀의 얼굴이 있지만, 그 둘이 어떤 유추
에 따라 결합되지는 않는다. 이는 그 둘을 교감하게 해야 할 피리 소리의 기능이
천진하고 맑은 웃음소리의 기세에 눌려 저지되었기 때문이라고 이해할 수도 있다.
자연과 인간의 본성보다 예술에 우위를 두는 다른 시에서와 달리 이 시에서 말라
르메는 천진한 웃음소리가 예술을 압도한다고 말하면서도 시로 말할 것을 다 말하
고 있다.

280

(102, 176)　　　　벨기에의 친구들을 회상함

　　이 시는 1893년 7월, 벨기에의 브루게에서 발간된 『엑셀시오르 1883~1893』에
처음 발표되었으며, 파리의 문학 잡지 『문학 예술』의 1893년 11월 호와 1894년
7~8월 호에 다시 발표되었다.

　　시인은 1890년 벨기에의 여러 도시를 돌며, 그 전해에 사망한 빌리에 드 릴 아
당에 대한 순회 강연을 했다. 브뤼셀, 안트베르펜, 겐트, 리에주에 이어 마지막으
로 브루게를 방문한 시인은 이 유서 깊은 도시의 아름다움에 깊은 인상을 받았다.
3년 후 브루게의 『엑셀시오르』 문학 동인들은 그 창립 10주년을 기념하기 위해
문집을 발간하며 말라르메에게 시를 청탁했다. 말라르메는 이 소네트에서 고색창
연한 브루게의 아름다움과 거기서 새로 사귀었던 친구들의 우정을 함께 이야기하
고 있다. 한편 말라르메의 친구이자 브루게의 시인인 로덴바흐는 이 시에 앞서
1892년 『브루게 죽은 여자』라는 소설을 발표했다. 말라르메가 시에서 "과부 돌/
la pierre veuve"이나 "죽은 운하/défunt canal"라는 표현을 쓸 때, 이 소설에서,
적어도 그 제목에서 착상을 얻었을 것으로 생각된다.

　　이 소네트는 전체가 한 문장으로 되어 있다. 제1연의 "모든 창연한 고색(古
色)/ Toute la vétusté?"이 주 문장의 주어이며, 제2연의 "떠돌거나…… 스스로
어떤 증거도 보여줌이 없는 성싶은데/Flotte ou semble par soi n'apporter une
preuve"가 술어이다. 제3연 전체는 새로 사귄 친구들을 부르는 호격이며, 제4연은
시간을 나타내는 부사절이다. 이에 따라 내용을 정리하면 다음과 같은 말이 된다:

　　　　브루게의 창연한 고색이(제1연) 우리의 새로운 우정 위로 떠돌며 태고의
　　　　시간을 뿌리고 있다(제2연). 이 아름다운 도시의 친구들이여(제3연), 나는
　　　　이 도시의 정취를 통해 앞으로 여러분들이 시 예술의 엘리트가 되리라는 것
　　　　을 알 수 있다(제4연).

　　제1연: 바람도 불지 않는데 시나브로 낡은 석조 건물에서 훈향의 연기처럼 보
이지 않는 예스러운 정취가 안개처럼 피어오르고 있다. 석조 건물을 뜻하는 "과부

돌/la pierre veuve"에서 형용사 veuf는 어원적으로 '비어 있는'의 뜻이 있다. 이 어원을 고려하지 않는다고 하더라도, 오랜 시간에 의해 풍화된 이 도시가 시인에게 비물질적으로 느껴지고 있는 것은 사실이다.

제2연: 이 예스러운 정취가 말라르메와 브루게 시인들의 새로운 사귐을 매우 조용하게, 어떤 명백한 증거도 보여주지 않고, 축복하고 있다. 이 사귐은 갑작스러운 것이지만 도시의 풍경 속에 내장된 시간이 이 새로운 우정을 오랜 우정으로 만든다. 특히 "방향(芳香)"이라고 번역한 baume는 시체를 방부 처리할 때 사용하는 '방향성 수지'를 뜻한다. 죽은 듯 깊이 보존되어 있던 시간이 이 우정으로 생명을 얻고 그들을 감쌈으로써, 이제 갓 만난 사람들이 "까마득한/immémoriaux" 날부터 알았던 사람들이 된다.

제3연: 전체가 하나의 호격인 이 연은 브루게의 한 풍경을 묘사한다. 운하 위에 떠돌아다니는 백조들이 새벽을 번식시킨다는 것은 백조의 하얀 빛이 곧 새벽의 빛이기 때문이다. 즉 어두운 운하로부터 새벽빛을 지닌 새들이 솟아오른다. "죽은 운하/défunt canal"라는 표현이 가능한 것은 브루게 운하의 물이 고여 있는 물 (eau morte)이기 때문이다.

제4연: 이 마지막 연에서 시인은 브루게의 시인들을 예찬한다. 백조들이 날아오르듯 브루게 시인들의 정신도 날아오를 것이다. '정신을 펼쳐 비친다/irradier l'esprit'는 표현은 정신을 빛으로 보는 전통적인 은유법을 염두에 둔 것이다.

(103, 177)　　　　　속된 노래

이 장난기 어린 두 편의 시는 『파리의 군상들』(Éd. du *Figaro*, Plon, Nourrit & Cie, 1889)에 처음 발표되었다. 이 책은 장 프랑수아 라파엘리가 그림을 그리고 말라르메 외에도 에드몽 드 공쿠르, 도데, 졸라, 모파상, 부르제, 위스망스, 미르보 등이 그 설명문에 해당하는 글을 써서 묶은 책이다. 말라르메는 청탁에 따라 모두 7편의 시를 썼으나, 그 가운데 이 두 편만을 사진 석판본과 드망 판 『시집』의 결정고에 넣었다. 이 시들은 "속된 노래"라는 제목이 말하는 것처럼 장난하듯 가볍게 쓴 시이지만, 각운과 통사법에서 말라르메의 시적 기교가 한껏 발휘된 작품이다.

Ⅰ. 구두 수선공: "수지/poix"는 구두 수선공이 사용하는 접착제이다. 그 검은 접착제의 역한 냄새는 하얀 백합의 향기와 대조된다. 이 비교는 매우 엉뚱해서 오히려 시인의 장난기를 돕는다. 이 착실한 수선공은 시인의 구두를 수선하며 그 뒤꿈치에 원래보다 더 많은 가죽을 덧대서, 항상 가벼운 발로 어디론가 탈출하려고 하는 시인의 바람을 좌절시킨다. 첫 연에서 첫 행은 제4행의 구두 수선공에 연결되는데, 그 사이에 백합에 관한 두 시구가 들어 있다. 말라르메식 통사론적 곡예의 한 예이다.

Ⅱ. 향기로운 허브를 파는 아가씨: 젊은 거리의 여자가 라벤더 다발을 사달라고 간청하는데, 시인은 거절한다. 그것은 위선자를 흉내 내는 일이기 때문이다. 위선자는 파란색의 라벤더로 "피치 못할 장소/absolus lieux," 곧 화장실을 장식하고 "파란 감정/sentiments bleus," 곧 고결하고 고양된 감정을 얻거나 한 것처럼 뽐내겠지만, 실상 그의 배는 "이죽거리는 배," 다시 말해서 모든 고결한 감정을 비웃는 배이다. 시인은 꽃 파는 처녀에게 그 라벤더를 지저분한 머리에 꽂으라고 권한다. 라벤더가 그 진한 향기로 머리칼의 이들을 쫓아내어, 그녀와 잠자리를 같이하게 될 남자에게 옮겨가게 할 것이기 때문이다. "이[風]의 만물들이"이라고 번역한 prémices는 과일이나 곡식의 첫 수확물, 가축이 처음 낳은 새끼를 이르는 말이다. 고대의 그리스, 로마, 유대 등에서 이 만물을 신에게 봉헌했다는 점을 상기하면, 이 시의 아이러니를 더 깊이 느낄 수 있다.

다리우스 미요는 1920년 「속된 노래」에 곡을 붙였다.

(105, 178)   쪽지

말라르메가 미국인 화가 휘슬러(1834~1904)를 알게 된 것은 1888년이다. 프랑스에서 화가 수업을 하고 파리와 런던을 오가며 살고 있던 이 화가는 1890년 10월 『선풍, 발랄하고도 기발한 잡지』의 창간에 적극 참여하여 그 삽화를 그리면서, 말라르메에게 "소네트 한 편이나 격려 내지는 칭찬의 말 두어 마디"를 부탁했다. 시인은 10월 25일에 답장을 보냈다: "좋습니다. 『선풍』지는 완벽하고 흥미롭습니

다. 당신 때문에도 그렇고, 그 자체로도 그렇고. 그 잡지를 위해 조만간에, 당신의 두 가지 제안, 편지와 시를 결합한 소품 하나를 보내지요, 하하하!" 실제로 이 소네트는 문제의 잡지(1890년 11월 15일자)에 처음 발표되었다. 이때 시의 제목은 그 잡지의 영어 제명 그대로 "The Whirlwind"였으며, 다섯번째 시구에는 그 제명을 프랑스어로 번역한 "Tourbillon/선풍"이라는 낱말이 들어가고, 마지막 시구는 청탁자인 휘슬러의 이름으로 끝나, 계기의 시로서의 그 목적을 분명히 나타냈다. 말라르메 사후에 발간된 드망 판 시집에는 이 시의 제목이 「휘슬러에게 보내는 쪽지(Billet à Whistler)」로 되어 있으나, 그 시집을 위해 손수 작성한 「해제」에서 말라르메는 단지 「쪽지」로 쓰고 있다.

　이 영국식 소네트는 전체가 한 문장으로, 그것도 주절의 동사가 없는 명사문으로 되어 있다. 긴 관계절이 달려 있는 이 명사문의 골자만 추스르면, 마치 "이 선풍은 무엇인가?"라는 가상의 질문을 설정하여 대답하는 말인 것처럼, "돌풍이 아니라 한 무희"라는 말로 요약된다. 문제의 잡지『선풍(The Whirlwind)』의 제명을 장식하는 삽화에서 회오리바람에 둘러싸여 있는 여자와 관련되는 이 무희는 "거품같이 흩어지는 모슬린의 혹은 격정의 선풍"처럼 나타나는데, 제7행 이후의 시구는 모두 이 "선풍"에 걸리는 관계절이다(번역에서는 이 관계절을 문장의 주절처럼 옮겼다). 여자가 "무릎으로 일으키는" 이 선풍은 모든 낡은 것 "진부한 모든 것에" 벼락을 때리고 있다. 그러나 염려할 것은 없다. 여자가 일으키는 이 선풍이 바로 그『선풍』이라는 잡지에 크게 인기를 모아 휘슬러에게 행운을 안겨 줄 것이 분명하니까.

　제1연: "돌풍/rafales"은 한번 난폭하게 불고 지나가는 바람이다. 잡지『선풍』이 일으키는 바람은 이 돌풍처럼 거리의 행인에게 모자나 날리게 하는 그런 일시적이고 당혹스런 바람이 아니라, 한 무희이며 그녀가 일으키는 회오리바람이다. 이 바람은 돌풍과 달리 그것을 불러일으키고 지속시킬 수 있는 힘을 그 자체 안에 지니고 있다.

　제2연: 이 선풍을 일으키는 여자가 "우리를 살게 한" 여자인 것은 그녀가 우리를 매혹시킨 그 순간 우리의 생명이 거기 달려 있었기 때문이다.

　제3~4연: "저를 제외"한 "진부한 모든 것," 다시 말해서 선풍 그 자신을 제외하고, 잡지『선풍』을 경박하다고 말하게 될 모든 인습적인 것들은 그녀가 일으키는 이 선풍의 벼락에 무너지게 될 것이다. 그러나 휘슬러와 그가 꾸미는 잡지 『선풍』에게는 이 벼락이 힘과 희망을 북돋워줄 원군이다.

한 잡지를 격려하는 이 계기의 시에는 그 잡지의 성격과 동일한 경박함과 기발함이 담겨 있으며, 고의적인 타락이 가볍게 스며 있다. 그러나 한계에 이른 통사법을 바탕으로 능숙하게 짜인 시구들의 곡예 속에서 이 타락은 유쾌하게 느껴질 뿐이다.

(106, 179)   소곡 I

이 영국식 소네트는 1894년 『사랑의 찬가』라는 이름의 합동 시집을 위해 쓴 시이다. 12명 시인의 시와 석판 화가 모리스 뇌몽의 삽화를 함께 묶어 출판하기로 계획을 세운 이 합동 시집의 편집자들은 말라르메에게 「입맞춤」이라는 제목의 그림을 보내고, 같은 제목의 시를 청탁했다. 말라르메가 "수영/Bain"이라는 제목을 붙여 보낸 이 시는 출판사의 청탁 의도에 맞지 않는다는 이유로 거부되었다. 말라르메는 다른 시를 보내달라는 출판사 측의 제안을 거절하면서 다음과 같은 말로 자신의 제목을 변호했다: "귀하가 보내주신 그림을 얼핏 보았더니, 포목점의 젊은 직원이 같은 매장의 여직원에게, 키스를 퍼붓는 것이었겠지만, 수영을 한번 해보라고 권하는 것처럼 보였던 기억이 납니다. 게다가 귀하의 전문적이고 약간 직접적인 해석은 나의 습관에도 나이에도 걸맞을 수 없었던 것 같군요." 그후 이 시는 1894년 11월 『판화』지의 창간호에 게재되었다. 원고를 사진 복사하고 그 여백에 모리스 드니가 석판화를 그린 것이다. 이 석판화에서는 두 손을 들어올리고 물에 뛰어들 준비를 하고 있는 한 나신의 여자가 물가의 키 큰 나무들 사이로 보이는데, 흘러내린 하얀 옷이 그녀의 발꿈치를 감싸고 있다.

시의 첫머리에서 시인은 아무것도 바라볼 게 없는 황량한 물가에 서 있다. 그는 처음 석양의 하늘을 바라보았으나, 하늘이 비록 영롱하지만 허망하다고 생각하여 눈을 지상으로 돌리자 그 버림받은 풍경이 눈에 들어온다. 시인은 "너"라고 부르는 한 여자가 물에 뛰어든다면 잠시라도 백조의 모습을 볼 수 있을 것이라고 생각한다.

시의 대의는 이렇게 파악되지만, 통사법의 문제가 여전히 해결되지 않고 있다. 특히 제9행의 동사 "longer"가 문제된다. 이 동사는 길이나 강 등을 '따라내려 간다'는 뜻의 타동사이지만, 사냥 용어로는 사냥감이 '사냥꾼들을 멀찌감치 앞서서 이끌고 간다'는 뜻의 자동사로도 사용된다. 어느 쪽으로 이해하더라도 동사의 주어를 파악하는 일이 문제이며, 타동사일 경우에는 목적보어를 파악하는 일이 다시 문제된다. 우리의 번역에서는 이 동사가 제11행의 "Tel fugace oiseau/그런 덧없는 새"를 주어로 삼는 타동사로 보았으며, 목적보어는 '강'이나 '강둑'일 것이나 생략되었다고 보았다.

제1연과 제2연이 이어져 하나의 문장을 이루고 있다. 주 문장은 '외진 물가가 내 시선에 그 폐지(廢止)를 비춘다'라는 말로 요약된다. 그런데 "내 시선"은 하늘이 황금빛 석양으로 영롱하게 빛나지만 손닿을 수 없이 높은 곳에 있기에 허망하다고 여기고 거기에서 "이곳" 지상으로 "물러"나 "외진 물가"를 바라보는 시선이다. "폐지/désuétude"는 이 버려진 물가의 쓸쓸한 모습. 원문에서 제4행의 'abdiquer'는 (허망한 하늘로부터 이 지상으로 시선을) '옮겨오다'의 뜻. 원문에서 이 동사의 주어는 "je(나)"이나 번역문에서는 "시선"을 주어로 삼아 '물러나다'로 옮겼다.

제3연과 제4연도 역시 연이어진 하나의 문장으로, 주어는 "Tel fugace oiseau/그런 덧없는 새," 동사는 "longe/따라 내려간다"이며, 제11행의 "si/만일" 이하는 가정절이다. '네 환희가 물결 속에 잠긴다면, 덧없는 새가 (강을) 따라 내려간다'는 것이 그 대의이다. '하얀 속옷 같은 새'라는 말은, 그 비유 체계를 뒤집어 이해한다면, '새처럼 보이는 하얀 속옷'이라는 뜻이 된다. 백조가 강을 따라 내려가듯이 속옷이 여자의 어깨에서 발목으로 흘러내려 간다. 그 짧은 시간 동안 속옷이 "덧없는 새"가 될 때, 여자의 육체는 강이 된다. 실제로 가정절에서 여자인 "너/toi"는 강의 "물결/l'onde"이 된다. "네 발가벗은 환희/Ta jubilation nue"가 물에 잠긴다는 말은 '기쁘게 옷을 벗은 네가' 강에 뛰어든다는 뜻이다. 여자의 나신은 강이 되고, 그 강을 따라 내려가는 속옷의 백조 "곁에" 그 나신은 물에 잠긴다. 그런데 이렇게 말하고 보면, 강이 되는 나신과 그 강에 뛰어드는 나신 사이에는 일종의 시간 모순이 있다. 말라르메에게서 사고의 원순환적 형식을 만들어내는 이 교묘한 시간 차의 모순은 또한 순수 시인의 딜레마이기도 하다.

리샤르는 이 시의 두 문장을 "놀라운 문장"이라고 말하면서 이 소품의 기교를 다음과 같이 설명한다: "단 하나의 동사를 장치하여, 갑작스럽게 물에 잠기는 육체 — '잠수한다면'—, 육체와 물의 질적 동화 — '너로 변하는 물결'—, 그리고 동시에 '즐겁고' '기쁨에 넘치고' '발가벗은' 한 존재의 새로운 등장을, 경이롭게 압축시켜 전달한다"(리샤르, 116).

(107, 180)   소곡 II

이 아름답고 처절한 소네트는 드망 판 시집에 처음 발표되었지만, 1893년 알퐁스 도데의 앨범에 넣기 위해 그의 아들 뤼시앵 도데에게 보낸 수고가 남아 있다. 처음 제목은 "소곡/Petit air"이었으며, "II"가 덧붙여진 것은 드망 판에서이다. 도데의 수고에서는 제12행의 말미에 마침표가 있으며, 마지막 시구에 이문이 있다.

> Déchiré va-t-il entier
> Tomber sur quelque sentier!
> (찢겨져서도 그는 고스란히
> 어느 오솔길에 떨어지려가!)

시는 "걷잡을 길 없이/Indomptablement"라는 길고 도발적인 부사로 시작한다. "격정과 침묵"으로 하늘 높이 솟아올라 까마득하게 "사라지며/perdu" 억제할 수 없는 어떤 욕구에 따라 "파열해야/Éclater" 하는 이 행위의 주인공은 제2연의 "새/L'oiseau"이다. 이 새는 생애 내내 그 나름으로 노래 불렀으나 목소리가 비범하여 숲의 다른 새들에게 이해되지 않았고, 그에 응답하여 "추호의 메아리도 뒤따르지" 않았다. 전설에 따르면 죽는 순간 한 번 노래 부른다는 백조와 동일한 존재일 이 새의 비극적인 운명은 바로 시인의 운명이다. 제1연에서 새가 생애의 마지막 결단으로 사납게 솟아올라 파열하는 자리는 바로 그 새를 바라보고 있는 시인의 "희망/espoir"이 던져지는 자리이다. 그 낯선 언어 때문에 세상에서 이해받지 못한 시인의 마지막 희망도 절대와 이상의 창공을 향해 그 새와 함께 솟구쳐오르며 파멸의 위험을 무릅쓰는 것이다.

제3연의 "악사/musicien"는 하늘로 솟아오른 새이며 또한 시인이다. "험악한"이라고 번역한 형용사 'hagard'는 원래 사냥 용어로 사냥매 따위의 '길들일 수 없이 사나운' 성질을 뜻하지만, 현대 프랑스어에서는 정신적으로나 육체적으로 균형을 잃어 얼굴 등이 '넋 나간 듯 험상궂게 일그러진' 모습을 뜻한다. 이 형용사는 이 두 가지 뜻으로 마지막 '사나운' 결단을 내린 새와 현실의 질서를 거부하는 시인의 마음 자세를 아울러 표현한다. 여기서 시인은 자신이 체험한 격한 감정이 새를 파열시킨 "오열/sanglot"의 강도를 넘어설 수 있을지 의혹을 품는다. 그러나 오열은 새와 시인에게서 동시에 터져나오는 것이 아닐까. 새와 시인의 희망은 서로 경쟁하듯 가장 처절한 오열을 터뜨리겠다는 의지와 그에 대한 의혹을 동시에 품고 파열한다.

마지막 연의 두 시구는 의문의 표현이기보다는 감탄의 표현이다. 마지막 순간에 터뜨린 노래와 함께 찢어진 새는 그 시체가 다시 지상의 한 오솔길에 떨어져 남는다. 이에 대한 해석은 미묘하다. 파브르는 이렇게 쓴다:

"고스란히"는 "찢겨져서"와 모순되지 않는다. 죽음에 의해 새는 자기 자신이 되어 완전히 자기를 실현하기 때문이다. 시인은 창조하기 위해 시공을 뛰어넘는다. 죽음은 현실 상황에서 탈출하는 가장 확실한 방법이다……. (파브르, 513~14)

이 해석은「에드거 포의 무덤」의 첫 대목 "마침내 영원이 그를 그 자신으로 바꿔놓는 그런/시인……"을 염두에 둔 것이다. 시트롱도 이 마지막 2행절을 "나는 죽겠지만, 생전에 알려지지 않았던 내 작품은 내가 죽은 뒤에도 살아남으리라!"(시트롱, 293)의 뜻으로 이해한다.

그러나 리샤르는 이 새의 모험을 실패로 규정한다: "한때 찢는 자였고 이제 찢어진 자인 새는 따라서 깨어질 운명을 초래한다. 그의 속도, 그의 날카로움, 그의 부서지기 쉬움은 그를 과장으로, 또는 붕괴로 이끈다. 이때 실패는 그에게서 과도함의 결과이며, 열정적인 근본회복주의의 산물이다"(리샤르, 307). 베니슈의 견해는 더욱 비관적이다. 그는 고티에의 죽음에 바친 시「장송의 건배」에서 말라르메가 영혼의 사후 생존설을 부정했던 점을 상기하며, 특히 "이 아름다운 기념물에 그대 고스란히 담겨 있음을 모르기는 어렵도다"라는 구절을 상기하며, 죽은 시체로만 "고스란히" 남게 되는 새의 운명을 다음과 같이 설명한다:

> 말라르메는 그때 적어도 죽은 자의 작품만은 시의 우의적 정원에 살아남으리라고 확언했다. 그러나 알려지지 않은 새는 그의 노래로 어떻게 그럴 수 있는가? 그에 대한 추억조차도 남지 않을 것이다. 그는 귀를 울려본 적이 없으니, 우리는 그 노래를 상상할 수밖에 없기 때문이다. 따라서 이 소네트의 새는 악운에 붙잡힌 시인, 숭고하나 메아리가 없는 시인의 완전한 상징이며, 시적 비관주의의 근본적인 형상이다. (베니슈, 350)

이 설명이 지나치게 논리적인 것은 사실이지만, 절대의 자리에 자기를 내던진 시인일수록 이상과 현실 사이의 뛰어넘을 수 없는 숭고한 거리를 더욱 절실하게 느낄 수밖에 없다는 점도 사실이다. 어떤 시인도 자신이 절대를 실현했다거나, 자신의 작품이 사후에 살아남으리라고 장담하지는 않을 것이다.

다리우스 미요는 1927년 말라르메의 세 편 「소곡」에 곡을 붙였다.

(108, 181)　　[어둠이 숙명적인 법칙으로······]

이 제목 없는 정식 소네트의 정확한 작시 일자는 알려지지 않았지만, 『현대 파르나스』지에 발표되었던 초기 작품과 완숙기의 작품 사이에 씌어진 것으로 추정된다. 베를렌의 『저주받은 시인들』(1883년과 1884년)에 처음 발표되었으며, 『스카팽』지 1886년 10월 호와 『예술 문집』지 1887년 3월 호에 재수록되었다. 그때까지 제목은 "오늘 밤/Cette nuit"이었다. 1887년의 사진 석판본에서는 제목이 없었으며, 같은 해의 『운문과 산문 앨범』과 다음 해의 『19세기 프랑스 시인 사화집』에서는 단순하게 "소네트/Sonnet"라는 제목을 달고 있었다.

말라르메는 1869년 2월 18일 또는 19일 카잘리스에게 보낸 편지에서 이렇게 쓰고 있다: "나의 뇌수는, 꿈의 침입을 받아 더 이상 관심을 끌지 못하는 외부적 기능을 거부한 채, 끝없는 불면증에 빠져 죽어가고 있었다. 내가 하소연을 하자 위대한 밤이 청원을 받아들여 그 어둠을 펼쳐주었다. 내 삶의 첫 단계는 끝났다. 지나치게 그늘져 있던 의식이 천천히 깨어 일어나, 한 새로운 인간을 형성하고 있으며, 이 마지막 인간의 창조에 뒤이어 내 꿈을 재발견할 것이 분명하다." 이 정신적 위기의 극복과 관련이 있을 이 소네트는 말라르메의 어떤 시보다도 장엄하고 낙관적이다. 여기에는 위고나 르콩트 드 릴을 연상하게 하는 위대한 낭만주의적 관상이 들어 있다.

제1연: 데이비스, 파브르 등은 이 연이 석양을 묘사하고 있다고 본다. 어둠이 자연의 법칙에 따라서 태양을 가혹하게 위협하고 있다. "그런 오랜 꿈"은 위협을 받는 태양이면서, 동시에 예술적 창조에 의해 변화되는 자연 현상이다. 꿈은 곧 현실을 예술의 영역에 옮겨 변모시키려는 시인의 의지로 이해되는 것이다(데이비스 II, 41~45; 파브르, 515). 그러나 시트롱은 이 연에서 석양을 보지 않는다. 두 문자가 대문자로 씌어진 날개 달린 꿈은 시의 꿈이며, 숙명적인 법칙은 존재를 궁지에 몰아넣는 법칙이라는 것이다(시트롱, 294). 어떤 관점을 선택하든지 간에 이 제1연은 사멸의 위험에 처한 어떤 위대한 의지를 시인이 자기 마음 속에 받아들여, 그것을 예술 창조의 동력으로 삼으려 한다는 뜻으로 이해된다. 다시 말해서 시인은 의심스러운 외부 세계를 거부하는 대신 자기 자신에 대한 믿음을 강화하고 있다.

제2연: 어둠에 덮인 세계가 폐쇄된 공간, 곧 "흑단의 방"으로 그려진다. 하늘에는 별들이 "꽃장식"처럼 박혀 있다. 이 어둠의 세계는 초월의 세계이기도 하지만 그러나 허무의 자리이다. 예술적 창조의 조물주인 "한 왕"은 이 죽음의 세계에 매혹되지 않고, 자신의 고독한 창조의 신념에서 다른 빛을 예견하며 벌써 눈이 부신다.

제3~4연: 지구는 저 먼 곳에서 볼 때 하나의 별이다. 이 별은 거대한 광채를 뿜고 있다. 그러나 세기의 죄악에 덮여 암흑 속에서 뿜게 되는 이 빛의 놀라운 근거가 아직 밝혀지지 않았기 때문에 그 빛은 "이상한" 것이다. 이 빛의 근거가 밝혀지는 것은 마지막 연에서이다. 한 고독한 "천재"의 열정이 "축제의 한 별"이 되어 타오르는 것이다. 이 정신은 우주의 공간보다 더 우월하다. 공간은 확장된다고 하더라도 무한한 것이며, 부정된다고 하더라도 무한한 것이다. 항상 "항상 그대로인," 다시 말해서 질적으로 변화될 수 없는 공간은 그 자체로 권태의 덩어리이다. 이 공간에 가치를 부여하여 빛을 뿜는 것은 인간의 정신이다. 공간은 인간의 이 창조적 노력을 지켜보며 그 증인이 될 뿐이다.

(109, 182) 〔순결하고, 강인하고, 아름다운……〕

이 제목 없는 소네트는 1885년 3월 『독립 평론』지에 처음 발표되었다. 그러나 연구자들은 '빙하처럼 투명하고 냉정한 아름다움'이라고 하는 1960년대의 장시 「에로디아드」의 주제가 이 시에서도 역시 그 뼈대를 이루고 있다는 점에서, 1870년 이전에 그 초고가 작성되었을 것으로 추정한다. 시의 첫 행에 세 개의 형용사가 겹쳐 있는데, 말라르메 성숙기의 다른 작품에 그런 예가 없다는 점도 그 믿음의 배경이 된다. 그러나 이 믿음을 확실하게 입증해줄 만한 수고는 나타나지 않았다. 한편으로 이 소네트가 그 발표 연대인 1885년경에 씌어졌을 것이라고 주장하는 측에서는 시의 침착하고 장중한 어조나 엄정하고 객관적인 목소리로 처리된 상징적 표현 같은 이 시의 매혹적인 특성을 그 추정의 근거로 제시한다.

시가 설정하고 있는 상황은 간단하다. 백조 한 마리가 하얗게 얼음이 덮인 호수에 그 날개가 얼어붙은 채 갇혀 있다. 백조는 날아오르지도 못하고, 자신이 도달할 수 없는 하늘을 부정하지도 못한다. 그는 오히려 다른 모든 선택을 거부함으로써 창공으로의 비상이라고 하는 그 순결한 의지를 간직한다. 그 자신의 빛깔과 똑같은, 그래서 제 의지의 거울일 수도 있는, 백색의 투명한 감옥에서 날아오르지 못하는 이 백조가 절대적 순결의 이상에 사로잡혀 있는 시인 그 자신을 우의하고 있는 것은 분명하다.

첫 연에서 "순결하고" "아름다"울 뿐만 아니라 의연히 "강인/vivace"한 이 백조-시인은 늘 새날로 맞이하는 그 "오늘"마다 붙잡힌 날개가 특별하게 얻은 어떤 힘으로,—"취한 날갯짓"으로,—단단한 호수의 얼음을 찢고 날아오를 수 있기를 기대한다. "달아난 적 없는 비상(飛翔)의 투명한 빙하"는 일반적으로 하얀 얼음 속에 하얗게 얼어들어 "빙하"와 구별되지 않는 날개를 가리키는 것으로 흔히 풀이되지만, 상상의 날갯짓 자체를 뜻한다고 보는 것이 더 타당하다. 강인한 백조는 끝없이 날개를 파닥이지만, 순결하고 아름다운 하늘을 향한 이 투명한 비상의 운동은 단지 의념에 그치는 것이어서 제 몸을 호수 밖으로 한 치도 옮겨놓지 못한다. 오랫동안 고달프게 반복되는 노력에도 불구하고 어디에 알려야 할 것을 아직 얻어내지 못한 자인 그의 호수는 세상에서 잊혀진 "망각의 호수"이다. 오직 비상을 열망하는 그의 고독한 정신이 홀로 호수의 "서릿발 아래" 귀신처럼 들려 있다. 그래서 "달아난 적 없는 비상"은 단 한 번도 날아오르지 못한 비상일 뿐만 아니라, 한 순간도 포기할 수 없었던 비상이다.

제2연에서 "지난날의 백조," 다시 말해서 이제는 스스로를 백조라고 부를 수조차 없게 된 백조는 제 불행한 처지와 그 원인을 성찰한다. "불모의 겨울 권태가 번쩍이며 빛났을 때," 백조의 처지에서라면 호수에 삭막한 얼음이 하얗게 깔리기 시작했을 때, 시인의 처지에서라면 도달할 수 없는 미적 이상의 압박 아래 모든 시의 창조에서 자신의 무능함만을 발견하게 되었을 때, 절대 순수의 창공에서건 세속의 땅에서건 "살아야 할 영역"을 선택하지 못했거나, 거기에 이르지 못한 사정으로 그는 불모의 투명한 빙하에 갇혔다. "희망도 없이 스스로를 해방"한다는 말은 저 실현되지 않는 비상의 날갯짓과 연결된다. 의념으로만 저 자신을 해방하는 비상 운동은 그에게 실제적인 결과를 가져오지 못할 뿐만 아니라, 어쩌다가 얼음에서 풀려난다고 해도 가야 할 자리가 그에게 알려져 있지 않다. 어느 경우에도 그에게 희망은 없다.

제3연은 호수에 얼음이 얼 때까지 백조를 날아가지 못하게 했던 이 선택의 딜레마에 관해 다시 이야기한다. "그 하얀 단말마"는 한편으로 백조의 머리 위에 싸여 그를 죽음으로 몰고 가는 겨울의 서리이며, 다른 한편으로는 절대 순수의 이상에 대한 시인의 강박관념이다. 백조는 머리를 내둘러 하늘에서 떨어지는 서리를 떨어뜨려버릴 수 있으나, 지상에 얼어붙어 있는 그의 날개를 뽑아낼 수는 없다. 마찬가지로 시인이 고개를 흔들어 "공간이 떠맡긴" 어떤 낙토에의 소망을 부인한다고 해서 그를 노래할 수 없게 하는 이 땅의 공포가 줄어드는 것은 아니다. 저 순수의 자리에 이르는 것이 아니라면, 어느 자리에 처해도 떨쳐버릴 수는 없을 이 공포가 그를 줄곧 호수에 붙들어두고 있다. 이 3행연에 대한 베니슈의 설명은 우리와 조금 다르지만 음미해볼 가치가 있다.

……말라르메는 이상을 추구하는 고통이 운명인 동시에 절망에의 의지이며, 이 고통을 겪는 자는 그 고통과 하나로 되어 있을 따름이기에 진정으로는 자기 해방을 바라지 않는다고 생각하고 있다. 백조를 인간에 비유하는 상징 체계는 앞의 두 4행연에서보다 첫 3행연에서 더 잘 나타나는바, 여기서 새의 단말마는

공간을 부인하는 새에게 공간이 떠맡긴

고뇌로 설정되어 있다. 백조와 공간 간의 이 갈등은 모든 날짐승들의 조건 속에 내포된 것으로 설명될 수 있다. 즉 새는 침범당하기를 원치 않는 [……] 공간을 그 비상으로 부인한다. 그러나 뛰어넘을 수 없는 이 공간이, 비관주의적 로망주의에서 이카로스가 자주 그 주인공으로 선택되는 데서도 알 수 있듯이, 저 고통스러운 이상에 대한 비유어임을 잊을 수는 없다. 이상은 깊이를 잴 수 없는 공간을 상징으로 삼아 시인을 소외시키고, 그를 궁지에 몰아넣어 시적 무능력이라는 벌을 과한다. (베니슈, 247)

제4연: 번뜩이며 위협하는 겨울의 결빙에도 불구하고, 백조는 이 호수를 떠나지 않음으로써, 선택하지 않음을 선택으로 삼았다. 순결에의 의지는 바로 그 의지의 거울이기도 한 이 백색의 빙하 속에, 의념의 날갯짓이 그 전부인 한 "허깨비"의 자리를 이렇게 지정했다. 아무 결실도 없을 이 "무익한 유적"의 장소에서, 저마다 제자리를 선택한 자들과 그를 구별해줄 수 있는 것은 그가 "걸쳐 입는" 순결에의 의지뿐이다. 다른 자들로부터는 말할 것도 없고 그 자신마저 경멸하게 될 삭막한 의지. 그러나 이 "지난날의 백조"는 불완전하고 불순한 선택으로 초지의 순결함을 저버리기보다, 그 자신을 투명한 불모의 빙하와 그 잔인한 희망 속에 붙박아둠으로써 대문자의 "백조/Cynes"가 된다. 그는 다시 시의 첫머리로 돌아가 "순결하고 강인하고 아름" 답게 또 다른 오늘의 "취한 날갯짓"을 시도할 것이며, 자신을 추억의 백조로 회상할 것이며, 대문자의 운명을 다시 자각할 것이다.

이 소네트에는 40개 이상의 i 음이 있으며, 마지막 연에만 해도 12개가 몰려 있다. 이 시가 "i 장조의 심포니"(미쇼, 132)라는 이름을 얻게 된 것은 이 때문이다.

모음 가운데서도 입을 가장 작게 열어 발음해야 하는 이 i음은 그 자체로서 노래하지 못하는 백조의 표상이 될 만하다. 부르지 말아야 할 것을 부르지 않는 그 엄숙함이 그 부르기의 실패를 말하는 이 노래를 장조로 만든다.

이 시의 제1행의 번역에 관해서는 해명해두어야 할 것이 있다. 대부분의 주석자들은 이 행의 세 낱말 "순결하고/vierge" "강인하고/viviace" "아름다운/bel"이 말미의 "오늘/aujourd'hui"을 한정하는 형용사라고 생각한다. 옮긴이는 정관사 "le"를 가지고 있는 이 형용사들이 명사적 용법으로 쓰이고 있다고 보았으며, "aujourd'hui"를 부사로 여겼다. 말라르메는 1885년의 것으로 추정되는 이 시의 원고와 같은 해에 발표한 『독립 평론』지의 텍스트에서 aujourd'hui 다음에 쉼표 (,)를 찍어 이 낱말이 부사로 쓰였음을 표시하고 있다. 이 쉼표는 그후 지워졌다가 다시 나타나고, 1894년 『시집』을 위한 원고에서 다시 지워졌지만, 말라르메가 운문에서 쉼표의 사용에 인색했다는 점을 감안하여, aujourd'hui를 부사로 읽는 편이 더 타당하다고 본 것이다.

(110, 183)　　　　〔의기양양하게 피한……〕

1885년 11월경에 베를렌에게 보낸 시. 베를렌은 이 시를 1886년판(실제 발간은 1887년 2월) 『오늘날의 인물들』에 실었다. 당시의 텍스트는 다음과 같다.

> Toujours plus souriant au désastre plus beau,
> Soupirs de sang, or meurtrier, pâmoison, fête!
> Une millième fois avec ardeur s'apprête
> Mon solitaire amour à vaincre le tombeau.
>
> Quoi! de tout ce coucher pas même un cher lambeau
> Ne reste, il est minuit, dans la main du poète
> Excepté qu'un trésor trop folâtre de tête
> Y verse sa lueur diffuse sans flambeau!

La tienne, si toujours frivole ! c'est la tienne,

Seul gage qui, des soirs évanouis retienne

Un peu de désolé combat en s'en coiffant

Avec grâce, quand sur des coussins tu la poses

Comme un casque guerrier d'impératrice enfant

Dont pour te figurer il tomberait des roses.

항상 더욱 아름다운 재난에 더욱 미소짓는,

피의 탄식이여, 살육의 황금이여, 기절이여, 축제여!

내 고독한 사랑은 무덤을 이겨내려

천 번이나 뜨겁게 준비한다

무어라고! 저 모든 석양의 귀중한 넝마마저,

이 자정의 시간에, 시인의 손에는 남지 않으니,

오직 머리의 너무 경박한 보물 하나만

불길도 없이 흩어지는 그 희미한 빛 퍼부을 뿐!

그대 머리, 그렇게도 항상 변덕스러운! 그것은 그대 머리,

이 저당물 홀로, 사라진 하늘에서

약간의 처량한 싸움을 거두어 우아하게

둘러쓰는구나, 어린 황녀의 투구 같은

그대 머리 그대 베개 위에 기댈 때,

그 장밋빛은 떨어져 그대 모습 그려내리.

말라르메가 이 시를 수정하여 1887년의 사진 석판본에 실은 텍스트는 몇 가지
미미한 차이를 제외하면 현행의 텍스트와 같다. 이 텍스트는 『운문과 산문 앨범』

(1887), 『운문과 산문』(1893) 등에 재수록되었다.

이 시의 제작 시기는 확실하지 않다. 시에서 예찬을 받고 있는 여자가 메리 로 랑이라면, 시인이 그녀와 관계를 맺기 시작했던 1884년이 그 하한선으로 될 것이다. 그러나 이 시가 메리에게 바쳐진 시라는 확실한 증거는 없다. 마르샬 같은 연구자는 작중의 여자를 에로디아드의 변형으로 보기도 한다. 작품의 기본 구조를 따진다면, 저녁의 황혼으로부터 자정에 이르는 시간에의 상념과 관련된 일련의 시들, 「현현」, "어둠이 숙명의 법칙으로……" "yx 각운의 소네트" 등과 비교된다.

시의 내용은 단순하다. 저녁 해가 황혼 속으로 사라진다. 그러나 태양은 완전히 죽는 것이 아니기에 그 무덤이 없다. 한밤의 어둠 속에 이 황홀한 태양의 불길은 사라졌으나, 오직 한 여자의 금빛 머리칼이 그 빛을 간직하고 있다. 그녀의 나신은 태양의 잔영인 이 빛에 감싸여 장밋빛으로 빛난다.

제1연: 석양에 대한 묘사이다. 황혼의 찬란함이 장작불, 끓는 피, 황금, 폭풍이라는 말로 강조된다. 그러나 태양은 사라지지만 진정으로 죽는 것이 아니기에 그 무덤이 없다. 이 태양은 불사조와 다른 것이 아니다. 태양이 일시적일 뿐인 이 죽음 앞에서 유쾌하게 승리의 웃음을 터뜨리듯, 시인도 찬란한 저녁 풍경에 뒤이어지는 허무의 어둠 앞에서 자살의 유혹으로부터 벗어날 것이다.

제2연: 한밤의 어둠 속에 태양빛은 완전히 사라졌지만, 시인에게 사랑을 받는 한 여자의 보물처럼 화사한 금발이 그 잔광을 간직하고 있다. 어두운 방 안에 빛나는 것은 그녀의 머리칼뿐이다.

제3연: 저녁 햇빛에서 한 조각 빛을 얻어내어 불씨를 간수하듯 보존하고 있는 이 머리칼의 승리가 "천진/puéril"하다고 말할 수 있는 것은 태양의 영광이 순결한 상징으로 축소되어 있기 때문이다. 이 상징-불씨의 힘에 의해서 태양은 어둠을 이기고 다시 솟아오를 것이다.

제4연: 시인이 사랑하는 여자의 나신이 그 금빛 머리칼에서 흘러내린 빛을 받아 장밋빛으로 빛난다.

마지막 연에서 연인의 머리칼은 투구와 비교된다. 이 어린 황녀의 투구는 제 아버지인 제우스 신의 머리에서 황금 투구를 쓴 채 뛰어나온 아테나이 여신을 생각나게 한다. 시인의 시 역시 제 아버지의 머리에서 곧바로 탄생한 아이이다. 이 시를 한 여인의 금발에 대한 예찬으로만 볼 수 없는 이유가 그것이다. 어둠의 허무를 이겨내고("의기양양하게 피한 아름다운 자살") 밤을 새우는 시인의 등불은 꺼버린 태양의 영광을 그 작은 불빛으로 간직하고 있다. 불빛은 시인의 원고지를 장밋빛으로 감싼다.

(111, 183) 〔제 순결한 손톱들이 그들 줄마노를……〕

　제목이 없는 대신 그 특이한 각운 도식에 따라 "yx 각운의 소네트"라는 이름을 얻고 있는 시이다. 말라르메는 이 시를 두 번 썼다. 그는, 1868년 7월 18일, "저 자신을 우의하는 소네트／Sonnet allégorique de lui-même"라는 제목의 시 한 편을 친구 앙리 카잘리스에게 보냈다. 이는 르메르 출판사에서 기획한 시화집 『소네트와 동판화』에 게재할 소네트 한 편을 보내달라는 카잘리스의 요청에 따른 것이었다. 두 4행연에 남성운 —yx와 여성운 —ore를, 두 3행연에 여성운 —ixe와 남성운 —or를, 각기 교착운과 포옹운의 도식으로 배열하고 있는 이 첫번째 시의 전문은 다음과 같다.

SONNET ALLÉGORIQUE DE LUI-MÊME

　　La Nuit approbatrice allume les onyx

　　De ses ongles au pur Crime, lampadophore,

　　Du Soir aboli par le vespéral Phénix

　　De qui la cendre n'a de cinéraire amphore

　　Sur des consoles, en le noir Salon: nul ptyx,

　　Insolite vaisseau d'inanité sonore,

　　Car le Maître est allé puiser de l'eau du Styx

　　Avec tout ses objets dont le Rêve s'honore.

Et selon la croisée au Nord vacante, un or

Néfaste incite pour son beau cadre une rixe

Faite d'un dieu que croit emporter une nixe

En l'obscurcissement de la glace, décor

De l'absence, sinon que sur la glace encor

De scintillation le septuor se fixe.

저 자신을 우의하는 소네트

승인하는 밤은 횃불 봉송자,

황혼의 불사조에 의해 폐기된 저녁의

순수 범죄로, 제 손톱의 줄마노에 불을 밝히니,

그 재를 담을 유골 항아리가 없고

밤 객실의 장식장 위에는 공허하게 울리는

이상한 그릇 소라껍질도 없다,

꿈이 자랑 삼는 제 모든 물건을 가지고

주인이 지옥의 강으로 물을 길러 갔기 때문.

그리하여 비어 있는 북쪽 십자창을 따라, 불길한

황금 하나 그 아름다운 액틀을 위해, 신의 싸움을

선동하니, 어두워지는 거울 속으로

수정은 신을 납치한다 믿는구나, 그 부재의

장식, 다만 거울 위에는 여전히

칠중주의 반짝임이 붙박였다.

이 시의 대의를 다음과 같이 간추릴 수 있다.

제1연: 밤은 불사조가 저녁을 폐기하는 그 순결한 범죄를 승인하는 표시로 제 손톱의 줄마노에 불을 붙여 들어올림으로써 (즉 핏빛의 황혼을 계승하여 하늘에 별을 반짝이게 함으로써) 횃불 봉송자의 역할을 한다. 한편 저녁의 태양 그 자체인 불사조는 자신의 범죄로 자신을 살해하나 (자신을 태운 불에서 항상 다시 살아나는) 그의 유골을 담는 항아리는 없으며,

제2연: (시선을 실내로 옮겨) 어두운 객실의, 장식 탁자 위에는, 공허하게 울리는 야릇한 그릇인 소라껍질도 없다. 그 이유는 주인이 꿈의 자랑거리인 자신의 물건들을 모두 가지고 지옥의 강으로 물을 길러 갔기 때문이다.

제3연: 그런데, 비어 있는 북쪽의 십자창 맞은편 벽에는, 불길한 (즉 빛을 잃고 죽어가는) 황금이 아름다운 액틀을 이루고 있는데, 그 액틀에는 한 신(神)과 그 신을 납치하려는 한 수정(水精)의 싸움이 부조되어 있다. 그들도 서로가 서로를 살해하는 이 싸움으로 (실은 액틀의 황금이 빛을 잃음으로써) 죽어가고,

제4연: (모든 것이 빛을 잃고 사라져 아무것도 비치지 않는) 부재의 장식인 거울의 어둠 속에는, 오직 북두칠성의 반짝임인 7중주가 여전히 붙박여 있다.

말라르메는 카잘리스에게 이 시와 함께 보낸 1868년 7월 18일의 편지에서, 이 "조형적"이 아닌 소네트로부터 어떤 그림을 끌어낼 수 있는 가능성을 다음과 같이 예를 들어 설명한다.

나는 올여름에 한 번 꿈꾸었던 이 소네트를, 말(la Parole)에 관해 기획했던 한 연구로부터 끌어내었지요. 거꾸로인데, 이 거꾸로라는 말은 의미가, 이 소네트에 무슨 의미가 있다면 말이요, [……] 낱말들 자체의 어떤 내적 신기루에 의해 상기된다는 뜻입니다. 이 소네트를 몇 번이고 중얼거리게 되면 제법 신비로운 느낌이 오지요.

이렇게 말하면, 형이 요청한 바의 "조형적"인 소네트가 아니라고 고백하는 셈이지만, 적어도 "흑백"은 더할 나위 없이 분명하니, 꿈과 공허가 가득한 동

판화를 만들기에 적합하다고 봅니다.

— 이를테면, 한밤의 열린 창문, 열어젖힌 채 고정된 두 덧문, 고정된 두 덧문이 나타내는 바의 안정된 분위기에도 불구하고 안에 누가 있는 방, 그리고 몽롱한 장식 탁자의 그럴듯한 윤곽뿐 아무런 가구도 없이, 부재와 의문으로 이루어진 어둠 속에, 안쪽에 걸린 거울의, 호전적인 문양을 지닌, 사라져가는 틀, 거울에 비친 대웅좌(大熊座)의 반영, 별빛으로 반짝이는, 이해할 수 없는, 세상에서 유리된 이 처소를 오직 하늘에 연결시키는 이 반영.

그러나 이 소네트는 다음 해에 발간된 문제의 시화집에 게재되지 않았다. 카잘리스는 그 이유를 설명했다. 출판사 측에서, 원고가 넘쳐 더 이상 받아들이려 하지 않았다는 것이다. 그는 "다시 가서 따지겠다"고 했지만, 또한 이렇게 덧붙였다: "형의 소네트는 매우 괴상하네요. 재미있느냐고요? 아닌데요, 분명히 아니에요. 하지만 통속적인 취향을 피하는 것이 형의 영예이니까"(바르비에 IV, 378).

말라르메는 가장 가까운 친구들에게도 이해되지 않았던 이 시를 20년 동안 서랍 속에 넣어두었던 것 같다. 이 *yx 각운의 소네트*는, 1887년의 사진 석판 인쇄본에 동일한 시라고 말하기 어려울 정도의 대폭적인 수정을 거쳐 수록되었다. 드망 판의 『시집』을 위해 예정된 것도 이 텍스트이다.

제목 "저 자신을 우의하는 소네트/Sonnet allégorique de lui-même"가 삭제되었다는 것이 무엇보다도 큰 차이인데, 이는 아마도 시 자체가 그 제목으로 의미하려는 것까지를 우의할 수 있다고 여겨졌기 때문일 것이다. 시구에서는 첫 4행연에서, 손가락을 들어올리는 자가 첫번째 소네트에서는 의인화된 "밤/La Nuit"이었던 반면, 두번째 소네트에서는 의인화된 "고뇌/L'Angoisse"로 바뀌었다. 의인화된 "밤"은 배경으로 물러나고, 그 밤에 "고뇌"하는 한 정신이 그 자리를 차지한다.

이 두 번째 소네트의 대의는 다음과 같이 파악된다.

고뇌는 자기 순결한 손톱들의 줄마노들을 드높이 받들어올림으로써, 이 한밤, 횃불지기가 되어, 불사조에 의해 불태워진 수많은 저녁 꿈을 치켜드는데, 어느 항아리도 그 불사조의 유회(遺灰)를 거두어들이지 않으며,

빈 객실의, 장식장 위에는, 공허하게 울리는 폐기된 골동품인 소라껍질도

300

없다(무의 자랑거리인 이 물건만 가지고 주인이 지옥의 강으로 눈물을 길러 갔기 때문이다).

그러나 비어 있는 북쪽 십자창 가까이, 한 황금이 모진 숨을 거두는데, 이 죽음은 필경 한 수정에게 불꽃을 걷어차는 일각수들의 장식이 사라지는 것과 함께 진행되며,

(일각수들의 공격을 받는) 그녀는 거울 속에 나신으로 죽지만, 거울의 액 틀로 닫힌 망각, 즉 어둠 속에 이윽고 반짝이는 일곱 개의 별이 정주한다.

이 시에서 가장 놀라운 점은 이 소네트가 프랑스어에서 ―yx로 끝나는 거의 모 든 단어(onyx/줄마노, Phénix/불사조, ptyx/소라껍질, Styx/지옥의 강)를 동원 하여 각운의 자리에 배치하고 있다는 것이다. 게다가 프랑스로 씌어인 모든 문 헌을 통틀어 이 소네트에만 출현할 뿐인 "ptyx"에 대해서는, 말라르메 자신이 이 시를 쓸 때까지 그 의미를 모르고 있었던 것처럼 보인다. 그는 첫번째 *yx 각운의 소네트*를 카잘리스에게 보내기 넉 달 전인 1868년 3월 3일, 친구 르페뷔르에게 이 렇게 쓰고 있다: "〔……〕 나는 ―ix 각운을 셋밖에 얻어내지 못했으니, 형들이 의논해서 *ptyx*라는 낱말의 진짜 뜻을 내게 알려주거나, 어떤 언어에도 이 낱말이 존재하지 않는다는 것을 확인해주세요. 존재하지 않는 편이 훨씬 더 좋을 것 같은 데, 각운의 마술로 그 말을 창조한다는 매혹을 누리기 위해서지요. 모든 아름다운 것들의 귀중한 사전인 부르 형과 카잘리스 형, 나는 형들에게 가능한 한 짧은 기 간에 이 부탁을 들어주기를, *운을 찾아나선 한 시인의 초조한 마음*으로 간청하는 바입니다." 번역에서는 이를 "소라껍질"로 옮겨놓고 있지만, 그것은 이 "한밤"에, 덧문을 열어젖힌 그 "빈 객실의, 장식장 위에" 없는 물건이며, 오직 "무(無)가 자 랑하는" 물건이며, "주인"과 함께 지옥의 강으로 내려가 삶과 죽음의 경계에서만 기능하는 어떤 물건의 이름이다. 그것은 옛날에 폐기되었으며 존재하더라도 공허 한 소리로만 울린다. 그것은 애초부터 존재하지 않는 어떤 것의 이름이다. 그러나 부재하는 것은 "ptyx"에 그치지 않는다. 이 시에 이름을 드러내는 모든 것들은 존 재와 부재 사이에 어렵게만 그 위치를 유지하고 있다.

제1연에서는 먼저 태양-불사조가 밤을 맞아 사라진다. 제가 피운 불길인 황혼 에 타버리는 이 새는 그 재에서 다시 태어날 것이기에 유골이 없으며, 따라서 유

골 항아리도 없다. 한밤에 고뇌하는 한 정신은 그 황혼의 추억을 모아 밤하늘의 별빛 같은 의지를 가다듬지만, 그가 받들어 올리는 것 역시 "수많은 저녁 꿈"에 머물러 있다.

제2연에서, 고뇌하는 주인은 이승과 저승의 경계에까지 내려가고 그의 방은 비어 있다. 장식품은 오직 허무가 자랑하는 빈 물건의 빈 이름이다.

그러나 북쪽을 향한 창문의 맞은편 벽에는 잠시 그 빛을 지키는 것이 있다. 거울이 있으며, 그 거울을 금칠 장식으로 둘러싼 액틀이 있다. 이 빛은 죽어가고 있다. 액틀에 부조된 일각수들과 수정은 죽는다. 전설에 따르면, 순결의 상징인 일각수를 붙잡을 수 있는 것은 순결한 처녀들뿐이다. 처녀가 옷을 벗어 제 젖가슴을 내보이면 일각수가 그 품에 들어와 젖을 빤다. 처녀는 그때 이 순결한 짐승을 사로잡을 수 있다. 이 시에서는 그 처녀의 역을 수정이 맡는다. 시에서 이 물의 요정은 물론 아직 물빛으로 번들거리고 있는 거울의 표면과 다른 것이 아니다. 요정은 일각수들을 붙잡겠지만, 일각수들의 부조인 황금의 빛이 사라지는 순간 거울의 수면도 그 빛을 잃는다. 수정은 죽는다.

마지막 연에서, 수정이 발가벗은 몸으로 죽고, 빛을 잃은 액틀이 거울을 어둠 속에 닫아놓고 있을 때, 마침내 저 북쪽 하늘의 일곱 개 별이 거울 속에 붙박인다.

시의 문맥을 따진다면, 이 북두칠성의 7중주는 "한밤"에 고뇌하는 한 정신이 그 손톱에 불을 붙여 하늘로 받들어 올렸던 그 횃불이다. 시인은 지상적인 모든 것을 부정한 뒤에도 마지막 남는 빛인 제 의지를 본다. 마찬가지로 그의 시는 모든 지상적인 빛의 간섭이 사라진 자리에서 제 자신의 반영을 본다.

(112, 184)　　　　　에드거 포의 무덤

에드거 포는 1809년에 태어나 1849년에 죽었지만, 볼티모어에 있는 그의 무덤에 기념비가 세워진 것은 1875년이었다. 기념비건립위원회는 이 기회를 이용하여 죽은 시인에게 바치는 추모 문집을 발간하기로 결정하고, 포의 번역자 가운데 한 사람인 말라르메에게도 추모시 한 편을 청탁했다. 말라르메의 이 시가 수록된 문집은 1876년 볼티모어에서 발간되었다. 당시 말라르메는 이 기념비의 사진을 보고 그것이 매우 조잡하다고 생각했다: "4반세기 전부터 포의 버림받은 유해가 누워 있는 땅 구석으로부터 끝없이 풍겨나오는, 해결할 길 없는 그 많은 신비에 불편을 느낀 사람들이, 무용하고 뒤늦은 무덤의 덮개 아래로, 크고 거칠고 무겁고 용서를 비는 듯한 돌덩이를 굴려넣어, 만인에게 금지된 시인의 정당한 생존권 요구가 하늘을 향해 독기처럼 발산될 장소를 단단히 막아버리려 했던 것 같은 그 실용적인 방법에 나는 찬탄을 그칠 수 없으리라"(「에드거 포의 시」, 전집 II, 768). 영미권에서 포가 정당한 평가를 받지 못하고 있다는 생각을 배면에 깔고 있는 이 신랄한 어조는 추모시에도 그대로 나타나 있다.

말라르메가 기념비건립위원회에 보낸 초고는 드망 판과 약간의 차이가 있다. 특기할 만한 것으로 제2행의 "벌거벗은 칼/glaive nu"을 초고에서는 "벌거벗은 찬가/Hymne nu"로 쓰고 있다. 말라르메는 이 초고를 또한 영어로 번역하고 몇 구절에 주를 붙여, 1877년 7월 미국 시인 사라 헬렌 휘트먼에게 보냈다.

제1행의 "마침내 영원이 그를 그 자신으로 바꿔놓는 그런" 시인이라는 말은 프랑스 문학에서 이제는 거의 속담처럼 '죽음에 의해서만 오직 영원한 명성을 획득하는 시인들'을 흔히 지칭하는 표현이 되어 있다. 그러나 말라르메가 이 구절로 말하려는 것은 한 시인이 그 사후에 누리게 되는 불후의 명성만은 아니다. 대문자로 "시인/Le Poëte"이라고 써야 할 "그런 시인"이 이 세상에 탄생한다는 것은 그 시인으로서의 이상이 이 비천한 삶의 우여곡절 속에 내던져진다는 것과 같다. "영원"한 시간의 삶인 죽음만이 그를 오직 이 세속적 · 물질적 조건으로부터 벗어나게 할 수 있다. 베르트랑 마르샬은 이 "영원"에 관해 이렇게 쓴다: "그러나 어떤 영원이 문제되는가? 여기서 묵시록적 이미지는 하나의 은유이며, 제1행의 종말론적 수사학은 근거 없는 환상을 창조하게 되어 있는 것이 아니다. 자기 칼의 광채 속에 영광스럽게, 역사를 닫으러 온 처단자 천사처럼, 일어서는 인물상은 무슨 마술의 힘으로 육체와 정신을 되찾아 소생하는 포의 모습이 아니라, 비루한 편견들과 주관적인 표상들을 벗어버리고, 영원한 작품의 거울 속에 나타나는 시인의 이상적인 모습이다"(마르샬, 194). 죽음은 또한 시인을 시대의 편견에서 해방시킨다. 죽음에 의해서 지상의 비열한 억압에서 벗어나, 끝내 누려야 할 명예와 함께 그 순결성을 되찾은 시인이 이제 그의 "벌거벗은 칼," 그 본래의 힘을 회복한 시어로, 자신을 학대하던 "세기"의 편협하고 나태한 지성을 뒤흔든다. 세속적 시간에 속하는 이 "세기"는 인습과 습관에서 일탈한 그의 "낯선" 언어가 "죽음이 승리"한 언어, 다시 말해서 시인이 자신의 인간적 조건을 벗어나서만 맞이할 수 있는 진리의 언어이며, 그래서 죽음 뒤의 시대인 미래의 시간에 내기를 걸었던 언어임을 알지 못했기에 놀라는 것이다.

제2연은 이 "낯선" 언어에 대한 부연 설명이며, 그 언어가 만날 수밖에 없었던 한 운명에 대한 서술이다. 지상적 삶에 '유형' 생활을 하면서 그 삶을 뛰어넘으려 하는 시인-천사는 그 '종족'의 틀에 박힌 언어·의미 체계를 개혁하고, 낱말들의 의미를 정화함으로써 시대의 풍속을 순화한다. 하나의 문화에 사로잡힌 종족 언어의 방언성은 항상, 수많은 머리를 자랑하며 그 입으로 독기를 내뿜는 "히드라"를 닮는다. 그리스 신화에서, 하나의 머리를 자르면 그 자리에 두 개의 머리가 돋아나는 이 괴물을 처단하는 것이 헤라클레스의 12개 과업 중의 하나였다. 괴물의 수많은 머리로 표현되는 종족 언어의 패거리 의식과 다시 돋아나는 머리로 일컬어지는 그 끈질긴 인습은 시인을 그의 땅으로부터 도편추방한다. 포의 고향 사람들, "세기"의 사람들인 "그자들/Eux"은 외국어로 번역되었을 때만 오히려 순결한 어조와 공공의 의미를 얻는 그의 시어가 나타났을 때, 영웅의 칼날에 떠는 히드라처럼 비열하게 꿈틀거렸지만, 여전히 그 저항을 멈추지 않았다. 그들은 포의 마술적인 시어가 "어떤 검은 혼합의 영광 없는 물결"을 마시고 취했다고, 즉 알코올과 마약의 기운으로 내뱉는 헛소리라고 소리 질렀다.

제3연과 제4연은 한 문장으로 되어 있는 기원문이다. 제3연에서 "다툼"이라고 옮긴 "grief"는 흔히 '불평, 불만, 비난'을 뜻하지만, 어원적으로 '쟁송'의 뜻이 있다. 말라르메 자신도 이 낱말을 영어로 "struggle"이라고 옮겼다. 적대 관계에 있는 "땅과 구름"의 쟁투는 지상적 가치와 초지상적 가치의 싸움이며, 시인과 군중의 갈등이며, 종족 언어와 시어의 대립이다. 포의 생애는 이 "다툼" 가운데서 막을 내렸다. 포와 관련하여 뒷사람들이 기리고 반성해야 할 것이 있다면 바로 이 치열한 싸움일 것이다. 그러나 여전히 미숙하고 주저하는 "우리들의 사상/notre idée," 여전히 빈곤한 '우리들의 아이디어'는 시인의 뛰어난 생애의 이야기로 "얕은 부조(浮彫)" 하나도 새길 수 없었으며, 그래서 그의 무덤은 어떤 눈부신 장식도 없이 초라하다. "크고 거칠고 무거우며," 뒷사람들이 자신들의 오해와 무성의에 대해 '용서를 비는 듯한 돌덩이' 하나가 거기 놓였을 뿐이다. 그러나 말라르메는 이 거친 화강암에 관해, "어느 알 수 없는 재난으로부터 여기 떨어진 조용한 돌덩이"라고 말함으로써, 그것에 한 예외적인 시인의 이미지를 겹쳐놓고 있다. 어떤 형식으로도 아직 다듬어지지 않은 채 애초의 '적나라한' 모습을 그대로 지니고 있는 이 화강암은 추방된 자로서의 생전의 이미지를 아직 다 벗어버리지 못한 포 그 자신일 수도 있는 것이다. 실제로 말라르메는 포에 관해 이렇게 쓰고 있다: "……영혼들 가운데 순수한 영혼, 아니 차라리 운석과 같은 것, 유한한 인간적 의도들로부터, 우리들로부터, 번개치듯, 아주 멀리 내던져진, 동시에 바로 여기에서 수세기를 거듭하여, 누구를 위한 것도 아닌 왕관의 보석으로 폭발한 별. 그는 그런 예외이며, 절대적인 문학적 사건이다"(「몇 점의 인물 부조와 전신 초상화」, 전집 I, 145). 포는 하늘에서 일어난 어떤 신비한 사건—"어느 알 수 없는 재난/un désastre obscur"—에 의해 지상에 떨어진, 타다 남은 소행성이다. 이 기적의 운석-시인은 어떤 오해와 편견으로부터도 스스로를 지킬 권능을 지니고 있다. 마지막 두 행의 시구가 바로 그 뜻을 전한다. 시인의 죽음을 지키는 이 화강암 기념비만이라도 하늘을 까맣게 덮고 무덤을 향해 날아드는 흉측한 까마귀떼—— 미래 세대들에게서 우연하고 경망스럽게 흘러나와 시인을 중상모략할 '모독적인 평가들'——에게 이 신성한 땅의 경계를 분명히 알려주어 그것들의 침노를 막아야 하리라.

회원에는 항상 한과 다짐이 섞이게 마련이다. 시의 결구가 되는 이 회원은 오만하고 장중하지만 또 그만큼 비극적이다. 폴 베니슈는 이 결구에서 오히려 유머를 읽는다: "시인의 책무가 산 자들에게 죽음의 해석자 노릇을 하고, 저 세계(Au-delà)에서 산 자들을 매질하는 것일 수 있을까? 여기서 사상으로서보다는 유머로서 더 설득력이 있는, 이 희망 없는 성직의 모순을 분명히 짚어둔다"(베니슈, 206). 그러나 말라르메의 이 시는 죽음을 해석한다기보다 죽음을 걸고 삶을 해석한다고 말해야 옳을 것이다. 또한 희망을 죽음 후에, 미래에 걸어둔다는 것은 희망 없음과 같은 것이 아닐 것이다. 여기에 유머가 있다고 하더라도 그것은 "모독의 검은 비행"에 대한 경멸로서의 그것일 뿐이다.

다음은 한때 에드거 포의 약혼녀이기도 했던 미국 시인 사라 헬렌 휘트먼을 위해 말라르메 자신이 영어로 번역한 텍스트이다.

Such as into himself at last Eternity changes him,

The Poet arouses with a naked* hymne

His century overawed not to have known

That death extolled in this** strange voice :

But, in a vile writhing of an hydra, (they) once hearing the Angel***

To give**** too pour a meaning to the words of the tribe,

They (between themselves) thought (by him) the spell drunk

In the honourless flood of some dark mixture*****

Of the soil and the ether (which are) enemies, o struggle !

If with it my idea does not carve a bas-relief

Of which Poe's dazzling****** tombe be adorned,

(A) stern block here fallen from a mysterious disaster,

Let this granite at least show forever their bound

To the old flights of Blasphemy (still) spread in the futur.*******

* Naked hymne means when the words take in death their absolute value.

** This means his own.

*** The Angel means the above said Poet.

**** To give means giving.

***** Means in plain prose : charged him with always being drunk.

****** Dazzling means with the idea of such a bas-relief.

******* Blasphemy means against poets, such as the charge of Poe being drunk.

샤를 보들레르의 무덤

문예 잡지 『펜』의 편집장 레옹 데샹이 『보들레르의 무덤』이라는 제목의 소책자를 발간하기로 계획을 세운 것은 1892년 7월이었다. 이 계획에 따라 말라르메는 1893년 3월부터 1894년 4월까지 1년여에 걸쳐 이 시를 완성했다. 이 시는 처음 "예찬/Hommage"이라는 제목으로 1895년 1월 『펜』지에, 그리고 1896년 예의 소책자에 발표되었다. 현재의 제목이 사용된 것은 드망 판 『시집』에서부터이다. 1894년경에 작성된 한 수고는 제2연과 제3연에 걸쳐 이문을 보여준다.

> Ou que le gaz récent torde la mèche louche
> Essuyeuse on le sait des opprobres subis
> *Elle* allume hagard un immortel pubis
> Dont le vol selon le réverbére découche
>
> Quel feuillage séché dans les cités sans soir
> *Triste* pourra bénir comme elle se rasseoir
> Contre le marbre *simplement* de Baudelaire
> (혹은 최근의 가스등이 저 수상한 심지를 쥐어짜고
> 알다시피 수모를 문질러 씻는 그 *심지*가
> 어느 불멸의 사타구니에 사납게 불 밝힐 때
> 그 비상은 가로등을 따라 잠자리를 옮긴다
>
> 저녁 없는 도시에서 어느 봉헌의 슬픈
> 잎사귀들이, 그가 *다만* 보들레르의 대리석에
> 기대앉듯, 축복할 수 있으랴)

이 시는 말라르메의 시 가운데 가장 많은 논란을 불러온 작품에 속하지만, 그의 열성적인 지지자들 가운데 이 시를 높이 꼽는 사람은 드물다. 티보데와 콘은 이 시에 명백하게 불만을 표시했으며, 발레리조차도 별로 높이 평가하지 않았다. 오스틴 질은 말라르메가 이 시에서 보들레르에게 유보적인 태도를 보이고 있으며, 예찬과 풍자 사이에서 갈등을 드러내고 있다고 생각한다(Austin Gill, "Mallarmé on Baudelaire" in *Currents of thought in French literature. Essays in Memory of G.T.Clapton*, Oxford, Basil Blackwell, 1965, 89~114). 그러나 제임스 오스틴은 이 시에 대해 말라르메가 자신에게 시적 소명을 일깨워준 "이 순수하고 예외적인 재능"에게 바친 마지막 예찬이라고 평가한다(오스틴, 25). 시트롱도 다른 평자들이 불만으로 여기는 이 시의 "불협화음"을 의도적인 것이며 훌륭한 것이라고 판단한다(시트롱, 309).

　제1연을 정리하면 '파묻혀 있던 신전이 진흙과 루비를 흘리는 하수구 아가리로 콧마루가 붉게 타오르는 아누비스의 우상을 토해낸다'는 말이 된다. (이집트의 신 아누비스는 개의 머리를 가진 죽음의 신이다.) 신전과 하수구에서 엄숙한 고대와 저속한 현대의 보들레르적 혼합을, 또는 고전적 미의식과 도시적 리얼리즘의 종합을 발견한다거나, "진흙과 루비"에서 보들레르의 '이상과 우울'의 대비를 보고, 『악의 꽃』 재판을 위한 "에필로그" 초안의 다음과 같은 마지막 시구를 떠올리는 것은 당연한 일이다.

　　　　Tu m'a donné ta boue et j'en ai fait de l'or.
　　　　(너는 내게 진흙을 주었으나 나는 그것으로 황금을 만들었다.)

　"신전"은 바로 "리얼리즘과 호화로움이 혼합된 음울한 기념물인 『악의 꽃』"이라고 말하는 시트롱은 특히 브뤼티에르가 보들레르를 가리켜 "동방의 우상"이라고 불렀던 사실을 상기시킨다: "괴기스럽고 뒤틀린 우상, 자연스런 뒤틀림이 기이한 색조로 강조된 일종의 동방의 우상"(시트롱, 310).

　제2연에 대해, 연구자들은 분분한 해석을 제시하고 있지만, 보들레르의 방탕했던 생애를, 특히 창녀들과의 잦은 접촉을 나타내고 있다는 의견에는 거의 모두 동의하고 있다. 이 연의 내용은 가스등이 벌이고 있는 두 가지 일로 요약된다.

　　　　가스등은 수상한 심지를 쥐어짠다. (이 심지는 수모를 닦는 심지이다.)

가스등은 불멸의 사타구니에 불을 붙인다. (이때 사타구니는 비상하여 가
로등을 따라 잠자리를 옮긴다.)

논자들이 여기서 보들레르의 방탕한 생애와 창녀를 떠올리게 되는 것은 "불멸
의 사타구니"가 '영원한 직업'인 매춘을 암시하며, 우리의 번역문에서 "잠자리를
옮긴다"로 번역한 découcher(외박한다) 동사가 창녀의 행실을 서술한다고 보기
때문이다. 이때 문제가 되는 것은 "심지/la mèche"이다. 가스등에는 심지가 없기
때문이다. 그래서 등잔이나 촛불처럼 "심지"를 지녔던 옛날의 조명 장치가 최근의
가스등으로 대체되는 과정을 이 시구들로 나타내고 있다는 해석이 대두한다. 희미
한 촛불은 창녀의 모습을 감춤으로써 "수모"를 면제해주었지만, 밝은 가스등은
'외박'하는 창녀의 행로를 적나라하게 드러낸다는 것이다. 그러나 한편에서는
mèche가 '심지'일 뿐만 아니라 '머리 다발'일 수도 있다는 점에 근거하여, 이 낱
말이 창녀의 머리털을 암시한다고 본다. 보들레르는 일례로 『악의 꽃』의 「머리
채」에서 다음과 같이 썼던 것이다.

> Je plongerai ma tête amoureuse d'ivresse
> Dans ce noir océan où l'autre est enfermé ;
> (도취를 갈망하는 내 얼굴을 나는 묻으련다,
> 또 다른 바다 품고 있는 이 검은 바다 속에.)

그러나 이 두 4행연은 다른 방식으로도 설명될 수 있다. 여기서 옮긴이가 특
히 주목하는 것은 제5행의 첫머리에 놓여 제1연과 제2연을 연결하는 접속사 "혹
은/Ou"이다. 이 "혹은"은 앞 연에서 아누비스 신의 콧마루에서 타오르고 있는 불
꽃과 다음 연에서 보들레르의 밤을 밝히는 불꽃을 선택적으로 연결한다. 제1연의
"파묻힌 신전"이 '악운'에 의해 매몰될 수도 있는 보들레르의 재능이자 보들레르
그 자신이라면, "진흙과 루비"는 비천한 것과 고결한 것을 혼합하는 (또는 진흙으
로 보물을 만들어내는) 보들레르의 시법이며, 이 시법에 의해 빚어지는 미학이 아
누비스 신이라고 말할 수 있다. 이 기괴한 미학의 조각상은 여전히 콧마루를 온통
불태우며 세속을 향해 분노를 터뜨리고 있다. 그러나 말라르메는 이 분노의 불꽃

만으로는 보들레르를 표상하기에 부족하다고 여겼든지, 제2연에서 보들레르와 관련하여 또 하나의 불꽃을 생각한다.

제2연에서 "심지"는 보들레르의 "수모를 문질러 씻는" 불꽃의 심지이다. 보들레르는 이를테면 「새벽 한 시에」 같은 산문시에서, 낮에 받았던 모욕들을 열거한 다음 "아름다운 시를 몇 구절이라도 지어내어 내가 인간들 가운데 가장 하등한 자가 아니며, 내가 경멸하는 치들보다 더 못난 놈이 아니라는 것을 내 자신에게 증명할 수 있도록 은총을 베풀어"달라고 신에게 기도한다. 시인은 등불 아래 밤을 새우며 세상을 경악케 할 시구를 만들어 그 수모를 씻으려 한다. 이 철야 작업을 지켜보는 불꽃의 심지를 "수상한/louche" 심지라고 말하는 것은 물론 세속의 관점에서 그렇다는 것이다. 그러나 자신을 순결하게 지키려는 이 고독한 열정은 보들레르에게서 "군중 속에 미역을" 감으며 그 도취감 속에서 세상과의 "총체적 교류"(「군중」, 『파리의 우울』)를 꿈꾸는 또 하나의 열정으로 이어진다. 보들레르는 그의 『내면 일기』에서, 이 "종교와도 방불한 대도시의 도취"를 "매음"이라고 부른다.

예술이란 무엇인가 매음.
군중 속에 들어가 있는 쾌락이란 곧 수의 증식을 누리는 기쁨에 대한 비의적 표현이다.

가로등은 고독한 시인의 등불을 "쥐어짜/torde" 예술 그 자체인 매음의 열정("불멸의 사타구니/un immortel pubis")에 불을 밝힌다. 이 열정으로 타오르는 시인의 넋은 가스등의 부추김을 받으며, 욕망이 들끓는 저녁의 도시로 날아가 다른 사람들의 육체 속에 차례차례 파고 들어간다. 마치 줄지어선 "가로등을 따라" 불길이 하나하나 옮겨붙듯이.

말라르메는 제1연에서 보들레르의 현대 미학 전체를 조감하고, 이어서 제2연에서 그 미학의 한 원기로서 매음의 도취와 열정을 제시한다. 그는 이렇게 보들레르를 표상하기 위해 두 개의 불꽃을 선택적으로 제시하지만, 제3, 4연을 읽으면, 그 두 개의 표상이 모두 소용없다고 말하는 것 같다.

제3연에서 가장 크게 문제가 되는 것은 번역문에서 "그"(제11행)라고 옮긴 여성주격대명사 elle이다. 이에 대해서는 제2연에서 암시된 창녀를 뜻한다는 해석과 제4연의 제13행에 나오는 여성명사 "Ombre/그림자"를 미리 받는다는 의견이 있다. 우리의 번역은 후자를 따랐다. "저녁 없는 도시/les cités sans soir," 다시 말해서 저 열정의 불꽃이 이미 사라져버린 도시에서, 보들레르에게 어떤 월계관("마른 잎사귀/feuillage séché")을 바친다 하더라도, 보들레르의 망령, "바로 그의 그림자"가 그의 비석에 기대앉는 것보다 더 소용없는 일이라고 말라르메는 말한다. 중요한 것은 죽음 속에서까지 새로운 것을 찾으려 했던 그의 열정을, 그 "수호의 독/poison tutélaire"을, 우리가 다시 죽음을 무릅쓰고 호흡하여 계승하는 일이다. 그때까지 보들레르는 부재하는 자가 되어 베일 속에 떨고 있을 것이다.

말라르메가 "쓰라린 휴식이 지겨워……" 같은 시에서 "잔인한 나라의 게걸스런 예술"을 청산하고 싶어할 때, 그것은 보들레르를 극복하겠다는 의지와 다른 것이 아니었다. 그러나 이 추모시에서 말라르메는 자신의 불편한 심정을 여기저기 노출하면서도 스승에 대한 존경심을 버리지 않고 있다.

(114, 186)   무덤

「무덤」은 베를렌을 애도한 시이다. 이 시는 베를렌의 죽음(1896년 1월 8일) 직후에 씌어졌으나, 부제가 말해주는 것처럼 그 1주기가 되는 1897년 1월 『백색평론』지의 베를렌 특집호에 처음 발표되었다. 말라르메는 이 시에서도 「에드거 포의 무덤」에서와 마찬가지로 시인에 대한 세상 사람들의 오해와 사후에 얻게 될 시인의 영광을 말한다.

제1연은 세상 사람들이 베를렌을 이해하고 애도하는 방식에 대해 말한다. "검은 돌덩이/Le noir roc"는 베를렌의 무덤에 세워질 비석이겠지만, 돌로 형상화된 베를렌 그 자신이기도 하다. 「가을의 노래」에서 "나를 실어가는 몹쓸 바람"이라고 노래했던 베를렌은 죽어 돌이 되어서도 여전히 나쁜 운명에 시달리고 있다. 경건한 도덕을 내세우는 사람들은 그 검은 돌비를 만지면서 어떤 악덕의 거푸집에서 이 검은 돌이 주조되어나온 것임을 확인하고, 시인의 불운한 삶을 그의 나쁜 기질의 탓으로 돌리려 한다. 사후에까지 연장되는 이 오해 앞에서 시인이 "격노"하며, 편히 잠들지 못할 것은 당연하다.

세상의 이 물질적 애도는, 제2연에서 산비둘기의 울음으로 나타나는 "비물질의 애도"와 대비된다. 산비둘기는 슬피 울지만 죽은 시인의 영광이 멀지 않은 날에 "큰 별"로 떠올라 많은 사람들을 비추게 될 것을 믿고 있다. 다만 그 큰 별이 아직은 "혼례의 수많은 면사포 주름으로/de maints Nubiles plis" 무겁게 감추어져 있다는 것이 문제이다. 그러나 혼례의 면사포에 아무리 많은 주름이 있다 해도 그것은 신랑 앞에서 곧 벗어던지게 될 주름이다. 말라르메는 베를렌이 시인의 영광을 회복하는 데에 많은 시간이 필요치 않을 것이라고 생각하는 것이다.

이 낙관적 전망은 자신을 돌보지 않았기에 방탕자라고만 여겨지는 베를렌의 순진한 성격과 관련이 있다. 제3연의 "고독한 도약/le solitaire bond"은 삶에서 죽음으로 건너뛰기이며, 그 주검을 담은 무덤일 것이지만, 항상 자신을 내던지고 살았던 베를렌은 "머지않아 밖에 드러날/Tantôt extérieur," 다시 말해서 어쩔 수 없이 현실로 인정해야 할 이 도약을 심각하게 생각하지 않는다. 그는 죽음을 숨바꼭질이나 술래잡기 정도로 여기는 듯 "풀밭에 숨어 있다." 그는 아직 죽음의 강물을 마시지 않았으며, 숨을 거두지도 않았다. 그는 무덤 밖에서 잠시 기다리며 사람들이 "억울하게도 죽음이라고" 부르는 별로 깊지 않은 "시내"를, 그것도 "순진하게 동의를" 얻고 나서야, 붙잡아 술래잡기를 끝마칠 것이다. 그때 시인으로서의 베를렌의 영광도 빛나기 시작할 것이다.

베를렌이 "순진하게 동의를 얻어서만" 죽음을 붙잡으려 한다는 말을 역으로 이해한다면 베를렌 자신이 동의를 해야 죽음이 그를 붙들어갈 것이라는 뜻이 된다. 베를렌은 잠시 동의를 미뤄두었고 그래서 아직 살아 있는 셈인데, 이러한 말라르메의 언명은 얼핏 보면 「장송의 건배」 같은 시에서 영혼의 사후생존설을 부정했던 견해와 모순되는 것처럼 보인다. 그러나 말라르메는 「장송의 건배」나 「에드거 포의 무덤」에서 시인의 죽음이 지니는 의의를 해석하고 그 죽음을 통해 시인의 삶을 해석하려 했던 것과는 달리, 이 시에서는 베를렌의 죽음에 임해 시인의 대한 세상의 몰이해를 한탄하고 동료 시인을 떠나보낸 자신의 애석한 심정을 말하고 있을 뿐이다. 말라르메의 마음 속에서는 베를렌이 아직 죽지 않았다. 장난기가 없지 않은 이 시에는 30년 동안 키워온 두 사람의 우정이 간절하게 배어 있다.

(115, 187)   예찬

　　1885년 8월 말라르메의 평문「바그너, 어느 프랑스 시인의 몽상」이『바그너 평론』지에 발표된 후, 잡지의 편집장 에두아르 뒤자르댕은 말라르메에게 바그너를 적극적으로 찬양하는 시를 청탁했다. 시인은 몇 차례 사양했지만, 결국 바그너에게 바치는 이「예찬」을 1886년 1월 그 잡지에 발표했다.

　　말라르메는 이 시의 주제와 정신에 대해 외삼촌에게 보내는 한 편지에 이렇게 썼다: "예찬이라고는 했지만 심사가 편치 않은 예찬입니다. 보시다시피, 예찬이기보다는 오히려 바그너를 최근의 신으로 모신 현대 음악의 떠오르는 태양 앞에서, 옛날의 시적 도전이 허물어지고 호화로웠던 말들이 빛을 잃는 것을 보는 시인의 우울한 심정이지요"(1886년 2월 7일, 폴 마티외에게 보낸 편지). 실제로 이 "예찬"에는 시인의 자탄과 빈정거림이 없지 않다.

　　제1연은 시단이 붕괴하는 광경이다. 시의 극장은 그 중추가 허물어지면서 폐기된 "가구/mobilier"가 되어 뒹굴고, 옛날의 영화를 기억하는 사람이 없는 가운데, 그 위에 주름지어 덮인 장막("무아르 천/une moire")만이 음울하게 침묵을 지키고 있다. 특히 "가운뎃기둥의 붕괴"에 관해서는 빅토르 위고의 죽음을 뜻한다는 풀이가 있다. 이는 빅토르 위고의 기일(1885년 5월 22일)과 바그너의 생일(1813년 5월 22일)이 같은 날이라는 점에 착안한 것이다.

　　제2연은 한때 호기로웠으나 이제 낡아버린 "주술서/grimoire," 곧 시의 자리를 차지하고 거침없이 일어서는 현대 음악에 관해 말한다. 오페라 악보의 음표들일 "상형문자/Hiéroglyphes"들은 열광하며, 시가 개발했던 "장난/ébat," 곧 온갖 시적 환상, 이미지 따위를 그 날개에 실어 거침없이 ("스스럼없는 떨림/un frisson familier"으로) 대중화시킨다. 시인은 시의 자산이 이런 방식으로 이용되기보다는 오히려 폐기된 골동품이 되어 장롱 속에 감춰지기를 바란다. 파스칼 뒤랑은 이 구절들에 대해 "바그너의 오페라가 문학의 피를 빨기 전에 문학을 유혹하고 있음을 암시한다"(뒤랑, 33)고 쓴다.

　　마지막 두 3행연은 리하르트 바그너가 신으로 등극하는 축성식의 장면이다. 바그너는 1882년 7월 바이로이트에 축제극장을 세우고 그로부터 7개월 후인 1883년

2월에 사망했다. 이 시를 쓸 무렵 축제극장은 바그너의 마지막 오페라 '신성제전극(神聖祭典劇)'「파르지팔」을 독점적으로 상연하고 있었다. 축제극장은 주로 종교극을 상연하는 극장이지만, 말라르메가 보기에 바그너를 신으로 모시는 신전과도 같다. 바그너는 "태초의 웃음짓는 소동/souriant fracas originel"의 증오를 받는 가운데, "으뜸가는 광채들/clartés maîtresses"에서 솟아나, 그 광채들에 둘러싸여 신으로 군림한다. 마르샬은 "태초의 웃음짓는 소동"이 오페라가 등장하기 이전의 종합 예술, 곧 원시 종합 예술이며, 이에 대비되는 "으뜸가는 광채들"은 논리적·분석적인 근대 예술, 그중에서도 특히 문학이라고 설명한다(마르샬, 219). 예술은 태초의 집단 참여의 제의적 종합 예술에서 수동적이고 개인적인 순수 미학 예술로 바뀌었는데, 바그너의 오페라라고 하는 현대의 종합 예술은 제의와 미학을 동시에 "흉내/simulacre"내어 대중화시킨 셈이다. 제12행의 "양피지/vélins"는 오페라의 악보이며, "잉크/encre"는 물론 시의 제유이다. 시는 바야흐로 '침묵의 음악'이 되었지만, "황금의 트럼펫 소리 드높게" 팡파르를 울리며 등장하는 세속의 신 바그너의 음악에까지 자신의 침묵을 강요할 수는 없다. 가짜 신의 신봉자들이 내지르는 환호는 문학의 죽음을 알리는 "오열"이기도 하다.

말라르메는 바그너를 "예찬"하고 있지만, 여기에는 깊은 아이러니가 깔려 있다. 그는 문학을 비하하는 척하지만, 시가 침묵에 이른 자리에서 한 인간을 수상쩍게 신격화하고 있는 음악의 소란을 꼬집고 있다.

(116, 188)   예찬

이 또 한 편의 「예찬」은 화가 퓌비 드 샤반(1824~1894)에게 바칠 합동 추모첩을 위해 1894년에 쓴 것으로, 1895년 1월 『펜』지의 퓌비 드 샤반 특집호에 발표되었다.

제1연과 제2연은 '새벽은 목자를 가졌다'라는 말로 요약되는 하나의 문장을 구성한다. 그러나 문장의 주어가 되는 "온 새벽/Toute Aurore"은 이중의 의미를 가진 것으로 파악된다. 그것은 한편으로 새벽에 기상 나팔을 부는 '새벽의 신'이며, 다른 한편으로는 새벽에 아직 잠이 깨지 않아 "마비에서 덜 풀려/gourde" 있는

사람들이다. 이 새벽의 사람들은 새벽의 여신이 "귀머거리/sourde"처럼 막무가내로 불어대는 나팔 소리에 치를 떨며 주먹을 흔들어 위협한다. 빛과 어둠이 혼재하는 새벽은 구문이 극도로 생략된 이 시에서 각성과 미각성의 상태를 이중으로 우의한다. 그러나 일찍 잠이 깬 선각자 목자는, 구약의 모세처럼, 양떼들을 이끌고 앞장서 나아가 단단한 땅을 두들겨 샘물을 솟아나게 한다.

화가 퓌비 드 샤반의 삶이 이와 같다. 그는 "고독한/solitaire" 자이며 "결코 혼자가 아(닌)/jamais seul" 자인데, 고독하다는 것은 그의 선구적인 탐색 작업이 그렇다는 것이며, 혼자가 아니라는 것은 그의 뒤에 새로운 세대가 뒤따르고 있다는 뜻이다. (말라르메가 제11행을 꺾어 쓴 것은 상반되는 두 부가어의 대립을 강조하기 위해서다.) 그는 이 세대를 이끌어, 자신의 영광스런 작업으로 발견한 "수의도 없는 님프," 다시 말해서 영원히 죽지 않는 님프에서 물을 마시게 한다. 님프는 물의 요정이다. 퓌비 드 샤반이 발견한 샘은 영원히 마르지 않는 샘이다.

화가 퓌비 드 샤반은 소르본 대학의 계단 강의실과 팡테옹을 비롯한 파리의 수많은 건물에 우의적인 벽화와 장식화를 그렸다. 단순한 형태와 율동적인 선, 엷고 평면적인 채색으로 고대의 신화와 추상적 주제들을 우의적으로 표현한 그의 그림은 당시의 주요 미술 사조들에서 동떨어진 것이었지만, 조르주 쇠라, 폴 고갱 등의 화가들과 보들레르, 고티에 등의 비평가들에게 크게 존경을 받았으며, 젊은 화가들에게 미친 영향이 적지 않았다.

(117, 189)　　　[항해하려는 유일한 열망에……]

이 제목 없는 소네트는 바스코 다 가마의 항해 400주년을 맞아 발간한 『기념 앨범』 편집자들의 청탁에 따라 씌어져, 1898년 4월, 리스본과 파리에서 동시에 발간된 이 『앨범』에 발표되었다. 그로부터 다섯 달 후인 9월에 말라르메는 저 세상 사람이 되었다. 그래서 이 소네트는 비록 청탁에 의한 작품이지만 말라르메가 완성한 마지막 시로서 더욱 감동적인 힘을 누리게 되었다.

바스코 다 가마의 위업을 기리는 이 시에서 말라르메가 포르투갈의 저 유명한 모험가와 관련된 역사적 사실을 충실히 따르고 있는 것은 아니다. 인도를 자기 항해의 목적지로 삼았던 바스코에게 그 "너머로 항해하려는 유일한 열망"이 있었던 것 같지는 않기 때문이다. 남아 있는 기록은 도리어 그 반대로 이야기한다. 그러나 말라르메는 새로운 항로를 개척하려는 바스코의 의지가 미지의 세계를 탐험하려는 후세의 모든 정신적 항해자들에게 유전되었다고 말하고 싶어한다. 말라르메는 이 시뿐만 아니라 「인사」에서, 「바다의 미풍」에서, 그리고 필생의 역작인 『주사위를 한 번 던짐』에서, 자신을 늘 항해사에 비유한다. 그에게 중요한 것은 목적지가 아니라 출발이며 항행이다.

이 시는 4연, 14행 전체가 한 문장으로 되어 있다. 제1연은 주절이며 나머지 3연은 비교를 나타내는 종속절에 해당한다. 말라르메는 자신의 "인사," 곧 자신이 쓰고 있는 이 시가 "인도 저 너머로" 더 멀리 항해하려는 바스코의 "열망"을 맞이하기 위한 것이라고 말하는데, 바스코가 탄 배의 "선미(船尾)"는 그 항해로부터 4세기가 지난 지금 또 하나의 희망봉인 "이 시대"를 벗어나 미래의 시간을 향해 달리고 있다. 따라서 말라르메의 이 기념시는 바스코의 시간 항해에 파견된 "전령사"로서 옛날 바스코의 배에게 인도로의 접근을 알렸던 "한 마리 새로운 소식의 새"와 같은 역할을 하고 있다. 그러나 바스코에게 이 새가 전달해주는 육지의 정보는 "쓸모없는" 것이다. 그는 인도보다 더 먼 곳으로 항해하기를 열망하고 있기 때문이다. 그는 400년 전에 새가 도취하여 전하는 소식에 키의 방향을 바꾸지 않았던 것과 마찬가지로, 말라르메가 바치는 시대의 인사에 대해서도 창백한 미소로 답할 뿐이리라. 그러나 이 시간의 항해자는 또한 말라르메 그 자신이기도 하다.

제1연: 시인은 자신의 "인사"가 바스코의 "항해하려는 유일한 열망"을 마중 나가, 자기 시대의 기별을 전하는 "전령사"이기를 바란다고 말하고 있다. "시대/temps"는 "갑/cap"과 동격어. 옛날 희망봉을 넘어섰던 이 항해사의 고물은 지금 세월의 망각을 이겨내고 '이 시대'라고 하는 또 하나의 갑을 벗어나고 있다. 이 점에서 바스코가 넘어서려고 열망하는 "어느 인도/une Inde"는 '이 시대'와 다른 것이 아니다. 이 시대는 그가 옛날에 도달했던 인도처럼 "찬란"하지만 그가 지향하는 세계의 완전함에 비하면 흐릴 뿐이다. 바스코의 이 열망은 선도적 성격을 지녔다는 점에서 "고독한/seul" 열망이며, 다른 세속적 관심이 거기 결부되어 있지 않다는 점에서 "유일한/seul" 열망이다.

제2연은 비교의 종속절을 나타내는 "이처럼/Comme"으로 시작한다. 이 시대에 시인의 "인사"가 바스코의 열망을 맞이하듯이 400년 전에는 "한 마리 새로운 소식의 새/Un oiseau d'annonce nouvelle"가 그의 배를 마중 나가 인도 대륙이 멀지 않았음을 알렸다. "쾌속범선"은 새가 그 활대 위에서 날고 있는 순간 높은 파도에 들렸다가 그 경사면을 따라 처박히듯 낮은 골짜기로 내려가고 있다. 이 두 줄의 묘사는 극히 간결하지만 항해의 험난함을 드러내기에 충분하다. 새는 매우 날렵하고 부산스럽게 날개를 파닥여 그 몸 전체가 "거품"처럼 보인다. 그러나 "항상 그렇듯/toujours"이라는 표현은 바스코가 이 들떠 있는, 또는 선원들을 들뜨게 만드는 새의 소식을 별로 새롭거나 대수로운 것으로 여기지 않는다는 뜻을 함축한다. 이런 새는 늘 배를 찾아왔으며 그때마다 항해자들을 새롭게 도취시키고 새로운 유혹으로 "어느 찬란하고 흐린 인도 저 너머로" 나아가려는 열망을 흔들곤 했던 것이다.

제3연 이하는 원문에서 "한 마리 새로운 소식의 새"를 주격 선행사로 삼는 관계절이다. 새는 "마냥 지루하게/monotonement" 육지의 소식을 외쳐댔지만, 인도 대륙으로 뱃머리를 돌리지 않는, "키 잡는 손/la barre"에 변화를 주지 않고 또 하나의 세계를 행해 나아가는 바스코에게 그 정보는 "쓸모없는" 것이다. 번역문에서 "땅의 정보"라고 옮긴 프랑스어 "gisement"은 1) 해양 용어로 배의 방위각, 해안의 위치 등을 뜻하지만, 2) 광산 용어로 지하의 매장 자원, 광맥, 광상 등을 뜻하며 3) 비유적으로 보물 창고를 뜻한다. 말라르메는 이 낱말 속에, 1)을 겉뜻으로 2)를 속뜻으로 삼아, 두 의미를 겹쳐놓고, 이를 다시 3)의 의미로 전환한다. "밤이며 절망이며 보석/Nuit, désespoir et pierrerie"이라는 세 개의 동격어가 각기 그 의미들과 관련된다. 육지는 거기에 뱃머리를 멈추지 않는 항해자의 고독감을 더욱 생생하게 만든다는 점에서 "밤"의 시간이며, 거기 기항하는 자에게는 암초처럼 항해를 영원히 중단시킨다는 점에서 "절망"이지만, 별빛처럼 항해의 이정표가 된다는 점에서 "보석"이다.

마지막 연에서, 이 새의 기별이 바스코에게서 얻게 되는 것은 미소뿐이다. 그리고 이 미소 역시 두 가지 의미를 띠게 될 것이다. 하나는 바스코 자신의 원대한 희망에 대한 중간 이정표의 확인이며, 다른 하나는 이 작은 성취에 대한 무시이다. 자신이 써놓은 시에 대한 말라르메의 태도도 이와 같을 것이다.

소네트 3부작

말라르메는 1887년 2월 『독립 평론』지에 I, II, III의 번호를 붙인 세 편의 제목 없는 소네트를 발표했다. 이 소네트 3부작은 1983년의 사진 석판본과 『운문과 산 문』에, 그리고 마지막으로 드망 판 『시집』에 수정 없이 수록되었다.

말라르메의 연구자들은 이 3부작의 집필 시기와 관련하여, 그가 1866년 5월 카 잘리스에게 보낸 편지에서 "미의 예찬"에 바칠 세 편의 시를 기획하고 있다고 언 급했던 점에 주목한다. 그러나 이 3부작이 그 기획에서 얻은 결과를 후에 개작한 것인지, 그와 무관하게 발표 직전에 썼던 것인지는 확실하지 않다. 물론 이 소네 트들에는 「헌시」 「성녀」 「에로디아드」 서시와 같은 1865년의 작품에 나타났던 몇몇 소재들, 예를 들어 밤의 어둠에 싸인 실내, 만돌린, 침대의 레이스 커튼 등 이 다시 등장하고 있다. 그러나 이 시들에 한결같이 아버지와 부재하는 아들의 관 계가 나타나고 있다는 점에 주목하는 연구자들은, 1865년에 그 윤곽이 잡혔더라 도, 시인의 아들 아나톨 말라르메가 죽은 1879년 이후에 대폭 개작되었을 것으로 추정한다.

주제와 내용에 대해서도 해석이 다양하다. 많은 연구자들이 이 세 편의 시가 석 양과 초저녁에서 시작하여 깊은 밤을 지나 새벽에 이르기까지 어느 빈방에서 일어 난 사건을 서술한다는 의견에 동의한다. 이 사건은 밤의 세 국면에 따라 세 단계 로 나뉜다. 리샤르가 보기에 그것은 죽음에서 부활에 이르는 정신적 변모의 세 단 계이다(리샤르, 256). 샤를 모롱은 죽음으로의 하강에서 무덤의 열림에 이르는 하나의 드라마가 네 개의 다른 시간을 통해 환기되고 있다고 본다(모롱 I, 186). 미쇼가 보기에 이 연작은 일상의 사물에서 그 외적·현실적 의미를 박탈하고 내 적·몽상적 의미를 부여하는 말라르메의 시쓰기를 우의한다(미쇼, 74). 가드너 데이비스는 태양의 죽음과 부활이라는 드라마를 토대로 창조의 드라마가 전개되 고 있다고 생각한다(데이비스 II, 193~249). 그러나 이 3부작에서 태양도 시간 의 단계도 부정하는 베니슈는 이 시들이 각기 영혼의 사후 존속, 존재들 간의 소 통, 세대 간의 계승을 차례로 부정하고 있다고 본다(베니슈, 275~97).

(118, 189)   I 〔모든 긍지가 저녁 연기를 피운다……〕

소네트 3부작 중의 제1부인 이 시가 말라르메의 태양 시군에 속한다고 생각하는 많은 연구자들은, 제1연에서 태양이 저녁의 어둠 속에 사위어 드는 광경을 본다. "모든 긍지"와 꺼지는 "횃불"이 바로 그 태양에 해당한다. 그러나 베니슈는 이 제1연이 태양의 일시적인 죽음이 아니라 "모든 영광"의 필연적인 퇴락을 말하고 있다고 여긴다(베니슈, 277). 태양이건 영광이건 그것은 퇴폐기를 맞아 허공에 휘둘린 횃불처럼 연기를 뿜으며 꺼진다. "불후의 입김이라도," 다시 말해서 영원히 살아남는 것이라고 생각되는 인간의 영혼도 이 보편적인 퇴락과 사멸의 운명에서 벗어날 수 없다.

이 장엄한 어조는 제2연에서 약간 가라앉아 있다. 한때 화려했지만 퇴락한 영광-태양의 "상속자"에 관해 이야기하고 있는데 이 상속자 역시 죽어 있는 존재다. 그가 유령처럼 복도를 통해 방에 들어선다 해도 실내에는 그를 따뜻하게 맞이할 불길이 없고, 그 자신에게도 방을 덥힐 체온이 없다. 죽어버린 영광을 상속한다는 것은 그 죽음의 추억을 끌어안을 수 있을 뿐 그 불길을 되살리는 일이 아니기 때문이다. 퇴폐한 영광의 추억 속에 살고 있는 상속자는 그 자신이 죽어 있는 세계의 유령과 같다.

방 안에 불길이 없음은 마지막 두 연에서 더욱 장중한 어조로 되풀이된다. 제4연을 먼저 설명하자면, 방의 벽에는 "까치발 시렁/console"이 붙어 있고 그 시렁 위에는 "대리석" 석관이 놓여 있다. 이 불길 없는 방에서는 그 번들거리는 철제 까치발 선반만이 어떤 환상의 불길처럼 반사광을 뿜을 뿐이다. 제3연이 말하는 "부인(否認)의 무덤"은 바로 그 대리석 석관이며, 사라진 영광이 거기 누워 있다. "과거의 필연적인 고통"—옛 영광을 추억하고 되살리려 하나 필연적으로 실패에 이를 뿐인 고통스런 노력은 그 영광의 유해를 움켜잡고 끝내 그 부활을 부인하게 된다. 그런데 이 고통이 무덤을 움켜쥐고 그 부활을 부인할 때, 까치발 시렁도 역시 무덤을 떠받들고 영광의 불길을 부인한다. 까치발 시렁의 반사광은 따라서 이 고통의 번쩍거림이다. 상속자의 방에는 고통의 불길밖에 다른 빛이 없다.

이 "전리품의 상속자"는 물론 시인 자신이다. 그는 옛 영광이 저녁의 태양처럼 사라진 후, 어둠 속에서 한 사람의 상속자로 그 찬란함을 되살리려 하나 자신의 무능함에 절감하고 끝내는 그 과거의 영광을 부인하게 된다. 그는 불길을 되살리지 못하나 번들거리는 그 고통의 힘으로 밤을 지새우게 될 것이다. 이 첫번째 소네트는 퇴락한 옛 영광의 추억 속에서 불모의 고통만을 무기로 삼는 창조 작업의 불길한 시작 단계를 나타낸다.

(119, 190) II [둔부와 도약에서 솟아올라……]

앞의 시에서 확인된 고통이 이 시에서도 연속되지만 그 질에 변화를 겪는다. 이 시는 한 창조-탄생의 작업이 결실에 이르지 못하고 중단되는 사연을 말한다.

제1연은 밤을 새우며 수행된 유리 세공으로 항아리의 불룩한 아랫부분("둔부")과 날렵한 허리("도약")를 빚어낼 수 있었으나, 병목을 완성하지 못하여 미지의 것으로 남긴 채 갑자기 중단되는 작업 과정을 요약한다. 미완성의 유리 항아리는 꽃을 담지 못한다. 철야의 고통스런 노력은 생명의 개화에 이르지 못한다.

제2연은 침실의 차가운 천장에 붙어 있는 "공기 요정/sylphe"의 목소리로 읊어진다. 이 공기 요정은 철야의 작업이 중단됨으로써 개화하지 못한 그 아이라고 짐작된다. 그는 자신이 탄생에 이르지 못하고 공기 요정으로 남아 있게 된 사연에 대해, 자기 어머니와 그녀의 애인이 입을 맞출 때 상대의 입에서 마신 "공상/Chimère"이 서로 달랐기 때문이라고 생각한다. 그들은 사랑을 시도했으나, 그들이 품고 있는 이상은 같은 것이 아니어서, 진정한 탄생을 이룩할 수 없는 "공상"에 머무르고 말았다.

마지막 두 개의 3행연은 한 문장으로 되어 있다. 이 문장을 간추리면, "순결한 항아리는 죽어가면서도 어둠 속에 한 송이 장미를 알리는 그 어느 것도 내뿜는 데에 동의하지 않는다"는 서술의 중간에 "가장 불길한 자들의 순진한 입맞춤이여!"라는 호격이 삽입되어 있다. "가장 불길한 자들"은 물론 '어머니와 그 애인'이다. 이 실패한 항아리가 순결한 것은 "무진장한 공방밖에" 다른 어떤 것도 담고 있지 않기 때문이다. 여기서 "空房"이라고 번역한 veuvage는 일반적으로 '홀아비·과부생활'을 뜻하지만, 어원적으로는 '비어 있음'을 뜻한다. 이 점은 우리말 '공방'

도 마찬가지이다.

한 아이가 탄생하기 위해서는 아버지와 어머니가 필요하다. 말라르메의 시쓰기에서도 존재의 고매한 단계를 상상하려는 정신적 의지와 그것을 구체화할 수 있는 지적 능력이 함께 필요하다. 이 두번째 소네트는 창조를 향한 정신적 갈구("그녀의 애인")와 지적 조건의 결여("내 어머니")의 불일치 속에서 보람 없는 노력 끝에 창조-탄생의 작업이 좌절되는 단계를 나타낸다.

(120, 191)   III 〔레이스가 한 겹 사라진다……〕

소네트 3부작의 마지막 편에 해당하는 이 시의 시간은 새벽이다. 시는 마치 어떤 침실의 창문을 가리고 있는 레이스 커튼이 아침 바람에 날아오르는 장면을 묘사하는 것처럼 시작한다. 창유리가 새벽의 첫 햇빛을 받아 희부옇게 빛나고 커튼이 들추어져 아직 어두운 실내를 보여줄 것 같은 이 시간은, 「헌시」에서처럼, 밤의 몽상으로 이루어진 창조 작업을 낮의 밝은 이성에 드러내어 그 성과를 점검하는 시간이다. 첫번째 소네트가 퇴락한 영광의 추억 속에서 불모의 창조 작업에 임하는 고통을, 두번째 소네트가 창조의 의지와 창조의 지적 조건의 불일치로 좌절되는 탄생을 나타낸다면, 여기서는 그 창조 행위의 고통과 좌절을 마지막 단계에서 다시 확인하는 동시에 이 좌절의 창조적 가치를 성찰한다.

제1연: 밤을 새운 시인은 새벽을 맞아, 그 "드높은 유희," 곧 시쓰기의 작업에 전력을 기울인 끝에, 탄생의 침대를 가리고 있다고 여겨지는 레이스 커튼이 한 겹 사라지는 장면을 목도할 수 있었다. 그러나 거룩한 탄생을 엿보려는 이 신성 모독의 행위는 침대의 존재를 확인하는 데까지 이르지는 못한다. "침대의 영원한 부재"란 차라리 '탄생의 침대를 끝내 목격할 수 없음'이라는 뜻으로 이해해야 할 것이다.

제2연에서는 침대를 영원히 목격할 수 없는 이유가 설명된다. 하얀 레이스 커튼이 한 겹 사라지고 나면 또 다른 레이스 커튼이 그 뒤에서 떠오른다. 창에 부딪혀 펄럭이며 사라지는 레이스 커튼은 늘 다시 떠오르는 커튼과 마냥 똑같은("한결같은") 싸움을 벌이고 있다. 논리적으로 말한다면 동일한 커튼이 바람에 날아올랐다가 다시 가라앉기를 반복하는 것이겠지만, 그 자리를 지키면서 동시에 날아오르고 있는 이 커튼은 현실 속에서 다른 현실을 열어 보여주려는 힘과 가려 감추려는 힘이 맞붙어 싸우는 경계선처럼 시인에게 상념된다. 물론 이 싸움은 시인의 시 쓰기에 대한 우의이다. 시인이 도달하려는 절대 순수의 자리는 늘 한 겹의 하얀 장막으로 가려져 있으며, 그 장막을 걷고 나면 거기에는 또 다른 장막이 있다. 그래서 시인의 시는 늘 한 겹의 또 다른 장막을 남기고 사라지는 '마지막에서 두번째 장막'에 해당한다. 시인은 자신이 자주 '한 권의 책'이라는 말로 표현했던 그 도달할 수 없는 절대의 목표를 현실 언어의 한계 안에 가두려 하기보다는, 가리개일 뿐인 언어들을 끝없이 벗겨내어 사라지게 함으로써 '그것'이 아닌 것을 아니라고 끝없이 부정하는 방법을 택한다. 이 순수 부정의 "하얀 갈등"은 따라서 "제가 가려 감추는 것보다 더 많이 떠오른다." 다시 말해서 시의 언어는 산문의 그것처럼 어떤 확정된 의미를 내장하기보다 "떠오"르는 리듬을 타고 스스로 소멸됨으로써 그 의미를 오히려 부정한다.

그러나 시인은, 제3연과 제4연이 말하는 것처럼, 그 순수의 존재가 현실 언어 속으로 떠오르는 신비로운 탄생을 '꿈꿀 수'는 있다. "꿈"은 그 절대의 목표가 현실 언어와 어렵사리 만나는 자리이다. 밤의 등불 아래 "금빛으로 무르익는" 꿈속에 "만돌린"의 모습으로 나타나는 그것은 최소한으로만 현실성과 물질성을 갖추고 있다. 그것은 용도가 '폐기된' 옛날 악기로 벌써 시간 속에 소멸되고 있으며, "텅 빈 허무"의 형식을 지니고 있다. 그것은 "음악가"이지만, "서럽게도 잠들어 있"을 뿐인 침묵의 "음악가"(「성녀」)이다. 이 서러움은 물론 어떤 순수의 존재에 대한 꿈 앞에서 자신의 언어적 한계를 지켜야 하는 시인의 안타까운 감정이다. 그 꿈의 만돌린이 태어난다면 그것은 "어느 배도 아닌 제 자신의 배"를 통해서일 뿐인데, 이는 그것이 현실 언어로 생각할 수 있는 다른 무엇의 힘을 빌려 탄생할 때 그 순결함은 상실될 것이 뻔하기 때문이다. 시인은 그 만돌린을 잠든 상태에 놓아둠으로써 자신의 꿈에서까지도 그것이 잠재 상태로만 존재할 수 있음을 나타내고 있다. 그것의 탄생 가능성은 "아들로 태어날 수도 있었을"이라는 실현되지 않은 과거에 머무를 뿐이다. 시인은 그 절대 존재를 자신의, 또는 자기 시대의, 언어적 주관성으로 변질시키기보다는 차라리 그 온전한 탄생의 기회가 끝없이 연기되기를 바란다.

(121, 192) [시간의 향유에 절여든 어느 비단이……]

이 소네트는 세 개의 버전이 있다. 첫 버전은 1868년 6월 말라르메가 아일랜드의 시인 윌리엄 보나파르트 와이스에게 보낸 것이다. 제작 추정 연대가 1867년까지 거슬러 올라가는 이 이문의 텍스트는 다음과 같다.

De l'orient pass des Temps
Nulle étoffe jadis venue
Ne vaut la chevelure nue
Que loin des bijoux tu détends.

Moi qui vis parmi les tentures
Pour ne pas voir le Néant seul,
Aimeraient ce divin linceul,
Mes yeux, las de ces sépultures.

Mais tandis que les rideaux vagues
Cachent des ténèbres les vagues
Mortes, hélas! ces beaux cheveux

Lumineux en l'esprit font naître
D'atroces étincelles d'être,
Mon horreur et mes désaveux.

지난날의 시간의 동방에서
옛날에 찾아온 어떤 천도
그대가 보석들에서 멀리 펼쳐내는
발가벗은 머리칼을 당하지는 못하리.

나 장막 속에서 살아도
오직 허무만을 보기 위해서는 아니니,
내 두 눈은, 저 무덤들에 싫증이 나,
이 거룩한 수의를 사랑하리.

그러나 몽롱한 커튼들이
암흑의 죽은 파도를 감추고 있는 동안,
오호라! 이 아름다운 머리칼은

빛을 내며 정신 속에 태어나게 하네,
있음의 가혹한 불꽃들에 대한
내 공포와 내 否認을.

"Alternative/선택의 궁지"라는 제목이 붙은 두번째 이문은 1868년이나 1869년
에 집필된 것으로 추정되며, 말라르메의 자필 수고가 남아 있다.

De l'oubli magique venue,
Nulle étoffe, musique et temps,
Ne vaut la chevelure nue
Que, loin des bijoux, tu détends.

En mon rêve, antique avenue
De tentures, seul, si j'entends
Le Néant, cette chère nue
Enfouira mes yeux contents!

Non. Comme par les rideaux vagues
Se heurtent du vide les vagues,

Pour un fantôme les cheveux

Font luxueusement renaître
La lueur parjure de l'Être,
—— Son horreur et ses désaveux.

마술적인 망각에서 찾아온,
음악이며 시간인, 어떤 천도
그대가 보석들에서 멀리 펼쳐내는
발가벗은 머리칼을 당하지는 못하리

옛적 장막의 큰길인 내 꿈에서,
홀로, 내가 허무의 소리 듣는다 해도,
이 사랑스런 발가벗은 머리칼이
내 흐뭇한 두 눈을 감추어주리!

아니야. 몽롱한 커튼들에
비어 있음의 파도가 부딪칠 때,
한 환영을 위하여 머리칼은

호화롭게 태어나게 하네,
있음의 믿을 수 없는 미광을,
—— 그에 대한 공포와 否認을.

이 두 텍스트는 모두 오래된 비단과 사랑하는 여자의 머리칼을 비교하며, '존재'와 '무' 사이에서 선택을 망설이는 시인의 형이상학적 궁지를 표현하고 있다. 시인은 한때 찬란한 영광을 누렸으나 망각 속에서 떨어진 허무의 비단보다는 애인의 생생한 머리칼을 선택하여 그것으로 허무를 가리려 한다. 그러나 시인은 무에 대한 근본적인 편향과 삶에 대한 반감, 그리고 두번째 텍스트가 말하는 것처럼 존재가 결국 "환영"에 불과하다는 생각 때문에 사랑의 열광에 이르지 못한다.

이 시의 결정고가 되는 세번째 텍스트는 『독립 평론』지 1885년 3월 호에 처음 발표되었으며, 1887년의 사진 판본과 1893년의 『운문과 산문』에 수정 없이 재수록되었다.

이 결정고에서도 시인은 비단 깃발과 머리칼을 대비하는 가운데, 형이상학적 선택의 궁지를 주제로 삼고 있지만, 시인의 영광과 사랑의 쾌락 간의 대립이라는 또 하나의 궁지를 끌어들여 시에 직접성과 활기를 주고, 선택의 새로운 전망을 모색하고 있다.

제1연에는 시 전체를 참조해야 이해할 수 있는 낱말들이 많다. "시간의 향유에 절여든" 비단은, 제2연을 참조할 때, 전장에서 사용되던 옛날의 군기임을 알 수 있다. "키메라/Chimère"는 그 군기에 그려져 있을 용 따위의 상상 동물을 총칭하는 이름이겠지만, 그 자체로 '공상·망상·몽상'의 뜻을 지닌다. 한때 전쟁에 임한 군대의 영광스런 이데올로기를 표현했을 이 망상의 그림은 긴 시간 속에서 그 빛을 잃고 허무하게 사라지려 한다. 허무 속에서 사물은 더 이상 부패하지 않는다. 그래서 "시간"은 아이러니컬하게도 시체의 방부 처리에 사용되는 "향유/baumes"와 같은 구실을 한다. 시인은 허무 속에 영원히 잠겨 있을 이 망상의 영광보다는 "물결치는 천연의 구름"에, 다시 말해서 연인의 머리칼에 더 큰 가치를 두려고 한다. 이 머리칼은 "거울 밖으로 그대가 펼쳐"내는 머리칼, 다시 말해서 거울 하나로는 담을 수 없을 만큼 풍성한 머리칼이다.

제2연: 첫 행의 "깃발을 명상하는 구멍들"은 거리에서 군기를 바라보며 군국주의적 애국심에 고취되어 있는 군중들의 눈을 말할 것이다(R. Codat, "Essai d'interprétaion d'un sonnet de Mallarmé" in *Littératures*, 6, 1982, pp. 65~72). 그러나 원문 "Les trous de drapeaux méditants"은 '명상하는 깃발의 구멍들'이라고 옮길 수도 있다. 이때, 대로에서 나부끼며 애국심·영예·희생 같은 '위대한' 생각을 표상하며 열광하고 있는 깃발의 "구멍들"은 바로 그 생각들을 나타내는 그림들, 또다시 긴 시간의 '향유' 처리를 받아 허무에 떨어질 '망상/Chimère'들로 이해될 수 있다. 아무튼 시인은 이 애국적 열광에 동참하지 않고, 연인의 "발가벗은 머리칼"로 자신의 허무를 만족스럽게 감출 수 있을 것으로 생각한다.

제3~4연: 그러나 시인은 생각을 고쳐 "아니야!/Non!"라고 말한다. "그 사람

왕자님 그대 연인," 곧 시인이 그 머리칼을 깨물며 쾌락을 누리기 위해서는 먼저 이행해야 할 조건이 있기 때문이다. 그는 사랑을 선택함으로써 시인으로서의 영광을 포기해야 하는데, 이때 질식당하는 "영광들의 비명/Le cri des Gloires"을 연인의 풍성한 머리타래로 막아 "다이아몬드"와 같은 순결하고 단단한 형식을 거기에 부여해야 하는 것이 그 조건이다. 이 다이아몬드는 말라르메가 노리는 순수 부재의 시라고 말할 수 있을 것이다. 존재와 무 사이에서, 시인의 영광과 사랑의 쾌락 사이에서 일어나는 선택의 궁지는 순수시의 실천이라고 하는 창조 행위에서 그 전망을 엿본다.

(122, 193) *[당신의 이야기 속에 내가 등장한다면……]*

이 소네트는 『라 보그』지 1886년 6월 호에 처음 발표된 후, 1887년의 사진 석판본과 1893년의 『운문과 산문』에 다시 수록되었다. 이 작품은 말라르메의 발표작 가운데 구두점을 전혀 사용하지 않은 최초의 시이다.

메리 로랑에게 바친 것으로 짐작되는 이 시에 에로틱한 착상이 있다는 점을 부인하기는 어렵다. 연인에게 접근하려 하나, 육체적으로건 정신적으로건, 차가운 반응밖에는 만나지 못하는 시인은 자신이 사랑의 승리를 쟁취했다고 생각하지만, 그것이 황혼의 태양을 자신의 개선 마차로 여기면서 얻는 기쁨 정도에 불과한 것은 아닌지, 다시 말해서 상상의 왕국에서만 자신이 승리하는 것이 아닌지 묻고 있다. 그러나 이 질문이 부정적인 것만은 아니다. 시인이 자신의 죽음과 동일한 것으로 여기는 태양의 영광스러운 죽음은 냉정한 태도만을 보여주는 한 여인에게 그가 바치는 사랑의 영광이기도 한 것이다. 저녁 하늘을 불타오르게 하는 "이 불길/ce feu"은 그가 태우는 사랑의 불길이다. 말라르메에게서 시는 항상 상징적으로 승리한다.

제1연에서 "당신의 이야기/ton histoire"란 곧 '당신의 생애를 말하는 이야기.' "발가벗은 발꿈치/talon nu"나 "영지의 어느 잔디밭/Quelque gazon de territoire"은 성적 상상을 자극하기에 충분하다.

제2연을 풀어 말한다면 이런 내용이 된다: '당신의 냉정한 대접밖에 받지 못한 나로서는, 그 주인공이 자신을 사랑의 승리자로 여기며 환호할 만큼, 당신의 허락을 받아 저지를 수 있는 일이 무엇인지 알 수 없다. 아마도 그 일은 제3,4연이 말하고 있는 것처럼, 상상의 세계에서나 자신을 사랑의 승리자로 여기는 "순진한 죄/naïf péché"에 불과할 것이다.'

원문에서, 제10행의 "Tonnerre et rubis aux moyeux/천둥과 루비 굴대"는 제13행의 "la roue/바퀴"와 동격어. 마지막 행의 "Du seul vespéral de mes chars"는 '내 마차들 가운데 유일한 저녁 마차의'라는 뜻이 아니라, '내 마차라고 해보아야 오직 하나뿐인 저녁 마차의'라는 뜻. 시인인 그에게는 영광의 죽음을 맞는 이 석양의 마차 이외에 다른 마차가 없다.

연구자들은 이 시의 냉정한 여인으로부터 에로디아드의 축소된 모습을 흔히 발견하지만, 그것은 축소되었을 뿐만 아니라 세속화된 것이기도 하다.

(123, 194)   〔짓누르는 구름에게······〕

이 제목 없는 소네트는 1894년 5월 『문학 연보』지에 처음 발표되었으며, 다음 해 베를린에서 출간되는 잡지 『판』에 원고가 사진판으로 수록되었다. 전체가 한 문장으로 되어 있는 이 시는 말라르메의 가장 난해한 시 가운데 하나이다. 톨스토이는 그의 『예술이란 무엇인가』에서 독서 불가능한 글의 한 예로 이 시를 지목했는데, 거기에는 그가 오식에 의해 이 시를 잘못 읽은 탓도 있다(바르비에 II, 37~38).

그러나 시가 전하려는 내용은 단순하다. 시인은 바다 위의 (필경 암초 근처에서 일어나는) 거품을 보고 의문을 품는다: 어떤 끔찍한 난파가 일어나 배가 돛대 끝까지 물속에 잠기고 말았는가, 아니면 단지 어린 인어 하나가 물속에 잠겨 거품을 일으키는 것인가?

제1연 전체는 다음 연의 "어떤 무덤 같은 난파"에 연결되는 긴 수식구로 난파가 일어났을 상황을 제시한다. 난파선은 기적을 울렸지만, 그 소리는 낮게 깔린 육중한 구름에 부딪혀, 메아리로 되돌아올 뿐 효력이 없었다. 기적 소리는 구름에도 전달되지 않았고, 노예처럼 같은 소리만 반복하는 메아리에게조차 전달되지 않았다.

원문 제2행의 "Basse"는 '암초'의 뜻 외에도, 1) 음악에서의 '베이스 음,' 2) 형용사로 '낮은'의 뜻을 지닌다. 옮긴이는 이를 '암초'로 파악하고 제2연의 "어떤 무덤 같은 난파"와 동격어로 여겨 번역했지만, 이 낱말을 1)이나 2)의 뜻으로 받아들일 때 각기 다음과 같이 번역될 수 있다. 그러나 그 대의에는 크게 변함이 없다.

    1) 짓누르는 구름에게
       노예와 같은 메아리에게마저
       현무암과 용암의 베이스인 듯
       효력 없는 霧笛으로 전달되지 못한

    2) 현무암과 용암처럼 낮고
       무거운 구름에게
       노예 같은 메아리에게까지
       효력 없는 霧笛에 의해 전달되지 못한

제2연에 이르러 비로소 이 시의 착상을 일으킨 "거품/écume"이, 그것도 괄호 속에, 등장한다. 시인은 이 말 없는 거품을 보고 그 자리에서 어떤 비극적인 난파가 일어났을지도 모른다고 상상한다. 여기서 "폐기하였는가"로 번역한 'abolir' 동사는 '파괴하다'의 뜻에 허무의 뉘앙스를 얹은 과장법적 표현이다. "벌거벗은/dévêtu"은 '돛폭이 찢겨 없어져버린'의 뜻. 배에서 가장 높은 돛대까지 물에 잠길 만큼 난파는 완벽한 것이어서 물위에는 어떤 표류물도 발견되지 않고 거품만 일고 있다.

그러나 시인은 곧바로 이어지는 두 3행연에서 이 난파를 의심한다. 바다에서는 아무 일도 일어나지 않았으며, 단지 어린 인어 하나가 물속으로 곤두박질하여 그 거품이 일고 있는 것일 수도 있다. "어떤 고급한 조난/quelque perdition haute"은 "심해"가 자랑삼을 수 있을 만한 위중한 조난, 또는 가장 높은 돛대까지도 물에 잠길 수 있게 한 조난. 심해는 이 조난을 성취하지 못해 화를 내며 허허롭게 펼쳐져 있다. 여기서 "빠뜨렸으련만/aura noyé"의 주어는 "심해/l'abîme"이며, "시치미를 뗐는가/cela"의 주어는 제5행의 "어떤 무덤 같은 난파"이다. "길게 끌리는 그 새하얀 머리칼"은 거품이 일고 있는 자리이자, 물에 빠진 인어의 머리칼이 어른거리는 것처럼 보일 수도 있는 자리이다.

폴 베니슈는 이 시를 풀이하던 끝에 다음과 같은 말을 결론처럼 덧붙인다. "이 소네트는 시인이나 작품의 운명과 관련하여 어떤 함축된 의미를 담고 있는가? 나는 아무런 상징적 치장이 없는 이 텍스트에서 그에 대한 어떤 지표도 보지 못한다. 이 텍스트는 선조적인 방식으로 한 상상력을 펼쳐, 그것을 차례차례 고뇌에 바치고 그 고뇌에 대한 아이러니컬한 거부에 바친다. 다만 연이어지는 두 어조로부터 은연중에 어떤 현명한 가르침이, 동시에 비극에도 기울어지고 어떤 아이러니컬한 명석성에도 기울어지는 한 정신을 위해, 필경 고뇌를 풀어줄 해독제가 발산된다"(베니슈, 323).

그러나 이 텍스트가 시인이나 작품의 운명과 관련하여 어떤 의미를 함축하고 있다면, 그것은 아마도 이 시의 질문을 그 텍스트 자체에 돌릴 때 드러나는 것이 아닐까. 사실 독자는 "짓누르는 구름"의 방식으로 또는 "메아리"가 되어 돌아올 "효력 없는 무적"의 방식으로 이 텍스트를 쥐어짜고 두드리며, 그 의미를 캐물을 수 있다. 독자의 탐구는 난파하면서 이렇게 묻게 된다: 시도 똑같이 우리처럼 난파하며 그 돛을 폐기하고 항해를 포기하는 것인가, 혹은 심해가 어린 인어를 가라앉혀놓는 것처럼 이 텍스트도 비록 하찮은 노래일망정 그 자체 안에 어떤 노래를 감추고 있는 것일까? 이 텍스트는 시에 대한 의문을 알레고리하는 의문이라고 불러야 하는 것이 아닐까? 샤드비크는 이 소네트에 대해 말라르메가 미래에 투신하여 객관적 시선으로 되돌아보며, 자기 작품이 "어떤 드높은 목표를 탐구하던 중에 영광스럽게 좌초한 위대한 시인의 작품인가, 아니면 매혹적인 시 몇 편을 써놓고 사람들의 인기를 끌려는 운문가의 작품인가를 판가름하려는"(샤드비크, 134) 것처럼 보인다고 말한다.

(124, 194) 〔내 낡은 책들이 파포스의 이름 위에……〕

『시집』의 마지막을 장식하는 이 시는 1887년 1월 3일 『독립 평론』지에 처음 발표된 후, 1887년의 사진 석판본, 1893년의 『운문과 산문 앨범』과 『운문과 산문』에 다시 수록되었다. 그동안 몇 개의 구두점이 들락거리고 제7행의 형용사 하나가 거듭 바뀐 것 외에는 다른 이문이 없다. 『독립 평론』에서는 "ce très pur ébat/아주 순수한 저 장난질"이었던 것이 『운문과 산문 앨범』에서는 "ce très vierge ébat/아주 순결한 저 장난질"로, 『운문과 산문』에서는 다시 "ce très blanc ébat/아주 하얀 저 장난질"로 바뀐 것이다.

이 소네트는 완숙기의 말라르메가 쓴 시 가운데 의미와 통사 구조가 가장 명확한 작품이다. 이 시에서도 시인은 다른 여러 시에서처럼 상상력의 승리를 말한다.

시인은 책을 읽다가 지금은 폐허가 된 그리스의 옛 도시 "파포스/Paphos"의 이름을 발견하고 책을 덮는다. 그리고는 상상 속에서 그 폐허를 꿈꾸는 것이다. Paphos는 마지막 철자 s를 발음하지 않는다면 프랑스어의 pas faux(거짓이 아닌)와 동음어가 된다. "하나뿐인 재능/le seul génie"이란 바로 이렇게 책을 덮고 말의 유희를 따라 한 세계를 상상하는 재능이다. 페니키아의 신화에서 파포스는 풍요의 여신 아시타르트(Ashtart)가 태어난 곳이며, 그리스 신화에서 이 여신과 동일시되는 미의 여신 아프로디테가 바다의 거품에서 태어나 첫발을 내디딘 땅이다. 그래서 이 폐허를 축복하는 "일천 개 거품"은 한 시절 그 도시에서 끓어올랐던 풍요의 거품이면서 동시에 그 도시를 둘러싸고 물결치며 무에서 미를 탄생시켰던 거품이다. 저 먼 시간 속의 도시는 지중해의 "자수정빛/l'hyacinthe" 청량한 하늘 아래 빛난다.

그러나 몽상 속에서도 이 도시의 찬란함은 오래 계속되지 않는다. 폐허의 도시에 대한 상상의 자리는 결국 겨울이기 때문이다. 겨울의 추위와 함께 시간의 신, 또는 죽음의 신의 난폭한 "낫/faulx"이 모든 것을 "침묵/silences"으로 몰아넣고, "땅바닥의 아주 하얀 저 장난질/ce très blanc ébat au ras du sol," 곧 바람에 날리는 하얀 눈이 시인의 상상으로 얻어진 "거짓 풍경/paysage faux"을 덮어 가린다. 그러나 이 시간과 계절의 횡포가 시인에게서 슬픈 노래("弔曲/nénie")를 끌어내지는 못한다. 그가 꿈꾸는 풍경은 폐허가 그 본래의 자리이기 때문이며, 언제나 그렇듯이 그가 상상하는 세계는 침묵에 이르고 허무에 떨어진 것, 즉 부재하는 것 위에서만 펼쳐질 수 있기 때문이다.

시인의 사랑이라고 해서 이와 다를 바 없다. 제3연의 "과일"들은 여자의 젖가슴에 대한 암시적 표현이며, "그 유식한 결여/leur docte manque"란 그 과일들에 관해 풍부한 지식을 지니고 있고 그것들을 마음껏 상상할 수는 있으나 현실에서는 그것들이 전혀 주어지지 않는 처지를 뜻할 것이다. 현실의 과일이 시인의 배고픔을 달래주지 못한다면 그 맛은 부재하는 과일의 맛과 다를 바가 없다. 이때 시인은 한번쯤 그 상상의 젖가슴, 그 부재하는 과일 가운데 하나가 그 부재의 상태를 깨뜨리고 현실의 젖가슴이 되어 나타나기를 당연히 바랄 것이다.

그러나 시인은 곧 실재하는 것과 부재하는 것 사이에서 마음의 평정을 되찾는다. "우리들의 사랑"이란 그의 애정에 완전하게 보답하지 않았던 연인 메리 로랑을 염두에 둔 말이며, "날개 달린 뱀/guivre"은 뱀의 형상이 새겨진 난로의 받침대일 것이나 은유적인 뜻으로는 시인에게 금단을 과일을 따라고 재촉하는 정념의 유혹이다. 두 연인은 난로의 받침대 아래서 불씨를 되살려내듯 이 정념의 불길을 지펴올릴 수도 있을 것이다. 그러나 시인은 이 유혹을 "밟고 서서," 실재의 젖가슴과는 "다른 것," 부재하는 젖가슴, 그것도 이중으로 부재하는 젖가슴에 더 열렬하게 마음을 바친다. 아마존 여인은 현실에서 범접할 수 없는 신화 속의 여인일 뿐만 아니라, 주지하다시피 활을 잘 쏘기 위해 오른쪽 가슴을 태워 없애버린 여인이다. 절대적인 기쁨은 상상 속에 있고, 부재하는 것이 그 상상을 만든다.

티보데는 이 시에 관해, 말라르메가 다루는 사물과 주제가 "존재하기를 그치고, 부재가 되고 향수가 되는 지점, 그것들이 스스로의 결여에서 몽상의 높은 가치를 획득하는 한계점까지 이동하는 그런 감성"(티보데, 138~39)을 놀랄 만큼 순순하게 압축하고 있다고 말한다. 파스칼 뒤랑은 『시집』의 첫 시 「인사」에서 시인이 물러나 있던 배의 뒷자리가 이 시에서는 "낡은 책"을 독서하는 자리로 나타난다고 말하여(뒤랑, 53) 『시집』의 첫 시와 마지막 시를 연결시킨다. 말라르메의 『시집』은 "유식한 결여"의 시집이다.

(125)   해제

　　이 「해제」는 『시집』의 발간을 준비하면서 말라르메 자신이 작성한 것이다. 시인이 자신의 작품을 비하하는 태도 뒤에는 시에 대해 지극히 고매한 개념을 내걸고 시 쓰기에 임하였던 자의 긍지가 깔려 있다. 원문에서는 시의 면수 표시를 공란으로 남겨놓았으나, 『시집』의 발간 전통에 따라 본 역서에서도 해당 면수를 적었다. 시작품들의 경우와는 달리 원문은 싣지 않았다.

1842 3월 18일, '스테판 말라르메'로 불리게 될 에티엔 말라르메가 파리
      제2구 라페리에르 가(街) 12번지에서 출생한다. 부친은 당시 국유지
      관리국의 차장 뉘마 플로랑 조제프 말라르메(1805~1863), 모친은
      엘리자베트 펠리시 데몰랭(1819~1847).
      3월 22일, 약식 영세. 정식 영세를 통해 영세명을 받은 것은 5월 말일
      것으로 추정된다.

1844 3월 25일, 말라르메의 여동생 마리 말라르메가 태어난다.
      8월 25일, 뉘마 말라르메, 파시의 란라그 가(街)에 저택을 구입.

1847 8월 2일, 이탈리아 여행에서 돌아온 말라르메 부인 사망. 외조부 앙드
      레 데몰랭, 스테판과 마리의 법정 대리인이 된다.

1848 10월 27일, 뉘마 말라르메, 디종에서 안 위베르틴 레오니드 마티외와
      재혼. 세 딸(1850년 잔, 1852년 마르그리트, 1854년에 마르트)과 아들
      하나(1853년, 피에르)를 두게 된다.

1850 10월, 말라르메는 오퇴유의 상류층 기숙학교에 들어간다.

1851 뉘마 말라르메, 부차장으로 북부청에 배속된다.

1852 뉘마 말라르메, 수석 차장으로 파리로 돌아온다.
      3월, 뉘마 말라르메, 상스의 등기소 관리자로 임명된다.
      10월, 스테판 말라르메, 파시의 가톨릭 학교 수도회에서 운영하는 가
      톨릭 기숙학교 제4학급으로 들어간다.

1854 5월, 스테판 말라르메, 새로운 기숙학교 들어간다. 매우 귀족적이었던 이 기숙사에서 말라르메는 별로 행복하지 못했다.

6월 18일, 첫번째 성체배령. 이 해는 지금까지 알려진 그의 최초의 글쓰기(학교 숙제)의 해로 기록되어 있다:「황금 잔」(8월 3일)과「수호천사」(9월 20일).

10월, 파시의 기숙학교에 재차 제3학급에 들어간다.

1855 3월 말, 파시의 기숙사에서 퇴거된다. 데몰랭 부인의 말에 따르면 스테판의 선생들이 그를 "순종하지 않고 허영심 많은 성격"이라고 나무랐다고 한다.

1856 4월 15일, 스테판은 상스의 제국 리세에 기숙생으로 보내져, 10월 제3학급으로 진급한다.

8월 31일, 말라르메의 누이 마리 사망. 이 죽음은 단편소설『세 마리 황새가 말했던바』와 산문시「가을의 탄식」에 울림을 남긴다. 스테판 말라르메는 카잘리스에게 보낸 1862년 7월 1일자 편지에서 "이 가엾은 젊은 망령은 열세 살의 내 누이이고 내가 사랑했던 유일한 사람이다"라고 쓴다.

1858 7월, 상스의 리세에서「첫 성체배령을 위한 칸타타」를 쓴다.

10월 4일, 상스의 리세 수사학반으로 진급한다.

1859 이 해 내내 그리고 이듬해 초까지 말라르메는 수고본 시집『네 벽 사이』를 꾸민다.

4월, 내밀 수기「나는 에밀리와 하룻밤을 보냈다」를 쓴다.

7월 7일, 첫 성체배령을 하고 리세의 '명예장'에 기록되는 예식을 계기로 상스의 대주교 앞에서「한 어머니의 기도」를 낭독한다.

10월 11일, 논리학반으로 진급한다.

12월, 테오필 고티에의『시 전집』를 구입했다.

1860　2월, 뉘마 말라르메, 병이 위중해져 종부성사를 받는다.

3월 1일, 데몰랭 퇴임. 데몰랭 가(家)는 베르사유 뇌브 가(街)에 정착하여, 이웃 에밀 데샹과 친분을 맺는다. 이 낭만주의 세대의 잔존자가 8,000행의 사화집(『이삭』)을 만든 애송이 시인 말라르메의 조언자가 되었던 것 같다. 그 사화집에는 16세기의 시인들이 당대 시인들과 나란히 자리잡고 있다. 당대 시인들 가운데 라마르틴, 뮈세, 생트 뵈브, 위고, 오귀스트 바크리, 오귀스트 바르비예, 뮈르제, 술라리……등이 나타나지만, 최근의 발견일 보들레르와 포의 시편들이 특별한 자리를 차지하고 있다. 말라르메는 보들레르의 시 29편을 필사하며 때때로 수정을 했으며, 포의 시 9편에 대해 축자역을 시도했다.

6월 22일, 뉘마 말라르메가 상스에 있는 가용 가(街)의 부동산을 구입한다.

7월 5일, 내밀 수기 「내가 JF와 처음으로 단둘이 있었던 시간—」.

8월 10일, 말라르메, 바칼로레아 시험에 낙제한다.

8월 21일~9월 중순, 베르사유의 조부모의 집에서 방학을 보낸다.

11월 8일, 파리에서 대학입학자격시험 합격자(bachelier)가 된다.

12월 26일, 상스의 국유지 관리국의 하급 직원으로 특채. 직장 생활을 시작할 무렵 말라르메의 언급: "바보 되기의 첫 걸음."

1861　2월 9일, 『악의 꽃』 제2판 발행. 말라르메는 1857년의 처벌 시편들을 직접 자기 손으로 필사하여 이 제2판과 함께 묶어놓는다.

4월 19일, 말라르메 일가, 상스에 정착한다.

10월 8일, 에마뉘엘 데 제사르가 상스의 리세에 부임한다.

10월, 카튈 맹데스의 『환상파 평론』지에 아직까지 발견되지 않고 있는 시 「가면 무도회」를 보냈지만 게재되지 않는다.

12월 7일, 14일, 21일, 말라르메는 상스에서 공연 중이던 브종브와 그의 극단에 관한 평문들을 『세노네』에 서명 없이 게재한다.

12월 11일, 「어느 부도덕한 시인에게」를 쓴다. 다른 두 편의 시 「죽음의 호의」와 「금발의 세탁부 소녀에게」 또한 이 해의 것이다.

1862 1월부터 스테판 말라르메라는 이름으로 최초로 글이 발표된다.

1월 10일, 『나비』지에 데 제사르의 『파리 시편』에 대한 평문, 2월 25일, 아르센 우세에게 헌정된 시 「청원서」(뒤에 「시답잖은 청원서」로 개제)가 실린다.

3월 15일, 「불운」의 첫 5연과 「종치는 수사」가 『예술가』지에 게재된다.

4~5월, 당시 우체국 직원이었고 후에 이집트학 연구자가 될 외젠 르페뷔르, 그리고 법학사 학위를 마쳤고 훗날 의사로 활동할 앙리 카잘리스와 편지 왕래를 시작한다. 말라르메는 네 살 연상인 르페뷔르를 상스의 리세에 다닐 때 알았던 것 같다. 카잘리스와 말라르메 사이의 중개자는 그의 옛 동창생 데 제사르이다.

5월 18일, 말라르메는 데 제사르와 함께 「숙녀들의 토론회」를 발표한다. 이 작품은 앙리 레뇨, 얍 자매, 니나 가야르(훗날의 니나 드 빌라르)와의 5월 11일 퐁텐블로 숲에서의 산책을 기리고 있다.

5~6월, 르콩트 드 릴에 관한 한 평문(미발견)에 매진한다.

6월 4일, 「신춘에」(「새봄」)를 카잘리스에게 보낸다. 6월, 상스의 한 가문, 리베라 데 프레슬 가(家)의 가정교사인 독일 처녀, 크리스티나(마리아) 게르하르트(1835년 5월 19일 캉베르에서 출생)에게 애정 공세. 뉘마 말라르메의 건강 상태 때문에 스테판 말라르메는 부친에게 퇴직할 것을 권한다.

7월, 「어느 파리 시인에 반대하여」(7월 6일)와 「겨울 태양」(7월 13일)을 디에프의 『주르날 데 배뇌르』에 발표한다.

9월 15일, 「예술에서의 이단. 만인을 위한 예술」을 『예술가』지에 발표한다.

11월 8일, 국유지 관리국을 그만두고 영어 교사직으로 직업을 바꾸기를 열망한 말라르메는 런던으로 가 그곳에서 마리아 게르하르트와 정착한다.

1863 1월 1일, 뉘마 말라르메의 퇴직. 1~2월, 두 연인은 마음을 결정하지 못한다. 파리로 마리아가 떠난다(1월 10일). 말라르메는 불로뉴까지 그녀를 따라갔다가 영국으로 되돌아온다. 3월 4일 브뤼셀로 떠나기 전에, 런던으로 마리아가 되돌아온다(2월 10일).

3월 18일, 법정 나이로 성년이 된 스테판 말라르메, 집안의 대소사를 해결하고 징병검사를 받기 위해 프랑스로 되돌아온다. 징병검사에서 귀향 판정을 받는다. 결혼 계획을 언급한다.

4월 12일, 스테판 말라르메가 런던으로 되돌아갈 채비를 하던 중, 뉘마 말라르메 별세. 상스로 되돌아와 약 10일간 체류한다.

4월 16일, 프랑스 시인으로서 당시 영국에 거주하고 있던 샤틀랭 경(1801~1881)에게 추천서를 써준 에밀 데샹에게 감사를 표한다. 말라르메는 샤틀랭 경이 죽을 때까지 그와 서신을 교환한다. 4월 말, 마리아와 결혼하기로 결정하고 그녀를 찾아 벨기에로 가서 런던으로 그녀를 데려온다.

6월 3일, 카잘리스에게 「창」과 「공성」(「희망의 성」)을 보낸다.

8월 10일, 런던의 브롬프턴 오라토리오회 예배당에서 일곱 살 연상의 마리아 게르하르트와 결혼. 오라토리오회 사제인 윌리엄 벌렌 모리스 신부가 결혼식을 집전한다.

8월 말, 신혼부부는 파리를 거쳐 상스로 돌아온다.

9월, 영어 교육 자격증 획득. 11월 3일, 투르농(아르데슈)의 제국 리세의 기간제 교사로 임명된다.

12월 6일, 투르농에 도착해 곧바로 부르봉 가(街) 19번지로 이사한다. 그러나, 정식 교사로 발령받지 못한 부담감을 안고 있던 말라르메는 "투르농이라는 끔찍한 이 구멍" 속에 "유폐"되었다고 느낀다.

1864 1월, 카잘리스에게 「창공」을 보낸다.

2월 13일, 카잘리스에게 「어느 창녀에게」(훗날의 「고뇌」)와 "쓰라린 휴식이 지겨워……"를 보낸다.

3월 23일, 카잘리스에게 「꽃들」을 보낸다.

7월 2일, 4월부터 투르농에 거주하고 있던 시인이자 배우인 알베르 글라티니 덕분에 『주간 퀴세·비시』에 초기 산문시 두 편을 게재한다: 「머리」(「창백하고 가엾은 아이」), 「잔인한 오르간」(「가을의 탄식」). 여름, 데 제사르가 교사로 있는 아비뇽으로 간다. 거기서 프로방스어 시인들(félibres)인 테오도르 오바넬, 조제프 루마니유, 프레데리크 미스트랄과 사귀게 된다. "내일 아르데슈(Ardèche)에서 도망칠 것이다. 이 이름은 내게 공포를 불러온다. 그러나 그 이름은 내가 삶을 바치고 있는 두 단어를 함축하고 있다: 예술(Art), 궁핍(dèche)……" 10월, 「에로디아드」를 시작한다. 11월 19일, 투르농에서 시인의 딸 주느비에브가 출생한다.

1865 1월, 주느비에브의 출생에 따라 중단되었던 「에로디아드」에 다시 착수한다.

3월, 카잘리스에게 산문시 「미래의 현상」을 보내고 「빛」(「헌시」)을 완성한다. 글라티니에 관한 평문을 썼으나 아직 발견되지 않았다.

4월 30일, 투르농에서 주느비에브의 영세식. 대모는 브뤼네 부인, 대부는 에마뉘엘 데 제사르.

6월, 「에로디아드」를 미루고, 테아트르 프랑세에서의 상연을 기대하며 "주인공이 목신인 영웅 서사적 막간극"을 짓는다(훗날의 「목신의 오후」).

9월, 파리로 가 방빌과 코클랭에게 「목신」을 제시하나, 이들은 테아트르 프랑세에서의 상연을 거부한다.

10월, 투르농으로 돌아와, 샤토 로(路) 2번지로 이사한다. 「목신」이 거부된 이후, 「에로디아드」에 다시 착수하나, "더 이상 비극이 아니라 시"로서이다.

12월 5일, 카잘리스에게 「게루빔 천사의 날개를 연주하는 세실리아 성녀」(「성녀」)를 보낸다.

12월 14일, 베르사유의 외조부 앙드레 데몰랭 타계. 투르농으로 돌아가지 않고 파리에서 연말을 보내고 르콩트 드 릴의 집에서 코페, 에레디아와 함께 송년 만찬을 즐긴다.

1866 「장밋빛 입술」("악마에 시달리는 어느 흑인 여인……")이 『19세기 신(新) 파르나스 사티리크』에 실린다. 이 사화집은 풀레 마라시에 의해 브뤼셀에서 출판되었다.

1~3월, 「에로디아드」의 서곡에 전념하던 중, 맹데스의 요청에 따라 13편의 시를 『현대 파르나스』지에 보낸다.

3월 3일, 『현대 파르나스』지의 첫 호에 고티에, 방빌, 에레디아의 글이 실린다. 이 잡지는 6월 30일까지 주간으로 모두 18호가 계속 발간되어 『현대 파르나스』 제1권이 된다. 2호는 르콩트 드 릴, 3호는 루이 메나르, 프랑수아 코페, 오귀스트 바크리 등에게, 4호는 맹데스에게, 5호는 보들레르에게, 6호는 레옹 디에르크스에게 할애된다. 9호에서 베를렌이 앙토니 데샹과 함께 하고, 말라르메가 카잘리스와 11호를, 데 제사르가 필록센 부아예와 12호를, 에밀 데샹이 알베르 메라, 헨리 윈터와 함께 13호를, 르페뷔르가 아르망 르노, 에드몽 르펠르티에와 14호를, 빌리에 드 릴 아당이 페르티오, 프랑시스 테송, 알렉시스 마르탱과 함께 17호를 차지한다. 이 잡지의 제2권과 제3권은 각기 1871년과 1876년에 발간된다.

4월, 말라르메, 칸의 르페뷔르의 집에서 부활절 휴가를 보낸다(3월 29일~4월 6일). 칸 체류 기간에, 그리고 「에로디아드」를 작업하던 와중에 무(Néant)를 발견하고 깊은 정신적 전복을 체험한다. "불행하게도, 나는 이 정도까지 시구를 파들어가면서, 나를 절망하게 하는 두 심연과 맞닥뜨렸다오. 하나는 무인데, 불교를 잘 모르면서도 나는 거기에 도달했지요. 아직도 너무 침통한 상태라서 나는 내 시를 믿을 수 없으며, 이 생각에 짓눌려 포기했던 작업을 다시 시작할 수도 없군요." 칸의 체류는 또한 "절대가 빈번히 방문하는 두 해"(1868년 5월 3일 편지)의 시작이다.

5월 12일, 카잘리스와 함께 한 『현대 파르나스』지 11호에 10편의 시가 실린다: 「창」 「종치는 수사」 「조용한 그녀에게」 「신춘에」 「창공」 「꽃들」 「탄식」 「바다의 미풍」 「어느 가난뱅이에게」 「에필로그」. 또 한 편의 시 「여름날의 슬픔」은 여러 시인들의 작품을 한데 묶은 별도의 합본호인 6월 30일자의 18호에 따로 실린다.

7월 13일, 카잘리스에게 "무를 발견한 이후에, 나는 미를 발견했다오"라고 쓴다. 이 여름은 어렴풋이 감지된 작품에 관한 사색에 바쳐진다.

7월 중순, 『현대 파르나스』지에 시들이 실린 후에, 학부모들의 압력으로, 투르농의 리세에서 해고된다.

10월 26일, 브장송의 리세에 부임한다. 푸아틴 가(街) 36번지에 정착한다.

11월 22일, 베를렌이 막 발간된 『토성인 시집』을 편지와 함께 말라르메에게 보낸다. 말라르메는 12월 20일 답장을 보낸다.

12월 23일, 『파리 매거진』에 「밤의 시」(「헌시」)가 서명 없이 실린다.

1867 5월 14일, 카잘리스에게 다음과 같은 편지를 쓴다: "나는 이제 막 끔찍한 한 해를 벗어났습니다. 내 생각은 생각되었으며, 순수 개념에 도달했지요. 그 반대급부로 이 긴 단말마의 고통 속에서 내가 겪어야 했던 모든 것은 필설로 다할 수 없을 지경이지만, 다행스럽게도, 나는 완전히 죽었으며, 내 정신이 모험을 할 수 있는 곳이라면 가장 불결한 지역도 영원입니다. 내 영혼은 그 자신의 순수에 습관이 된 이 고독자이며, 시간의 반영마저도 그것을 더 이상 어둡게는 못합니다. [……] 이제 나는 비인칭이며, 이미 형이 알고 있던 스테판이 아니라, ─과거의 나였던 것을 통하여 정신적인 우주가 스스로를 보고 스스로를 전개해간다는 하나의 [대응] 능력이라는 것입니다."

10월 6일, 아비뇽의 리세에 부임한다. 12일 포르타유마테롱 광장 8번지에 거주한다.

10월 20일, 『문예 평론』지에 산문시를 게재하기 시작한다.

1868 4월 초, 윌리엄 보나파르트 와이스 부인의 앨범 선집에 단장 「에로디아드의 치장」을 옮겨 적어준다. 4월 20일, 프랑수아 코페에게 다음과 같이 써보낸다: "저는 두 해 전에 꿈을 이상적인 나신으로 보는 죄를 저질렀습니다. [……] 그리고 이제 순수한 작품의 무시무시한 시상에 도달하여, 거의 이성을 잃을 지경입니다……."

5월 3일, 르페뷔르에게 다음과 같이 쓴다: "결정적으로 저는 절대에서 내려왔습니다. [……] 하지만 두 해 동안의 빈번한 방문(기억하시는지요? 우리가 칸에 머물렀던 때 이후입니다)이 제게 어떤 흔적을 남겨놓았으며, 저는 그 축성식을 거행하고자 합니다."

7월 18일, 「저 자신을 우의하는 소네트」("제 순결한 손톱들이 그들 줄마노를……"의 초고본)를 르메르 출판사에서 나올 선집을 위해 카잘리스에게 송부한다. 그러나 이 선집은 이 소네트가 빠진 채로 출판된다.

8월 12일, 마이얀에 있는 미스트랄의 집에 카잘리스와 함께 머문다.

8월 13일, 말라르메의 가족은 방돌로 떠나 여름을 보낸다.

9월 말, 아비뇽으로 돌아온다.

12월 15일, 언어 교육 담당 강사들의 수업과 문법 교육 담당 강사들의 수업을 조정하려는 정부의 방침으로 말라르메에게 500프랑의 급여 삭감이 발생하게 된다.

1869 데카르트 독서.

1월 22일, 『파리 유행』지에, 스테판 말라르메에 관한 맹데스의 평문이 실린다.

2월, 카잘리스에게 다음과 같은 편지를 보내는데, 이 편지는 스테판 말라르메가 구술한 것을 마리 말라르메가 대신 적은 것이다: "나는 아주 극단적인 청원을 했는데, 지금부터 부활절까지 펜에 손을 대지 않는다는 것입니다. 〔……〕 글을 쓴다는 단순한 행위가 내 머리에 히스테리를 일으킵니다. 〔……〕 제 인생의 첫 국면은 끝났습니다. 어둠이 넘치던 의식은 깨어 일어나, 천천히 새로운 인간을 형성하고, 그 인간이 창조된 후에 제 꿈을 재발견하게 될 것이 틀림없습니다. 그게 몇 년이 걸릴 텐데, 그동안 저는 인류가 그 유아기 이래로 자의식을 갖게 된 이후의 인류의 삶을 다시 살아야 할 것입니다."

3월, 『현대 파르나스』두번째 권을 위해 「에로디아드」의 '장경'을 보낸다(이 두번째 권의 출판은 1871년까지 지연된다).

5월 6일, 외조모 데몰랭 부인이 타계한다.

8~9월, 바르의 레크에서 휴가를 보낸다.

9월 중순, 아비뇽으로 돌아온다.

11월 14일, 『이지튀르』에 관한 최초의 언급이 나타나는데, 절대가 야기한 위기를 해결하기 위한 것으로 마련된 것이다: "일종의 콩트인

데, 저는 그것으로 무기력이라고 하는 늙은 괴물을 쳐부수고 싶습니
다. 〔……〕 그게 완성되면 〔……〕 저는 치료됩니다. 이열치열." 같은
시기에 시인은 언어학에 관심을 갖는다.

12월, 글라티니가 아비뇽에 체류한다.

1870   1월 9일, 스테판 말라르메는 아비뇽의 신문 『메리디오날』에 사설 영
어 강좌 공고를 낸다.

1월 19일, 1871년 9월까지 자신의 요구에 따라 휴직하고, 언어학에 입
문한다. 그리고 언어에 대한 논문과 신성에 관한 라틴어 논문을 자기
작업의 '과학적 기반'으로서 계획한다.

5월 22일, 맹데스에게 보들레르와 포를 추념하는 논문을 하나 준비
중이라고 알린다.

7월 19일, 프러시아에 대한 프랑스의 선전포고(보불전쟁).

8월, 트리브셴의 바그너의 집을 방문하고 돌아온 맹데스, 쥐디트 고티
에, 빌리에 드 릴 아당 등을 앞에 두고 『이지튀르』를 낭송한다.

9월 4일, 미스트랄에게 보내는 편지 속에서 스테판 말라르메는 스당
의 재난 이후 공화국의 포고를 환영한다.

1871   1월 19일, 보불전쟁에 참전한 앙리 레뇨가 전사한다.

1월 28일, 파리의 항복.

2~3월, 앙리 레뇨의 약혼녀이자, 아셰트 출판사 설립자의 손녀인 주
느비에브 브레통의 호의를 업고 말라르메의 친구들(맹데스, 카잘리스,
오귀스타 올메스)은 런던이나 파리의 출판사에 말라르메의 일자리를
얻는 데 전념한다. 당사자인 말라르메는 번역 작업이 가능한 도서관
사서직을 목표로 한다.

3월 2일, 카잘리스에게 보낸 편지: "나는 다시 순수하고 순진한 문학
가가 됩니다. 내 작품은 더 이상 신화가 아닙니다. (단편집 한 권, 열망

하는 상태. 시집 한 권, 윤곽도 보이고 읊조리기도 한 상태. 비평집 한 권, 어제까지는 우주라고 불렸으나, 엄밀하게 문학적인 관점에서 고찰된.) 요컨대 스무 살의 아침나절."

4월 23일, 카잘리스에게 보낸 편지: "지금으로서는, 연극 하나와 보드 빌 하나를 준비하고 있는데, 가능한 한 여러 해 동안 주의 깊은 관중의 눈에 예술과 학문이 빛을 잃게 할 그런 작품입니다."

5월 29일, 아비뇽에서 상스로 간다. 임신한 마리는 상스에 머무르는 한편, 말라르메는 파리로 가 맹데스의 집에 유숙한다.

7월 16일, 상스에서 아나톨 출생.

8월 9일 혹은 10일, 네 신문들을 위해 만국박람회 취재차 런던으로 간다. 유일하게 『국민』지가 스테판 말라르메의 기사 세 편을 게재한다. 이 일을 계기로 그는 『신화학 요강』을 르메르 출판사에서 번역 출간하기 위해 G. W. 콕스 출판사의 편집장 롱맨과의 접촉을 고려한다. 이 번역은 1880년에야 로트쉴드 출판사에서 『고대의 신들』이라는 제목으로 출간된다.

8월 말, 스테판 말라르메는 올리힐 하우스에 있던 윌리엄 보나파르트 와이스를 방문하고 그의 부인의 앨범에 소네트 「정원에서」를 적어 준다.

9월, 파리로 돌아와 비비엔 가에 묵는다.

10월 25일, 퐁탄 리세(오늘날의 콩도르세 리세)에 임시 교원으로 발령을 받는다.

11월 10일, 퐁튀스 드 티야르의 시 전집을 필사하기 위해 국립도서관에 월 출입증을 신청한다.

11월 15일, 파리의 모스쿠 가(街) 29번지에 자리를 잡는다.

12월, 르페뷔르와의 불화, 말라르메――또는 마리――는 르페뷔르의 혼외 관계를 인정하지 않았다.

1872 4월, 호화잡지 『장식 예술』을 계획한다.

5월 19일, 『모니뙤르』지의 청탁으로 만국박람회 취재차 런던으로 출발한다. 이 신문에 말라르메의 기사는 한 건도 실리지 않았다. 유일하게 기사 하나가 『일뤼스트라시옹』7월 20일자에 실린다.

6월 1일, 이른바 '야비한 녀석들의 저녁 만찬(Dîner des Vilains Bonshommes)'에 참석, 거기서 스테판 말라르메는 랭보를 대면한다.

6~10월, 『문예부흥』지에 포의 시 8편을 번역하여 게재한다.

7월 14~18일, 만국박람회 때문에 런던에 다시 체류한다.

7월 21일, 퐁탄 리세에서 영어반 하나를 맡게 된다.

10월 23일, 테오필 고티에 영면. 맹데스에게서, 르메르 출판사에서 출간될 헌정집에 참여해달라는 연락을 받는다.

1873 1월 11일, 브레통의 주선으로 급여가 인상된다.

4월, 마네를 알게 된다.

4월 16일, 글라티니 타계.

8월 4일, 브르타뉴 지방(처음에는 두아른느네, 이어서 르 콩케)으로 간다. 마리아와 자녀들이 캉베르의 게르하르트 가의 집에 있는 동안 그는 9월 28일까지 브르타뉴 지방에 머무른다.

10월 23일, 『테오필 고티에의 무덤』에 「장송의 건배」가 실린다.

11월, 맹데스와 더불어 '국제 시인 협회' 창설 계획을 내놓는다. 이 협회는 단명한다.

1874 『문예부흥』지에 「1874년의 회화 심사원단과 마네 씨」를 게재한다. 말라르메는 그 논설에서 1874년의 살롱전에 두 개의 그림이 거부당했던 마네를 옹호한다. 이 해 말라르메가 에밀 졸라를 만나게 된 것은 마네의 집에서이다.

8월, 퐁텐블로 숲 가까이의 발뱅에 처음으로 체류한다.

9월 6일, 말라르메 혼자 편집한 『최신 유행』의 첫번째 권이 나온다. 이 격주간 잡지는 8호까지 나온다.

1875 3월 11일, 말라르메가 번역하고 마네가 삽화를 그린 포의 시집 『갈까마귀』의 출간을 르메르 출판사가 거절한다. 이 번역본은 레클리드 출판사에서 6월 2일 출간된다.

3월 15일, 롬 가(街) 87번지(1884년 3월, 89번지로 조정)에 자리를 잡는다.

7월, 3기 『현대 파르나스』를 위하여, 「목신」의 최종본(「목신의 즉흥곡」)을 르메르 출판사에 보내나 심사위원단(코페, 방빌, 아나톨 프랑스)에 의해 거부된다.

8월 14일, 런던으로 출발, 거기서 그는 존 페인의 집에 머무르면서 아서 오쇼네시를 만난다. 마리는 아이들을 데리고 캉베르에서 여름을 보낸다.

9월 4일, 런던에서 그는 불로뉴로 간다. 거기서 멀지 않은 에키앙에서 10월 초까지 머무른다.

9~10월, 런던의 『아테나에움』을 위해 오쇼네시에게 「문학방담」 처음 몇 회분을 보낸다.

1876 1월 30일, 오쇼네시에게 보낸 편지: "저는 매우 규모가 큰 극 하나를 준비하고 있습니다(왜냐하면 다른 서정시들을 쓸 여유를 얻기 위해 몇 년 동안 드라마만 쓰게 될 것 같기 때문입니다)."

2월 6일, 다시 오쇼네시에게 보낸 편지: "나는 지금 아주 방대한 대중적인 멜로드라마의 대본을 만들고 있는 중입니다."

4월, 마네가 삽화를 그린 『목신의 오후』가 드렌 출판사에서 출간된다. 이 무렵 마네의 아틀리에에서는 살롱전의 심사원단에 의해 거부된 마네의 그림들이 전시된다.

5월, 윌리엄 벡포드의 『바텍』이 라비트 출판사에서 말라르메의 서문과 함께 재발간된다.

8월, 불로뉴 근처의 포르텔에 체류한다. 마리아와 자녀들은 발뱅에 있었다. 이달 13일 「니벨룽의 반지」로 바이로이트 음악축제가 시작된다.

9월, 발뱅에 체류한다.

9월 30일, 「인상파와 에두아르 마네」가 『월간 예술 평론』에 실린다.

10월, 마네가 말라르메의 초상화를 그린다.

12월, 「에드거 포의 무덤」이 볼티모어의 추모집(volume commémoratif de Baltimore)에 실린다.

1877   1월 12일, 스테판 말라르메는 사라 헬렌 휘트먼에게 보내는 한 편지에서 다음과 같이 언급한다: "방대한 작업──정해진 시기에 상연할 드라마 한 편──."

3월, 『문인 공화국』에 스테판 말라르메가 최근에 번역한 포의 시들이 실린다.

5월 18일과 28일, 사라 헬렌 휘트먼에게 (편지에 적힌 일자가 "1877년 5월 18일과 28일") "마술적이고, 대중적이고, 서정적인" 방대한 드라마"에 관한 야심을 말한다.

8월 1일, 발뱅으로 가서 신학기가 시작될 때까지 머무른다.

12월, 말라르메의 편지를 보면 이 무렵부터 화요 야회에 관한 암시가 나온다. 이후 화요 야회는 말라르메가 살고 있는 롬 가(街)의 아파트에 일군의 젊은 문인들과 예술가들을 끌어모았다. 위스망스, 쥘 라포르그, 폴 크로델, 폴 발레리, 앙드레 지드, 피에르 루이스 같은 문인들, 휘슬러, 르동, 르누아르, 드가, 모네, 모리조 같은 화가들, 로베르 드 몽테스키우 같은 호사가들이 화요일 저녁이면 그의 아파트를 찾게 된다.

12월 28일, 오쇼네시에게 보낸 편지: "저는 어디서나 프랑스에서 준비되고 있으며 제 편에서도 준비하고 있는 새로운 연극의 단장들을 연구하고 있습니다. 로마의 황제나 아시아의 군주들도 그럴 수 없었을 만큼 오만한 군중들을 황홀하게 할 어떤 것."

1878 1월, 트뤼시-르루아 형제 출판사에서 『영어 단어집』을 출간한다. 영어에 근거한 다양한 돈벌이를 이 출판사와 함께 기획한다.

4월 23일, 앙리 루종과 함께 클리쉬 가의 빅토르 위고를 방문한다.

5월 30일, 게테 극장에서 거행된 볼테르 100주기 기념식에 참석한다.

1879 5월 17일, 인쇄되어 나올 교육용 신화집(『고대의 신들』)을 위해, 르콩트 드 릴에게 『야만 시집』과 『고대 시집』에서 100~200행의 시구를 인용할 허가를 부탁한다.

10월 8일, 6개월간 병을 앓은 끝에 아들 아나톨 말라르메 사망.

12월, 로트쉴드 출판사에서 『고대의 신들』(출간 연도는 1880년으로 기재되어 있음)을 출간한다. G. W. 콕스 출판사에서 나온 개론서를 8년에 걸쳐 번역한 것이다.

1880 아나톨 말라르메의 「무덤」을 위한 노트들.

4월 19일, 장인 프란츠 게르하르트 별세.

5~6월, 극심한 류머티즘으로 고통받으면서 말라르메는 여름 내내 발뱅에서 회복기를 보내기 위해 두 달간 자리에 누워 지낸다.

10월, 방빌의 제안으로 출판업자 샤르팡티에가 말라르메에게 C. W. 엘핀스턴 호프 부인의 『선녀들의 별』의 번역을 의뢰한다.

1881 1월 13일, 귀스타브 칸에게 보낸 편지: "저는 어느 때보다 더 외따로 떨어져, 여러 해에 걸치는 지독한 작업에 빠져 있습니다."

8월 15일, 샤틀랭 경 타계, 스테판 말라르메에게 800리브르의 유산을 남긴다. 여름, 발뱅의 최초의 연극 시즌.

1882   10월 9일, 존 페인에게 보낸 편지: "의미 있는 책 한 권을 내놓지 않고
는 해를 넘기지 않을 것입니다."

10월 29일, 말라르메는 자신에게 『거꾸로』의 집필 계획을 알려온 위
스망스에게 로베르 드 몽테스키우라는 인물을 주목하게 함으로써, 그
소설의 주인공 데 제생트의 성격 설정에 영향을 미친다.

1883   2월 13일, 바그너 타계.

4월 30일, 마네 타계.

11월 3일, 베를렌에게 보낸 편지: "작품의 골격을 짜느라고 골몰하고
있습니다. 산문이지요. 우리는 모두 사상의 측면에서 아주 지진아들
이어서, 저는 제 사상을 구축하느라 10년도 훨씬 더 걸렸습니다."

11~12월, 『뤼테스』지에 베를렌이 연재하는 「저주받은 시인들」의 세
번째 평문이 말라르메에게 바쳐진다.

1884   1월, 이 무렵에 보낸 편지에는, 마네를 통해 최근에 알게 된 메리 로
랑에 대한 암시가 나타나기 시작한다.

2월, 드뷔시가 『저주받은 시인들』에 게재된 「현현」에 곡을 붙인다.

4월, 바니에 출판사에서 「저주받은 시인들」이 단행본으로 출간된다.

5월, 위스망스의 『거꾸로』가 출간된다. 이 작품은 『저주받은 시인들』
과 함께 말라르메에게 예기치 못한 대중성을 안겨준다. 같은 해 카튈
맹데스는 『현대 파르나스의 전설』의 여러 페이지를 말라르메에게 할
애한다.

10월, 사이이의 장송 리세에 정교사로 임명된다.

1885   1월, 『독립 평론』지에 데 제생트를 위한 「산문」이 실린다. 잡지는 3월
에 "순결하고, 강인하고, 아름다운……"과 "시간의 향유에 절여든 어
느 비단이……"를 게재한다.

2월 18일, 스테판 말라르메는 3월 1일부터 산정되는 3개월의 유급 휴가를 얻는다.

5월 22일, 빅토르 위고 타계.

8월 8일, 『바그너 평론』지에 「리하르트 바그너, 한 프랑스 시인의 몽상」을 발표한다.

8월 22일, 『예술과 유행』지에 「하얀 수련」이 실린다.

9월 10일, 시인은 에두아르 뒤자르댕과 바레스에게 보내는 두 통의 편지에서 자신이 꿈꾸는 드라마에 대해 언급한다.

10월, 롤랭 고등학교에 부임한다.

10월 19일, 바니에 출판사와 『에드거 포 시집』의 출판 계약서에 서명한다. 그 출판사는 간행을 질질 끌게 되고 스테판 말라르메는 결국 1888년 드망에게 출판을 제안하게 된다.

11월 16일, 베를렌에게 책, "시인의 유일한 임무인 대지에 대한 오르페우스적 설명"에 관한 언급이 들어 있는 자서전 편지를 보낸다.

1886 1월 8일, 『바그너 평론』지에 바그너에게 바치는 「예찬」을 발표한다.

4월 11일, 『라 보그』지의 창간호가 말라르메의 산문시 세 편과 랭보의 『일뤼미나시옹』의 일부를 담고 발간되었다.

6월 13일, 같은 잡지에 구두점이 없는 최초의 시 "*당신의 이야기 속에 내가 등장한다면……*"을 발표한다.

7월 중순, 발뱅으로 떠난다.

9월 18일, 『피가로』지에 장 모레아스의 상징주의 선언이 실린다.

9월 22일, 말라르메의 '서문'이 붙은 르네 길의 『언어론』이 출간된다.

10월 초, 파리로 돌아온다.

11월 1일, 『독립 평론』지를 위한 연극 시평을 쓰기 시작한다(1887년 7월까지 9편의 평문).

1887   1월 1일, 『독립 평론』지에 '소네트 3부작'이 실린다.

2월 베를렌에 의해 스테판 말라르메에게 헌정된 '현대인 총서'의 낱권이 출간된다.

3월, 독립 평론 출판사에서 『목신의 오후』의 결정판이 출간된다.

5월 5일, 에덴 테아트르에서 공연될 「로엔그린」이 파내쉬르모젤에서 일어난 국경 분쟁 사건의 여파로 초연일(3일) 저녁에 취소되어 관람을 할 수 없었던 말라르메는 6월의 『독립 평론』지의 연극 시평을 이 스캔들에 할애한다.

8월 12일, 『예술과 유행』지에 "머리칼 極에 이른 한 불꽃의 비상……"이 포함된 「장터의 선언」이 실린다. 말라르메와 출판인 레옹 바니에와의 분쟁.

8월 20일, 쥘 라포르그 타계.

10월, 독립 평론 출판사에서 사진 석판본 『시집』 발행(47부 인쇄).

12월, '프랑스와 벨기에의 현대 작가 총서'의 제10권으로 『운문과 산문 앨범』이 출간된다.

12월 31일, 메리 로랑에게 소네트 "*Méry/Sans trop d'aurore……*"를 보낸다.

1888   1월 10일, 말라르메에게서 작품집의 출간 계획을 전해 들은 베라렌이 그에게 브뤼셀의 에드몽 드망의 출판사를 권한다.

1월 15일, 자신을 "관객 앞에 선보이고 [……] 책 한 권의 내용을 가지고 재간을 부리겠다는" 계획을 언급하는 편지를 베라렌에게 보낸다.

2월 12일, 드망 출판사에 『에드거 포 시집』의 원고와 『칠기 서랍』(1891년 『페이지들』이라는 제목으로 출간)의 원고를 보낸다.

5월 1일, 프랑시스 비엘레 그리팽의 도움을 받아 스테판 말라르메가 번역한, 휘슬러의 「열 시」가 『독립 평론』지에 실린다. 이 번역은 6월

1일 소책자로 재출간된다.

7월, 『에드거 포 시집』이 드망 출판사에서 마네가 그린 초상화와 꽃문양과 함께 출간된다.

7월 23일, 르메르에 의해 출간되는 『19세기 프랑스 시인 사화집』의 세번째 권 출간. 말라르메는 6편의 시와 프랑수아 코페의 해설과 더불어 거기에 등장한다.

7월 26일, 발뱅으로 떠난다.

8월 15~25일, 에번스 박사와 메리 로랑의 초청으로 루아야에 체류한다.

8월 23일, 화가 장 프랑수아 라파엘리가 말라르메에게 「거리의 군상들」을 위한 시를 써줄 것을 부탁한다.

10월 8일, 파리로 돌아온다.

11월 1일, 베르트 모리조에게 보낸 편지: "여전히 독서에 대해 많은 작업을 하고 있는데, 그중 넷은 다음 해로 넘겼습니다." 동일한 속내 이야기가 에드몽 드망에게 보낸 21일자 편지에도 나타난다: "독서에 대한 신비롭고 방대한 기획을 저질러놓고 진척 중에 있습니다."

1889 2월 17일, 베르트 모리조에게 1월 27일의 선거에서 "딸에게 굴복하여 불랑제 장군에게 투표했다"고 쓴다.

3월 중순, 라파엘리가 그린 일러스트 「거리의 군상들」에 말라르메의 7편의 시를 담은 『파리의 군상들』의 일곱번째 권이 출간된다.

7월 12일, 암에 걸린 빌리에 드 릴 아당, 신의 성 요한 수도회의 진료소에 입원한다. 말라르메와 위스망스는 필요한 자금을 모으는 일을 맡고, 빌리에 드 릴 아당과 그의 아내 마리 브레제라의 임종 전의 결혼(8월 14일)을 주선해 그의 아들 빅토르의 장래를 보장해준다.

7월 23일, 발뱅으로 떠난다.

8월 19일, 빌리에 드 릴 아당 타계. 21일 장례식 거행. 말라르메와 위
스망스가 그의 유언 집행인이 된다.

9월 7~10일, 루아야에 두번째 체류, 메리에게 장문의 편지를 보낸다.

10월 초, 파리로 귀환한다.

10월 18일, 모네가 마네의 「올랭피아」의 구입을 위한 신청에 참여를
부탁하자 그는 25프랑의 기부를 약속한다(영수증엔 1890년 2월 24일로
날짜가 적혀 있다).

1890 2월 10~19일, 빌리에 드 릴 아당에 대한 벨기에 강연 여행(브뤼셀,
안트베르펜, 겐트, 리에주, 브뤼셀, 브루게)

2월 27일, 베르트 모리조의 집에서 강연을 다시 한다.

5월 15일, 『오늘날의 평론』에 「빌리에 드 릴 아당」을 발표한다.

5월 24일~6월 4일, 발뱅에 체류. 피에르 루이스와의 관계를 시작한다.

7월 13일, 마네 가족들과 지베르니의 모네를 방문한다. 모네는 그에
게 그림 「죄포즈행 열차」를 선사한다.

7월 16일, 테레즈 루마니유가 「앨범 한쪽」을 보내준 것에 대해 감사의
편지를 보낸다.

8월 초, 발뱅으로 떠난다.

10월 5일, 파리로 돌아온다.

10월 20일, 폴 발레리가 말라르메에게 첫 편지를 보낸다.

11월 9일, 메리 로랑의 탈루의 집이 해체된다. 새로운 집이 지어진 후
말라르메는 정리정돈과 내부 장식에 전념한다.

11월 15일, 휘슬러를 위해 쓴 「쪽지」가 『선풍』지에 실린다.

1891 1월, 고갱이 말라르메의 초상을 그린다. 말라르메는 고갱을 미르보에
게 천거한다.

2월 2일, 모레아스에 경의를 보내는 '열정의 순례자(Pèlerin passioné)'

의 축연을 주재한다.

2월 5일, 말라르메에게 보낸 앙드레 지드의 첫 편지.

2월 24일 밤 화요 야회에서 오스카 와일드와 말라르메가 처음으로 만난다.

3월 13일, 방빌 타계.

3월 14일, 『파리의 메아리』의 기자 쥘 위레의 "문학의 진화에 관한 설문"에 답한다.

3월 19일, 예술 극장(théâtre d'Art)에서 「불운」을 낭송한다.

3월 23일, 고갱에게 작별을 고하는 향연에서 축배.

3월 25일, 건강상의 이유(아급성 류마티즘)로 말라르메는 3개월의 휴직을 신청한다. 이 휴직은 '10월 신학기'까지 연장된다.

5월 5일, 『페이지들』이 드망 출판사에서 출간된다. 면지 그림은 르누아르.

5월 20일, 베를렌과 고갱을 위한 예술 극장의 여섯번째 공연의 마지막 총연습을 한다. 상연 직후에 말라르메는 발뱅으로 떠난다.

5월 24일, 조제프 루마니유 타계.

7월 4일~8월 8일, 주느비에브가 처음으로 부모 곁을 떠나 옹플뢰르에 있는 퐁소 부인의 집에 체류한다.

8월 7일, 프랑시스 비엘레 그리팽에게 다음과 같이 쓴다: "내 손 아래 놓여 있으며, 내 정신의 마지막 자리를 차지하고 있는 것은 바로 끝없는 연구와 일련의 노트들의 제목입니다."

9월 30일, 파리로 돌아온다.

10월 10일, 말라르메는 근무 시간이 10시간 교육으로 줄게 된다(봉급도 그만큼 삭감된다). 피에르 루이스에 이끌려 발레리가 처음으로 방문한다.

10월 14일, 말라르메는 『시집』에 대한 첫 선금을 드망에게서 받는다 (이때 제목은 '운문'이었다).

10월 말, 오스카 와일드가 말라르메에게 『도리언 그레이의 초상』을 보낸다.

11월 26일, 친구이자 최근에 미술학교(Beaux-Arts)의 교장이 된 앙리 루종의 지원으로 그는 국가로 하여금 휘슬러의 「어머니의 초상」을 구입하게 한다.

1892　3월, 『내셔널 옵저버』와의 협력이 시작된다. 1893년 7월까지 12개의 시평을 쓴다.

4월 13일, 에두아르 마네의 형이자 베르트 모리조의 남편인 외젠 마네 타계. 말라르메는 그들의 딸 쥘리의 후견인 대리로 지명된다.

7월, 말라르메는 휘슬러에게서 영국에서 '주소 4행시'(문인, 화가 등의 이름과 주소로 꾸민 4행시)를 출판하자는 청을 받게 되나 이 계획은 좌절된다. 드뷔시가 「목신의 오후 전주곡」을 작곡하기 시작한다.

7월 28일~8월 24일, 옹플뢰르에 있는 퐁소 부인의 집에 마리아, 주느비에브와 머무른다.

10월 5일, 파리로 돌아온다.

10월 6일, 테니슨 타계. 스테판 말라르메는 이 일로 『파리의 메아리』와 인터뷰를 한다. 말라르메는 이 영국 시인에게 10월 29일자 『내셔널 옵저버』의 시평(「여기서 본 테니슨」)을 바친다. 이 시평은 후에 『횡설수설』에 수록된다.

10월 중순, 『빌리에 드 릴 아당』이 브뤼셀의 라콩블레 출판사에서 나온다.

10월 말, 휘슬러는 『운문과 산문』의 면지 그림으로 말라르메의 초상화를 그린다.

11월 15일, 『운문과 산문』이 1893년 발간으로 휘슬러의 그림과 함께 페랭에서 나온다.

11월 27일, 방빌을 기리는 기념비의 제막식을 위해 룩셈부르크에서 연설을 한다.

12월 3일, 윌리엄 보나파르트 와이스 타계.

12월 6일, 르콩트 드 릴을 대신해서 『펜』지의 여섯번째 향연을 주재한다.

1893 2월, 『펜』지의 일곱번째 축연의 귀빈으로 「축배」(훗날의 「인사」)를 낭송한다.

3월 24일, 유행성 감기에 걸려 발뱅으로 떠나 4월 10일까지 머무른다.

4월 13일, 베를렌을 귀빈으로 초대한 『펜』지의 여덟번째 축연에 참석한다.

5월 17일, 드뷔시의 「펠레아스와 멜리장드」의 처음이자 단 한 번의 공연에 참석한다. 같은 시기에 바그너의 「발퀴레」 공연(첫 공연이 5월 12일에 열렸다)에 참석한다. 이 두 공연에 대해 말라르메는 6월 10일자 『내셔널 옵저버』에 시평을 게재한다.

6월 17일, 빅토르 위고의 사후 발간 작품집 *Toute la Lyre*의 완간 기념 회식에 참석한다.

7월 6일, 모파상 타계. 말라르메는 8일 장례식에 참석하고 『내셔널 옵저버』의 22일자 시평을 그에 대해 할애한다(「추모」).

7월 15일, 『운문과 산문』의 제2판 출간.

7월 28일, 장관에게 퇴임 권리를 행사할 수 있는지 문의하고 10월 한 달 동안 휴직을 신청한다.

8~9월, 『인도 설화집』을 작업한다. 메리 로랑의 친구인 에드몽 푸르니에의 주문을 받아 메리 서머의 『고대 인도의 설화 및 전설』을 번안

하는 작업이다.

10월 14일, 에레디아를 귀빈으로 초대한 『펜』지의 열번째 축연에 참석한다.

11월 4일, 퇴직 허가를 받는다. 이와 함께 1894년 1월 1일부터 연간 1,200프랑의 문예 수당을 받게 되었다.

1894   2월 24일, 영국으로 떠난다.

3월 1~2일, 옥스퍼드와 케임브리지에서 「음악과 문예」를 강연한다.

4월, 『백색 평론』에 「음악과 문예」를 발표한다.

5월 15일, 『문학 연보』에 소네트 "짓누르는 구름에게……"가 게재된다.

6월 말, 마리아와 주느비에브를 데리고 옹플뢰르로 떠난다.

7월 17일, 르콩트 드 릴 타계. 그의 뒤를 이어 말라르메는 보들레르 기념비 건립위원회의 위원장직을 승계한다.

7월 25일, 며칠간 발뱅에 체류한다.

8월 8일, 화요 야회의 단골 인물인 펠릭스 페네옹이 무정부주의 테러에 연루되어 재판을 받던 중 말라르메를 증인으로 불렀다.

8월 17일, 『피가로』지에 "문학 기금"에 관한 평문을 쓴다.

10월, 『백색 평론』에 「유리한 이동」 발표. 페랭 출판사에서 「음악과 문예」가 별도의 책자로 출간된다.

10월 22일, 파리로 돌아온다.

11월 12일, 드망에게 『시집』의 원고를 보낸다.

12월 15일, 시카고의 『챕북』에 주소 4행시의 모음인 「우체국의 소일」이 실린다.

12월 22일, 드뷔시의 「목신의 오후 전주곡」의 첫 발표회가 열린다.

1895   1월 1일, 『펜』지에 「샤를 보들레르의 무덤」이 게재된다.

1월 15일, 『펜』지에 퓌비 드 샤반에게 바치는 「예찬」을 발표한다.

358

2월 1일, 『백색 평론』에 「한 주제의 변주」 10편 중 첫째 편이 실린다.
마지막 것은 11월 1일에 실린다.

2월 2일, 롤랭 고등학교에서 열린 성 샤를마뉴 향연에서 말라르메는
지도 신부를 위해 축배를 든다(『교육 평론』 2월 7일자에 발표).

3월 2일, 베르트 모리조 타계.

6월 5일, 발뱅으로 간다.

8월 3일, 소네트 "정신이 모두 요약되어……"가 자유시에 대한 앙케
트의 응답으로 『피가로』지에 실린다.

10월 26일, 파리로 돌아온다. 이날 공공교육부 장관(레이몽 푸앵카레)
의 포고로 10월 1일부터 연간 1,200프랑에서 1,800프랑까지의 문예
수당을 받게 된다.

12월 2일, 옥타브 미르보에게 "우주에 대한 설명"이 있다면 40쪽에 달
하는 글일 것이라는 뜻의 편지를 보낸다.

1896 1월 8일, 베를렌 타계. 말라르메는 1월 10일 그의 무덤에서 조사를 낭
송한다. 이 조사는 2월 1일자 『펜』지에 수정, 게재된다.

1월 27일, 말라르메는 베를렌을 이어 '시인들의 왕'으로 선출된다.

2월 10일, 『피가로』지에 소네트 "부인/너무나 열기 없는……"을 발표
한다.

2월 22일, 브뤼셀에서 열린 베라렌 향연에 참석하지 못한 대신 축배
시를 보낸다.

3월 5일, 뒤랑-뤼엘에서 베르트 모리조의 전시회가 열린다. 그는 도
록에 서문을 쓴다.

3월 8일, 『카르티에 라탱』에 5편의 「부채」를 발표한다.

3월 15일, 이 날짜 『펜』지의 일부가 스테판 말라르메로 꾸며진다.

5월 6일, 발뱅으로 떠난다. 거기서 그는 몇 차례 파리로 간 것 외에 11월

말까지 머무른다.

5월 15일, 해리슨 로즈에게 보낸 편지 '아르튀르 랭보'가 시카고의 『챕북』에 실린다.

5월 22일, 베를렌의 기념비를 위한 위원회의 위원장직을 맡는다.

9월 1일, 『백색 평론』에 「문예의 신비」를 발표한다. 이 평문은 7월 15일 같은 잡지에 실린 프루스트의 평문 「난해성에 반대하여」에 대한 응답이다.

9~11월, 『횡설수설』의 교정쇄를 받아 작업한다.

10월, 앙드레 리히텐베르거가 국제 잡지 『코스모폴리스』에 협력해줄 것을 부탁한다.

11월 18일, 에두아르 뒤자르댕의 결혼식 증인을 선다.

11월 28일, 파리로 돌아온다.

12월 14일, 앙브루아즈 볼라르가 르동의 삽화를 넣어 말라르메의 한 작품을 출판하고 "그 책을 세계에서 가장 아름다운 판으로 만들기 위해 필요한 모든 비용을 사용할" 계획을 스테판 말라르메에게 알린다. 결코 발간되지 못할 이 출판물은 바로 『주사위를 한 번 던짐』이며, 말라르메는 이 작품을 『코스모폴리스』를 위해 준비한다.

1897 1월 1일, 베를렌의 「무덤」을 『백색 평론』에 발표한다.

1월 15일, 샤르팡티에 출판사에서 『횡설수설』이 발간된다. 같은 날 스테판 말라르메는 베를렌의 1주기 미사 후에 바티뇰 묘지에서 추념 연설을 한다.

2월 2일, 화요 야회 회원들이 스테판 말라르메에게 경의를 바치는 회식을 한다.

4월 24일, 발뱅으로 간다. 거기서 5월 2일부터 8일까지 그리고 5월 31일부터 6월 3일까지의 파리 체류를 제외하고는 11월 초까지 머물게 된다.

5월 4일, 『코스모폴리스』에 『주사위를 한 번 던짐』이 발표된다.

5월 5일, 볼라르로부터 르동이 삽화를 그리는 『주사위를 한 번 던짐』의 결정본을 위한 250프랑의 선금을 받는다. 피르맹-디도에서 출판하기로 예정한다.

5월 15~18일, 메리 로랑이 발뱅에 체류한다.

6월 15일, 5월 23일에 롬 가(街)에 도착한 에두아르 뭉크가 그린 초상화에 대해 뒤늦게 감사의 편지를 보낸다.

7월 2일, 『주사위를 한 번 던짐』의 첫 교정쇄를 작업한다.

9월 14일, 앙브루아즈 볼라르가 뷔야르의 삽화를 넣어 「에로디아드」의 결정본을 출판하자고 제안한다.

10월 20일, 발뱅을 방문한 휘슬러가 주느비에브의 초상화를 그린다.

11월 7일, 파리로 돌아온다.

11월 15일, 에번스 박사 사망.

12월 16일, 알퐁스 도데 타계. 20일 스테판 말라르메는 장례식에 참석한다.

1898 1월 13일, 졸라가 『여명』에 「나는 고발한다」를 발표한다. 말라르메는 1월 20일에 메리 로랑에게 "내 생각으로는 그가 매우 정직한 사람으로, 그리고 매우 용감한 사람으로 행동했다고 본다"라고 썼다. 2월 10일, 마찬가지로 메리 로랑에게 쓴 편지에서 "경탄할 만한 행동"이라고 말한다.

2월 23일, 졸라가 유죄 판결을 받은 후 스테판 말라르메는 그에게 연대감을 표시한 편지를 보낸다.

4월 16일, 바스코 다 가마에 대한 소네트("*항해하려는 유일한 열망에……*")를 포함하고 있는 바스코 다 가마의 항해 400주년 『기념 앨범(*Album commémoratif*)』이 나온다.

4월 22일, 혼자서 발뱅으로 간다(파리로 마리아와 주느비에브를 찾아가 6월 2일 그들을 발뱅으로 데려온다).

5월 10일, 「에로디아드」를 다시 시작한다. 스테판 말라르메는 죽기 전까지 이 작업에 전념하게 된다.

5월 11일, 로댕의 조각 「발자크」에 대해 문인협회에서 항의를 했다. 이 일에 관해 스테판 말라르메는 메리에게 보낸 5월 14일자 편지에서 "[……] 비록 내가 그들 중 한 사람이라고 할 수도 없지만, 나는 그들의 처사에 노여움이 가라앉지 않으며 수치스럽기도 합니다"라고 썼다.

7월 14일, 폴 발레리가 마지막으로 발뱅을 방문한다.

8월 17일, 스무 살의 이상에 대한 설문에 답한다. 이 답변은 8월 29일 『피가로』지에 발표된다.

9월 9일, 발뱅에서 호흡 곤란으로 말라르메가 타계한다. 「에로디아드」는 미완으로 남게 되고 『시집』은 1899년에 유작으로 나온다. 말라르메는 아내 마리아와 딸 주느비에브에게 남긴 유언에서, 자신의 유고들을 소각하라고 당부하며 "그게 매우 아름다울 수도 있었다고 믿어주오"라고 썼다.

■ 한글·로마자 대조표

인명

ㄱ

고드프리, 시마 Sima Godfrey

가야르, 안 마리 Anne-Marie Gaillard

게르하르트, 마리아 Maria Gerhart

고갱, 폴 Paul Gauguin

고티에, 미셸 Michel Gauthier

고티에, 쥐디트 Judith Gautier

고티에, 테오필 Théophile Gautier

공쿠르, 에드몽 드 Edmond de Goncourt

구알도, 루이지 Luigi Gualdo

글라티니, 알베르 Albert Glatigny

길, 르네 René Ghil

ㄴ

네르발, 제라르 드 Gérard de Nerval

뇌몽, 모리스 Maurice Neumont

눌레, 에밀리 Emilie Noulet

ㄷ

데이비스, 가드너 Gardner Davies

데몰랭, 엘리자베트 펠리시 Élisabeth Félicie Desmolins
데몰랭, 앙드레 André Desmolins
데샹, 레옹 Léon Deschamps
데샹, 앙토니 Antoni Deschamps
데샹, 에밀 Émile Deschamps
데 제사르, 에마뉘엘 Emmanuel des Essarts
데카르트, 르네 René Descartes
도데, 뤼시앵 Lucien Daudet
도데, 알퐁스 Alphonse Daudet
뒤랑, 파스칼 Pascal Durant
뒤자르댕, 에두아르 Edouard Dujardin
드니, 모리스 Maurice Denis
드망, 에드몽 Edmond Deman
드뷔시, 클로드 Claude Debussy
디에르크스, 레옹 Léon Dierx

ㄹ

라마르틴, 알퐁스 드 Alphonse de Lamartine
레뇨, 앙리 Henri Regnault
로덴바흐, 조르주 Georges Rodenbach
로즈, 해리슨 Harrison Rhodes
롱맨 Longman
루마니유, 조제프 Joseph Roumanille
루아예르, 장 Jean Royère
루이스, 피에르 Pierre Louÿs
르노, 아르망 Armand Renaud
르누아르, 피에르 오귀스트 Pierre Auguste Renoir
르동, 오딜롱 Odilon Redon
르페뷔르, 외젠 Eugène Lefébure

르펠르티에, 에드몽 Edmond Lepelletier

리샤르, 장 피에르 Jean-Pierre Richard

리히텐베르거, 앙드레 André Lichtenberger

□

마네, 에두아르 Édouard Manet

마네, 외젠 Eugène Manet

마네, 쥘리 Julie Manet

마르샬, 베르트랑 Bertrand Marchal

마르탱, 알렉시스 Alexis Martin

마티외, 안 위베르틴 레오니드 Anne-Hubertine Léonide Mathieu

말라르메, 뉘마 플로랑 조제프 Numa Florent Joseph Mallarmé

말라르메, 마르그리트 Marguerite Mallarmé

말라르메, 마르트 Marthe Mallarmé

말라르메, 마리 Marie Mallarmé

말라르메, 스테판 Stéphane Mallarmé

말라르메, 아나톨 Anatole Mallarmé

말라르메, 에티엔 Etienne Mallarmé

말라르메, 잔 Jeanne Mallarmé

말라르메, 주느비에브 Geneviève Mallarmé

말라르메, 피에르 Pierre Mallarmé

맹데스, 카튈 Catulle Mendès

메나르, 루이 니콜라 Louis-Nicolas Ménard

메라, 알베르 Albert Mérat,

모네, 클로드 Claude Monet

모레아스, 장 Jean Moréas

모롱, 샤를 Charles Mauron

모리스, 윌리엄 벌렌 William Bullen Morris

모리조, 베르트 Berthe Morisot

본푸아, 이브 Yves Bonnefoy

볼라르, 앙브루아즈 Ambroise Vollard

부르제, 폴 Paul Bourget

부아예, 필록센 Philoxène Boyer

불레, 다니엘 Daniel Boulay

브레통, 주느비에브 Geneviève Bréton

브뤼네, 세실 Cécile Brunet

브뤼네, 장 Jean Brunet

브뤼넬, 피에르 Pierre Brunel

브륀티에르, 페르디낭 Ferdinand Bruntière

브종브 Besombes

비엘레 그리팽, 프랑시스 Francis Vielé-Griffin

빌라르, 니나 드 Nina de Villard

빌리에 드 릴 아당 Villiers de l'Isle-Adam

ㅅ

사르트르, 장 폴 Jean-Paul Sartre

생트 뵈브, 샤를 오귀스트 Charles Auguste Sainte-Beuve

샤드비크, 샤를 Charles Chadwick

샤틀랭, 장 밥티스트 드 Jean-Baptiste de Chatelain

서머, 메리 Mary Summer

술라리, 조제팽 Joséphin Soulary

슈타인메츠, 장 뤽 Jean-Luc Steinmetz

스타로빈스키, 장 Jean Starobinski

시트롱, 피에르 Pierre Citron

ㅇ

얍, 에티 Etty Yapp

에번스, 토머스 윌리엄 Thomas William Evans

오바넬, 테오도르 Théodore Aubanel

오쇼네시, 아서 Arthur O'Shaughnessy

오스틴, 로이드 제임스 Lloyd James Austin

올메스, 오귀스타 Augusta Holmès

위고, 빅토르 Victor Hugo

위레, 쥘 Jules Huret

위스망스, 조리스 칼 Joris-Karl Huysmans

윈터, 헨리 Henry Winter

ㅈ

졸라, 에밀 Emile Zola

질, 오스틴 Austin Gill

ㅋ

카잘리스, 앙리 Henri Cazalis

칸, 귀스타브 Gustave Kahn

코클랭, 콩스탕 Constant Coquelin

코페, 프랑수아 François Coppée

콕스, 조지 윌리엄 George William Cox

콘, 로버트 그리어 Robert Greer Cohn

ㅌ

테송, 프랑시스 Francis Tesson

톨스토이, 레옹 니콜라예비치 Léon Nikolaïevitch Tolstoï

티보데, 알베르 Albert Thibaudet

티야르, 퐁튀스 드 Pontus de Tyard

파브르, 이브 잘랭 Yves-Alain Favre

ㅍ

페네옹, 펠릭스 Félix Fénéon

페르티오 F. Fertiault

페인, 존 John Payne

포, 에드거 앨런 Edgar Allan Poe

퐁소, 마르그리트 Marguerite Ponsot

푸르니에, 에드몽 Edmond Fournier

푸앵카레, 레이몽 Raymond Poincaré

퓌비 드 샤반 Puvis de Chavanne

프랑스, 아나톨 Anatole France

프루스트, 마르셀 Marcel Proust

프리바 당글몽 Privat d'Anglemont

ㅎ

호프, 엘핀스턴 C. W. Elphinstone Hope

홀리어, 데니스 Denis Hollier

휘슬러, 제임스 맥닐 James McNeill Whistler

휘트먼, 사라 헬렌 Sarah Helen Whitman

책명, 작품명, 신문·잡지명

* 작품명에서 『시집』에 수록된 시편들의 제명은 제외했다. 이 제명들을 확인하기 위해서는 이 책에 별도로 실린 원문을 참조할 수 있을 것이다.

ㄱ

가난뱅이 증오 Haine du Pauvre

가면 무도회 Bals masqués

가을의 노래 Chant d'automne

가을의 탄식 Plainte d'automne

농경시 *Géorgique*

늙은 어릿광대 Le Vieux Saltimbanque

ㄷ

도리언 그레이의 초상 *The Picture of Dorian Gray*

독립 평론 *La Revue indépendante*

뒤 바리 부인에게 À Madame du Barry

등대들 Les Phares

ㄹ

라 보그 *La Vogue*

라 왈로니 *La Wallonie*

로엔그린 Lohengrin

뤼테스 *Lutèce*

리하르트 바그너, 한 프랑스 시인의 몽상 Richard Wagner, Rêverie d'un poète fran-
çais

ㅁ

말라르메 *Mallarmé*

말라르메와 프랑스 시의 전통 Mallarmé et la tradition poétique française

머리 La Tête

머리채 La chevelure

메리 로랑의 부채 Éventail de Méry Laurent

메리디오날 *Le Méridional*

모니퇴르 *Le Moniteur*

목신의 즉흥곡 Improvisation d'un faune

무슨 말을 하려는가, 내 마음이여······ *Que diras-tu, mon cœur...*

문예평론 *La Revue des lettres et des arts*

문예부흥 *La Renaissance artistique et littéraire*

문예의 신비 Le Mystère dans les Lettres

문인 공화국 *La République des Lettres*

문학 연보 *L'Obole littéraire*

문학과 예술의 데카당스 *La Décadence artistique et littéraire*

문학 방담 *Gossips*

문학예술 *L'Art littéraire*

미(美) La Beauté

미래의 현상 Le Phénomène futur

세노네 *Le Sénonais*

소라고동 *La Conque*

수호천사 L'Ange gardien

숙녀들의 토론회 Le Carrefour des Demoiselles

스카팽 *Le Scapin*

시 전집 *Poésies complètes*

시집 *Poésies*

신화학 요강 *A Manual of Mythology*

19세기 신(新)파르나스 사티리크 *Le Nouveau Parnasse satyrique du dix-neuvième siècle*

19세기 프랑스 시인 사화집 *L'Anthologie des poètes français du XIXe siècle*

18세기의 예술 *L'Art du XVIIIe siècle*

ㅇ

아테나에움 *Athenaeum*

악마에 시달리는 어느 흑인 여인…… *Une négresse par le démon secouée…*

악(惡)의 꽃 *Les Fleurs du Mal*

암흑 Ténèbres

야만 시집 *Poèmes barbares*

어느 부도덕한 시인에게 À un poète immoral

어느 파리 시인에 반대하여 Contre un poète parisien

어머니의 초상 Portrait de ma mère

언어론 *Traité du Verbe*

에드거 포 시집 *Les Poèmes d'Edgar Poe*

에로디아드의 치장 Toilette d'Hérodiade

엑셀시오르 1883~1893 *Excelsior 1883-1893*

여기서 본 테니슨 Tennyson vu d'ici

여명 *L'Aurore*

여행에의 초대 L'Invitation au voyage

374

한 주제의 변주 *Variations sur un sujet*

현대 파르나스 *Le Parnasse contemporaine*

현대 파르나스의 전설 *Légende du Parnasse contemporain*

환상파 평론 *La Revue fantaisiste*

황금 잔 La Coupe d'or

횡설수설 *Divagations*

희망의 성 Le Château de l'espérance

'대산세계문학총서'를 펴내며

근대문학 100년을 넘어 새로운 세기가 펼쳐지고 있지만, 이 땅의 '세계문학'은 아직 너무도 초라하다. 몇몇 의미 있었던 시도에도 불구하고, 전체적으로는 나태하고 편협한 지적 풍토와 빈곤한 번역 소개 여건 및 출판역량으로 인해, 늘 읽어온 '간판' 작품들이 쓸데없이 중간되거나 천박한 '상업주의적' 작품들만이 신간 되는 등, 세계문학의 수용이 답보 상태에 머물러 있었음을 부인하기 힘들다. 분명한 자각과 사명감이 절실한 단계에 이른 것이다.

세계문학의 수용 문제는, 그 올바른 이해와 향유 없이, 다시 말해 세계문학과의 참다운 교류 없이 한국문학의 세계 시민화가 불가능하다는 의미에서, 보다 근본적으로, 우리의 문화적 시야 및 터전의 확대와 그 질적 성숙에 관련되어 있다. 요컨대 이것은, 후미에 갇힌 우리의 좁은 인식론적 전망의 틀을 깨고 세계 전체를 통찰하는 눈으로 진정한 '문화적 이종 교배'의 토양을 가꾸는 작업이며, 그럼으로써 인간 그 자체를 더 깊게 탐색하기 위해 '미로의 실타래'를 풀며 존재의 심연으로 침잠하는 작업이라 할 수 있다.

우리의 현실을 둘러볼 때, 그 실천을 위한 인문학적 토대는 어느 정도

갖추어진 듯이 보인다. 다양한 언어권의 다양한 영역에서 문학 전공자들이 고루 등장하여 굳은 전통이나 헛된 유행에 기대지 않고 나름의 가치 있는 작가와 작품을 파고들고 있으며, 독자들 또한 진부한 도식을 벗어나 풍요로운 문학적 체험을 원하고 있다. 새롭게 변화한 한국어의 질감 속에서 그 체험이 이루어지기를 바라는 요청 역시 크다. 그러므로 필요한 것은 어쩌면 물적 토대뿐일지도 모른다는 판단이 우리를 안타깝게 해왔다.

이러한 시점에서, 대산문화재단의 과감한 지원 사업과 문학과지성사의 신뢰성 높은 출간을 통해 그 현실화의 첫발을 내딛게 된 것은 우리 문화계의 큰 즐거움이 아닐 수 없다. 오늘의 문학적 지성에 주어진 이 과제가 충실한 결실을 맺을 수 있도록, 우리는 모든 성실을 기울일 것이다.

'대산세계문학총서' 기획위원회